Wanda E. Brunstetter

Die Tochter des Kaufmanns

Roman

Über die Autorin

Wanda E. Brunstetter ist schon seit Jahren von der Lebensweise der Amischen fasziniert. Ihr Mann stammt aus Pennsylvania, einem Bundesstaat, in den im 18. Jahrhundert sehr viele Amische einwanderten. Die Autorin lebt in Washington State und hat bereits einige Romane geschrieben, die in Amischsiedlungen spielen.

Wanda E. Brunstetter

Die Tochter des Kaufmanns

Roman

Die amerikanische Originalausgabe erschien im Verlag
Barbour Publishing, Uhrichsville
unter dem Titel „The Storeskeeper's Daughter"
© 2005 by Wanda E. Brunstetter
© der deutschen Ausgabe 2007 by Gerth Medien GmbH, Asslar
in der Verlagsgruppe Random House GmbH, München
Aus dem Amerikanischen übersetzt von Eva Weyand.

Die Bibelzitate wurden, falls nicht anders angegeben,
der Lutherbibel entnommen.
Revidierte Fassung von 1984,
durchgesehene Ausgabe in neuer Rechtschreibung.
© 1984 Deutsche Bibelgesellschaft, Stuttgart

Verlagsgruppe Random House FSC-DEU-0100
Das für dieses Buch verwendete FSC-zertifizierte Papier
Super Snowbright liefert Hellefoss AS, Hokksund, Norwegen.

Best.-Nr. 816 139
ISBN 978-3-86591-139-1
2. Auflage 2008
Umschlaggestaltung: Julie Doll/Hanni Plato
Satz: Typostudio Rücker
Druck und Verarbeitung: GGP Media GmbH, Pößneck
Printed in Germany

Für Leeann und Birdie, meine lieben Freunde;
ihr habt den Mut, auch Kritik an mir zu üben.

Für Audrey, Marijan und Melissa;
ihr habt bereitwillig eure Kenntnisse an mich weitergegeben.
Danke euch allen!

Darum verlasst euch auf den Herrn immerdar;
denn Gott der Herr ist ein Fels ewiglich.
Jesaja 26,4

Prolog

„Naomi, komm! Schnell, schnell!"
Naomi konnte gerade noch die Windel ihres zwei Monate alten Bruders festbinden. Sie zog das Gitter des Kinderbettchens hoch und drehte sich zu ihrer jüngeren Schwester um.
„Was ist los, Nancy? Du bist so aufgeregt."
Mit zitternder Unterlippe stand Nancy in der Schlafzimmertür. Ihre grünen Augen waren weit aufgerissen.
„Unsere Mamm, Naomi. Sie wurde von einem Auto angefahren."
Naomi blieb wie vom Blitz getroffen stehen und starrte den seltsam geformten Ritz in der Wand an. Sie versuchte, das, was Nancy gerade gesagt hatte, zu verarbeiten. Mama war von einem Wagen angefahren worden? Wie war das möglich? Ihre Mutter konnte doch gar nicht auf der Straße gewesen sein. Noch vor wenigen Minuten hatte sie doch gesagt, sie ginge die Post holen. Daraufhin hatte Naomi ihr angeboten, Zachs Windel zu wechseln. Danach wollten sie sich im Garten treffen, um Erbsen zu pflücken. Der Briefkasten stand am Ende der Auffahrt, einige Meter von der Hauptstraße entfernt. Sie konnte gar nicht von einem Auto angefahren worden sein. Es sei denn ...
„Steh doch nicht einfach so tatenlos hier rum, Naomi!", drängte Nancy. „Mama braucht dich. Wir müssen Hilfe holen."
Ein Schauer lief Naomi über den Rücken und sie begann zu zittern. Mama durfte einfach nicht verletzt sein. Das durfte nicht sein.
„Bleib hier beim *Boppli*!", befahl Naomi.
„Nein, Mary Ann ist im Haus und ihm wird schon nichts zustoßen. Ich komme mit dir."
Naomis Herz klopfte so stark, als sie die Treppe hinunterhastete und durch die Haustür stürmte, dass sie Angst hatte, es könnte zerspringen.
Bereits von der Auffahrt aus konnte Naomi einen roten Wagen am Straßenrand stehen sehen. Ein Engländer kniete neben dem Körper einer Frau auf dem Boden.
„Mama!" Mit diesem einen Wort sank Naomi neben ihrer

lieben Mamm auf die Knie. Mamas Augen waren geschlossen und ihre Haut war so blass wie Ziegenmilch. Eine tiefe Wunde klaffte an ihrer Schläfe. Blut tropfte auf die Straße.

„Ich habe die Rettungsstelle angerufen", erklärte der Mann. „Der Krankenwagen müsste bald hier sein."

Naomi blickte zu dem Mann hoch, der mittleren Alters zu sein schien. Er war fassungslos und seine Stirn war in tiefe Falten gelegt. „Was ist passiert?", fragte sie heiser.

„Ich ... fuhr die Straße hinunter und war tief in Gedanken versunken, als ich eine Amische an ihrem Briefkasten bemerkte. Ich habe mir nichts dabei gedacht. Doch dann ließ sie einen Brief fallen. Eine Windböe wirbelte den Umschlag auf die Straße." Er schüttelte langsam den Kopf, während ihm Tränen in die Augen stiegen. „Ganz bestimmt hätte ich nicht damit gerechnet, dass sie hinter dem Brief herrennen und auf die Straße stürzen würde. Wo ich doch bereits mit dem Wagen auf sie zukam ..."

In diesem Augenblick bemerkte Naomi die Briefe, die verstreut am Straßenrand lagen. Anscheinend hatte Mama die Post fallen gelassen, als der Wagen sie erfasste.

„Es tut mir so leid." Die Stimme des Mannes zitterte. „Ich bin sofort auf die Bremsen gegangen, aber ich konnte den Wagen nicht mehr rechtzeitig zum Stehen bringen."

Naomi kniff die Augen zusammen und dachte nach. Wie schlimm war Mama wohl verletzt? Sollten sie versuchen, sie ins Haus zu bringen? Nein, das war bestimmt keine gute Idee. Vielleicht hatte sie sich ja etwas gebrochen oder gar innere Verletzungen davongetragen.

„Wird Mama wieder gesund werden?"

Naomi hatte vergessen, dass ihre jüngere Schwester ihr nach draußen gefolgt war. Sie blickte zu Nancy hoch und schluckte. „Ich hoffe doch. Ja, davon bin ich überzeugt."

In der Ferne war die Sirene des Rettungswagens zu hören und Naomi hauchte ein Dankgebet. Wenn sich erst ein Arzt um Mama kümmerte, würde alles wieder gut werden. Eine andere Möglichkeit war undenkbar. Der kleine Zach brauchte sie doch. Sie alle brauchten Mama.

„Naomi?" Mama öffnete die Augen. Ihre Mutter schien starke Schmerzen zu haben. „Ich möchte, dass du –" Sie stockte.

„Bleib ruhig, Mama", bat Naomi sie. „Der Rettungswagen

ist bereits unterwegs. Du wirst wieder gesund werden. Ruh dich jetzt einfach nur aus."

Tränen rannen aus den Augen ihrer Mama und liefen die Wangen hinunter. „Ich ... ich möchte ... dich um einen Gefallen bitten ... nur für den Fall ...", murmelte sie.

„Was denn, Mama? Ich tue alles, um dir zu helfen." Naomi ergriff die Hand ihrer Mutter, die schrecklich kalt und schlaff war.

„Wenn ich es nicht schaffe ..."

„Bitte sag so etwas nicht." Naomis Stimme glich nur noch einem Piepsen. Das alles war ein Albtraum. Dachte ihre Mutter wirklich daran, dass sie vielleicht nicht überleben könnte?

„Glaub mir, Mama. Du solltest jetzt nicht sprechen", bekräftigte Nancy mit tränenerstickter Stimme.

„Ich muss." Mamas flehender Blick traf Naomi bis ins Mark.

„Falls ich sterben sollte, versprich mir, dass du dich um die *Kinner* kümmerst, vor allem um den *Boppli*."

„Du wirst wieder gesund werden, Mama. Sieh, der Rettungswagen ist jetzt da und bald wirst du im Krankenhaus sein." Die Panik ließ Naomis Stimme schärfer klingen als beabsichtigt. Vor Angst war ihre Kehle wie zugeschnürt.

Immer mehr Tränen liefen über Mamas blasse Wangen. „Es ist sehr wichtig, meine Tochter. Habe ich dein Wort?"

Naomi wusste nicht, was sie erwidern sollte. Sie könnte weiterhin darauf beharren, dass ihre Mutter wieder gesund werden würde, sie könnte Mama aber auch sagen, was sie hören wollte. Naomi entschied sich für Letzteres. Es hatte keinen Zweck, die arme Mamm noch mehr aufzuregen. Ihr Zustand war schon schlimm genug. Sie würde ihrer Mutter das Versprechen geben, nur damit sie sich beruhigte. Denn Naomi war fest davon überzeugt, dieses Versprechen nie einlösen zu müssen. Ihre liebe Mama würde wieder gesund werden.

Naomi drückte sanft die Hand ihrer Mutter. „Ja, Mama, ich verspreche es."

Kapitel 1

Auf Zehenspitzen schlich Naomi Fisher aus dem hinteren Zimmer in den Verkaufsraum des Gemischtwarenladens ihres Vaters. Endlich hatte sie Zach dazu gebracht, seinen Mittagsschlaf zu halten, und jetzt fühlte sie, dass sie eine Pause brauchte.

„Da im Augenblick keine Kunden da sind, könnte ich doch jetzt Mittagspause machen und etwas essen, was meinst du?", fragte Naomi ihren Papa, der sich hinter der Theke, die sich in der Nähe der Ladentür befand, mit seinem Kassenbuch beschäftigte.

„Ja, ist gut. Mach nur nicht zu lange." Er fuhr sich mit den Fingern durch seinen dichten, langen Bart. „Die neue Kerzenlieferung muss noch in die Regale geräumt werden."

Naomis Hand berührte den Arm ihres Vaters, als sie unter der Theke nach der Brotbox mit ihrem Mittagessen griff. „Ich weiß."

„Deine Mamm hätte diese Kerzen bereits eingeräumt", murmelte er. „Sie hätte auch nie zugelassen, dass die Regale verstauben."

Naomi zuckte zusammen, als hätte er sie geschlagen. Die Arbeit im Laden machte ihr Freude, aber es wurde immer schwieriger. Allmählich wuchs ihr alles über den Kopf. Sie kam mit der Arbeit zu Hause einfach nicht nach. Mama war alles so leicht von der Hand gegangen. Es war nicht richtig, dass Papa sie immerzu mit Mama verglich, und sie wünschte, er könnte sich dazu durchringen, eine Aushilfe einzustellen, die ihr einen Teil der Arbeit abnahm. Sie öffnete ihre Brotbox. Wenn Mama nur nicht auf die Straße gelaufen und von dem Wagen angefahren worden wäre! Der Bischof sagte, es sei Gottes Wille gewesen. „Sarah Fishers Zeit zu sterben war gekommen", hatte er bei der Beerdigung gesagt.

Naomi war nicht seiner Meinung. Wie konnte Mamas Tod Gottes Wille gewesen sein?

„Ich – ich denke, ich nehme mein Essen mit nach draußen, wenn du nichts dagegen hast", sagte sie. Entschlossen schob sie die quälenden Gedanken beiseite.

Papa schüttelte den Kopf. „Aber beeile dich, bevor der Kleine aufwacht."

„Dann gehe ich jetzt." Naomi lief über den Holzboden. An der Ladentür drehte sie sich noch einmal um. „Papa, ich bin nicht Mama, aber ich gebe mir Mühe. Ich arbeite so gut ich kann."

Seine einzige Reaktion war ein kurzes Nicken.

„Sobald ich aufgegessen habe, werde ich mich um die Kerzen kümmern und die Regale abstauben."

„Ja, ist gut."

Naomi eilte nach draußen. Sie brauchte dringend frische Luft und etwas Zeit für sich.

Sie lehnte sich gegen das Geländer der Veranda und atmete tief ein. Der Frühling war ihre liebste Jahreszeit, vor allem, wenn es so viel geregnet hatte wie an diesem Morgen. Die Luft war belebend und rein – wie frisch gewaschene Wäsche, die zum Trocknen auf der Leine hing. An diesem Tag war es draußen sehr mild, das Gras war so grün wie gekochter Brokkoli und auf dem Ahornbaum zwitscherten die Vögel fröhlich ihr Lied.

„Wie es aussieht, machst du gerade mal Pause. Ist dein *Daed* im Laden?"

Naomi hatte Rhoda Lapp überhaupt nicht bemerkt. „Ich esse gerade zu Mittag und Papa ist im Laden und beschäftigt sich mit seinem Kassenbuch", gab sie bereitwillig Auskunft.

„Ein gut geführtes Kassenbuch ist wichtig, wenn man ein Geschäft besitzt." Rhoda kicherte und ihre dicken Wangen färbten sich rosa. „Wer hart arbeitet, soll auch gut essen, das weißt du sicher, nicht wahr?"

Naomi nickte und trat zur Seite, damit die Frau, die zu den Amischen gehörte, an ihr vorbeigehen konnte.

„Lass dir dein Mittagessen schmecken", sagte Rhoda, bevor sie den Laden betrat.

Naomi setzte sich auf die oberste Stufe und machte den Deckel ihrer Metall-Brotbox auf. Die wenigen ruhigen Minuten waren eine ersehnte Erholung nach dem anstrengenden Vormittag. Sie war schon vor Tagesanbruch aufgestanden, um das Frühstück vorzubereiten, die Ziegen zu melken, die Hühner zu füttern, und hatte dann – mit der Hilfe ihrer zehnjährigen Schwester Nancy – die Brote für die ganze Familie geschmiert.

An diesem Morgen waren die drei älteren Brüder nach dem Frühstück auf die Felder gezogen. Naomi hatte die jüngeren Kinder zur Schule geschickt und danach eine Ladung Wäsche gewaschen, den kleinen Zach gebadet und einige Laibe Brot gebacken. Als Papa das Pferd vor ihren Buggy gespannt hatte, war Naomi fertig, ihn zum familieneigenen Laden zu begleiten, der in der Nähe der kleinen Stadt Paradise lag. In den vergangenen Stunden hatte Naomi etliche Kunden bedient, Regale aufgefüllt und versucht, den einjährigen Zach zu beschäftigen und aufzupassen, dass er kein Chaos anrichtete.

Tränen schnürten Naomi die Kehle zusammen und sie hätte sich beinahe an dem Stück Brot verschluckt, das sie in den Mund gesteckt hatte. Mama hätte die Arbeit mit viel mehr Leichtigkeit bewältigt, wenn sie nicht auf dem Weg ins Krankenhaus gestorben wäre. Mama hätte Zach jeden Abend in den Armen gehalten, ihm leise etwas vorgesungen und ihn sanft in den Schlaf gewiegt.

Naomi und ihre Mutter waren ein Herz und eine Seele. Naomi vermisste die Stunden, in denen sie die täglichen Aufgaben Seite an Seite bewältigten. Sie hatten gelacht, miteinander geplaudert und es genossen, einfach nur zusammen zu sein. An manchen Tagen sehnte sie sich so sehr nach ihrer Mama, dass ihr ganzer Körper wehtat.

Ganz plötzlich kam ihr eine Situation in den Sinn, die sie mit ihrer lieben Mamm erlebt hatte, und sie fand Trost in den Erinnerungen an vergangene Zeiten – an eine Zeit, in der das Leben noch geruhsamer und weniger kompliziert gewesen war ...

※

„Setz dich doch hin und ruh dich eine Weile aus. Du hast den ganzen Morgen hart gearbeitet und brauchst jetzt eine Pause."

„Gleich, Mama. Ich möchte nur noch das Geschirr wegräumen." Naomi nahm einen Teller vom Stapel im Geschirrschrank.

„Komm, wir trinken eine Tasse Tee zusammen", schlug Mama vor. „Ich brühe schnell welchen auf und in der Zwischenzeit kannst du deine Arbeit beenden."

Ein paar Minuten später ließ sich Naomi neben ihrer Mutter am Küchentisch nieder. Mama wirkte sehr erschöpft und die dunklen Ringe unter ihren Augen waren ein Hinweis darauf, wie sehr die Schwangerschaft ihr zu schaffen machte.

„Hier, bitte." Mama reichte Naomi eine Tasse Tee. „Es ist Pfefferminz ... in letzter Zeit trinke ich nur noch Pfefferminztee. Ich hoffe, das ist dir recht."

„Sicher, Mama. Pfefferminztee ist schon in Ordnung."

Naomi wusste, dass ihre schwangere Mutter unter morgendlicher Übelkeit litt. Sie war bereits im fünften Monat und noch hatte die Übelkeit nicht nachgelassen. Pfefferminztee beruhigte ihren Magen ein wenig, aber immer noch kam es vor, dass Mama das, was sie gerade gegessen hatte, wieder erbrach.

Mama beugte sich vor und strich Naomi eine Strähne aus dem Gesicht, die sich aus dem Haarknoten gelöst hatte. „Es tut mir schrecklich leid, dass du jetzt so hart arbeiten und so viele zusätzliche Hausarbeiten übernehmen musst. Wenn es mir besser ginge, würde ich viel mehr Dinge selbst machen, aber diese schreckliche Müdigkeit und die Übelkeit laugen mich aus."

Naomi streichelte die Hand ihrer Mutter. „Das ist schon okay."

„Wirklich?"

Naomi nickte.

„Aber ein Mädchen in deinem Alter sollte mehr Zeit mit anderen jungen Leuten verbringen und nicht für zwei im Haushalt arbeiten – und dann auch noch die eigene Mamm betüteln."

Naomi konnte sich nur schwer beherrschen. Sie wünschte sich tatsächlich mehr Zeit, um sich mit anderen jungen Leuten zu amüsieren, aber das hier war ja nur vorübergehend. Sobald das Baby da sein würde und Mama wieder zu Kräften gekommen war, würde alles wieder so sein wie früher. Sie würde die Jugendveranstaltungen besuchen können und eines Tages würde ein junger Mann um sie werben und sie heiraten. Naomi konnte gut eine Weile warten. Es würde ja schließlich nicht so wahnsinnig lange dauern ...

Das unverwechselbare Hufgeklapper eines Pferdes und das Knirschen der Räder eines Buggys holten Naomi in die Gegenwart zurück. Caleb Hoffmeir, der junge Buggybauer, fuhr auf den Parkplatz ihres Ladens und stieg aus seiner offenen Kutsche. Er winkte ihr zu. Naomi hob grüßend ihre Hand.

Calebs blaue Augen blitzten, als er die Stufen der Veranda hochstieg. Er lächelte sie an und das Grübchen in seiner rechten Wange war deutlich zu erkennen. Er ließ sich neben ihr auf der obersten Stufe nieder. „Es ist doch ein wunderschöner Tag, findest du nicht?"

Sein Gesicht war nur wenige Zentimeter von ihrem entfernt und sie spürte seinen warmen Atem an ihrer Wange. Naomi erschauderte trotz der warmen Sonnenstrahlen. „Ja, es ist wirklich ein wunderschöner Tag."

„Hast du gehört, dass am Sonntag ein Singabend bei Daniel Troyer stattfindet?"

Ihr Herz zog sich zusammen, aber sie zuckte nur die Schultern. Als sie das letzte Mal an einem Singabend teilgenommen hatte, war sie achtzehn Jahre alt gewesen.

Caleb lüftete seinen Strohhut und fuhr sich mit den Fingern durch die dichten blonden Haare. Er räusperte sich mehrmals. „Du – äh, denkst du, du könntest zu dem Singabend kommen, Naomi?"

Sie schüttelte den Kopf und hatte dabei das Gefühl, als würde ein schweres Gewicht auf ihrer Brust liegen.

„Was ist denn los?", fragte er.

Naomi schniefte. „Nichts ist los, nur dass ich nicht zu dem Singabend gehen kann. Nicht an diesem Sonntag – und vermutlich nie."

Caleb zog die Augenbrauen in die Höhe. „Warum nicht? Du bist lange vor dem Tod deiner Mama das letzte Mal dabei gewesen. Denkst du nicht, es wäre wieder Zeit dafür?"

„Jemand muss doch den *Kinnern* zu essen geben und dafür sorgen, dass sie ins Bett kommen."

Er brummte. „Kann dein *Daed* das nicht übernehmen?"

„Papa hat anderes zu tun." Naomi kniff ihre Augen zusammen und dachte darüber nach, wie ihr Vater früher einmal gewesen war. Er war nicht immer so launisch und reizbar gewesen. Früher hatte er keine Befehle erteilt und herumgebrüllt und war auch nicht übermäßig kritisch gewesen. Früher war er viel entspannter und freundlicher. Seit Mamas Tod hatte sich alles verändert – auch Papa.

„Abraham könnte dir doch wirklich erlauben, einmal an einem kleinen Singabend teilzunehmen", beharrte Caleb.

Naomi blickte zu ihm hoch. Calebs Blick traf sie mitten ins Herz. Fühlte er ihren Schmerz mit? Hatte Caleb Hoffmeir eine Ahnung davon, wie erschöpft sie war? Sie stellte die Brotbox auf die Stufe und legte die Hände auf ihre Knie, krallte sich in den Falten des langen grünen Kleides fest, das ihre Knöchel verdeckte.

Sanft berührte Caleb ihren Arm und die kleinen Falten unter seinen Augen gruben sich noch stärker in die Haut. „Ich hatte gehofft, ich könnte dich nach Hause bringen, wenn du zum Singabend kommen würdest."

Ohne dass sie es wollte, füllten sich Naomis Augen mit Tränen. Wie gern würde sie an Singabenden und Jugendtreffen teilnehmen. Sie sehnte sich danach, mit anderen jungen Leuten in ihrem Alter Spaß zu haben oder im Buggy eines jungen Mannes, der um sie warb, spazieren zu fahren. „Papa würde es mir nie erlauben."

Caleb erhob sich. „Ich werde ihn fragen."

„Nee – bloß nicht! Das ist keine gute Idee."

„Warum nicht?"

„Weil er bestimmt zornig wird. Papas Beschützerinstinkt ist sehr ausgeprägt und er denkt, mein Platz sei zu Hause bei ihm und den Kindern."

„Das werden wir ja sehen. Falls Abraham dir seine Einwilligung gibt, zum Singabend zu gehen, dann plane eine Heimfahrt in meinem Buggy mit ein. Ich würde nämlich gern um dich werben."

Um mich werben? Glaubte Caleb tatsächlich, sie wäre in der Lage, eine Freundschaft zu beginnen? Das würde vermutlich nie geschehen, weil Naomi vor Arbeit nicht wusste, wo ihr der Kopf stand. Es stimmte schon, Calebs Nähe verwirrte sie sehr. Er sah gut aus und war immer so fürsorglich. Das gefiel ihr. Aber wenn sie nicht an Singabenden und anderen Jugendveranstaltungen teilnehmen konnte, dann war es eher unwahrscheinlich, dass jemals ein junger Mann eine Freundschaft mit ihr suchen würde.

„Vielleicht sollte ich lieber selbst mit Papa darüber reden", murmelte sie.

Caleb schüttelte den Kopf. „Ich würde es gern versuchen, wenn du nichts dagegen hast."

Naomis Herzschlag beschleunigte sich. Durfte sie hoffen, dass ihr *Daed* seine Zustimmung geben würde? „Ja, okay. Ich werde inzwischen beten."

※

Caleb blickte über die Schulter nach hinten. Mit gesenktem Kopf saß Naomi auf der Treppe, die Hände im Schoß gefaltet. Sie sah wunderschön aus, wenn die Sonne auf ihre weiße Kappe schien. Er stellte sich ihr ovales Gesicht vor, die goldbraunen Haare, ihre ebenholzfarbenen Augen und diese süße, nach oben gebogene Nase. Dieses Bild zauberte ein Lächeln auf sein Gesicht. Schon als Kind hatte er Naomi ganz besonders gemocht, aber in ihren Teenagerjahren war er zu schüchtern gewesen, um ihr das zu zeigen. Nun, da er endlich den Mut aufgebracht hatte, wusste Caleb nicht, ob er jemals die Gelegenheit haben würde, eine Freundschaft mit ihr zu beginnen, da Naomi von ihrer Familie und ihren Pflichten vollständig in Anspruch genommen wurde. Auch war er nicht sicher, ob Naomi seine Gefühle erwidern würde. Das allerdings würde er nie erfahren, wenn sie nicht ab und zu Gelegenheit hatten, allein miteinander Zeit zu verbringen.

Caleb öffnete die Tür und trat mit neuer Entschlossenheit ein.

Als er den Laden betrat, entdeckte er den stattlichen Gemischtwarenhändler bei den Regalen, in denen Petroleum lagerte. „*Gude Marije.*"

Abraham nickte. „Auch ich wünsche dir einen guten Morgen, aber es ist schon bald Mittag."

Eine verräterische Röte zog sich über Calebs Nacken und breitete sich auf seinem Gesicht aus. „Ich schätze, da haben Sie recht."

„Wie geht es deinem *Daed?*", fragte Abraham.

„Es geht ihm gut."

„Und deiner Mamm?"

„Auch gut." Caleb wischte sich die schwitzenden Handflächen an seinen Hosenbeinen ab.

„Was kann ich für dich tun?", fragte Naomis Vater und

trat an die Holztheke, die sich in der Nähe der Ladentür befand.

Caleb betete, er möge den Mut finden, die Frage zu stellen, die ihn besonders beschäftigte. „Ich habe mich gefragt –"

„Ich habe gerade eine Lieferung Strohhüte bekommen", platzte Abraham heraus. „Der, den du trägst, hat scheinbar schon bessere Zeiten gesehen."

Caleb berührte den Rand seiner Kopfbedeckung. Der Hut war tatsächlich schon ein wenig ausgefranst, aber er hatte noch keine großen Löcher. Vermutlich könnte er ihn noch ein Jahr tragen, wenn er wollte. „Ich .. äh ... habe nicht vor, heute einen neuen Hut zu kaufen." Caleb hoffte, seine Stimme würde zuversichtlicher klingen als er sich fühlte, denn sein ganzer Mut war gerade zusammengeschmolzen wie ein Eisblock an einem heißen Sommertag.

Abraham zog seine buschigen dunklen Augenbrauen in die Höhe und zupfte mehrmals an seinem langen Bart. „Was brauchst du denn dann?"

„Am Sonntagabend wird in Daniel Troyers Scheune ein Singabend veranstaltet."

„Und was hat das mit mir zu tun?" Abraham gähnte und stützte seine Ellbogen auf die Theke.

„Gar nichts. Ich meine, in gewisser Weise natürlich schon." Caleb scharrte mit seinen Stiefeln auf dem Holzfußboden. Er benahm sich wie ein verlegener Schuljunge und konnte nichts dagegen tun. Immerhin war er ein zweiundzwanzigjähriger Mann, der Buggys baute und reparierte und sich damit seinen Lebensunterhalt verdiente. Abraham Fisher hielt ihn vielleicht für den *Letz in der Helskapp,* und wenn er ehrlich war, fühlte sich Caleb in diesem Augenblick, als sei er wirklich nicht so ganz richtig im Kopf.

„Was denn nun, Junge?", fragte Naomis Vater. „Hat dein Besuch hier im Laden nun etwas mit mir zu tun oder nicht?"

Caleb lehnte sich gegen die Theke und bedachte Abraham mit einem Blick, der – so hoffte er – dem Mann zeigen würde, dass er sehr wohl richtig im Kopf war, klar denken konnte und wusste, was er wollte. „Ich möchte Sie fragen, ob Naomi an diesem Singabend teilnehmen kann."

Abraham runzelte die Stirn. „Naomis Mamm ist vor fast einem Jahr gestorben, wie du weißt."

Caleb nickte.

„Seit dem Unfall ist es Naomis Aufgabe, die *Kinner* zu versorgen."

„Das verstehe ich, aber –"

Abraham fuhr mit der Hand über die Theke aus Holz. Einige Blätter Papier flogen dabei zu Boden. „Es ist sehr unhöflich, einen Mann zu unterbrechen, wenn er gerade spricht."

„Ich ... es tut mir leid", stammelte Caleb. Das lief alles überhaupt nicht so, wie er gehofft hatte.

„Wie ich gerade sagte ... es ist Naomis Aufgabe, ihre Brüder und Schwestern zu versorgen und sie hilft auch hier im Geschäft aus."

Caleb nickte erneut.

„Ein Tag hat nur eine begrenzte Anzahl an Stunden und Naomi hat keine Zeit für ein geselliges Beisammensein." Abrahams strenger Blick ließ Caleb das Blut in den Adern gefrieren. „Du hast vielleicht vor, um meine Tochter zu werben, aber um ehrlich zu sein, sie ist nicht die Richtige für dich, selbst wenn sie Zeit hätte für eine Freundschaft."

„Denken Sie nicht, das sollte Naomi entscheiden?" Caleb ballte die Fäuste und hoffte, diese Geste würde ihm zusätzlichen Mut verleihen.

„Alles, was meine *Kinner* betrifft, geht mich etwas an." Abraham beugte sich über die Theke, bis sein Gesicht nur wenige Zentimeter von Calebs entfernt war.

Wenn Caleb nicht gewusst hätte, dass die Amischen sich auf keinen Kampf einlassen dürfen, hätte er in der Tat wirklich Angst gehabt, Naomis Vater würde ihn schlagen. Aber das war höchst unwahrscheinlich, so unwahrscheinlich wie die Vorstellung, dass eine Sau ein Kalb auf die Welt bringt. Falls Abraham etwas unternahm, dann höchstens, um mit Calebs Vater zu reden, was wiederum große Schelte zur Folge haben könnte. Pop hatte eine Menge Regeln aufgestellt, die Caleb und seine Brüder zu befolgen hatten. Immer wieder betonte er, solange seine Kinder unter seinem Dach lebten, erwarte er von ihnen, dass sie ihm gehorchten und sich anständig benahmen.

Vielleicht sollte ich meine Zunge besser im Zaum halten, schoss es Caleb durch den Kopf. Aber möglicherweise war es ja auch an der Zeit, dass er seinen Standpunkt verteidigte. Wie sollte Naomi ihn respektieren, wenn er nicht bereit war, für sie auch etwas zu riskieren?

„Falls Naomi wieder zu Singabenden gehen würde, würde sie auch nach den Männern schauen", fuhr Abraham fort. „Ihr nächstes Ziel wäre dann das Heiraten. Wenn ich das zulassen würde, bliebe ich mit einer Bande Kinder zurück, die ich ganz allein großziehen müsste." Abraham machte eine ausschweifende Handbewegung. „Und wer würde sich um das Geschäft kümmern, wenn ich zu Hause bleiben und kochen und putzen müsste?"

„Haben Sie einmal daran gedacht, noch einmal zu heiraten oder wenigstens eine *Maad* einzustellen?"

„Ich brauche keine Dienstmagd, wenn ich Naomi habe. Und was eine Wiederheirat betrifft: Im Augenblick gibt es in unserer Gemeinschaft keine Frau, die geeignet wäre, abgesehen von ein paar jungen Frauen, die meine Töchter sein könnten." Der Mann brummte. „Einige Männer meines Alters denken sich nichts dabei, ein Kind zur Braut zu nehmen, aber nicht Abraham Fisher. Das lässt mein Stolz nicht zu!"

Caleb öffnete den Mund, als ob er etwas sagen wollte, aber Naomis Vater schnitt ihm das Wort ab. „Genug geredet. Naomi wird an diesem Singabend am Sonntag nicht teilnehmen." Abraham deutete zur Tür. „Und wenn du nicht hergekommen bist, um etwas zu kaufen, dann gehst du jetzt besser wieder."

Alle möglichen Gegenargumente kamen Caleb in den Sinn, aber er blieb stumm. Es hatte keinen Zweck, den Mann noch mehr zu erzürnen. Er würde den geeigneten Zeitpunkt abwarten, und wenn sich – was das Umwerben von Naomi anging – eine günstige Gelegenheit bot, hoffte Caleb, dann das letzte Wort zu haben.

Kapitel 2

Naomi hatte gerade von ihrem Apfel abgebissen, als die quietschende Fliegengittertür geöffnet wurde. Sie drehte sich um und beobachtete, wie Caleb den Laden verließ. Sein finsterer Gesichtsausdruck sagte Naomi, dass das Gespräch mit Papa nicht besonders gut gelaufen war. Enttäuschung machte sich in ihr breit.

„Er hat Nein gesagt, nicht wahr?", flüsterte Naomi, als Caleb neben ihr auf die Stufen sank.

„Dein *Daed* ist der starrsinnigste Mann, den ich je kennengelernt habe." Er zuckte die Achseln. „Natürlich kommt mein Pop gleich nach ihm."

„Matthew sagt, Papas Beschützerinstinkt sei so groß, weil er uns so lieb habe." Sie hielt die Tränen zurück, die ihr in die Augen steigen wollten. Wenn sie ehrlich war, musste Naomi zugeben, dass sie sich nicht sicher war, ob ihr Vater sie überhaupt liebte. Wenn er sie liebte, warum zeigte er es dann nicht? Im vergangenen Jahr hatte er ihr nicht einmal gesagt, dass er sie liebte und er hatte auch kein anerkennendes Wort über die Arbeit verloren, die sie tat.

„Ich glaube, dass dein Dad meine Bitte abgelehnt hat, liegt mehr an seinen selbstsüchtigen Bedürfnissen als an seiner Liebe zu dir. Sag das deinem ältesten Bruder."

Naomi warf ihren angebissenen Apfel in ihre Brotbox und klappte den Deckel zu. „Papa ist nicht selbstsüchtig. Er leidet noch immer unter Mamas Tod."

Caleb verschränkte die Arme. „Das ist jetzt ein ganzes Jahr her, Naomi. Denkst du nicht, es wäre an der Zeit, dass dein *Daed* sein Leben wieder in die Hand nimmt?"

„Als Mama noch am Leben war, war Papa fröhlich und unbeschwert. Er hat mit meinen Brüdern gescherzt und auch mich und meine Schwestern manchmal geneckt." Die Erinnerung, wie glücklich sie früher gewesen war, machte Naomi schwer zu schaffen. Sie konnte ihre Gefühle nur schwer unter Kontrolle halten. Im Augenblick ging bei ihr alles drunter und drüber. Sie versuchte, den Platz ihrer Mutter auszufüllen und spürte doch immerzu ihre eigene Unzulänglichkeit. Bevor Naomis Mutter mit Zach schwanger wurde, war das Leben viel schöner gewesen. Die Schwangerschaft war für alle in der Familie überraschend gekommen, weil Mama schon zweiundvierzig Jahre alt war. Diese Zeit war sehr schwierig gewesen; denn ihrer Mutter war es nicht gut gegangen. Naomis einziger Trost war nun ihr Glaube, dass ihre liebe Mutter jetzt im Himmel bei Jesus war, glücklich und gesund, und sie sich nicht mehr um die Welt sorgen musste. Diese Sorge lastete nun auf Naomis Schultern.

„Hast du gar nichts zu alledem zu sagen?"

Calebs Frage holte Naomi in die Gegenwart zurück. Sie wandte sich ihm zu. „Was gibt es da zu sagen? Mein *Daed* will mich nicht zum Singabend gehen lassen, ich muss nicht nur meine Familie versorgen, sondern außerdem auch noch im Laden aushelfen." Sie schnappte sich ihre Brotbox und erhob sich. „Am besten gehe ich jetzt wieder an die Arbeit, bevor Papa kommt, um mich zu holen."

Caleb stand auf und stellte sich zwischen Naomi und die Tür. „Es muss doch einen Weg geben, wie wir deinen *Daed* zur Vernunft bringen. Ich möchte gern mit dir befreundet sein, Naomi."

Sie ließ den Kopf hängen. „Vielleicht solltest du dir eine andere suchen, um die du dich bemühst, denn es sieht nicht so aus, als würde ich jemals frei sein. Zumindest nicht, bevor alle *Kinner* alt genug sind, um selbst für sich zu sorgen."

Caleb hob mit dem Daumen ihr Kinn an. „Ich mag dich."

Naomis Kehle schnürte sich zusammen. Auch sie mochte Caleb, aber was für einen Sinn hatte es, das auszusprechen, wenn sie doch nicht zusammen sein konnten? Es gab schon genug Probleme, mit denen sie sich herumschlagen musste. Sie brauchte nicht noch eins. „Du suchst dir besser eine andere." Sie drängte sich an ihm vorbei und eilte in den Laden.

Papa kniete auf dem Boden. In der Hand hielt er ein Blatt Papier, einige weitere lagen neben seinem Bein. Als er aufblickte, runzelte er finster die Stirn. „Ich bin froh, dass du wieder da bist. Ich glaube, das Baby ist wach."

Sie blickte zur Tür vom Hinterzimmer und lauschte. Sie konnte nichts hören. Nicht einmal einen Piepser konnte sie von Zach vernehmen. Naomi war drauf und dran, Papa ihren Einwand mitzuteilen, überlegte es sich aber anders. „Ich werde nach dem *Boppli* sehen."

Kurz darauf trat Naomi in den Lagerraum. Dort standen auch der Laufstall des Kindes, ein Schaukelstuhl und eine kleine Couch. Wenn wenig Betrieb herrschte, legte sich Papa gern ein wenig hin, um einen Mittagsschlaf zu halten, und in der Regel war das immer, wenn auch Zach schlief.

Naomi liebte diese Augenblicke des Alleinseins. Sie konnte sich dann ihren Träumen über die Zukunft hingeben, malte sich aus, wie sie ihr Leben gestalten würde. Wenn ein englischer Kunde in den Laden kam, hatte sie das Gefühl, dass ihr Vater alles, was sie sagte oder tat, genau verfolgte. Oft fragte sich Naomi, ob Papa wohl Angst hatte, der Umgang mit den Engländern könnte Naomi unzufrieden machen. Vermutlich befürchtete er, sie könnte sich weltlichen Dingen zuwenden.

Sie erinnerte sich noch an das letzte Mal, als Virginia Meyers vorbeigekommen war. Papa war immer in der Nähe geblieben und hatte wie eine Henne, die ihr Küken beschützen will, um sie herumgegluckt. Virginia, die sich gern „Ginny" nennen ließ, kam mindestens einmal in der Woche in den Laden, manchmal um Aufkleber zu kaufen, aber auch, um sich einfach nur umzuschauen und mit ihr zu plaudern. Naomi und Ginny waren etwa gleich alt und hatten sich angefreundet, obwohl Naomi sich natürlich davor hütete, ihrem Papa davon zu erzählen.

Sie starrte auf den Laufstall, in dem ihr kleiner Bruder schlief. Wie er da auf der Seite lag, mit angezogenen Beinen ... er wirkte so friedlich. Eine Hand berührte seine rosige Wange, eine Locke seiner rotbraunen Haare hatte sich in seine Stirn verirrt und das winzige Muttermal hinter seinem rechten Ohr schien Naomi zuzublinzeln. „Schlaf gut, Kleiner, und genieße deine ungetrübte Kindheit", flüsterte Naomi. „Bald wirst du groß sein und das Leben als das erkennen, was es tatsächlich ist – nur Arbeit, kein Spiel."

Tränen traten Naomi in die Augen. *Oh Herr, du weißt, dass ich meine Familie liebe und gern das Versprechen halten möchte, das ich Mama gegeben habe, aber manchmal ist es so schrecklich schwer.*

Wenn sie jemanden hätten, der regelmäßig aushalf, dann würde die Last auf Naomis Schultern ein wenig leichter. Ihre Großeltern mütterlicherseits waren beide tot und Papas Eltern waren vor einigen Jahren in eine Siedlung der Amischen nach Indiana gezogen, um in der Nähe ihrer Tochter Carolyn zu sein. Beide waren mittlerweile kränklich; selbst wenn sie in der Nähe leben würden, wäre Großmama Fisher keine große Hilfe für Naomi. Nach Mamas Tod hatten viele Frauen aus ihrer Gemeinschaft angeboten, die Familie zu unterstützen. Aber sie hatten ja in erster Linie für ihre eigenen Familien zu sorgen und Naomi durfte die anderen nicht auf Dauer mit ihren eigenen Problemen belästigen und ihnen zusätzliche Arbeit aufbürden. Für die Familie zu sorgen war ihre Aufgabe. Auch wenn sie erschöpft war, so würde sie doch ihre Pflicht erfüllen, solange es notwendig war.

Naomi wischte sich den Schweiß von den Wangen. *Niemand versteht, was ich empfinde.*

Naomi war zwanzig Jahre alt. Sie sollte längst verheiratet sein, um eine eigene Familie zu gründen. Ihre Freundinnen Grace und Phoebe hatten im vergangenen Herbst geheiratet. Phoebe hatte Naomi gebeten, ihre Brautjungfer zu sein. Die Hochzeit hatte ihr wieder einmal bewusst gemacht, dass Liebe zu einem Mann und eine Heirat für sie vielleicht nie infrage kommen würden.

Naomi atmete tief durch und verdrängte den Schmerz. Leise verließ sie den Raum. Zach war offensichtlich noch nicht bereit, aus seinem Mittagsschlaf aufzuwachen und auf sie wartete ja auch jede Menge Arbeit. Sie hatte keine Zeit mehr für Grübeleien.

※

Abraham Fisher betrachtete seine Tochter eingehend, als sie wieder in den Laden kam. Ihr ernster Gesichtsausdruck sprach für sich. Naomi war unglücklich. Zweifellos hatte Caleb ihr erzählt, was er auf seine Bitte, Naomi zu dem Singabend mitnehmen zu dürfen, geantwortet hatte. Er schnappte sich den Besen und begann mit energischen Bewegungen den Boden zu fegen. Naomi verstand es einfach nicht. Niemand verstand es. Seit Sarahs Tod hielt das Leben wenig Freude für Abraham bereit. Auch wenn Zachs Geburtstag am vergangenen Samstag ein fröhliches Ereignis gewesen war, so war es doch eine schmerzliche Erinnerung daran, dass die Mutter des Kindes zehn Monate zuvor in den Himmel gegangen war und Abraham mit einem gebrochenen Herzen und acht *Kinnern* zurückgelassen hatte. Er konnte nicht allein für sie sorgen, dazu brauchte er Naomis Hilfe.

Naomi ging wortlos an ihm vorbei. Sie griff unter die Theke, holte ein Staubtuch hervor und machte sich an die Regale im vorderen Teil des Ladens.

„Wo ist Zach?", fragte Abraham.

„Er schläft noch."

„Oh. Ich dachte, ich hätte ihn weinen gehört."

„Nein."

„Ich schätze, auf meine alten Tage bekomme ich noch Halluzinationen."

„Du bist nicht alt, Papa."

Abraham starrte angestrengt auf den Boden. „Vierundvierzig ist schon sehr alt. Ich schaffe nicht mehr annähernd so viel wie früher."

„Mama war dir eine große Hilfe, nicht wahr?", fragte Naomi.

„Ja, das war sie. Deine Mamm liebte die Arbeit im Laden. Da dieses Geschäft früher ihren Eltern gehört hat, ist sie praktisch hier aufgewachsen."

„Hast du dir jemals gewünscht, etwas anderes zu tun, als sechs Tage in der Woche im Laden zu stehen?"

Naomis Frage verblüffte Abraham. Wusste sie, was ihn bewegte? Hatte sie erraten, dass er mit dem Laden nicht glücklich war? Eigentlich würde er viel lieber zu Hause mit seinen Söhnen die Felder bestellen, anstatt den ganzen Tag die Regale zu bestücken oder sich mit den neugierigen Engländern herumzuärgern, die häufig in den Laden kamen.

„Papa, hast du gehört, was ich gefragt habe?"

Er nickte und schnappte sich das Kehrblech, das an der Theke stand. „Ja, ich habe dich gehört. Ich denke nur nach, das ist alles."

„Hast du was dagegen, wenn ich dich frage, worüber?"

Dagegen hatte Abraham allerdings etwas. Er wollte nicht über einen unmöglichen Traum sprechen. Er musste den Laden weiterführen. Das war das Mindeste, was er tun konnte, um das Andenken an seine verstorbene Frau zu wahren. „Ich denke nur darüber nach, wie es war, als deine Mamm noch am Leben war."

Naomi schwieg. Vermutlich vermisste er seine Frau, mit

der er fünfundzwanzig Jahre verheiratet war, genauso sehr, wie sie ihre Mutter vermisste. Sie hatten eine gute Ehe geführt und Gott hatte ihre Verbindung mit acht wundervollen Kindern gesegnet. Alles war gut gegangen, bis Sarahs Leben verloschen war wie eine Kerze im Wind.

Ich wünschte, Gott hätte stattdessen mich genommen, dachte Abraham, von tiefem Schmerz erfüllt. Wenn er ehrlich war, gab er sich die Schuld an Sarahs Tod. Wenn er den Laden an diesem Tag im vergangenen Juni nicht geschlossen hätte und mit seinem Freund Jacob Weaver nicht zum Angeln gegangen wäre, wäre seine Frau vielleicht noch am Leben. Wenn er nicht vorgeschlagen hätte, Naomi solle zu Hause bleiben und ihrer Mamm im Garten helfen, dann wäre Sarah vermutlich nicht zum Briefkasten gegangen.

Zwei Monate hatte sie nicht im Laden gearbeitet. So lange hatte Sarah gebraucht, um sich von den Strapazen der Schwangerschaft und der Geburt zu erholen. Abraham hatte darauf bestanden, dass sie zu Hause blieb und erst wieder zu Kräften kam. Bis zu jenem schicksalsträchtigen Tag hatte immer eins der Kinder die Post geholt. Da Naomi zu Hause war, um auf das Baby und die jüngeren Kinder aufzupassen, hatte Sarah vermutlich gedacht, es sei durchaus in Ordnung, wenn sie einen Spaziergang zum Briefkasten machte.

Jacob hatte ihm damals über seinen Schmerz und seine Schuldgefühle hinweggeholfen. Trotzdem gab es immer noch Momente, in denen Abraham sich Vorwürfe machte, weil er zum Angeln gegangen war. Seit Sarahs Tod hatte er das nicht mehr getan.

Wusste Gott denn nicht, wie sehr er seine Frau geliebt hatte? Kümmerte es ihn denn nicht?

Abraham dachte an Caleb Hoffmeirs Vorschlag, er solle sich eine andere Frau suchen. Der junge Mann war nicht der Erste, der ihm vorschlug, wieder zu heiraten. Einige seiner Freunde, darunter auch Jacob Weaver, hatten öfters solche Bemerkungen von sich gegeben.

„In deinem Herzen wird immer ein Platz für Sarah reserviert bleiben", hatte Jacob neulich bemerkt, „aber für dich und die Kinder wäre es gut, wenn du dir eine neue Frau nehmen würdest."

Abraham umklammerte den Besenstiel. *Nein, ich kann mich nicht dazu überwinden, eine Frau nur deshalb zu heiraten, damit sie für meine Kinder sorgt. Es muss auch Liebe im Spiel sein und ich bezweifle, dass ich jemals eine Frau so lieben kann, wie ich Sarah geliebt habe.* Er fegte den Dreck auf das Kehrblech und schüttete ihn in den Abfalleimer. *Wie ich Caleb schon sagte, im Augenblick gibt es im näheren Umkreis auch keine Witwen und ich werde mich nicht um irgendeine junge, alleinstehende Frau bemühen, wie es andere tun.*

Abraham hatte auf einmal das dringende Bedürfnis nach frischer Luft. Er stellte den Besen an die Wand und schnappte sich seinen Strohhut von dem Haken neben der Ladentür. „Ich mache ein paar Besorgungen", kündigte er an. „Kommst du eine Weile allein zurecht?"

Naomi nickte. „Sicher, Papa. Ich komme schon klar."

„Bis später dann."

※

Caleb war schon fast zu Hause, als ihm einfiel, dass er ja im Buchladen in Paradise hatte vorbeifahren wollen, um nachzufragen, ob das Buch über alte Buggys, das er bestellt hatte, bereits eingetroffen war. Caleb baute und reparierte nicht nur Buggys für die Amischen, sondern er hatte auch begonnen, alte Kutschen zu restaurieren. Innerhalb kürzester Zeit hatte er sich einen Namen gemacht und bereits einige wirklich gute Buggys gebaut. Seine Kunden kamen sogar aus dem Bundesstaat Oregon. Caleb verdiente recht gut, und zwei seiner jüngeren Brüder arbeiteten bereits für ihn, wenn ihm die Arbeit über den Kopf wuchs. Er könnte leicht eine Frau und eine Familie ernähren und diese Frau sollte Naomi Fisher sein.

„Vielleicht sollte ich meine Gefühle für die Tochter des Gemischtwarenhändlers wirklich noch einmal überdenken und mir lieber ein anderes Mädchen suchen, genau wie Naomi es vorgeschlagen hat", murmelte Caleb. Das wäre vielleicht vernünftig, aber es war nicht, was er wollte. Er interessierte sich schon lange für Naomi. Er erinnerte sich noch genau an den Moment, als ihm klar geworden war, dass er sie heiraten wollte ...

※

„Jemand muss ganz schnell kommen! Da oben sitzt ein Kätzchen fest." Die zehnjährige Naomi Fisher deutete auf den Ahornbaum auf ihrem Schulhof. Da hing tatsächlich eine magere weiße Katze auf einem der Zweige und miaute zum Steinerweichen.

„Ach, das ist doch nur eine dumme Katze, und wenn sie da hochgeklettert ist, dann wird sie auch wieder herunterkommen", bemerkte Aaron Landis grinsend.

Caleb war sofort bereit, auf den Baum zu klettern und das Kätzchen zu retten, aber die Pause war schon fast zu Ende und jeden Augenblick würde ihr Lehrer die Glocke läuten. Außerdem hatte Aaron vermutlich Recht. Das Kätzchen würde allein wieder herunterkommen.

Naomi schob ihr Kinn vor. „Wenn niemand helfen will, dann werde ich es eben selbst machen." Mit diesen Worten kletterte sie ohne Rücksicht auf ihren langen Rock auf den Baum.

Caleb stand wie gebannt. Sie konnte klettern wie ein Junge und zeigte keine Spur von Angst.

Vorsichtig schob sie sich über den Ast, bis sie das Kätzchen erreichte und auf den Arm nehmen konnte.

Wie will sie da wieder herunterkommen?, fragte sich Caleb.

Naomi steckte die Katze kurzerhand in ihre geräumige Schürzentasche und rutschte den Baum herunter. Die Mädchen klatschten, als sie mit dem Tier unbeschadet unten angekommen war, aber Caleb starrte Naomi mit einem Gefühl an, das er nicht erklären konnte.

Wenn ich alt genug bin, dann werde ich sie heiraten. Jeder Mann, der recht bei Verstand ist, sollte sich ein Mädchen nehmen, das so mutig ist wie Naomi Fisher.

※

Caleb richtete seine Gedanken wieder auf die Gegenwart. Er hatte große Lust, seinen Buggy zu wenden und nach Paradise zurückzukehren. Er würde sich im Buchladen erkundigen, ob sein Buch eingetroffen sei, danach könnte er noch einmal zum Gemischtwarenladen der Fishers fahren und versuchen, mit Abraham zu reden.

Sein Blick wanderte zum Himmel. Dunkle Wolken zogen auf. Es sah nach Regen aus. In seinem offenen Buggy würde er, falls es einen Schauer gab, ziemlich nass werden. Außerdem musste Caleb nach Hause. In der Buggy-Werkstatt wartete viel Arbeit auf ihn und höchstwahrscheinlich hatte Pop mehrere Aufträge für ihn, die er zu erledigen hatte. Abraham Fisher würde seine Meinung nicht ändern, da war sich Caleb ziemlich sicher. Falls er und Naomi also eine Chance haben sollten, dann müsste er Gelegenheiten schaffen, um mit ihr allein sein zu können.

※

Naomi hielt sich gerade im Lagerraum auf, als die Glocke über der Ladentür anschlug. War Papa etwa so bald schon wieder zurück? Sie eilte nach vorn und wurde mit einem begeisterten: „Hallo! Was gibt's Neues?" begrüßt. Ginny Meyers' grüne Augen blitzten, als sie ihren blonden Pferdeschwanz zurückwarf.
„Mir geht es gut. Und dir?"
„Großartig, da ich mich für einen Moment von unserem Restaurant wegstehlen konnte. Aber du wirkst irgendwie niedergeschlagen. Ist alles in Ordnung?"
Naomi zuckte die Achseln. „So gut, wie es halt sein kann, schätze ich."
Ginny sah sich im Laden um. „Ist dein Dad da?"
„Nein, er macht Besorgungen." Naomi deutete mit der Hand nach hinten. „Im Augenblick ist niemand im Laden. Außer mir und Zach, der im Lagerraum in seinem Ställchen liegt und schläft."
„Wie schade, dass der kleine Bursche schläft. Er ist so süß und ich schaue ihm so gern beim Spielen zu."
Naomi nickte. „Er ist wirklich ein lieber kleiner Kerl, obwohl er ständig Unsinn anstellt, wenn ich ihn im Laden herumkrabbeln lasse."
„Kann er schon laufen?", fragte Ginny.
„Nein. Vergangenen Samstag ist er ein Jahr alt geworden und wir hatten gehofft, das wäre der große Tag."
„Ich wünschte, ich hätte zu seiner Geburtstagsparty kommen können. Zach ist immer so freundlich zu mir." Ginny kicherte. „Ich glaube, der kleine Kerl würde auch mit einem Fremden mitgehen, wenn er in die Situation käme."
Naomi öffnete den Mund, um etwas zu sagen, doch

Ginny schnitt ihr das Wort ab. „Da außer dir und mir niemand hier ist, kannst du mir ruhig dein Herz ausschütten." Die junge Engländerin nahm Naomis Arm und führte sie zu dem Holzstuhl hinter der Theke. „Nimm allen Mut zusammen und schütte Dr. Meyers dein Herz aus."

Ginny trat vor die Theke und stützte ihre Ellbogen auf der Holzplatte auf. Sie wirkte immer so energiegeladen und selbstsicher, ganz anders als Naomi. Ginny besuchte das College in Lancaster, und wenn sie keine Vorlesung hatte, arbeitete sie im Restaurant ihrer Eltern. Trotzdem schien sie noch Zeit für Spaß und Erholung zu finden. Letzte Woche war sie in den Laden gekommen und hatte Naomi ins Kino eingeladen. Natürlich hatte Naomi abgelehnt. In ihrer Gemeinschaft galt es als weltlich, sich Spielfilme anzuschauen. Die Eltern verboten ihren Kindern solche Vergnügungen. Trotzdem gingen viele junge Leute wie Naomi, die sich noch nicht ihrer Kirche angeschlossen hatten, häufig ins Kino und zu anderen Veranstaltungen. Naomi wünschte, sie wäre mutig genug und hätte die Zeit, sich mit Ginny davonzustehlen, wenn auch nur für eine kurze Zeit.

„Sitz nicht hier herum und starre Löcher in die Luft", ermahnte Ginny sie. Sie schnippte vor Naomis Gesicht mit den Fingern. „Spuck es aus!"

Naomi kaute auf ihrer Unterlippe herum. Wie viel sollte sie Ginny erzählen? Würde die junge Frau begreifen, was sie empfand, obwohl sie Engländerin war und in einer anderen Welt lebte? „Nun", begann sie zögernd, „Caleb Hoffmeir war eben hier und hat mich gefragt, ob ich am Sonntagabend mit ihm zu einem Singabend gehe."

„Und was hast du ihm geantwortet?"

„Ich sagte, ich sei sicher, mein *Daed* würde es mir nicht erlauben, aber Caleb war anderer Meinung und er war dumm genug, Papa geradeheraus danach zu fragen."

„Was hat dein Dad gesagt?"

„Er hat Nein gesagt, genau wie ich es mir gedacht habe."

Ginny schnalzte mit der Zunge. „Warum nur denken Eltern, sie könnten über ihre erwachsenen Kinder bestimmen?" Sie atmete tief durch und blies anschließend kräftig aus. Dabei flatterte ihr Pony über den blonden Augenbrauen. „Meine Eltern sind fest davon überzeugt, dass ich eines Tages ihr Restaurant übernehmen werde. Darum haben sie auch darauf bestanden, dass ich zum College gehe und Betriebswirtschaft studiere."

Das verstand Naomi nicht. Schon als kleines Mädchen hatte sie im Laden ausgeholfen und sie hatte nur acht Jahre die Schule besucht.

„Ich jedoch habe andere Pläne", fuhr Ginny fort. „Nach meinem Examen möchte ich ein Fitnesscenter eröffnen. Anstatt den Touristen arterienverstopfendes Essen zu servieren, werde ich den Menschen helfen, fit und schlank zu bleiben."

Naomi betrachtete ihre englische Freundin ein paar Sekunden lang. Ginny war nicht nur mit einem hübschen Gesicht, sondern auch mit einem gesunden, widerstandsfähigen Körper gesegnet. Ginny hatte ihr gesagt, sie würde mehrmals in der Woche trainieren und das sah man ihr auch an.

Natürlich, argumentierte Naomi, *bin ich von all der Arbeit, die ich hier und zu Hause zu tun habe, gut in Form. Ich brauche kein Fitnesscenter, um fit zu bleiben.*

Ginny lehnte sich über die Theke. „Willst du wissen, was ich denke?"

Naomi zuckte die Schultern.

„Ich denke, du solltest dich deinem Vater widersetzen und ihm sagen, dass du dein eigenes Leben führen willst. Und dass du dir darunter nicht vorstellst, sieben Tage die Woche seine Kinder zu beaufsichtigen oder von Sonnenaufgang bis Sonnenuntergang zu kochen und zu putzen."

Naomis Wangen begannen zu brennen, als sie sich das vorstellte. Papa würde einen hysterischen Anfall bekommen, wenn sie jemals so mit ihm redete. Ihre Eltern hatten ihr beigebracht, sich Älteren gegenüber respektvoll zu verhalten, und auch wenn sie nicht mit allem, was ihr Vater sagte, übereinstimmte, so würde sie doch nie in einem solchen respektlosen Ton mit ihm reden oder es wagen, ihm zu widersprechen. Außerdem hatte sie eine Verpflichtung zu erfüllen.

„Du wirst nie bekommen, was du vom Leben erwartest, wenn du den Mund hältst und tust, was andere dir vorschreiben." Ginny drohte ihr mit dem Finger. „Du musst den Entschluss fassen, selbst die Verantwortung für dein Leben zu übernehmen und es dann auch tun."

„Ich muss doch für meine Familie sorgen", murmelte Naomi. „Selbst wenn ich mich Papa widersetzte, ich könnte niemals fortgehen."

Ginny tätschelte Naomi die Hand. „Denkst du nicht, du hättest zur Abwechslung auch mal ein wenig Spaß verdient?"

Naomi blinzelte. Natürlich hatte sie es verdient, aber es sollte nicht sein.

„Ich habe vor, irgendwann im Sommer mit ein paar Freunden zum Zelten zu fahren. Ich fände es toll, wenn du es möglich machen könntest mitzukommen", erklärte Ginny.

Dieser Campingausflug war sicher eine gute Idee. Irgendwie fand Naomi Ginny anziehend. Sie war gern mit ihr zusammen. Vielleicht lag es an der kecken Haltung ihrer Freundin und ihrem Selbstbewusstsein. Vielleicht lag es aber auch einfach nur daran, dass Ginny aus einer ganz anderen Welt kam, die ihr fremd war, die aber eine große Faszination auf sie ausübte.

Naomi erinnerte sich daran, wie sie und ihre Geschwister früher, als sie noch jünger waren, an dem Bach hinter ihrem Elternhaus gezeltet hatten. Das war lange her. Wenn es wärmer wurde, würde sie versuchen, Papa zu überreden, ihnen zu erlauben, ihr Zelt aufzustellen und an einem Freitagabend im Freien zu übernachten. Das wäre zwar nicht so aufregend wie mit einer Gruppe englischer Frauen zelten zu fahren, aber wenigstens wäre es einmal eine Abwechslung von ihrem normalen Alltagstrott.

Die Glocke über der Ladentür schlug an und zwei Amische kamen herein. Ginny wendete sich zum Gehen. „Ich muss jetzt los, aber denk über das nach, was ich gesagt habe. Ich melde mich wieder, wenn der Campingausflug geplant ist. Falls es einen Weg gibt, dass du mitkommen kannst, lass es mich wissen."

Naomi nickte. Ein Sonnenstrahl fiel durch das Fenster, das sie noch putzen musste. „Ja, okay, ich werde darüber nachdenken."

Kapitel 3

Jim Scott beugte sich vor und gab seiner Frau einen Kuss. „Ich denke, gegen sechs bin ich wieder zu Hause. Wenn du dann das Abendessen fertig hast, können wir nach dem Essen noch losgehen und Babysachen einkaufen."

Linda blickte ihn an und runzelte die Stirn. „Wozu? Wir haben bereits ein Kinderbett gekauft und ein Kinderzimmer eingerichtet, aber ein Baby haben wir immer noch nicht."

„Noch nicht, aber unser Rechtsanwalt arbeitet daran."

Niedergeschlagen verschränkte sie die Arme vor der Brust. „Das haben wir schon so oft gehört. Zweimal hat Max Brenner ein Baby für uns gefunden und beide Adoptionen sind gescheitert."

Lindas blaue Augen füllten sich mit Tränen und mitfühlend strich Jim über ihre weiche Wange. „Wir müssen Geduld haben, Liebes. Du glaubst doch an Vorhersehungen, oder nicht?"

Sie schob ihr Kinn vor. „Was hat das denn damit zu tun?"

„Wenn der richtige Zeitpunkt da ist, werden wir unser Baby bekommen. Warte nur ab."

Linda senkte den Kopf und schaute auf den Küchenboden.

Jim fuhr ihr mit den Fingern durch die weichen, goldenen Locken und gab ihr einen Kuss auf den Mund. „Wir sehen uns nach der Arbeit."

Sie schenkte ihm ein schwaches Lächeln und fuhr ihm durch die Haare. „Du solltest auf dem Heimweg beim Friseur vorbeifahren und dir die Haare schneiden lassen. Du siehst langsam aus wie ein Zottelbär."

Er zuckte die Achseln. „Ach, so schlimm ist es doch noch nicht."

„Hast du in letzter Zeit einmal in den Spiegel geschaut?"

Er hob seine Augenbrauen. „Ja, immer wenn ich mir die Zähne putze. Und neulich habe ich ein paar graue Strähnen entdeckt."

Sie musterte ihn eindringlich, bis er zu lachen begann. „Ich habe dich beunruhigt, nicht?"

Linda drückte spielerisch seinen Arm. „Mir wäre es egal,

wenn du vorzeitig grau würdest – nur solltest du dir deinen Bizeps bewahren."

Er küsste sie erneut. „Keine Sorge, solange ich als Anstreicher tätig bin, werden mir auch meine Muskeln erhalten bleiben."

Jim ging hinaus in die Garage und öffnete die Tür seines Lieferwagens. Er wusste, Linda hätte es gern gesehen, wenn er bei ihr geblieben wäre. Aber wenn er jetzt nicht fuhr, dann würde er zu spät kommen. Jim hatte sich vor sechs Jahren als Maler selbstständig gemacht – „Scotts Malerei- und Dekorationsbedarf" hieß seine Firma – und seit sieben Jahren lebten sie in Puyallup, in der Nähe von Washington. Jims Geschäft lief gut und ermöglichte ihnen einen guten Lebensstandard. Erst vor kurzem hatte er drei neue Mitarbeiter eingestellt. Mit ihnen waren sie zu sechst. Er und Linda besaßen jetzt alles, was sie sich wünschen konnten – ein erfolgreiches Geschäft, ein hübsches Heim. Das Einzige, was ihnen fehlte, war ein Kind. Und das wünschte sich Linda mehr als alles andere.

Mit jedem Tag versank sie tiefer in der Depression. Das war Jim nicht entgangen. Sie waren seit acht Jahren verheiratet und bisher hatte sie kein Kind empfangen. Zuerst hatte Linda gedacht, es läge an ihr; aber eine Untersuchung beim Arzt hatte ergeben, dass er der Grund war, warum sie nicht schwanger wurde. Er versuchte, deswegen keine Schuldgefühle zu empfinden, aber Linda wünschte sich so sehnlich ein Baby und Jim konnte ihr keines geben. Vor zwei Jahren hatten sie sich zu einer Adoption entschlossen. Sie hatten sich einen Rechtsanwalt gesucht, der auf Adoptionen spezialisiert war, doch bisher waren seine Bemühungen vergeblich gewesen. Jetzt befanden sie sich erneut in der Warteschleife und fragten sich, ob ihr Wunsch wohl jemals in Erfüllung gehen würde.

Als Jim rückwärts aus der Garage fuhr, winkte er Linda zu und formte mit dem Mund die Worte: „Ich liebe dich."

Sie hob winkend die Hand und trat ins Haus.

Wenn ich sie nur wieder zum Lächeln bringen könnte. Auf einmal kam ihm eine Idee. *Vielleicht sollte ich Mom in Ohio anrufen und sie bitten, für Linda einen echten Amisch-Quilt zu besorgen. Sie wünscht sich schon so lange einen und vielleicht freut sie sich ja darüber.*

Jim schaltete das Radio ein. *Wenn ich es recht bedenke, sollte ich vielleicht lieber ein paar Tage Urlaub nehmen und mit ihr nach Ohio fahren. Ich mache mit Linda eine Tour durch die Siedlungen der Amischen und sie kann sich den Quilt dann selbst aussuchen.* Er lächelte. *Außerdem wäre es schön, Mom und Dad einmal wiederzusehen.*

※

Naomi schrubbte die Stelle auf dem Fußboden im Bad, wo Mary Ann sich gerade übergeben hatte. „Iiih! Ich würde lieber einen Schweinestall ausmisten als Erbrochenes aufzuwischen."

Eigentlich war ihr Leben, auch wenn alles normal verlief, schon recht arbeitsreich, aber in den vergangenen Tagen hatte sie noch mehr Arbeit gehabt als gewöhnlich. Ihre beiden jüngeren Schwestern hatten beide die Grippe bekommen und mussten zu Hause bleiben. Da Naomi sie pflegte, konnte sie nicht im Laden mithelfen, was Papa, wie sie wusste, nicht besonders gelegen kam. Naomi mochte Hausarbeit nicht annähernd so gern wie die Aufgaben, die sie im Laden zu erledigen hatte, aber da war eben nichts zu machen. Ihre Brüder Matthew, Norman und Jake wurden bei der Feldarbeit gebraucht; und Samuel, der jüngste Junge, beklagte sich, wie unfair es sei, dass seine Schwestern zu Hause bleiben könnten, während er zur Schule gehen müsse. Und als wäre das alles nicht schon schlimm genug, bekam Zach einen neuen Zahn und quengelte ständig herum.

„Es tut mir leid, dass ich krank bin und es nicht mehr geschafft habe, in die Toilette zu kotzen."

„Du kannst ja nichts dafür, dass du krank geworden bist."

„Aber ich hätte schneller ins Bad rennen sollen."

Naomi wusch sich im Waschbecken die Hände, bevor sie sich zu ihrer sechsjährigen Schwester umdrehte. „Komm her." Sie breitete die Arme aus.

Mary Ann kuschelte sich in ihren Arm. „Du bist nicht mehr sauer auf mich?"

Sie schüttelte den Kopf. „Wie könnte ich sauer auf jemanden sein, der so lieb ist wie du?"

Das kleine Mädchen lehnte den Kopf an Naomis Brust

und schluchzte. „Ich hasse es, krank zu sein. Ich wäre viel lieber in der Schule."

„Kranksein ist nie schön, aber dir wird es bald wieder besser gehen." Naomi legte die Hand auf die Stirn des Mädchens. „Dein Fieber scheint fast weg zu sein. Das ist ein gutes Zeichen."

Mary Anns dunkle Augen blickten sie hoffnungsvoll an. „Das hoffe ich doch."

„Ja." Naomi klopfte ihrer kleinen Schwester auf die Schulter. „Und jetzt ab ins Bett mit dir."

„Okay." Mary Ann tapste aus dem Bad.

Naomi seufzte. *Vielleicht wird in einem Tag wieder alles normal sein.*

Am Freitag fühlte sich Naomi ziemlich ausgelaugt und sie fragte sich, ob sie sich jetzt vielleicht bei ihren Schwestern angesteckt hatte. Jeder Knochen tat ihr weh und schreckliche Kopfschmerzen quälten sie. Natürlich könnten die Kopfschmerzen auch in dem Gejammer ihrer jüngeren Schwestern oder dem ständigen Heulen des Babys ihre Ursache haben. Naomis Schmerzen könnten auch von der zusätzlichen Arbeit kommen. Seit ihre Schwestern krank waren, wechselte sie jeden Morgen ihre Bettwäsche, denn die Mädchen schwitzten in der Nacht so stark, dass die Bettwäsche morgens vollkommen durchgeschwitzt war. Dann war das Geschirr zu spülen, es musste gekocht werden, zusätzlich auch mehrere Töpfe Hühnersuppe. Außerdem mussten auch noch die Hausarbeiten, die sonst Nancy und Mary Ann erledigt hatten, gemacht werden. Wenn die Kinder schliefen, hätte sich Naomi gern ein wenig ausgeruht, aber sie musste die Zeit nutzen. Die Arbeit erledigte sich nicht von allein. Irgendwann würde ihr der Berg über den Kopf wachsen.

Da Naomi den ganzen Tag zu Hause war, hatten es sich ihre Brüder angewöhnt, nach Hause zu kommen, wann immer sie sich eine Pause von der Feldarbeit gönnten. Und natürlich gehörte zu einer Pause auch immer ein kleiner Imbiss, den ihnen selbstverständlich Naomi zu servieren hatte.

Naomi steckte zwei Kapseln Weidenrindenarznei in den Mund und schluckte sie mit kaltem Wasser – in der Hoffnung, damit ihre Kopfschmerzen zu lindern. „Ich brauche Luft. Frische, saubere Luft, die meinen Kopf durchpustet und meine Nerven beruhigt."

Die Mädchen und der kleine Zach schliefen, darum räumte sie schnell die Küche auf. Vielleicht blieb ja noch die Zeit, zum Bach hinunterzugehen, wo sie ausruhen und ein paar Minuten allein sein könnte. Für sie war es ein großes Vergnügen, unter den Bäumen am Ufer zu sitzen und dem Plätschern des Wassers zu lauschen. Dabei konnte sie sich wunderbar entspannen. Seit vielen Wochen war sie nicht mehr am Bach gewesen und sie vermisste es.

Zehn Minuten später war die Küche geputzt und aufgeräumt und Naomi verließ das Haus durch die Hintertür. Endlich war sie frei, wenn auch nur für eine kurze Zeit.

※

Abraham wischte sich den Schweiß von der Stirn. Gerade hatte er die am Dienstag gelieferten Petroleumlampen in eines der Regale eingeräumt. Es war eine lange Woche gewesen. Er war ganz allein im Laden gewesen. Sobald er morgens den Laden öffnete, kamen auch schon eine Menge Kunden, und er hatte kaum Zeit für eine Pause – kaum Zeit, die Brote zu essen, die Naomi ihm am Morgen geschmiert hatte.

„Ich wünschte wirklich, die Mädchen hätten nicht die Grippe bekommen", brummte er. „Ich hätte Naomis Hilfe in dieser Woche gut gebrauchen können." Abraham war klar, dass seine älteste Tochter im Augenblick viel dringender zu Hause benötigt wurde, aber das machte für ihn die Last nicht leichter. In den vergangenen Tagen hatte er nicht einmal einen Mittagsschlaf halten können. Wie auch, wo er sich doch um den Laden kümmern musste und niemand da war, der ihn vertrat, wenn er müde wurde. Seit Sarahs Tod hatte er viel geschlafen. Vielleicht, weil er sich so niedergeschlagen und deprimiert fühlte?

Er warf einen Blick auf die Uhr an der Wand. Es war zwei Uhr nachmittags und zum ersten Mal am Tag waren keine Kunden im Laden. Diese Gelegenheit hatte er genutzt, um die Regale aufzufüllen. Die Lampen standen bereits seit zwei Tagen im Lager.

Abraham holte gerade eine weitere Lampe aus der Kiste, als die Ladenglocke anschlug. Herein kam Virginia Meyers. Sie gehörte nicht zu seinen Lieblingskundinnen, denn die junge Frau war für seinen Geschmack zu vorlaut. Sie hatte die Angewohnheit, mit Naomi herumzuhängen, sie mit ihren dummen Fragen zu bombardieren und ihr einzureden, sie sollte einige der Dinge ausprobieren, die in ihrer englischen Welt ganz selbstverständlich waren. Virginia dachte vielleicht, er würde davon nichts mitbekommen, aber Abraham hatte mehr als einmal ihre Gespräche mit seiner ältesten Tochter belauscht.

„Ist Naomi da?", fragte Virginia, als sie in den Laden gestürmt kam.

Er schüttelte den Kopf. „Sie ist fast die ganze Woche zu Hause geblieben und pflegt ihre Schwestern. Sie haben die Grippe bekommen."

Virginia zog einen Schmollmund. „Das ist aber schade. Ich hoffe, Naomi steckt sich nicht noch an. Sie hat auch so schon genug Probleme, sie sollte nicht auch noch krank werden."

Abraham griff hinter sich und rieb sich den Rücken. „Wenn Sie etwas zu sagen haben, Virginia, dann sprechen Sie es bitte aus."

„Ginny. Ich ziehe es vor, Ginny genannt zu werden."

„Was für Probleme hat meine Tochter Ihrer Meinung nach denn?"

Sie zuckte die schlanken Schultern. „Naomi arbeitet zu hart. Ich finde, Sie sollten ihr mal etwas Entspannung gönnen."

Abraham runzelte die Stirn. „Wie bitte?"

„Etwas Entspannung. Sie wissen schon, ihr mehr Freiheiten lassen."

Er zog die Augenbrauen hoch.

„Gönnen Sie ihr doch ab und zu mal etwas, das ihr Freude macht. Niemand sollte seine gesamte Zeit damit verbringen, im Haus zu schuften und auf die Kinder aufzupassen. Und schon gar nicht eine zwanzigjährige junge Frau. Du meine Güte, sie ist noch nie mit einem Mann ausgegangen."

Er blinzelte. „Woher wollen Sie das denn wissen? Hat meine Tochter denn in Ihrem Beisein darüber gejammert, wie ungerecht ihr *Daed* ist und wie hart er sie schuften lässt?"

Virginia schüttelte den Kopf. „Naomi ist viel zu freundlich, um zu jammern."

Abraham war versucht, dem englischen Mädchen zu sagen, sie wisse überhaupt nichts über seine Tochter, aber er beschloss, stattdessen das Thema zu wechseln. „Was führt Sie an diesem Nachmittag in meinen Laden? Sollten Sie nicht heute in der Schule sein? Naomi erwähnte, dass Sie ein College in Lancaster besuchen."

„Ich bin für heute fertig und vorbeigekommen, um mich zu erkundigen, ob Sie neue Aufkleber haben. Ich stelle ein Erinnerungsbuch von meinen Weihnachtsferien in Florida zusammen, dafür brauche ich sie."

„Seit Sie das letzte Mal Aufkleber gekauft haben, habe ich nichts Neues hereinbekommen."

„Ich verstehe."

„Wenn ich Ihnen noch mit etwas anderem helfen kann, gerne, aber ich muss jetzt die Lampen weiter einsortieren." Er deutete auf das Regal, in das er bereits vier Petroleumlampen gestellt hatte.

Eine seltsame Melodie ertönte und Virginia griff in ihre Tasche und holte ein Handy hervor. Als ihr Blick auf das Display fiel, zog sie die Nase kraus. „Mein Dad ruft an. Ich schätze, ich gehe jetzt besser zum Restaurant, um zu erfahren, welche schrecklichen Dinge dort auf mich warten. Richten Sie Naomi bitte aus, dass ich vorbeigekommen bin." Virginia marschierte durch die Tür. Sie machte sich nicht die Mühe, den Anruf entgegenzunehmen.

Abraham bückte sich und nahm eine Lampe in die Hand. „Wenn das meine Tochter wäre, würde ich ihr den Mund mit einem Stück Seife auswaschen."

※

Naomi raffte ihren Rock, damit er sich nicht in dem hohen Gras verfing, und rannte zum Bach. Als sie dort ankam, fühlte sie sich so beschwingt wie schon lange nicht mehr. Keuchend ließ sie sich unter einer Trauerweide ins Gras sinken, lehnte ihren Kopf gegen den Stamm und hob ihr Gesicht der warmen Sonne entgegen. Wie oft hatte Naomi als Kind hier gespielt, damals, als das Leben noch unkompliziert gewesen war. Sie wünschte, sie könnte die Zeit zurückdrehen oder sich zum Einzelkind machen, denn dann brauchte sie ihre Geschwister nicht zu versorgen.

„Es hat keinen Zweck, sich das Unmögliche zu wünschen", murmelte Naomi, während sie ihre Schuhe auszog und ihre nackten Zehen in die weiche Erde grub. „Ich muss zufrieden mit meinem Leben sein, wie es auch aussieht."

Im letzten Gottesdienst hatte der Bischof einen Vers aus dem Philipperbrief vorgelesen, der Naomi ermahnt hatte, zufrieden zu sein. Der Apostel Paulus hatte große Mühsale und Verfolgung erlebt und trotzdem hatte er im 4. Kapitel, Vers 11 sagen können: „Denn ich habe gelernt, mir genügen zu lassen, wie's mir auch geht."

Naomi seufzte tief und schloss die Augen. *Himmlischer Vater, bitte schenke mir Ruhe für meine müde Seele, und hilf mir zu lernen, zufrieden zu sein.*

※

Mit einem Ruck fuhr Naomi aus dem Schlaf hoch. Sie hatte geträumt, sie wäre mit Ginny und ihren englischen Freundinnen zum Zelten gefahren, als ein seltsames Geräusch sie aufweckte. Sie legte den Kopf zur Seite und lauschte angestrengt. Auf keinen Fall hätte sie sich den Luxus eines kleinen Schläfchens gönnen dürfen. Sie hatte keine Ahnung, wie lange sie schon hier unten am Bach war. Und wenn die *Kinner* nun aufgewacht waren und sie brauchten? Und wenn Papa nach Hause gekommen war und gemerkt hatte, dass sie gar nicht im Haus war und sich um seine kranken Kinder kümmerte?

Sie rappelte sich hoch, während der Lärm immer näher kam und lauter wurde. Was war das nur für ein seltsames Geräusch?

Sie blickte hoch. „Oh nein! Bienen!"

Naomi zog den Kopf ein, aber es war zu spät. Ihr Kopf wurde von einer dunklen Wolke eingehüllt, einer Wolke, die sich bewegte und surrte und wie Feuer brannte. Sie schlug nach den feindlichen Angreifern, die ihren Körper mit ihren bösen Stacheln quälten. Schreiend wälzte sie sich im Gras.

Es schien eine Ewigkeit zu dauern, bis der Schwarm endlich weitergezogen war. Als sie sicher war, dass sie verschwunden waren, kroch Naomi zum Ufer des Baches. Sie nahm eine Hand voll Erde, mischte sie mit etwas Wasser und verteilte den Matsch auf den Einstichen. Ihr Gesicht fühlte sich an, als sei es zur doppelten Größe angeschwollen, und ihre Arme schmerzten, wo die surrenden Insekten ihre Spuren hinterlassen hatten. *Wenn Caleb mich jetzt sehen könnte, würde er seine Meinung bestimmt ändern und nicht mehr den Wunsch verspüren, um mich zu werben.*

„Ich muss sofort ins Haus zurück und einen richtigen Breiumschlag machen", murmelte Naomi. Zwar hatte sie nie eine allergische Reaktion auf einen Bienenstich gezeigt, aber natürlich hatte sie auch noch nie so viele Stiche abbekommen. Zu Hause hatte sie ein Medikament, das die Schwellung zum Abklingen bringen und die Schmerzen lindern sollte.

Naomi begann zu rennen. Die Stiche brannten wie Feuer und jetzt hatte es auch noch angefangen zu regnen. Als sie die hintere Veranda erreichte, goss es wie aus Eimern. Blitze zuckten über den Nachmittagshimmel und das dumpfe Grollen des Donners in der Ferne kam immer näher.

Naomi riss die Tür auf und stürmte ins Haus. Wie angewurzelt blieb sie mitten in der Küche stehen und starrte auf den Fußboden. „Was um alles in der Welt ist denn hier los?", keuchte sie.

Mary Ann kniete mitten im Raum und blickte mit Tränen in den Augen zu Naomi hoch. „Ich und Nancy sind aufgewacht und hatten Hunger. Es geht uns besser und wir wollten Ingwerkekse backen."

Das Gesicht des Kindes und sein hochgestecktes Haar waren mit Mehl bestäubt. Die sonst dunkelbraunen Zöpfe sahen aus, als seien sie von grauen Strähnen durchzogen. Auf dem Boden mischten sich braune Eierschalen mit den zerlaufenen gelben Dottern und mitten aus der Sauerei erhob sich ein Berg Mehl.

Naomis Blick wanderte durch den Raum zu Nancy, die mit einem Schwamm in der Hand an der Spüle stand. „Was ist hier los?"

„Alles ging prima, bis Mary Ann den Eierkarton fallen gelassen hat", zischte Nancy. „Ich brachte gerade das Mehl zum Schrank und bin ausgerutscht." Sie schob trotzig ihr Kinn vor. „Die Tüte ist aufgeplatzt und das Mehl auf Mary Anns Kopf gelandet. Das ist alles ihre Schuld."

Naomi stöhnte. Nancy war vier Jahre älter als Mary Ann und normalerweise stellte sie sich in der Küche recht geschickt an. Ihren jüngeren Geschwistern gegenüber verhielt sie sich gern ein wenig herrisch. *Warum habe ich mir nur den*

Luxus gegönnt, am Bach einzuschlafen? Und warum bin ich überhaupt erst dorthin gegangen? Jetzt muss ich meinen Wunsch, ein wenig allein zu sein, teuer bezahlen.

Ein durchdringender Schrei ertönte aus dem Wohnzimmer. Zach saß in seinem Ställchen und brüllte.

„Der *Boppli* ist wach", verkündete Mary Ann.

„Ja, das höre ich, aber ich kann jetzt nicht zu ihm gehen." Naomi hob ihre mit Schlamm bedeckten Arme. „Ich bin in einen Bienenschwarm geraten."

„Oh, Naomi, du siehst so *elendiglich* aus!", rief Nancy. Bis jetzt schien sie Nancys Zustand überhaupt nicht bemerkt zu haben.

Naomi nickte. „Ja, ich sehe gewiss übel aus, aber ihr könnt mir glauben, ich fühle mich noch schlimmer als ich aussehe."

„Wirst du uns helfen, Ingwerkekse zu backen?", fragte Mary Ann, während sie eine Hand voll Eierschalen aufhob.

„Nein." Naomi versuchte ihre Stimme ruhig zu halten. Es hatte keinen Zweck, sich aufzuregen und ihre Schwestern anzuschreien. Schließlich hatten sie ja nicht mit Absicht eine solche Ferkelei veranstaltet. „Ich muss die Bienenstiche versorgen."

Naomi öffnete den Küchenschrank über dem Spülbecken, nahm eine Packung Backpulver und die Medizinflasche heraus. „Ich gehe nach oben ins Bad. Während ich fort bin, wird die eine dieses Durcheinander beseitigen, während die andere das Baby holt, bevor es versucht, aus seinem Ställchen zu klettern." Sie deutete zur Wohnzimmertür, wo Zach immer noch brüllte. „Wenn ich zurückkomme, werde ich den kleinen Kerl wickeln und füttern." Naomi eilte aus der Küche.

Zehn Minuten später kam sie in die Küche zurück, doch dieses Mal hatte sie statt des Schlamms Backpulver auf Gesicht und Arme gestrichen. In der Tür blieb sie stehen. Das Durcheinander war beseitigt, und Zach saß in seinem Hochstühlchen und kaute an einem Kräcker, aber ihre Brüder Mathew, Norman und Jake lümmelten sich tropfnass am Tisch.

„Ach du meine Güte! Ihr macht ja alles nass!", rief Naomi. „Was wollt ihr drei überhaupt schon hier?"

„Es schüttet draußen wie aus Kübeln und bei dem Wetter

kommen wir mit dem Pflügen der Felder nicht weiter", erwiderte Matthew. Sein dunkelbraunes Haar klebte wie ein durchnässtes Blatt an seinem Kopf und seine Wangen waren so rot wie eine Himbeere. Im Augenblick sah er eher aus wie ein kleiner Junge und nicht wie ein zweiundzwanzigjähriger Mann.

„Das stimmt; das ist ein richtiger Wolkenbruch draußen", bestätigte Norman. „Wenn das so weitergeht, dann wird es noch eine Überschwemmung geben, das ist sicher." Er fuhr sich mit den Fingern durch die Haare, die beinahe dieselbe Farbe hatten wie Matthews und genauso nass waren. Wasser spritzte auf den Tisch und Norman grinste Naomi beinahe verlegen an.

„Was ist denn mit dir geschehen, Naomi? Du siehst ja furchtbar aus", bemerkte Jake. Der Siebzehnjährige hatte erst kürzlich seinen Geburtstag gefeiert, aber wie er so da saß, bis auf die Haut durchnässt und mit ins Gesicht hängenden Haaren, sah auch er aus wie ein etwas zu groß gewachsenes Kind.

„Ich hatte einen Zusammenstoß mit ein paar Bienen." Naomi warf einen Blick auf die Uhr über dem Kühlschrank. Es war halb fünf. Samuel sollte mittlerweile eigentlich aus der Schule gekommen sein. Naomi rannte zur Hintertür und riss sie auf. Von ihrem kleinen Bruder keine Spur – nur Regen und Blitze waren zu sehen.

Sie eilte zu ihren Brüdern. „Einer von euch muss Samuel suchen. Er wird sich eine Lungenentzündung holen, wenn er bei diesem Wetter zu Fuß nach Hause läuft. Außerdem könnte er vom Blitz getroffen werden."

„Du bist aber auch ein Sorgengeist, Schwester. Ein bisschen Regen wird den Kleinen schon nicht umbringen, und ganz bestimmt ist er klug genug, sich bei Gewitter von den Bäumen fernzuhalten." Matthew griff nach einer Serviette und fuhr sich damit über die Stirn.

„Ja, das stimmt." Jake nickte zustimmend. „Ich kann dir gar nicht sagen, wie oft ich schon durch den Regen nach Hause gelaufen bin."

Zach stieß einen ohrenbetäubenden Schrei aus und Naomi hätte am liebsten auch gleich losgeschrien. Gab es in dieser Familie denn einen Menschen, der nicht nur an sich selbst dachte?

Sie klatschte in die Hände und stampfte mit dem Fuß auf. „Jetzt hört zu! Einer von euch macht sich auf die Suche nach Samuel – sofort!"

Matthew blinzelte und wandte sich Norman zu. „Ich schätze, der Boss hat gesprochen. Das bedeutet Arbeit. Spanne schnell den Buggy an!"

„Okay, ich gehe ja schon." Norman schob seinen Stuhl vom Tisch zurück. Er schlenderte an Naomi vorbei, blieb aber an der Hintertür noch einmal stehen. „Du solltest lieber dafür sorgen, dass das Abendessen auf dem Tisch steht, wenn Papa nach Hause kommt. Er wird nicht begeistert sein, wenn er hungrig nach Hause kommt und das Essen noch nicht fertig ist."

Naomi reichte es. Sie schnappte sich einen nassen Schwamm aus dem Spülbecken und warf ihn nach ihrem Bruder. Er traf genau ins Ziel, er landete direkt auf Normans Rücken.

Das schien ihm überhaupt nichts auszumachen. Lachend verschwand er durch die Hintertür.

„Brüder!", stöhnte Naomi. Sie eilte zu Zach, nahm ihn auf die Arme und marschierte die Treppe hoch.

Das war ein richtiger Wolkenbruch. Als Caleb eine Stunde zuvor in die Stadt aufgebrochen war, um einige Besorgungen zu machen, war es draußen noch warm und sonnig gewesen. Er hatte in Zooks Werkzeugladen eingekauft und als er wieder herauskam, war ein heftiges Gewitter aufgezogen. Es goss in Strömen. Eigentlich hatte er noch in Fisher's Gemischtwarenladen vorbeischauen wollen – in der Hoffnung, Naomi allein zu erwischen, aber jetzt war es doch wohl besser, auf dem schnellsten Weg nach Hause zu fahren. Außerdem sagte ihm der Blick auf die Uhr, dass Abrahams Laden vermutlich bereits geschlossen war.

Caleb stand neben seinem Buggy, streichelte sanft die Ohren seines Pferdes und redete leise auf das Tier ein. „Ich mag Gewitter genauso wenig wie du, aber da müssen wir jetzt durch, wenn wir nach Hause wollen."

Das Pferd schnaubte und stieß Caleb an. Er tätschelte den Kopf des Tieres und sprang in seinen offenen Wagen.

„Ich wünschte wirklich, ich hätte einen von Pops geschlossenen Buggys genommen", murmelte Caleb. „Bis wir zu Hause sind, werden wir beide fast ertrunken sein." Er zog sich seinen Strohhut ins Gesicht und stemmte sich gegen den Wind. So wie der Regen auf den Boden klatschte, könnte es durchaus eine Überschwemmung in der Gegend geben.

Caleb fuhr so schnell er konnte. Er hatte erst ein kurzes Stück zurückgelegt, als schlammiges Wasser die Straße überflutete und in ein nahe gelegenes Feld strömte. Mehrere Wagen hatten bereits am Straßenrand angehalten, weil sie offensichtlich nicht weiterkamen.

„Ich schätze, es hat doch etwas Gutes, dass wir Amischen uns mit *richtiger* Pferdestärke fortbewegen. Wenigstens hat mein Buggy keinen Motor, der mir absaufen kann."

Als Caleb die Hälfte der Strecke von Paradise zur Farm seiner Eltern zurückgelegt hatte, war das Flutwasser bereits zu einer Gefahr geworden. Die Pferde eines englischen Farmers in der Gegend standen bis zu den Flanken in einem See von schlammigem braunem Wasser.

Caleb fragte sich, ob der Teich hinter der Farm seiner Eltern wohl auch übergelaufen war. Denn dann müssten Caleb und seine Brüder Pop helfen, die Tiere in die Scheune zu bringen.

Auf einmal entdeckte Caleb einen geschlossenen Buggy am Straßenrand. Er fuhr sich mit der Hand über sein vom Regen nasses Gesicht und blinzelte. Das Pferd und der Buggy sahen aus wie die von Abraham Fisher. Hatte er irgendwelche Probleme? Hatten die Fishers eine Panne? Vielleicht hatten sie einen Unfall gehabt.

Caleb lenkte sein Pferd an den Straßenrand und hielt hinter der Kutsche an. Er sprang von seinem Wagen herunter und rannte zur rechten Seite, der Fahrerseite. Als er durch das Fenster blickte, setzte sein Herzschlag beinahe aus. Abraham Fisher saß vornübergebeugt, den Kopf gegen das Vorderteil des Buggys gelehnt. Von Naomi und ihrem kleinen Bruder keine Spur.

Caleb riss die Tür auf. Abraham rührte sich nicht, obwohl er atmete, denn seine Brust hob und senkte sich.

„Abraham, können Sie mich hören?" Caleb berührte die Schulter des Gemischtwarenhändlers. Keine Reaktion. Er rüttelte den Mann am Arm.

Naomis Vater fuhr hoch. „Ach du meine Güte. Was machst du da, Junge?"

„Ich dachte, Sie wären vielleicht verletzt oder hätten eine Panne."

Abraham gähnte. „Ich bin nicht verletzt – nur an den Straßenrand gefahren, um ein wenig zu schlafen. Bei dem starken Regen konnte ich kaum noch die Straße erkennen und da ich fast die ganze Woche allein im Laden gewesen bin, fühlte ich mich ein wenig erschöpft."

„Sie sind ganz allein im Laden gewesen?" Caleb blickte ihn verblüfft an. „Aber ich bin doch am *Mondaag* vorbeigekommen. Da hat Naomi Ihnen doch geholfen."

Abraham brummte. „Ja, gut. Montag war der einzige Tag, an dem mir meine Tochter geholfen hat. Seither ist sie zu Hause und pflegt ihre kranken Schwestern."

„Dann geht es Ihnen also gut?"

Der Gemischtwarenhändler runzelte die Stirn. „Warum sollte es nicht?"

„Wie ich schon sagte ... Ich sah Ihren Buggy am Straßenrand stehen und dachte, ich halte besser an und sehe, ob Sie Schmerzen haben oder so etwas."

„Abgesehen davon, dass ich müde bin, geht es mir gut." Abraham schüttelte den Kopf. „Ich hoffe nur, dass dieses Gewitter bald vorbei ist. Wenn die Flüsse und Teiche über die Ufer treten, kann es unangenehm werden."

Caleb machte sich nicht die Mühe, Abraham von der überfluteten Farm zu erzählen, an der er bereits vorbeigekommen war. Es war wohl das Beste, wenn sie beide jetzt so schnell wie möglich nach Hause fuhren. Er klopfte an Abrahams Seitentür. „Dann mache ich mich wieder auf den Weg. Ich bin froh, dass es Ihnen gut geht." Als Antwort bekam er nur ein leises Grunzen.

Als die Tür geschlossen wurde, nahm Abraham wieder die Zügel in die Hand.

Caleb eilte kopfschüttelnd zu seinem Buggy. Der Gemischtwarenhändler hatte sich nicht einmal bedankt.

Kapitel 4

Naomi stand am Spülbecken und hielt einen Schwamm in der Hand. Sie musste sich beeilen. Bald würden sie zum Gottesdienst auf Beechys Farm aufbrechen.
Wenigstens sind die Schwellungen von den Bienenstichen zurückgegangen, dachte sie. *Ich sehe nicht mehr aus wie eine bucklige alte Kröte. Das Wasser von den Überschwemmungen ist versickert und es regnet nicht mehr. Das ist doch etwas, wofür man an diesem Tag des Herrn dankbar sein kann.*
Naomi wusch das Geschirr in einer Schüssel, spülte es in einer anderen ab und stellte es zum Abtropfen in ein Trockengitter. Nancy würde die Teller dann abtrocknen und wegräumen. Jeder Schritt saß – formierte sich nach jeder Mahlzeit zu einem einfachen Ritual. Seltsamerweise empfand Naomi dieses Ritual als tröstlich. Es verschaffte ihr Zeit zum Nachdenken und manchmal auch zum Beten.
„Baby Zach schreit. Soll ich ihn aus dem Ställchen nehmen?"
Nancys Frage holte Naomi wieder in die Gegenwart zurück. Sie wirbelte herum. Da stand Zach, umklammerte die Gitter seines Ställchens mit seinen schmierigen Händen, während ihm Tränen über seine knubbeligen Wangen liefen.
„Ich kümmere mich schon um den Kleinen", erwiderte Naomi. „Bis auf zwei Tassen und drei Teller ist das Geschirr gespült, du kannst den Rest abwaschen und dann anfangen abzutrocknen und es wegzuräumen. Wenn Papa das Pferd angespannt hat, werden wir hoffentlich alle fertig sein."
„Warum kann ich mich nicht um den *Boppli* kümmern, während du das Geschirr fertig spülst?", fragte Nancy mit vorgeschobener Unterlippe.
Naomi kaute an der Innenseite ihrer Wange und dachte über den Vorschlag ihrer Schwester nach. Das Geschirr fertig zu spülen wäre viel einfacher als der Versuch, Zach zu beruhigen, der vermutlich eine schmutzige Windel hatte. Sie liebte diese Arbeit, und selbst wenn sie das Kind nicht so gern wickeln würde, wäre sie trotzdem viel schneller als ihre Schwester.

„Danke für das Angebot", erwiderte sie, „aber ich glaube, es ist besser, wenn ich mich um den Kleinen kümmere."

Enttäuschung machte sich in Nancys Gesicht breit, aber sie marschierte widerspruchslos zum Spülbecken und schnappte sich den Schwamm.

Naomi fand es nicht schön, dass ihr die Verantwortung für ihre jüngeren Geschwister aufgebürdet worden war. Sie hasste es, ihnen ständig sagen zu müssen, was sie zu tun hätten, und manchmal, wenn es notwendig war, auch Strafen zu verteilen. Das war eigentlich die Aufgabe einer Mutter.

Naomi trocknete ihre Hände an einem Geschirrtuch ab und ging zu ihrem kleinen Bruder. Sobald sie ihn hochnahm, hörte Zach auf zu schreien, und als sie schnell einen Blick auf seine Windel warf, stellte sie mit großer Erleichterung fest, dass sie nicht gewechselt zu werden brauchte. Wie froh wäre sie, wenn der *Boppli* endlich aufs Töpfchen ginge und keine Windeln mehr bräuchte.

Zach quietschte und strampelte vergnügt mit seinen dicken Beinchen, als sie ihn durch den Raum trug. Offensichtlich wollte der kleine Kerl nichts anderes, als aus seinem Ställchen herauszukommen.

Naomi umarmte ihren kleinen Bruder. „Du bist ziemlich verwöhnt, weißt du das?"

„Ich schätze, das kommt daher, dass er so süß ist", erklärte Nancy.

„Ja, er ist wirklich goldig, das stimmt." Naomi stupste den Jungen mit ihrer Nase an. „Goldig und schrecklich verwöhnt."

Sie setzte sich in den Schaukelstuhl in der Nähe des Kamins, wiegte Zach und sang ihm ein kleines Lied vor, das sie selbst erfunden hatte. „Verwöhntes kleines Baby, du bist schrecklich süß. Du sollst aufwachsen, glücklich und geliebt."

Zach kicherte, als sie ihn sanft an seinem weichen Ohrläppchen zupfte.

Nancy räumte gerade das Geschirr in den Schrank, als die Hintertür geöffnet wurde. Papa kam in die Küche, gefolgt von Samuel.

„Ein listiger alter Fuchs hat sich gestern Nacht in den Hühnerstall geschlichen", verkündete Samuel.

„Woher weißt du das?", fragte Nancy.

„Wir haben Beweise dafür gefunden … mehrere tote Hühner", erklärte ihr Vater stirnrunzelnd.

„Papa wird eine Falle für den Schuft aufstellen", fügte Samuel aufgeregt hinzu.

„Du stellst sie hoffentlich an einer Stelle auf, wo die *Kinner* sich nicht verletzen können", sagte Naomi.

Mit zusammengekniffenen Augen und gerunzelter Stirn lief Papa auf den Schaukelstuhl zu. „Traust du mir nicht zu, eine Falle so aufzustellen, dass sich meine Kinder nicht verletzen?"

Tränen brannten in Naomis Augen und sie musste blinzeln, damit sie ihr nicht über die Wangen liefen. „Ich … ich wollte nicht respektlos erscheinen, Papa."

Er zupfte an seinem Bart herum. „Ja, gut, deine Mutter hat meine Entscheidungen nie infrage gestellt."

Und schon wieder vergleicht er mich mit Mama.

„Sind alle fertig für den Gottesdienst?", fragte Papa und wechselte damit das Thema.

„Ich glaube schon", erwiderte Naomi.

Papa schaute Nancy an. „Wo ist deine Kopfbedeckung?"

Sie deutete auf einen Stuhl.

„Setz sie auf. Mary Ann wartet bereits im Buggy und die älteren Jungs sind vor ein paar Minuten in Matthews Wagen losgefahren."

Nancy schloss die Schranktür, schnappte sich ihre Haube und hüpfte nach draußen.

Papa blickte Samuel an, der sich auf dem Küchentisch niedergelassen hatte. „Erhebe deine faulen Knochen und begib dich nach draußen zum Buggy. Wenn wir uns nicht beeilen, kommen wir zu spät."

Samuel sprang auf, nahm seinen Hut von einem Haken an der Wand und eilte zur Tür.

Papa wandte sich erneut Naomi zu. „Wenn deine Mutter hier wäre, dann wären die Kinder rechtzeitig zum Gottesdienst fertig – mit ihrer Kopfbedeckung."

Naomi erhob sich und setzte sich Zach auf die Hüfte. „Papa, warum vergleichst du mich immer mit Mama?"

Er blinzelte, als hätte sie ihn mit ihrer Frage überrascht. „Ich vergleiche dich nicht mit ihr und mir gefällt dein Ton nicht."

Naomi drückte das Baby an sich, weil sie das Bedürfnis nach Trost verspürte. „Es tut mir leid, Papa."

Er räusperte sich, schwieg aber. Für einen Moment glaubte Naomi einen Ausdruck von Zärtlichkeit auf dem Gesicht ihres Vaters erkennen zu können, aber er verschwand so schnell wieder, wie er gekommen war.

Oh bitte, Papa. Kannst du nicht einfach sagen: „Ich liebe dich, Naomi, und ich danke dir für alles, was du tust!"?

„Ist der *Boppli* fertig?"

Sie nickte.

„Dann lass uns fahren."

Caleb ging unruhig vor Beechys Scheune auf und ab, wo bereits zwanzig Buggys abgestellt waren. Mathew, Norman und Jake Fisher hatte er schon vor einer ganzen Weile gesehen. Naomi und der Rest der Familie würde sicher auch bald eintreffen.

Caleb hatte seit seinem Besuch im Gemischtwarenladen am Montag nicht mehr mit Naomi gesprochen. Er hatte jetzt eine Woche Zeit gehabt, einen Plan auszuhecken und wollte am heutigen Tag mit Naomi darüber sprechen. Falls er sie für ein paar Minuten allein erwischte.

„Hey, Caleb, wie geht's?"

Als er Aaron Landis' tiefe Stimme hörte, drehte sich Caleb um. Aaron legte grüßend die Hand an den Hut und nickte.

„Ganz gut. Und wie steht es mit dir?"

„Alles bestens bei mir und Katie." Aaron schlug Caleb auf den Rücken. „Wir haben gerade erfahren, dass sie Ende November ein Baby bekommt."

Caleb griff nach der Hand seines Freundes. „Gratuliere. Ich weiß, du wirst ein guter *Daed* werden."

Aaron grinste breit und seine dunklen Augen funkelten im Sonnenschein. „Das hoffe ich doch. Katie und ich wollen ein ganzes Haus voll *Kinner*."

Caleb nickte nur.

„Nun, ich sollte mal sehen, wie es Katie geht, bevor wir zum Gottesdienst hineingehen. Morgens ist ihr nämlich immer ziemlich übel."

„Richte ihr aus, dass ich mich über diese gute Nachricht freue", sagte Caleb mit einem gezwungenen Lächeln.

„Das werde ich bestimmt." Aaron schlenderte zu den Frauen, die auf der vorderen Veranda der Beechys zusammenstanden. Es gab keinen Zweifel – Aaron konnte sich glücklich schätzen.

Ich frage mich, ob ich je eine Frau oder einen Boppli haben werde.

※

Naomi nahm auf der Bank in der Nähe der Kirchentür Platz. Sie wollte in der Nähe einer Tür sitzen für den Fall, dass Zach unruhig wurde. Im Augenblick saß das Kind ganz still auf ihrem Schoß, aber in dem Korb, den Naomi mitgenommen hatte, steckte eine Schachtel mit Keksen – für den Fall, dass er Hunger bekam. Der Korb enthielt auch ein paar Windeln und Sachen zum Wechseln für den Kleinen, außerdem eine Tüte mit getrockneten Früchten für Nancy und Mary Ann, falls sie unruhig werden sollten. Der Gottesdienst würde gut drei Stunden dauern und die Kinder konnten so lange nicht still sitzen.

Sie ließ ihren Blick durch den Raum schweifen und bemerkte Caleb, der zwischen seinen jüngeren Brüdern Andy und Marvin auf der Männerseite saß. Er lächelte, aber sie wandte den Blick ab. Sie wollte ihm keine Hoffnungen machen. Eine Freundschaft kam für sie nicht infrage. Er sollte sich eine andere suchen. Naomi erwartete nicht von ihm, dass er auf sie wartete, bis sie von ihren Verpflichtungen der Familie gegenüber befreit war. Matthew war in Calebs Alter. Falls er jemals seine Schüchternheit Frauen gegenüber ablegen sollte, würde er bald eine geeignete Frau finden. Norman war neunzehn und auch er würde sicher nicht mehr lange mit dem Heiraten warten. Aber bei Jake, Nancy, Samuel und Mary Ann würde es noch einige Jahre dauern.

Naomi zog die Hand zurück, als Zach auf ihrem Daumen herumbiss. *Und dann ist da noch der Boppli, der erst in achtzehn Jahren so weit sein wird, dass er ans Heiraten denken kann.*

Tränen brannten ihr in den Augen. *Bis dahin werde ich so alt sein, dass mich niemand mehr will.*

Sie holte einen Keks aus dem Korb. Daran konnte er herumknabbern und ihr Daumen wurde geschont.

Das war vielleicht eine Woche, dachte sie. Zuerst waren ihre Schwestern krank geworden und sie war zu Hause geblieben, um sie zu pflegen. Dann diese entsetzliche Begegnung mit den Bienen, die Schweinerei, die Mary Ann und Nancy in der Küche angerichtet hatten und zu guter Letzt waren ihre Brüder noch tropfnass in die Küche gekommen. *Ich weiß gar nicht, wie Mama das alles so gut geschafft hat.*

Naomis Gedanken wanderten zu Papa. *Warum muss er mich immer mit Mama vergleichen? Ich gebe mir doch die größte Mühe, ihm zu gefallen, aber nichts scheint ihm gut genug zu sein.*

Ihre Kehle zog sich zusammen und sie versuchte, den Kloß hinunterzuschlucken.

„Denn ich habe gelernt, mir genügen zu lassen, wie's mir auch geht", las Bischof Swartley aus dem Philipperbrief vor. Obwohl der Mann schon über achtzig und von Arthritis geplagt war, konnte er immer noch predigen und seiner Gemeinde dienen, auch wenn er häufig denselben Bibelvers vorlas.

Naomi schloss die Augen. *Hilf mir, Herr, denn es fällt mir immer noch schwer, zufrieden zu sein.*

Nach dem Gottesdienst trat Naomi ins Freie. Zachs Arme waren fest um ihren Hals geschlungen, seine Beine hatte er um ihre Taille geklammert. Naomi drückte ihn fest an sich und atmete tief durch. Die Bäume und das Gras waren wundervoll grün und alles roch nach dem Regen vor einigen Tagen so sauber und frisch. Eine Gruppe Kinder hatte sich zum Spielen im Garten getroffen. Ihre drei jüngeren Geschwister hatten sich ebenfalls dazugesellt.

Naomi blieben nur wenige Minuten, um den friedlichen Anblick zu genießen, denn es war an der Zeit, bei der Essensvorbereitung zu helfen. Seufzend drehte sie sich zur Tür um.

„Lass mich den Kleinen doch eine Weile halten", bot Anna Beechy ihr an, die in ihrem Schaukelstuhl auf der Veranda saß.

Voller Dankbarkeit reichte Naomi Zach an die ältere Frau weiter. Lächelnd nahm Anna den Jungen auf den Schoß. Sie konnte gut mit *Kinnern* umgehen. Immerhin hatte sie zehn eigene großgezogen und war jetzt mit fünfundzwanzig Enkelkindern gesegnet. Naomi gab ihren kleinen Bruder also in gute Hände. Beruhigt verschwand sie im Haus und machte sich daran, Kaffee einzugießen und den Männern Teller mit Bohnensuppe zu servieren.

Nach dem Essen schlenderten die Männer in den Garten. Sie teilten sich in Gruppen auf, plauderten miteinander, spielten Hufeisenwerfen oder entspannten im Schatten des Ahorns.

Naomi schüttelte den Kopf, als sie bemerkte, dass ihr Dad schon wieder aufbrechen wollte. Das machte er seit Mamas Tod häufig und es beunruhigte sie ein wenig. Er schlief ungewöhnlich viel. War dies seine Art, seine Trauer zu verarbeiten, oder war er einfach müde, weil er in der Nacht unruhig geschlafen hatte?

Sie holte ihre Schwestern an den Tisch und setzte sich zwischen sie auf eine Bank. Sie hatte gerade ihre Schale Suppe gegessen, als sie durch das Fenster Emma Lapp auf der anderen Seite des Hofes entdeckte. Sie stand neben einem der offenen Buggys.

Naomi kniff die Augen zusammen. War das Caleb Hoffmeir, mit dem sich Emma da unterhielt? Sie knüllte ihre Serviette zu einem Ball zusammen und biss die Zähne aufeinander. Hatte Caleb Emma zu dem Singabend eingeladen, der an diesem Abend stattfinden sollte? Würde er sie in seinem Buggy nach Hause bringen? Ein Stich der Eifersucht durchzuckte Naomis Herz, als sie sich vorstellte, die beiden könnten sich anfreunden.

Caleb tut nur, was ich ihm geraten habe, mahnte sie sich. *Ich kann ihm das doch nicht übel nehmen.*

„Naomi, hast du gehört, was ich gesagt habe?"

„Wie bitte?" Naomi zwang sich, ihren Blick von Caleb und Emma loszureißen und Mary Ann ihre Aufmerksamkeit zu schenken.

„Ich bin satt. Kann ich spielen gehen?" Das Kind deutete auf seinen leeren Teller.

Naomi nickte. „Ja, du hast brav gegessen. Lauf nur, aber sieh zu, dass du keinen Ärger bekommst, hörst du?"

„Ja, ich passe auf." Mary Ann rutschte von der Bank und eilte nach draußen.

Naomi blickte Nancy an. „Bist du auch fertig?"

Nancy stopfte noch ein Stück Brot in den Mund und murmelte: „Jetzt."

„Gut, du kannst auch gehen."

Nancy hüpfte davon und Naomis Blick wanderte erneut in den Hof. Caleb und Emma waren fort.

Vermutlich haben sie sich davongestohlen, um allein zu sein. Sie kniff die Augen zusammen und hoffte, die Tränen unterdrücken zu können.

Als sich eine Hand auf ihre Schultern legte, fuhr Naomi zusammen. Emma ließ sich lächelnd neben ihr auf die Bank sinken. „Ich habe eine Nachricht für dich. Von Caleb", flüsterte sie.

Naomis Mund wurde trocken und ganz schnell griff sie nach ihrem Wasserglas.

Emma beugte sich zu ihr hinüber. „Du sollst ihn am Teich hinter dem Haus treffen."

„Habt ihr beide euch darüber unterhalten, als ihr draußen an Calebs Buggy gestanden habt?"

Emma zog die Stirn in Falten. „Natürlich. Was hast du denn gedacht?"

„Ich ... äh ... ist auch egal."

Emma richtete ihre Nickelbrille und starrte Naomi an. „Du hast doch nicht wirklich gedacht ... " Sie kicherte. „Ich bin nicht an Caleb interessiert, falls du daran gedacht hast."

„Nun ..."

„Geh zu ihm, Naomi."

Naomi schüttelte den Kopf. „Das geht nicht."

„Warum nicht?"

„Ich muss auf Mary Ann, Nancy und Samuel aufpassen, und natürlich auf den kleinen Zach."

„Als ich deinen kleinen Bruder das letzte Mal gesehen habe, schlief er auf der Couch der Beechys." Emma deutete mit dem Kopf zum Garten. „Und was die anderen *Kinner* betrifft, ich werde ein Auge auf sie werfen, während du fort bist."

„Ehrlich?"

„Natürlich. Und jetzt ab mit dir."

※

Caleb hockte am Rand des Teiches und beobachtete zwei Stockenten, die gerade vorbeischwammen. *Wird Naomi kommen? Hat Emma ihr meine Nachricht ausgerichtet?*

Ein Zweig knackte. Caleb drehte sich um. „Du bist wirklich gekommen!"

Naomi lächelte und er erhob sich. „Ich kann nicht lange bleiben", erklärte sie. „Mein *Daed* wird vermutlich nach mir suchen, wenn ich zu lange verschwunden bin."

Caleb deutete zu einem Grasplatz unter einer weißen Birke. „Sollen wir uns setzen?"

Sie schüttelte den Kopf. „Das Gras ist noch nass von diesem scheußlichen Gewitter am Freitag."

Er zuckte die Achseln. „Dann müssen wir eben stehen bleiben."

„Worüber willst du mit mir reden?"

„Ich möchte dich zur Freundin haben, Naomi."

„Das hast du neulich schon gesagt, aber du weißt doch, dass es nicht möglich ist."

„Weil dein *Daed* Nein sagt oder weil du zu viel Arbeit zu Hause hast?"

„Beides."

Calebs Magen krampfte sich zusammen. Mit dem Daumen hob er Naomis Kinn an. Ihre braunen Augen waren immer noch so groß und einladend, wie er sie in Erinnerung hatte. Man konnte sich darin verlieren. „Wenn es nach deinem Vater ginge, würdest du nie Spaß haben. Und vermutlich auch nie heiraten."

Naomis Augen füllten sich mit Tränen und ihr Kinn begann zu zittern. „Das mag stimmen, aber ich habe Mama vor ihrem Tod ein Versprechen gegeben und ich habe die Absicht, es zu halten."

„Das verstehe ich, aber ich denke, wir können trotzdem zusammen sein." Er lächelte. „Ich habe mir nämlich einen Plan zurechtgelegt, und ich hoffe, du wirst darüber nachdenken."

„Was denn für einen Plan?"

„Du kannst deinen Pflichten im Haushalt nachgehen und für deine Familie sorgen und wir treffen uns einfach heimlich."

„Das geht nicht. Papa könnte es herausbekommen. Dann wird er sehr wütend sein."

Caleb zuckte die Achseln. „Darüber mache ich mir keine Gedanken. Wir können uns abends sehen, wenn deine Familie bereits zu Bett gegangen ist."

Naomi schüttelte den Kopf. „Ich werde zu Hause gebraucht, Caleb. Ich dachte, das hätte ich dir neulich klar gemacht."

„Und du willst nicht einmal in Erwägung ziehen, dich heimlich mit mir zu treffen?"

Tränen rannen über Naomis Wangen und entschlossen wischte sie sie fort. „Das geht nicht."

„Aber du würdest es, wenn dein *Daed* seine Einwilligung geben würde?"

Ihre Augen wurden groß. „Papa würde es nie erlauben. Und selbst wenn, ich hätte gar keine Zeit dazu."

„Ist das dein letztes Wort?"

„Es muss sein."

Er brummte. „Na gut. Dann gib nicht mir die Schuld, wenn du als alte Jungfer endest."

Kapitel 5

Die folgenden Wochen zogen sich endlos hin, obwohl die Arbeit kein Ende nahm. Vielleicht war das der Grund. Es gab einfach zu viel zu tun. Am vergangenen Freitag hatten die *Kinner* Ferien bekommen, was bedeutete, dass sie die drei jüngsten bis Ende August in den Laden mitnehmen musste. Matthew hatte angeboten, sich um Samuel zu kümmern. Er sollte ihnen auf den Feldern helfen. Es war hart für einen achtjährigen Jungen, den ganzen Tag auf dem Feld zu arbeiten, aber Naomi wusste, unter Matthews Aufsicht würde er gute Arbeit leisten.

Als Naomi sich bückte und ein neues Handtuch aus dem Wäschekorb holte, nahm sie sich vor, ihren Brüdern genügend Kekse mitzugeben – für den Fall, dass Samuel oder die anderen zwischen dem Frühstück und dem Mittagessen Hunger bekamen. Sie würde auch einige Kekse in den Laden mitnehmen, damit auch die Mädchen und Zach einen Imbiss bekamen. Zwar müsste sie Nancy und Mary Ann im Auge behalten, aber die beiden Mädchen könnten ihr auch ein wenig zur Hand gehen, wenn Zach unruhig wurde oder gefüttert werden musste. Auch bekamen beide Mädchen leichtere Aufgaben im Laden, zum Beispiel Staub wischen, die unteren Regale einräumen oder den Boden fegen.

Naomis Gedanken wanderten zu Caleb und dem Gespräch, das sie am Teich der Beechys geführt hatten. Oh, wie sehr wünschte sie, sie könnte eine Freundschaft mit ihm beginnen. Aber sie würde es Caleb nicht übel nehmen, wenn er eine andere fand und heiratete. „Ich kann wirklich nicht erwarten, dass er auf mich wartet", murmelte sie.

„Hilfe! Hilfe!"

Naomi drehte sich um. Hildy, die Gans, scheuchte Mary Ann mit einem Korb Eiern über den Hof.

„Sie will an die Eier!", rief das Kind. „Lenk sie von mir ab, bitte!"

„Jetzt beruhige dich und hör auf herumzurennen. Sie wird dich weiterjagen, wenn du nicht stehen bleibst."

Mary Anns Augen waren vor Angst weit aufgerissen und blonde Haarsträhnen hatten sich aus ihrem Zopf gelöst.

Naomi merkte, dass ihrer Schwester die Puste ausging. Vor dem Korb mit frischer Wäsche blieb sie stehen.

„Reich mir den Korb", wies Naomi sie an. „Und dann versteck dich hinter meinen Rücken und rühr dich nicht."

Mary Ann gehorchte, hockte sich hin und jammerte leise vor sich hin, während sie sich an den Saum von Naomis langem Kleid klammerte.

Naomi nahm ein nasses Handtuch aus dem Korb, faltete es auseinander und schlug Hildy damit auf den Kopf. Die Gans schnatterte laut, drehte sich um und watschelte zur Scheune.

„Das war knapp!", rief Mary Ann. „Ich dachte, dieser alte Vogel würde mich totpicken."

Naomi kniete vor ihrer Schwester nieder. „Sie hat dir doch nichts getan, oder? Blutest du irgendwo?"

„Ich glaube nicht. Sie hat mir nur Angst gemacht – das ist alles."

Naomi umarmte Mary Ann und erhob sich. „Ich werde Matthew oder Norman bitten, dieses bösartige Geschöpf zu entfernen."

Mary Anns Augen füllten sich mit Tränen. „Du meinst, sie sollen Hildy schlachten?"

„Nur so können wir verhindern, dass sie nichtsahnende Leute durch die Gegend scheucht. Und das kommt neuerdings ja fast jeden Tag vor."

„Bitte, sie soll nicht geschlachtet werden. Sie will doch nicht böse sein."

„Ich weiß. Wir werden sehen, was Papa dazu sagt." Naomi reichte ihrer Schwester den Korb mit den Eiern. „Und jetzt geh schnell ins Haus und sag Nancy, sie soll Zach füttern und ihm die Windel wechseln."

Mary Ann nahm den Korb und hüpfte davon.

Wenigstens ein Problem ist gelöst. Naomi hängte das letzte Handtuch auf die Leine und drehte sich um, als sie das Pferd aus dem Stall kommen hörte. Norman führte den Wallach in den Hof und machte sich daran, ihn vor den wartenden Buggy zu spannen.

„Was machst du denn da?", rief sie.

„Wonach sieht das wohl aus? Papa hat mich gebeten, ein Pferd anzuspannen, damit er zum Laden fahren kann, und genau das tue ich."

Sie runzelte die Stirn. „Du solltest lieber ein anderes Pferd nehmen. Der hier ist doch noch gar nicht richtig an das Geschirr gewöhnt."

Norman winkte ab. „Ach was. Midnight schafft das schon. Er braucht nur die Gelegenheit, um zu beweisen, was in ihm steckt."

Naomi schüttelte den Kopf und fragte sich, ob das Pferd sich beweisen musste oder nicht eher ihr neunzehnjähriger Bruder. Sie nahm den leeren Wäschekorb und überquerte den Hof. Wie aus heiterem Himmel begann das Pferd zu tänzeln, schlug aus und trat mit den Hinterhufen gegen den Buggy.

„Ich weigere mich, mit diesem Pferd zum Laden zu fahren!", rief sie.

„Ho! Ruhig, Junge." Norman trat vor den Wallach und griff nach seinem Zaumzeug.

„Vorsicht! Du wirst auch noch einen Tritt abbekommen."

„Der beruhigt sich schon." Normans Gesicht war knallrot, doch so leicht gab er nicht auf. Mit aller Kraft hielt er das lebhafte Tier fest. Midnight hob abwechselnd die Vorderhufe und schlug mit den Hinterläufen aus. Der Buggy begann bedenklich zu schaukeln.

Naomi presste die Hand auf den Mund, um einen Schrei zu unterdrücken, was das Pferd noch mehr aufregen würde. Diese Sache geriet außer Kontrolle und wenn Norman nicht bald etwas unternahm, würde der Buggy bestimmt umkippen.

„Spann auf der Stelle das Pferd aus!" Papas Stimme zerschnitt die Luft wie ein Gewehrschuss. Norman gehorchte sofort.

Nachdem sich das Pferd beruhigt hatte, führte er es in den Stall zurück und kehrte kurz darauf mit einer ihrer zahmen Stuten zurück. „Ich schätze, Midnight war doch noch nicht ganz so weit", murmelte er.

„Tatsächlich?" Papa fuchtelte mit dem Zeigefinger vor seiner Nase herum. „Wenn du ein paar Jahre jünger wärst, dann würde ich mit dir in den Holzschuppen gehen und dir eine saftige Tracht Prügel verabreichen."

Norman ließ den Kopf hängen. „Tut mir leid, Papa. Ich hatte nicht damit gerechnet, dass Midnight so außer Rand und Band gerät."

„Ja, nun, gebrauche das nächste Mal deinen Verstand."
Papa drehte sich zu Naomi um. „Sind die *Kinner* fertig?"

Sie nickte. „Ich gehe schnell hinein und sehe, ob Nancy Zach gewickelt hat." Dies schien nicht der beste Zeitpunkt zu sein, um Papa die Sache mit Hildy zu erzählen.

※

Jim Scott hörte irgendwo sein Handy klingeln und schaute sich suchend um. Normalerweise steckte es an seinem Gürtel, aber er stand auf einer drei Meter hohen Leiter und wollte nicht riskieren, dass das Telefon herunterfiel. Das war vor mehreren Monaten einmal passiert und nach diesem Zwischenfall hatte er für das Telefon eine Versicherung abgeschlossen. Ein neues kostete sehr viel Geld. An diesem Tag hatte er das Handy an einen sicheren Ort gelegt. Er konnte sich nur nicht mehr erinnern, wo.

„Dein Handy liegt auf dem Farbeimer und es klingelt wie verrückt", rief Ed von der anderen Seite des Hofes. „Soll ich für dich drangehen?"

„Gern, wenn es dir nichts ausmacht."

Jim stieg die Leiter hinunter und seine Füße hatten gerade den Boden berührt, als sein Angestellter ihm das Handy reichte. „Der Typ sagt, er sei dein Anwalt."

„Danke."

Als Ed neben ihm stehen blieb, die Hände in die Taschen seines Arbeitsoveralls vergraben, nickte Jim ihm zu und sagte: „Du kannst jetzt mit dem Fensterrahmen weitermachen."

„Oh, sicher. Richtig." Ed schlenderte davon und Jim wandte seine Aufmerksamkeit dem Telefongespräch zu.

„Hallo, Max. Wie geht es dir?"

„Gut und ich habe gute Neuigkeiten für dich, die diesen Tag zu einem Fest machen werden."

„Wirklich? Was ist los?"

„Mein Freund Carl Stevens ist Anwalt in Bel Air in Maryland. Er hat heute Morgen angerufen und mir erzählt, eine junge Frau sei vor kurzem in sein Büro gekommen. Sie sei alleinstehende Mutter und könne nicht länger für ihren einjährigen Jungen sorgen. Darum habe sie beschlossen, ihn zur Adoption freizugeben."

Jims Herzschlag setzte beinahe aus. Durfte er wagen zu glauben, dass dieses Kind vielleicht für sie bestimmt war? Sollte er es riskieren, Linda davon zu erzählen und ihr erneut Hoffnungen machen?

„Jim, bist du noch dran?"

„Ja, Max. Ich versuche nur, die große Neuigkeit zu verdauen."

„Carl sagte, er würde sich in zwei Wochen noch einmal mit der Frau treffen. Er meinte, dann könnte er die Sache festmachen. Meine Frage ist: Seid ihr beide, Linda und du, an einem Kind interessiert, das schon so alt ist? Eigentlich wolltet ihr ja ein Neugeborenes."

Jim atmete tief aus und ließ sich ins Gras sinken. „Wow! Das kommt so plötzlich und ich bin nicht sicher, ob Linda ein älteres Kind möchte."

„Ein Jahr ist so alt noch nicht", bemerkte Max lachend. „In meinen Augen ist das immer noch ein Baby, und in diesem zarten Alter sollte es dem kleinen Kerl auch nicht so schwerfallen, sich an seine neue Umgebung zu gewöhnen."

„Was ist mit dem Vater? Gibt es einen?", fragte Jim.

„Nein. Carl sagte, die Frau hätte mit dem Vater des Babys gebrochen. Er sei verheiratet und lebe in einem anderen Bundesstaat. Er hat auf alle elterlichen Rechte an dem Kind verzichtet."

„Hmm ..."

„Sprich heute Abend mit deiner Frau darüber und dann teile mir eure Entscheidung mit."

Jim runzelte die Stirn. „Ich mag Linda nicht schon wieder neue Hoffnungen machen, solange die Sache nicht wasserdicht ist. Die Mutter hat doch noch nicht zugestimmt, richtig?"

„Noch nicht ganz."

„Und du weißt definitiv in zwei Wochen Bescheid?"

„Ich denke schon."

„Dann werde ich wohl besser abwarten und es Linda erst erzählen, wenn wir sicher sein können, dass die Mutter ihr Kind wirklich abgeben will."

„Das klingt vernünftig", meinte Max. „Ich melde mich, sobald ich wieder von Carl höre."

„Das wäre toll. Danke." Jim unterbrach das Gespräch. Seine Gedanken überschlugen sich. Wenn die Frau in Maryland den Entschluss fasste, ihnen ihr Kind zu geben, dann hätten sie zwei Gründe für eine Reise an die Ostküste: Sie würden ihren Sohn abholen und könnten außerdem Jims Eltern besuchen. Diesen Urlaub würden sie sicher nie vergessen.

※

Naomi wandte sich dem Stapel Rechnungen zu, die sie durchgehen sollte. Sie musste dringend die Buchhaltung auf den neuesten Stand bringen. Der Sommer stand vor der Tür. Dann würden ganze Busladungen von Touristen in ihren Laden strömen. Einige würden nur die seltsamen Leute bestaunen wollen, die den Gemischtwarenladen führten. Andere würden vorbeikommen, um etwas zu erstehen, das von echten Amischen hergestellt worden war. Papa mochte die englischen Touristen nicht besonders, aber er meinte, dies sei ein freies Land und der Tourismus belebe ihr Geschäft, und das ließ sich schließlich nicht leugnen.

Als sich die Ladentür öffnete, blickte Naomi von ihrer Arbeit auf und ihr Herzschlag beschleunigte sich.

Caleb zog seinen Strohhut und grinste sie an. *„Gude Marije."*

Sie kam hinter der Theke hervor und ging auf ihn zu. „Guten Morgen. Womit kann ich dir helfen?"

Er sah sich im Laden um. „Sind wir allein?"

Naomi nickte. „Im Augenblick. Papa ist mit den *Kinnern* hinten. Er könnte allerdings jeden Augenblick wiederkommen."

Caleb zuckte die Achseln. „Das Risiko gehe ich ein."

„Was brauchst du?", fragte sie ungeduldig.

„Die Sache vom vergangenen Sonntag tut mir leid. Ich habe gesagt, du würdest bestimmt als alte Jungfer enden. Das habe ich nicht so gemeint, Naomi. Ich war nur frustriert."

Sie schniefte. „Ist schon gut. Ich verstehe das ja."

Caleb lächelte. „Der kommende Sonntag ist ja ein gottesdienstfreier Sonntag und ich habe vor, an Millers Teich fischen zu gehen. Hast du Lust, mich dort zu treffen?"

Naomi stöhnte genervt und ging zu ihrem Holzstuhl zurück. „Ich kann nicht. Das weißt du doch."

Caleb lehnte sich an die Theke und musterte sie eindringlich. „Das ist nicht fair, Naomi. Eine Frau in deinem Alter sollte Spaß haben, nicht auf ihre Geschwister aufpassen und hier und zu Hause wie eine Sklavin schuften."

Naomi versteifte sich. „Zu deiner Information, Caleb Hoffmeir, ich arbeite gern in diesem Laden."

„Das mag ja sein, aber du solltest trotzdem dann und wann ein wenig Spaß haben."

Die Hintertür wurde geöffnet. Naomi fuhr zusammen. „Das sind Papa und die *Kinner.* Tu so, als wolltest du etwas kaufen", flüsterte sie ihm zu.

Caleb nahm sich einen Strohhut von dem Stapel und legte ihn auf die Theke. „Ich nehme den hier", verkündete er gerade so laut, dass Papa es hören konnte. „Mein alter hat auch schon bessere Tage gesehen."

Naomi hatte gerade Calebs Geld in die Kasse gelegt, als ihr Vater nach vorne kam. Er trug Zach auf den Armen. Ihm folgten Naomis jüngere Schwestern. Er entdeckte Caleb sofort und nickte ihm zu.

Caleb lächelte ihn an und deutete auf den neuen Hut. „Als ich das letzte Mal hier war, sagten Sie, ich solle mir einen neuen kaufen. Ich habe beschlossen, Ihren Rat zu befolgen."

„Ich würde sagen, das wurde auch höchste Zeit." Papa setzte das Baby auf den Boden und Zach krabbelte sofort zu einem Regal mit Holzspielzeug. „Pass auf deinen Bruder auf", trug er Nancy auf.

Nancy und Mary Ann knieten neben Zach nieder und Caleb blinzelte Naomi zu.

Sie schüttelte den Kopf und hoffte, er würde den Hinweis beachten und gehen. Doch er blieb einfach da stehen und starrte sie an. „Soll ich deinen alten Hut entsorgen?", fragte sie.

„Nee. Ich denke, ich werde ihn noch eine Weile behalten. Ich könnte ihn werktags tragen und mir den neuen für besondere Gelegenheiten reservieren."

„Das klingt vernünftig."

Caleb nahm den neuen Hut von der Theke, blinzelte Naomi noch einmal zu und verschwand durch die Ladentür. „Wir sehen uns, Abraham", rief er noch.

Papas einzige Reaktion war ein unterdrücktes Grunzen.

Naomi wäre beinahe in lautes Gelächter ausgebrochen. Manchmal war sie erstaunt darüber, wie ein zweiundzwanzigjähriger Mann in der einen Minute so erwachsen und klug sein konnte und sich in der nächsten wie ein kleiner Junge benahm.

※

Sobald Caleb in den Hof rollte, merkte er, dass etwas nicht stimmte. Timmy, eine ihrer Ziegen, war aus dem Verschlag ausgebrochen und sprang ausgelassen im Hof herum.

„Geh zurück in deinen Stall, du dummes Tier, und lass meinen Buggy in Ruhe!"

Mit einem Satz sprang Caleb von seinem Wagen herunter, als sein Vater angerannt kam. Er schwang eine Peitsche und schrie, als würde der Stall in Flammen stehen.

„Was ist denn los?", rief Caleb.

„Dieser dumme Ziegenbock war in meinem Buggy und hat den Vordersitz angeknabbert." Pop sprang zur Seite, als die Ziege an ihm vorbeizischte und auf einen Baumstumpf sprang. Er hob die Peitsche, aber das Tier flüchtete, bevor er zuschlagen konnte. Timmy sprang auf die vordere Veranda und warf dabei einen Stuhl um. Zweimal rannte er hin und her, dann galoppierte er an der anderen Seite hinunter und geradewegs auf Pops Buggy zu.

„Oh nein, das wirst du nicht tun!", schrie er wütend.

Als Pop hinter der Ziege in den Wagen kletterte, hopste Timmy auf den Vordersitz und von da aus in den hinteren Teil des Buggys. Dann sprang er aus dem Wagen, wobei er den Stoff des Sitzes zerfetzte.

Caleb beschloss, sich an dem Spiel zu beteiligen. Gemeinsam mit seinem Vater nahm er die Verfolgungsjagd auf. In der Nähe der Scheune trieben sie das Tier in die Enge, aber als Caleb es packen wollte, wich die Ziege ihm aus und setzte ihre Flucht fort. Pop schwang die Peitsche und folgte ihr auf den Fersen. Caleb duckte sich, um dem Schlag auszuweichen, aber es war zu spät.

Klatsch! Die Peitsche traf Calebs linke Schulter. Er zuckte zusammen. „Hey, du bist doch hinter Timmy her, nicht hinter mir!"

Sein Dad blieb stehen. „Habe ich dich getroffen?"

Caleb nickte und rieb sich die wunde Stelle an seiner Schulter.

„Das tut mir leid, Junge. Das wollte ich ganz bestimmt nicht."

„Ich weiß, dass du das nicht mit Absicht getan hast", erwiderte Caleb und zwang sich zu einem Lächeln. Er würde es nie zugeben, aber die Schwellung tat höllisch weh.

Timmy schlug erneut einen Haken, dieses Mal steuerte sie direkt auf Calebs Beine zu. Blitzschnell packte er die Hinterläufe der Ziege und hielt sie fest. Das Tier begann zu brüllen wie ein Schwein, das irgendwo festhängt.

„Jetzt ab in den Ziegenstall mit dir." Caleb nahm das sich windende Tier auf den Arm und trug es zum Stall. Falls diese Verfolgungsjagd ein Hinweis darauf sein sollte, wie der Rest seines Tages verlaufen würde, dann sollte er wohl besser den Nachmittag frei nehmen. Das Problem war, dass er jede Menge Arbeit zu erledigen hatte. Und wegen Timmy war jetzt auch noch Pops Buggy zu reparieren.

„Deine Mutter sollte sich deine Schulter mal ansehen. Ich möchte nicht, dass sie sich entzündet", rief Pop, als Caleb in seine Werkstatt ging.

Caleb schüttelte den Kopf und ging weiter. „Keine Sorge. Das kann nicht schlimmer sein als die Prügel, die ich als Kind von dir bezogen habe."

Kapitel 6

Als Caleb sich am folgenden Morgen aus dem Bett wälzte, fuhr ein stechender Schmerz durch seine linke Schulter. Er zuckte zusammen, als er den Arm hob, um sein Baumwollhemd anzuziehen. „Ich hätte Mama lieber doch gestern Abend bitten sollen, Salbe zu holen", murmelte er, als er in seine Hose stieg.

Kurz darauf traf er seine Mutter in der Küche. Sie schnitt einen Streuselkuchen mit Äpfeln an. Seine jüngeren Schwestern Irma und Lettie deckten den Frühstückstisch.

„Wie geht es dir heute Morgen?", fragte Mamm. „Dein *Daed* hat erst gestern Abend im Bett von dem Ausbruch der Ziege erzählt und dass er dich mit der Peitsche getroffen hat."

Caleb zuckte die Achseln. „Ich lebe noch und Pop hat es ja nicht mit Absicht getan."

„Natürlich nicht." Mama strich sich eine Haarsträhne ihres grau-blonden Haares aus dem Gesicht und zog einen Hocker unter dem Tisch hervor. „Setz dich, dann gebe ich etwas Jodsalbe auf die Wunde. Das tut doch bestimmt höllisch weh."

Calebs männlicher Stolz wollte etwas dagegen einwenden, aber er wusste, wenn der Schmerz nicht nachließ, würde er sich den ganzen Tag elend fühlen. Außerdem könnte sich die Wunde tatsächlich entzünden, wenn sie nicht behandelt wurde, genau wie Pop es gestern gesagt hatte.

Er knöpfte sein Hemd auf und schob es über seine Schulter.

Die neunjährige Irma stieß einen lauten Pfiff aus. „Ach du meine Güte, das sieht aber wirklich *elendiglich* aus."

„Es braucht dich nicht zu interessieren, wie schlimm das aussieht", schimpfte ihre Mutter. „Lauf zum Schrank und bring mir etwas Peroxid und Salbe."

Irma und Lettie standen neben Caleb und starrten auf seine Wunde, als hätten sie so etwas noch nie gesehen.

„Beeile dich und hole die Salbe", ermahnte Mama sie noch einmal, während sie die Wunde vorsichtig mit einem feuchten Lappen abtupfte.

Irma lief zum Schrank und kehrte wenige Sekunden später mit Salbe und Peroxid zurück.

Als die kalte, brennende Flüssigkeit mit seiner Wunde in Berührung kam, stieß Caleb einen leisen Schrei aus.

„Tut mir leid, aber das ist ganz schön rot und die Wunde darf sich auf keinen Fall entzünden." Mama ließ die Flüssigkeit ein paar Minuten einwirken, dann verteilte sie eine heilende Salbe auf der wunden Stelle. „Eigentlich sollten wir einen Verband anlegen, aber ich fürchte, wir haben keine Binde, die so groß ist."

Caleb zog sein Hemd wieder richtig an. „Das geht schon, Mamm. Danke."

In ihren dunklen Augen lag Mitgefühl. „Ich habe bei meinem ältesten Sohn schon lange keine Wunde mehr versorgen müssen. Das tut mir genauso weh wie dir."

„Das sagt Pop auch immer, wenn er mir eine Tracht Prügel verabreicht", bemerkte Lettie und zog ihre mit Sommersprossen übersäte Nase nach oben.

Die Mutter tätschelte den Arm des jungen Mädchens. „Das stimmt auch. Weder deinem *Daed* noch mir macht es Spaß, euch zu bestrafen."

„Ihr bestraft uns, weil ihr uns liebt – das betont Pop zumindest immer wieder", warf Irma ein.

„Und vergesst das bloß nie", meinte Caleb, während er seine kleine Schwester unter dem Kinn kitzelte.

Kichernd hüpfte sie durch die Küche.

Caleb hatte sich gerade Kaffee eingeschenkt, als seine beiden jüngeren Brüder Andy und Marvin, jeder mit einem Arm voll Feuerholz beladen, in die Küche kamen. Mutter hatte den neuen Gasherd noch nicht benutzt. Sie zog den mit Holz beheizbaren Herd vor. Den Gasherd wollte sie erst einweihen, wenn es im Sommer zu heiß wurde, um mit Holz zu feuern.

„Caleb, Bischof Swartley ist draußen und möchte dich sprechen", verkündete Andy.

„Warum bittest du ihn nicht auf eine Tasse Kaffee oder zum Frühstück herein?", schlug Mutter vor.

Marvin warf ihr einen entrüsteten Blick zu. Mit diesem Gesichtsausdruck wirkte er eher wie ein kleiner Junge als ein neunzehnjähriger junger Mann. „Natürlich habe ich ihn hereingebeten, aber er sagt, er hätte es eilig und müsse mit dem Buggybauer sprechen."

Caleb schob seinen Stuhl vom Tisch zurück. Auch wenn Andy und Marvin zumindest stundenweise in seinem Geschäft mithalfen, wollten viele seiner Kunden doch lieber mit Caleb sprechen als mit seinen Brüdern, die noch nicht so viel Erfahrung im Geschäft hatten. „Halte mir mein Frühstück warm, Mamm", sagte er auf dem Weg zur Tür.

Andrew Swartley stand neben seinem Buggy. Er hatte ein Auge zugekniffen und seine Lippen zusammengepresst. Der Strohhut saß seltsam schief auf dem Kopf des alten Mannes. Die Kopfbedeckung war halb über sein linkes Auge gerutscht.

„Was kann ich für Sie tun, Bischof Swartley?", fragte Caleb, als er den alten Mann erreichte.

„Ich habe ein kleines Problem mit dem Rad meines Buggys." Der Bischof deutete zur linken Seite seines Wagens. „Es eiert ganz schön."

Caleb hockte sich neben dem Rad auf den Boden. „Sieht so aus, als würden einige Speichen fehlen. Außerdem ist das Rad an einer Seite eingedrückt. Was ist passiert?"

Der Bischof räusperte sich ein paar Mal und malte mit seinem schwarzen Stiefel Striche auf den Boden, wie ein kleiner Junge, der bei etwas Verbotenem ertappt wird. „Nun, es ist Folgendes ... Mose Kauffman und ich haben neulich ein kleines Rennen veranstaltet und ich bin irgendwie von der Straße abgekommen und habe einen Baum gestreift."

Caleb erstickte beinahe an dem Gelächter, das in ihm hochstieg, aber er konnte es noch rechtzeitig unterdrücken. In ihrer Gemeinschaft war es unter den jüngeren Männern durchaus üblich, Buggyrennen zu veranstalten, aber der Bischof war bereits zweiundachtzig Jahre alt! Er sollte es doch eigentlich besser wissen.

Um die Beherrschung nicht zu verlieren und respektlos zu erscheinen, biss Caleb die Zähne aufeinander.

„Denkst du, du könntest es reparieren und kann ich so lange warten?"

„Ich denke, das geht. Pop und meine Brüder sind gestern gut mit dem Pflanzen vorangekommen. Andy und Marvin können mir heute helfen." Er deutete zum Haus. „Gehen Sie doch hinein und frühstücken Sie mit uns. Nach dem Essen werden die Jungs und ich uns Ihr Buggyrad vornehmen. Sie können sich auf die Veranda setzen und ein wenig mit Pop plaudern, das heißt, falls er nicht zu viel zu tun hat."

Bischof Swartley lächelte und die Goldkrone an seinem Zahn funkelte in der Sonne. „Das klingt gut."

Caleb grinste und folgte dem Bischof ins Haus. An Tagen wie diesem und trotz des Schmerzes in seiner Schulter war er sehr zufrieden mit seinem Beruf. Er konnte sich nicht vorstellen, an einer anderen Beschäftigung so viel Freude zu haben.

※

„Reich mir doch bitte die Tüte mit den Erbsen", bat Naomi Mary Ann.

„Ich hole sie ja schon." Nancy griff nach der Tüte Erbsen, während Naomi die Furchen in der Erde zog, in die sie die Erbsen hineinlegen wollte. Eigentlich hätten die Erbsen schon vor Wochen gesetzt werden müssen, aber sie hatte einfach keine Zeit dafür gehabt.

„Hey, Naomi hat mich gebeten, ihr die Erbsen zu geben!" Mary Ann angelte nach der Tüte. Die Tüte fiel Nancy aus der Hand und die ganzen Erbsen kullerten über den Boden.

„Jetzt sieh nur, was du angestellt hast", schimpfte Nancy und drohte ihrer kleinen Schwester mit dem Finger.

Naomi erhob sich und streckte ihren schmerzenden Rücken. Sie war überhaupt nicht in der Stimmung, einen Streit zwischen den Mädchen zu schlichten. „Bitte hebt die Erbsen auf, und zwar schnell – alle beide."

„Aber es war doch Mary Ann, die sie verschüttet hat", protestierte Nancy.

„Es wäre nicht passiert, wenn du nicht zuerst danach gegriffen hättest", entgegnete Mary Ann.

„Genug!", brüllte Naomi. „Es reicht mir jetzt!"

Die Mädchen verstummten, aber Naomi merkte an den finsteren Gesichtern der beiden, dass jede ziemlich sauer auf die andere war. Vermutlich auch auf sie.

Papa hatte den Laden an diesem Tag geschlossen, um den Brüdern zu helfen, das Pflügen und Pflanzen auf den Feldern zum Abschluss zu bringen. Naomi hatte anfangs damit gerechnet, allein mit den *Kinnern* zum Laden zu fahren, aber dann hatte Papa vorgeschlagen, sie solle zu Hause bleiben und die liegen gebliebenen Arbeiten nachholen. Seit dem Frühstück war sie ununterbrochen an der Arbeit, aber nichts war richtig gelungen. Sie hatte einen Kuchen auf ihren sauberen Küchenboden fallen lassen, Zach hatte sich gegen seinen Mittagsschlaf gewehrt und seit sie und ihre Schwestern in den Garten gekommen waren, hatte es nur Streit gegeben.

Ich wünschte, ich wäre ein Einzelkind, wütete Naomi innerlich. Sie hätte die beiden Mädchen am liebsten in die Küche gezerrt und ihnen eine ordentliche Tracht Prügel verabreicht. Doch sie merkte schnell, dass das nichts bringen würde. Vielleicht wäre es das Beste, sie eine Zeit lang zu trennen.

„Ich habe eine Idee", sagte Naomi. Sie kniete neben Mary Ann nieder und half ihr, die Erbsen zu retten. „Du und ich, wir setzen die Erbsen in die Erde und Nancy kann hineingehen und anfangen, das Mittagessen vorzubereiten."

Nancy schob ihre Unterlippe vor. „Ganz allein?"

Naomi nickte. „Du bist jetzt zehn Jahre alt und recht geschickt in der Küche. Ich denke, du wirst ein gutes Mittagessen für uns alle zaubern."

Die Augen ihrer Schwester leuchteten auf. „Meinst du das ehrlich?"

„Sicher."

„Ich läute die Glocke, wenn das Essen fertig ist." Nancy sprang auf, klopfte sich den Schmutz von der Schürze und rannte zum Haus.

Naomi stieß einen müden Seufzer aus. Wenigstens dieses Problem war gelöst.

※

„Ich verstehe nicht, warum wir Midnight nicht auf den Feldern einsetzen können", beschwerte sich Norman bei seinem Vater, als sie in der Mittagspause auf dem Weg nach Hause waren.

Abraham stöhnte genervt auf. „Ich habe es dir doch schon einmal erklärt, ich habe es dir schon hundert Mal erklärt. Dieses Pferd ist noch nicht gezähmt. Hast du vergessen, wie es sich neulich aufgeführt hat, als du versucht hast, es vor den Buggy zu spannen?"

„Wie soll es das denn jemals lernen, wenn wir es nicht für die Arbeit einsetzen?"

„Wir werden es für die Arbeit einsetzen, wenn es gezähmt ist."

„Papa hat recht", warf Matthew ein. „Ich habe mit Midnight gearbeitet, wann immer ich Zeit hatte, aber es wird noch eine Weile dauern, bis er einen Buggy ziehen kann."

„Alles braucht seine Zeit", bemerkte Jake.

„Ich sehne mich danach, selbstständig zu werden", brummte Norman. „Dann kann ich tun, was ich will."

Abraham packte Norman am Kragen. „Was war das?"

Der Junge schüttelte den Kopf. „Nichts, Papa."

„Mir scheint, in letzter Zeit tust du nichts anderes als zu meckern und dich zu beklagen. Wenn du nicht aufpasst, werde ich dich jeden Tag mit Naomi in den Laden schicken und ich bleibe hier, um Matthew und Jake zu helfen." Der Gedanke, Farmarbeit zu tun, gefiel Abraham viel besser, als er zugeben mochte, aber er hatte versprochen, sich um den Laden zu kümmern und um Sarahs willen würde er das auch tun. Sie hatte den Laden geliebt und er wollte das Geschäft weiterführen zum Andenken an seine geliebte Frau.

Wenn das Leben nur nicht so voller Enttäuschungen wäre. Norman denkt vielleicht, wenn er erwachsen ist, könnte er tun, was er will, aber er wird sich noch wundern.

※

Naomi und Mary Ann hatten gerade die letzten Erbsen in die Erde gelegt, als Papa und die Brüder ankamen. Papa, Norman und Jake gingen sofort zum Haus, aber Matthew blieb im Garten stehen. „Wie läuft's?", fragte er. „Gab es wieder Ärger mit Hildy?"

Naomi schüttelte den Kopf. „Wenn es nach mir ginge, wäre sie geschlachtet worden." Sie wischte sich den Schweiß von der Stirn und verzog das Gesicht.

„Ich habe Papa gebeten, die Gans nicht zu schlachten und er hat mir das Versprechen abgenommen, ihr aus dem Weg zu gehen und nicht in Panik zu geraten, wenn sie mir begegnet", erklärte Mary Ann.

Matthew nickte Mary Ann zu, wandte sich zu Naomi um und lächelte sie mitfühlend an. „Ich wünschte, ich könnte dir im Garten helfen, aber auf den Feldern ist noch viel zu tun."

„Ich weiß." Naomi wandte sich an ihre kleine Schwester. „Lauf schnell zum Haus und wasch dich. Wenn Nancy noch nicht fertig ist, dann hilf ihr."

Das Kind hüpfte davon und Naomi drehte sich wieder zu Matthew um. „Ich wünschte wirklich, ich hätte nicht so viel zu tun. Fast jeden Tag die Arbeit im Laden und dann noch die Hausarbeit hier, ich weiß manchmal gar nicht, wo mir der Kopf steht."

Matthew scharrte in der Erde und wirbelte mit seinen Stiefeln Staubwolken auf. „Es tut mir leid, dass es dir so schlecht geht, Schwesterchen. Seit Mamas Tod ist es wirklich sehr schwierig bei uns. Auf deinen Schultern lastet mehr Arbeit, als zu leisten ist." Mit seiner festen, schwieligen Hand tätschelte er ihr den Arm.

Naomi lächelte unter Tränen. „Es bedeutet mir viel zu wissen, dass sich jemand dafür interessiert."

„Natürlich sehe ich das. Papa sieht das auch – er hat nur eine seltsame Art, das zu zeigen."

Sie schniefte. „Meinst du wirklich, er sieht das?"

„Ja."

„Und wieso sagt er nie etwas? Wenn ich Papa nicht egal bin, warum schreit er so viel herum und erwartet von mir, dass ich alles so mache, wie Mama es gemacht hat?"

Matthew zuckte die Achseln. „Keine Ahnung. Warum fragst du ihn nicht mal?"

„Das habe ich bereits und er sagte, er würde mich nicht mit Mama vergleichen."

„Vielleicht tut er es wirklich nicht."

„Das tut er doch. Immerzu sagt er: ‚Deine Mamm hat das so oder so gemacht.'" Naomi wandte den Blick ab. Es hatte keinen Zweck, noch mehr zu sagen. Wenn sie vor Matthew in Tränen ausbrach, hielt er sie vielleicht für einen großen *Boppli*.

„Das Verhältnis zwischen dir und Papa wird wieder in Ordnung kommen, Naomi. Du wirst schon sehen."

Sie starrte auf ihre Fußspitzen. „Das hoffe ich. Das hoffe ich sehr."

Kapitel 7

In der ersten Maiwoche fragte sich Naomi, wie sie wohl den Sommer überstehen sollte. Im Laden drängten sich die Kunden, oft nur neugierige Touristen, die nichts kaufen wollten, und im Garten wuchs das Unkraut schneller, als sie seiner Herr werden konnte. Jeden Abend, wenn sie vom Laden nach Hause kamen, zupften Naomi und ihre Schwestern zuerst ein wenig Unkraut. Das war harte Arbeit, vor allem, weil Naomi bereits müde war von der vielen Arbeit im Haus und im Laden.

An diesem Abend spürte sie die ganze Anspannung im Nacken und im Oberkörper. *Wird es jemals leichter werden? Seit Mamas Tod ist nun schon ein Jahr vergangen und noch immer habe ich Mühe, die Arbeit zu bewältigen. Wie hast du das alles nur geschafft, Mama?*

Naomi setzte sich auf ihre Bettkante, zog die Haarnadeln aus den Haaren und bürstete ihre goldbraunen Locken. Am nächsten Tag sollte es einen freien Sonntag geben, da kein Gottesdienst geplant war. Vielleicht konnte sie da die liegen gebliebenen Arbeiten erledigen, denn sie würden keinen Besuch bekommen und hatten auch nicht vor, irgendjemanden zu besuchen.

Zach wurde unruhig in seinem Bettchen. Naomi ging zu ihm, um nach ihm zu sehen. Er hatte seine Decke zurückgestrampelt, sodass seine nackten Füßchen zu sehen waren.

„Schlaf gut, mein Kleiner, und mögen deine Tage ohne Schwierigkeiten verlaufen", murmelte Naomi, während sie den Jungen mit seinem Quilt zudeckte. *Der Quilt, den Mama vor Zachs Geburt genäht hat. Das ist alles, was meinem kleinen Bruder von unserer Mamm jetzt bleibt.* In Naomis Augen brannten die ungeweinten Tränen. *Ich werde nicht weinen. Ich habe bereits genug Tränen vergossen.* Sie beugte sich vor und gab dem Baby einen Kuss auf die Stirn, dann schlich sie auf Zehenspitzen durch das Zimmer.

Die Erschöpfung legte sich wie eine schwere Decke über sie und sie ließ sich in die Kissen sinken. Sobald sie die Augen geschlossen hatte, sah sie Calebs Bild vor sich. Wie wäre es wohl, wenn sie heiratete und eine Familie gründete?

Würde sie zufriedener sein, wenn sie statt ihrer Geschwister ihre eigenen Kinder großzog?

„Ich schätze, das werde ich nie erfahren", murmelte sie, bevor der Schlaf sie überfiel.

※

Mit einer einzigen roten Rose in der einen Hand und seiner Brotbox in der anderen trat Jim in die Küche. „Schatz, ich bin wieder da!"

Als keine Antwort kam, fiel ihm ein, Linda könnte oben sein und schlafen. Das hatte sie in letzter Zeit häufig getan und er vermutete, dass es etwas mit ihrer Depression zu tun hatte, weil sie kein Baby bekam.

„Das wird sich jetzt ändern." Er stellte seine Brotbox auf den Tisch, öffnete den Schrank unter dem Spülbecken, nahm eine schmale Vase heraus und stellte die Rose hinein. Voller Vorfreude, seiner Frau die gute Nachricht mitzuteilen, eilte er nach oben.

Wie Jim erwartet hatte, fand er seine Frau auf dem Bett. Allerdings schlief sie nicht – sie lag einfach nur da und starrte an die Decke.

Er beugte sich zu ihr herunter, gab Linda einen Kuss auf die Stirn und hielt ihr die Rose hin.

„Wofür ist das?"

„Wir feiern."

„Was feiern wir?"

„Unser Rechtsanwalt Max hat heute Nachmittag angerufen und erzählt, eine junge Frau in Bel Air, Maryland, habe sich bereit erklärt, uns ihren Sohn zu geben. Wenn du einverstanden bist, können wir Ende nächster Woche an die Ostküste fahren und ihn abholen. Dann habe ich vorher noch Zeit, einige Aufträge hereinzuholen und meinen Vormann einzuweisen, damit in meiner Abwesenheit alles läuft."

Linda setzte sich auf und blickte ihn mit weit aufgerissenen Augen an. „Ein Baby? Wir werden endlich ein Baby bekommen?"

„Es ist kein richtiges Baby mehr. Der Junge ist schon ein Jahr alt, aber –"

„Ein Jahr ist doch noch nicht alt, Jim. Er ist doch fast noch ein Baby", widersprach sie aufgeregt.

Jim lächelte. „Ich hatte gehofft, dass du das so sehen würdest."

Sie sprang aus dem Bett. „Ende nächster Woche, hast du gesagt?"

„Bis dahin können wir es doch schaffen, nicht?"

Sie nickte und legte ihre Arme um ihn. Beinahe hätte sie die Rose zerdrückt. „Fliegen wir oder fahren wir mit dem Auto?"

„Ich würde vorschlagen, wir fahren mit dem Auto. Wir haben schon lange keinen richtigen Urlaub mehr gehabt und wir könnten uns unterwegs einiges anschauen."

Linda eilte zu ihrem Schrank und nahm ihren Koffer heraus. „Es gibt noch so viel zu tun. Ich muss packen, in Maryland ein Zimmer buchen, Babysachen kaufen, das Kinderzimmer fertig machen –"

„Hey, hey! Jetzt beruhige dich doch, Schatz. Ich werde mich um die Hotelreservierung kümmern, einkaufen gehen können wir gemeinsam und du brauchst nur zu packen. Na, wie ist das?"

Ihr strahlendes Lächeln erinnerte ihn wieder an die glückliche junge Frau, die er acht Jahre zuvor geheiratet hatte. „Das wird der schönste Urlaub, den wir je gemacht haben!"

„Ja, das glaube ich auch."

※

Naomi stand am Herd und rührte in einer Pfanne Rührei. Papa, Matthew, Norman und Jake waren noch draußen bei der Arbeit. Samuel und Mary Ann sollten im Hühnerstall die Eier einsammeln. Zach saß in seinem Hochstuhl auf der anderen Seite des Raumes, wo Nancy ihn fütterte.

„Ist das Frühstück noch nicht fertig?", fragte Nancy. „Ich bin so hungrig, dass ich sogar *Bopplis* Brei verschlingen könnte."

Naomi lachte. „Die Eier sind bald fertig. Ich denke, so lange kannst du noch warten."

„Heute ist doch kein Gottesdienst. Können wir denn nicht etwas Schönes unternehmen?"

Naomi dachte über die Frage ihrer Schwester nach. Sie hatte eigentlich vorgehabt, sich an diesem Tag auszuruhen, aber ein wenig Spaß zu haben, wäre auch nicht übel.

„Hast du denn eine Idee?", fragte sie.

„Wie wäre es, wenn wir zu den Beechys hinüberfahren? Ich habe gehört, sie haben neue Ferkel und kleine Ziegen bekommen."

Die Vorstellung, eine Weile mit Anna Beechy zusammen zu sein, hatte auf Naomi eine gewisse Anziehungskraft. Die Frau war so alt, dass sie Naomis Großmutter sein könnte, und da Naomis Großeltern nicht in der Nähe lebten, war Anna eine Art Ersatzoma für sie. Immer fröhlich und voller guter Ratschläge. Naomi war gern mit Anna zusammen.

Naomi gab Salz über die Eier. „Wenn Papa es erlaubt, werde ich mit dir, Mary Ann, Samuel und Zach nach dem Mittagessen zu den Beechys fahren."

„Dann hoffe ich nur, dass er es erlaubt, denn ich möchte mich endlich mal ein wenig amüsieren, du nicht?"

„Wir haben alle sehr hart gearbeitet und da jetzt der Sommer beginnt, wird sich das wohl auch so schnell nicht ändern", erwiderte Naomi. „Bald sind die ersten Früchte im Garten reif und dann müssen wir einkochen."

Nancy stöhnte. „Ich hasse das Einkochen. Es wird immer so schrecklich heiß in der Küche."

„Ich weiß, aber es ist nötig. Wir können uns ja mit Papas selbst gemachtem Root Beer abkühlen."

„Das stimmt. Denkst du, wir müssen das wieder an die Nachbarn und die Engländer verkaufen, die unser Schild an der Auffahrt sehen?"

Naomi würzte die Rühreier noch mit etwas Pfeffer. „Bestimmt wird er uns darum bitten."

„Hey! Hör auf damit, du kleiner Schurke!"

Naomi drehte sich um und sah, wie eine Ladung Haferflocken aus Zachs kleiner schmieriger Hand Nancy mitten auf die Nase traf. Sie lachte. „Wenigstens bin ich es diesmal nicht, die den Stinker füttert."

※

Naomi hatte den Buggy auf dem Hof der Beechys kaum zum Stehen gebracht, als Samuel, Nancy und Mary Ann schon hinuntersprangen und zum Stall rannten.

Lächelnd nahm sie Zach auf den Arm und stieg aus dem Buggy. Auch wenn es schon lange her war, dass sie selbst die überschwängliche Freude ihrer jüngeren Geschwister mitempfunden hatte, konnte sie sich noch sehr gut daran erinnern, wie herrlich es war, neugeborene Tiere auf einer Farm anzuschauen.

Während sie über den Rasen der Beechys lief, fiel Naomi der sauber angelegte Garten, der an das Haus angrenzte, auf. Kein einziges Unkraut wuchs darin. Bunte Blumen leuchteten in der Sonne und erinnerten Naomi an ihre eigenen Blumenbeete, die im Unkraut fast erstickten. Die Amischen legten großen Wert auf ihre Gärten. Aber in den meisten Familien gab es auch viele Helfer, nicht nur drei jüngere Geschwister, die sich viel mehr stritten als Unkraut zupften.

„Wie schön, dich zu sehen", rief Anna von ihrem Schaukelstuhl aus, der auf der vorderen Veranda stand. Sie winkte und bat Naomi, sich zu ihr zu setzen. „Bist du zu einem kleinen Besuch gekommen oder brauchst du irgendetwas?"

„Ich habe die jüngeren Geschwister hergebracht. Sie wollten sich die kleinen Tiere anschauen." Naomi trat auf die Veranda. Zach saß auf ihrer Hüfte. „Sie sind bereits in den Stall gelaufen, ich hoffe, das ist in Ordnung."

„Oh, sicher. Abner ist draußen. Er freut sich bestimmt, seine kleinen Ferkel und die Zicklein vorzuführen, die in der vergangenen Woche geboren worden sind." Die Nickelbrille war Anna auf die Nase gerutscht und die Bänder ihrer weißen Haube lagen über ihrer Schulter. „Setz dich doch."

Naomi nahm in dem Korbsessel neben Annas Schaukelstuhl Platz und setzte Zach auf ihren Schoß. Er zappelte unruhig, doch sie hielt ihn fest. „Du kannst nicht auf den Boden, verstanden?"

„Kann der Junge schon laufen?", fragte Anna.

„Nein, aber er krabbelt ziemlich schnell und ich fürchte, wenn ich ihn auf den Boden setze, dann wird er versuchen, den anderen in den Stall zu folgen."

„Du kannst gern mit ihm hingehen, wenn du möchtest. Wir können uns ja auch später noch unterhalten." Anna beugte sich vor und kitzelte Zach unter seinem knubbeligen Kinn. „Du wächst sehr schnell, weißt du das?"

„Ich denke, wir können noch eine Weile hier bleiben",

meinte Naomi. „Es wird ihm nicht schaden, wenn er lernt, still zu sitzen."

„Hättest du etwas dagegen, wenn ich ihn halte?", fragte Anna.

Naomi reichte ihr den Kleinen und lächelte, als er sich an die Brust der alten Frau schmiegte. „Du kannst sehr gut mit *Kinnern* umgehen. Ich merke, dass er dich mag."

Anna lachte. „Das will ich aber auch meinen, denn ich habe im Laufe der Jahre jede Menge Erfahrung gesammelt, zuerst mit meinen eigenen Kindern und jetzt mit den Enkeln."

Naomi konnte sich nicht vorstellen, Enkel zu haben. Da sie vermutlich nie heiraten würde, würde sie auch keine Kinder bekommen.

„Deine Blumen sind wundervoll. Und kein einziges Unkraut ist zu sehen", sagte sie, weil sie gern das Thema wechseln wollte.

„Meine Tochter Lydia hilft mir ein wenig, aber die Blumenbeete sind mein Revier." Anna lächelte und ihre Falten schienen zu verschwinden. „Ich liebe das Gefühl, wenn ich Erde zwischen meinen Fingern habe, und vor allem den wundervollen Duft der Blumen, wenn sie anfangen zu blühen."

„Wer kümmert sich denn um den Gemüsegarten?"

„Das machen Lydia und ich zusammen mit meinen ältesten Enkelinnen Peggy und Rebecca. Wir wechseln uns ab mit Unkrautjäten und dergleichen." Anna lachte. „Leona hilft noch nicht mit, denn sie ist noch zu klein und würde nur im Weg stehen."

Naomi dachte an die dreijährige Leona und wie oft sie mit ihrem Vater Jacob Weaver in den Laden kam. Jacob war mit Papa befreundet, solange sie denken konnte. Sein ältester Junge arbeitete in seinem Malergeschäft mit, seine beiden ältesten Töchter halfen ihrer Mutter im Haushalt. Leona, die jüngste, war ein ganz niedliches Kind.

„Unser Gemüsegarten sieht nicht annähernd so gut aus", gestand Naomi und wollte mit dieser Bemerkung das Gespräch in eine andere Richtung lenken.

Anna rutschte auf ihrem Schaukelstuhl hin und her und kicherte. „Hast du in diesem Jahr viel Sellerie gepflanzt?", fragte sie.

„Nicht sehr viel. Warum fragst du?"

„Ich dachte nur, dass jemand in eurem Haus sich vielleicht im November verheiratet."

Naomi schüttelte den Kopf. „Nicht bevor einer meiner Brüder beschließt, sich eine Frau zu suchen und dann müsste ja ihre Familie den Sellerie für das Hochzeitsessen stellen."

Anna schnalzte mit der Zunge. „Ich dachte, eine junge Frau deines Alters hätte bestimmt mittlerweile einen ernsthaften Verehrer und würde an eine Heirat denken."

Naomi senkte die Stimme und flüsterte: „Das ist ungefähr so wahrscheinlich, wie wenn sich eine Ziege mit einem Hund anfreundet."

„Ich habe das schon ein- oder zweimal erlebt."

Naomi lächelte. Anna Beechy konzentrierte sich immer nur auf das Schöne.

„Gibt es denn einen besonderen Mann in deinem Leben?"

„Nicht wirklich." Das Bild von Caleb Hoffmeir stand Naomi vor Augen. „Selbst wenn es ihn gäbe, ich hätte ja gar nicht genug Zeit für eine Freundschaft."

Anna schüttelte den Kopf. „Es ist so schade, dass dein *Daed* noch keine neue Frau gefunden hat. Wenn Abraham noch einmal heiraten würde, dann hättest du nicht so viele Pflichten und auch die Zeit für eine Freundschaft."

Naomi öffnete den Mund, um etwas zu antworten, aber Zachs spitzer Schrei schnitt ihr das Wort ab.

„Ich glaube, der kleine Kerl hat Hunger", meinte Anna. „Wie wäre es, wenn ich mit ihm hineingehe und sehe, ob ich etwas finde, das er mag, während du in den Stall gehst und nach den anderen siehst?"

„Und das würde dir nichts ausmachen?"

„Ganz und gar nicht." Anna erhob sich. „Jetzt lauf und genieße die Zeit. Ich und der *Boppli* kommen schon zurecht."

„Na gut. Ich bin bald wieder da." Naomi sprang auf, nahm zwei Stufen auf einmal und rannte hinüber zum Stall, entschlossen, ihre kostbare Zeit in vollen Zügen zu genießen.

Als sie ankam, fand sie ihre Schwestern und ihren Bruder neben den Zwillingszicklein im Heu kniend.

„Sieh nur, Naomi", rief Samuel. „Sie mögen uns bereits."

„Ganz bestimmt", bestätigte Abner Beechy. Er saß auf einem Heuballen; der Strohhut saß etwas schief auf seinem

Kopf und ein zufriedenes Lächeln strahlte über sein faltiges Gesicht.

Mary Ann blickte zu Naomi hoch und lachte sie an. „Wir haben auch die neuen Ferkel schon gesehen."

„Komm, süßer Floppy. Sie beißt nicht." Nancy winkte Naomi heran.

Sie kniete neben ihren Schwestern nieder. „Ihr habt den Zwillingen bereits Namen gegeben?"

„Ja. Das hier ist Floppy, weil er immer mit seinem Schwanz ausschlägt", erklärte Samuel, indem er auf das kleinere der beiden Zicklein deutete. „Und die hier haben wir Taffy genannt, weil ihr Fell die Farbe von Karamell hat."

Naomi streichelte beide Zicklein hinter den Ohren und berührte ihre feuchten Nasenspitzen. Sie waren weich und seidig und sahen schrecklich süß aus. Sie lachte, als eines der Ziegenkinder *Bäh* rief und ihren Finger leckte. Vielleicht gab es doch noch Freude im Leben. Vielleicht musste sie nur häufiger danach suchen.

※

„Ich verstehe immer noch nicht, warum wir nicht an die Ostküste fliegen konnten. Es wäre doch viel schneller gegangen als mit dem Auto."

Jim sah seine Frau auf dem Beifahrersitz an. „Das habe ich dir doch schon erklärt – auf diese Weise haben wir die Gelegenheit, uns das schöne Land unterwegs anzuschauen."

Sie runzelte die Stirn. „Ich möchte nur unseren kleinen Jungen nach Hause holen. Hast du nicht gesagt, du hättest einen Termin für ein Treffen mit der Frau und ihrem Rechtsanwalt für Samstagmorgen vereinbart?"

Er nickte. „Es ist erst Montag, Linda. Wir haben noch fünf volle Tage Zeit, um unser Ziel zu erreichen."

„Und wir können in Lancaster anhalten, um die Amischen zu sehen?"

„Bel Air ist nur ein paar Stunden von Lancaster entfernt", erwiderte er. Seine Geduld war allmählich erschöpft. Hatte Linda etwa nicht zugehört, als er ihr die Einzelheiten erklärt hatte, oder fing sie an, so vergesslich zu werden wie ihre Mutter? „Ich habe dir gesagt, wir würden uns Lancaster anschauen, bevor wir zu unserem Hotel in Bel Air fahren."

„Ist gut."

„Ich habe neulich meine Eltern angerufen und ihnen gesagt, wir würden kurz nachdem wir den Jungen abgeholt haben, nach Ohio kommen. Sie freuen sich schon darauf, ihren neuen Enkel kennenzulernen." Jim setzte den Blinker und fuhr auf die Autobahnauffahrt. „Es wird bestimmt interessant, etwas mehr über die Amischen und ihre Lebensweise zu erfahren. Und du kannst dir endlich den Quilt kaufen, den du dir schon so lange wünschst, Linda."

„Die Quilts der Amischen sind sehr teuer, das weißt du doch."

Er zuckte die Achseln. „Das bist du mir wert."

Eine Zeit lang schwiegen sie, dann ergriff Linda wieder das Wort. „Und wenn er uns nicht mag, Jim?"

„Wer?"

„Der Junge."

„Du machst dir zu viele Gedanken. Wieso sollte er uns nicht mögen? In deinem Herzen ist Liebe für zehn Babys und ich bin …" Jim lachte. „Nun, was soll ich sagen? Ich werde der beste Dad der Welt sein."

Sie legte die Hand auf seinen Arm. „Das weiß ich."

„Du bist nicht enttäuscht, weil es kein Neugeborenes ist?"

Sie schüttelte den Kopf. „Ich kann es kaum erwarten, unseren Sohn in den Armen zu halten und ihm zu sagen, wie sehr ich ihn liebe."

Kapitel 8

Naomi strich sich eine Haarsträhne aus dem Gesicht, während sie die frisch gepflückten Erbsen wusch. Dieser Tag im Laden war außergewöhnlich hektisch gewesen und sie war so müde, dass sie kaum noch stehen konnte, geschweige denn das Abendessen für die Familie zubereiten.

„Die Familie verlässt sich auf mich, und die Arbeit wird sich nicht von allein erledigen, also muss ich sie tun", murmelte sie entschlossen.

„Führst du Selbstgespräche?"

Naomi drehte sich um. Sie hatte gedacht, sie sei allein in der Küche.

Nancy stand mit einem Korb Erbsen in der Hand neben der Küchentür. Das war der dritte, den sie zum Waschen hereingebracht hatte.

„Ja, vermutlich habe ich wirklich mit mir selbst geredet", räumte Naomi ein. Sie deutete mit dem Kopf zur Arbeitsplatte. „Stell sie einfach dorthin, und dann musst du dich waschen und anfangen, den Tisch zu decken. Papa und die Brüder werden bald heimkommen und sie erwarten, dass dann das Abendessen auf dem Tisch steht."

„Warum kann Mary Ann nicht den Tisch decken?"

„Sie ist im Augenblick bei Zach im Wohnzimmer – und ich hoffe, dass sie gut auf ihn aufpasst."

„Ich bin froh, wenn Samstag ist und wir zu Hause bleiben können. Ich würde lieber zu Hause Root Beer verkaufen, als den ganzen Tag im Laden zu arbeiten."

„Hier gibt es auch genügend Arbeit", erinnerte Naomi sie. Sie schüttete die sauberen Erbsen in einen Topf und stellte sie auf den Herd. „Du weißt doch, wir werden am Samstag nicht nur Root Beer verkaufen."

Nancy stellte den Korb auf die Arbeitsplatte. „Ja, ich weiß."

„Wenn alles gut läuft, können wir uns vielleicht die Zeit für ein kleines Picknick nehmen."

„Unten am Fluss?"

„Das wird wohl nicht gehen. Wir müssen in der Nähe des Hauses bleiben – für den Fall, dass Käufer kommen."

Nancy runzelte die Stirn. „Und wie sollen wir dann ein Picknick veranstalten?"

„Wir könnten uns doch an den Gartentisch auf dem Rasen setzen. Von dort können wir sehen, ob Kunden kommen und wenn Zeit ist, können wir vielleicht sogar ein wenig Krocket spielen."

„Das klingt gut." Nancy ging zur Treppe. „Ich gehe mich jetzt waschen und decke dann den Tisch."

Naomi seufzte auf. Sie hatte nicht den Mut, Nancy zu sagen, dass sie vielleicht keine Zeit für ein Picknick finden würden, wenn viele Kunden da waren oder sie nicht mit der Arbeit nachkamen. Das Kind brauchte etwas, auf das es sich freuen konnte. Immer nur Arbeit und keine Zeit zum Spielen war für keinen gut, schon gar nicht für die *Kinner*.

Jim stand am Fenster und blickte auf den Hotelparkplatz hinunter. Sie waren am Morgen in Lancaster angekommen, aber hatten nur wenig Zeit gehabt, sich die Stadt anzuschauen. Linda hatte wieder ihre Migräne bekommen und Jim gebeten, ein Hotel zu suchen. Zum Glück hatte Jim eine Unterkunft gefunden, in der es noch freie Zimmer gab, und ihre Reservierung in Bel Air stornieren können. Sie würden um acht Uhr morgens das Hotel in Lancaster verlassen und gegen zehn Uhr Bel Air erreichen. Morgen Abend hätte ihre Familie Zuwachs bekommen.

Jims Handy klingelte. Er nahm es vom Gürtel. Sein Gespräch dauerte nur wenige Minuten und in dieser Zeit wanderte sein Blick immer wieder zur Badezimmertür, wo Linda in einem warmen Bad entspannte und etwas gegen ihre Kopfschmerzen unternehmen wollte.

Kurz nachdem er aufgelegt hatte, rief Linda: „Habe ich nicht dein Handy gehört?"

Er nickte.

„Wer war das?"

„Carl Stevens. Der Rechtsanwalt, der die Mutter des Babys vertritt."

Linda erblasste. „Bitte sag mir nicht, dass schon wieder etwas schief gegangen ist. Sie hat es sich doch nicht anders überlegt, Jim?"

„Mr Stevens wollte nur den Termin für morgen bestätigen."

Linda runzelte die Stirn. „Ich wünschte, es wäre heute gewesen."

„So wie du dich fühlst, hättest du heute gar nicht fahren können, Linda. Morgen wird es dir wieder besser gehen." Jim nahm Lindas Hand und führte sie zum Bett hinüber. „Leg dich doch ein wenig hin und versuche zu entspannen. Du siehst ziemlich mitgenommen aus."

Sie ließ sich auf das Bett sinken, zog die Beine an und lehnte sich gegen die Kissen. „Ich bin ziemlich müde und diese Kopfschmerzen wollen einfach nicht weggehen. Aber wir waren auch fünf Tage unterwegs."

„Ich weiß, Schatz, aber das ist uns unser Baby doch wert. Du wirst dich so darüber freuen, dass du vergisst, jemals müde gewesen zu sein oder eine Migräne gehabt zu haben."

„Ich hoffe es." Linda fuhr sich über die Stirn.

Jim massierte ihr die Schultern und den Nacken. „Leg dich hin und ruh dich eine Weile aus. Du hast in der vergangenen Nacht kaum geschlafen und ich fürchte, wenn du keinen Schlaf bekommst, wird es dir morgen noch schlechter gehen."

Sie gähnte. „Du hast recht. Seit wir von zu Hause losgefahren sind, habe ich nicht mehr richtig geschlafen. Ein wenig Schlaf könnte mir wirklich helfen."

„So ist es brav. Wenn all das hinter uns liegt und wir mit unserem Jungen nach Ohio fahren, wird alles vergessen sein."

Sie nickte und kuschelte sich noch tiefer in ihre Decke. „Wir haben so lange auf ein Baby gewartet. Ich möchte es endlich in den Armen halten."

Er deckte sie mit der Bettdecke zu. „Bald, Linda. Nur noch einen Tag, dann haben wir unseren Sohn."

Auf dem Heimweg spürte Caleb neue Entschlossenheit in sich. Er hatte in der Stadt Besorgungen gemacht und im Laden der Fishers vorbeigeschaut – in der Hoffnung, Naomi zu sehen. Genau wie die anderen Male, als er einfach so vorbeigekommen war, war sie auch dieses Mal beschäftigt. Zu beschäftigt, um sich mit ihm zu unterhalten, hatte sie ihm gesagt. Selbst wenn sie keine Arbeit gehabt hätte, Caleb wusste, dass Naomis Vater da war und jede ihrer Bewegungen beobachtete und alles mit anhörte, was sie und Caleb sprachen.

Caleb schnalzte mit der Zunge, um das Pferd anzutreiben. *Vielleicht hätte ich Andy nicht allein in der Werkstatt lassen und in die Stadt fahren sollen, aber ich wollte Naomi so gern wieder sehen.*

Das einzig Gute an dem Besuch im Laden waren die wenigen Worte, die er mit Nancy Fisher gewechselt hatte. Sie hatte ihm nämlich erzählt, dass Naomi und die jüngeren Geschwister am Samstag zu Hause bleiben und in ihrem Hof Root Beer verkaufen würden. Abraham würde vermutlich den ganzen Tag im Laden arbeiten, was bedeutete, Caleb konnte auf ein Root Beer bei den Fishers vorbeikommen und vielleicht mit Naomi reden, ohne Angst haben zu müssen, dass ihr Dad sie belauschte. Er hatte eine Beziehung mit ihr noch nicht aufgegeben und war entschlossen, einen Weg zu finden, um mit ihr zusammen zu sein.

„Vielleicht frage ich Mamm, ob sie eine schöne Pflanze hat, die ich Naomi mitbringen kann", murmelte er. „Das sollte ihr eigentlich zeigen, wie ich für sie empfinde."

Den Rest des Weges sprach Caleb mit seinem Pferd und als er ihre Auffahrt erreichte, hatte er neue Hoffnung geschöpft. Er öffnete den Briefkasten und holte die Post heraus. Lächelnd entdeckte er einen Brief von seinem Cousin Henry, der im Holmes County in Ohio eine Buggywerkstatt betrieb. Er riss den Umschlag auf und las den Brief.

Lieber Caleb,
ich habe eine Auktion besucht und einige antike Buggy-Teile ersteigert – Räder, Achsen, Federn, Formen, ein paar alte Sitze und ein Verdeck. Wenn du daran interessiert bist, einiges davon zu kaufen, spring in einen Bus und schau es dir an. Aber warte nicht zu lange, denn es gibt noch eine Reihe anderer Interessenten. Doch dir würde ich gern die erste Wahl lassen.
Dein Cousin
Henry Stutzman

Caleb grinste. Er würde Andy und Marvin die Werkstatt für ein paar Tage anvertrauen und am kommenden Samstag in den Bus nach Ohio steigen. Naomi würde er dann eben ein anderes Mal besuchen.

Fröhlich pfeifend betrat Caleb kurze Zeit später seine Werkstatt, doch mitten im Türrahmen blieb er stehen, schockiert von dem Anblick, der sich ihm bot. Andy saß stöhnend auf dem Boden und hielt sich seine linke Hand.

„Was ist los?" Caleb eilte zu seinem Bruder und kniete neben ihm nieder.

Andy verzog das Gesicht. „Mein Daumen! Ich habe mir einen Nagel hineingeschossen."

„Wie ist das denn passiert und wo war Marvin, als es passierte?" Caleb griff nach Andys Hand und sein Magen drehte sich bei dem Anblick um. Ein drei Zentimeter langer Nagel steckte im Daumen seines Bruders.

„Ich habe die neue Luftpistole genommen, die du vor einer Weile gekauft hast – und ich schätze, ich habe falsch gezielt." Andy schob die Unterlippe vor und wie er da auf dem Boden saß, sah er viel jünger aus als achtzehn. „Marvin ist noch draußen auf den Feldern und hilft Pop, John und David." Er verzog das Gesicht. „Das tut echt eklig weh."

„Das kann ich mir vorstellen." Caleb legte den Arm um Andys Taille. „Komm, ich helfe dir hoch. Und dann sollten wir einen unserer Nachbarn bitten, uns zur Notaufnahme zu fahren."

Andys dunkle Augen wurden ganz groß und er schüttelte den Kopf. „Ins Krankenhaus?"

Caleb nickte. „Das muss sofort versorgt werden. Du kannst doch nicht für den Rest deines Lebens mit dem Nagel im Daumen herumlaufen."

„Aber ich hasse Krankenhäuser. Die Ärzte stechen die Menschen mit großen Nadeln und tun Dinge mit ihnen, die schrecklich weh tun."

„Was im Krankenhaus geschieht, kann nicht so schlimm sein wie das, was du dir selbst angetan hast. Und jetzt lass uns aufbrechen."

Andy ließ sich von Caleb aus der Werkstatt und zu Calebs offenem Buggy führen. Sobald er seinen Bruder in den Wagen gesetzt hatte, rannte Caleb ins Haus, um seiner Mutter zu erzählen, was passiert war, und ihr zu sagen, dass sie zu den Petersons fahren würden, um sich von ihnen ins Krankenhaus bringen zu lassen. Damit war dieser Tag gelaufen. So wie die Dinge sich zu entwickeln schienen, fragte sich Caleb, ob er am Samstag überhaupt nach Ohio würde reisen können.

※

Abraham setzte sich auf einen Strohballen und lehnte den Kopf gegen die Holzbretter seiner Scheune. Der süße Duft des Heus kitzelte ihn in der Nase und er atmete tief ein. *Zu schade, dass ich meine Farm so wenig genießen kann. Wenn ich nach der Arbeit im Laden am Abend nur nicht immer so müde wäre.*

„Ich habe gelernt, mir genügen zu lassen, wie's mir auch geht." Abraham dachte über den Bibelvers nach, den Bischof Swartley kürzlich aus dem 4. Kapitel des Philipperbriefs vorgelesen hatte. Erst an diesem Nachmittag hatte sein Freund Jacob Weaver ihn daran erinnert, dass es in Hebräer 13, Vers 5 hieß: „Seid nicht geldgierig und lasst euch genügen an dem, was da ist. Denn der Herr hat gesagt: ‚Ich will dich nicht verlassen und nicht von dir weichen.'"

Natürlich hatte Jacob damit gemeint, Abraham solle zufrieden mit seiner Familie sein und sich mehr an ihr freuen. Er sagte, es sei an der Zeit, dass Abraham aufhöre, Sarahs Tod zu betrauern. Er solle jetzt endlich erkennen, dass Gott ihn nicht verlassen hätte und ihn nie verlassen würde.

Abraham schloss die Augen und sofort stand ihm das Bild seiner hübschen Frau vor Augen. Er blinzelte und versuchte das Bild beiseitezuschieben, aber es gelang ihm nicht.

Heute war ihr Hochzeitstag. Er konnte Sarahs Stimme hören und ihre sanfte Berührung spüren. In Sarahs dunklen Augen erkannte er die tiefe Liebe zu ihm. Sie hatten sich gegenseitig versprochen, sich zu lieben, bis der Tod sie trennen würde.

„Papa, schläfst du? Die Glocke zum Abendessen läutet. Es ist Zeit, zum Essen reinzugehen."

Abraham zwang sich, seine Augen aufzumachen. Nur widerstrebend ließ er sein inneres Bild von Sarah los. Wie hätte er damals an ihrem Hochzeitstag ahnen können, dass sie vor ihm sterben würde?

Er blickte seinen ältesten Sohn an und bemerkte seinen besorgten Gesichtsausdruck.

„Alles in Ordnung, Papa?"

„Alles bestens. Ich habe nur meine Augen ein wenig ausgeruht." Er erhob sich und streckte seinen Rücken.

Matthew machte sich auf den Weg zur Scheunentür. „Kommst du jetzt?"

„Sofort." Abraham warf noch einen Blick in die Scheune. Er hatte jetzt lange genug um Sarah getrauert. Es war an der Zeit, weiterzuziehen. Jacob hatte recht. Er musste zufrieden sein mit dem, was er hatte. Vielleicht würde er morgen, wenn er aus dem Laden nach Hause kam, das Zelt in ihrem Garten aufstellen und sie würden zusammen eine schöne Zeit haben. Das würde den Jüngeren bestimmt gefallen und um ehrlich zu sein, auch er freute sich darauf.

Kapitel 9

„Linda, bist du wach? Es ist Zeit zum Aufstehen. Wir haben in drei Stunden einen Termin."

Lindas einzige Reaktion war ein lautes Stöhnen.

Jim legte die Hand auf die Stirn seiner Frau. Sie hatte kein Fieber, das war gut. „Was ist los, Schatz? Geht es dir nicht gut?"

Sie nickte, hielt die Augen aber geschlossen.

„Vielleicht geht es dir besser, wenn du gefrühstückt hast."

Linda drehte sich auf die Seite. „Ich habe schreckliche Kopfschmerzen und mein Magen ist in Aufruhr. Ich glaube nicht, dass ich etwas bei mir behalten könnte."

Jim stieg aus dem Bett. „Ich werde jetzt duschen und noch einmal nach dir sehen, wenn ich fertig bin."

„Ja, ist gut."

Zehn Minuten später, als Jim aus dem Bad zurückkam, musste er feststellen, dass es Linda keineswegs besser ging.

„Liebling, ich denke, du solltest hier bleiben. Ich fahre allein nach Maryland, um das Baby abzuholen."

„Aber ich muss doch mitkommen." Sie hob den Kopf, ließ ihn jedoch sofort wieder ins Kissen sinken.

„Du brauchst nicht mitzukommen. Ich denke, es ist besser, wenn du diese Migräne verschläfst."

„Und was ist mit den Papieren? Muss ich nicht irgendetwas unterzeichnen?"

„Wir haben die nötigen Papiere doch schon vergangene Woche in Max' Büro unterzeichnet. Er hat sie an den Rechtsanwalt der Frau geschickt, weißt du nicht mehr?"

„Oh, das stimmt." Sie schlug die Augen auf und als sie zu ihm hochsah, bemerkte Jim ihre Tränen.

Linda war sehr blass und wirkte sehr mitgenommen. Die zweistündige Fahrt nach Bel Air würde sie keinesfalls überstehen, ohne sich zu übergeben. Er beugte sich zu ihr herab und gab ihr einen Kuss auf die Stirn. „Mach die Augen zu und schlaf noch etwas. Wenn du aufwachst, wird es dir besser gehen und dann bin ich auch schon mit unserem Jungen da."

Sie nickte und eine Träne lief ihr über die Wange. „Komm aber bitte auf dem schnellsten Weg mit ihm wieder her. Mach unterwegs keine Pause, ja?"
„Das werde ich, Liebling."

※

Bevor Papa mit Samuel am Morgen zum Laden aufbrach, hatte er ein Schild an den Zaun am Ende ihrer Einfahrt genagelt und Naomi hatte mehrere Krüge Root Beer auf die Picknicktische gestellt. Gegen neun Uhr kamen ein paar englische Kunden vorbei, die an der Farm vorbeigefahren waren und das Schild gesehen hatten. Auch ein paar ihrer amischen Nachbarn kamen zu ihnen. Naomi fragte sich, wie sie ihre Hausarbeiten erledigen sollte, wenn sie ständig zwischen dem Haus und dem Hof hin- und herlaufen musste, um die Käufer zu bedienen. Nancys Rechenkünste ließen noch zu wünschen übrig. Sie verrechnete sich häufig beim Wechselgeld, darum gab Naomi ihr und Mary Ann Aufgaben im Haus, während sie das Root Beer verkaufte. Wenn nichts zu tun war, eilte sie ins Haus, kümmerte sich um Zach, machte sauber und gab ihren Schwestern Anweisungen, was sie als Nächstes tun sollten. Im Augenblick sollten sie ihr Schlafzimmer putzen, während sie selbst den Küchenboden wischte. Doch sie stritten miteinander und Naomi hatte Angst, sie könnten Zach aufwecken, der seinen Vormittagsschlaf hielt.

Entschlossen stellte sie Wischmopp und Eimer beiseite und marschierte die Treppe hoch.

„Was ist denn los?", fragte Naomi, als sie in das Mädchenzimmer trat.

Mary Ann saß auf dem Holzboden, einen Stapel Papiere auf dem Schoß. Nancy stand vor ihr, die Hände in die Hüften gestemmt, und starrte ihre Schwester finster an.

„Mary Ann will mir nicht beim Putzen helfen", petzte Nancy. „Sie sitzt da und blättert ihre Schulunterlagen durch."

„Mary Ann, bitte steh auf und hilf deiner Schwester, das Zimmer sauber zu machen", ermahnte Naomi ihre Schwester.

Das Kind deutete auf den Mülleimer neben sich. „Ich

mache doch sauber. Ich werfe alle Unterlagen fort, die ich nicht mehr haben möchte."

„Das kannst du später machen, wenn das Zimmer sauber ist." Naomi nahm den Besen, der an der Wand lehnte, und drückte ihn Nancy in die Hand. „Du fegst und Mary Ann kann das Kehrblech halten. Danach müssen die Fenster noch geputzt werden und ihr müsst auch euren Teppich ausklopfen."

Eine Hupe ertönte im Hof. Wieder ein Kunde, der Root Beer kaufen wollte. Naomi drehte sich um und rannte zur Tür. „Ich komme gleich wieder und sehe nach, welche Fortschritte ihr gemacht habt." Sie verließ das Zimmer und betete um die Kraft, diesen Tag zu überstehen, ohne die Nerven zu verlieren.

※

Jim war froh, dass an diesem Morgen wenig Verkehr herrschte. Problemlos fand er Carl Stevens' Büro in Bel Air. Er stellte den Minivan auf dem Parkplatz ab. Kurz darauf betrat er das Büro und nannte der Empfangsdame seinen Namen. Die Frau mittleren Alters bot ihm einen Platz an, fragte, ob er eine Tasse Kaffee haben wolle und informierte ihn darüber, dass Mr Stevens in ein paar Minuten Zeit für ihn hätte.

Während Jim mit einem Kaffeebecher in der Hand auf dem hochlehnigen Stuhl saß, wünschte er, Linda wäre jetzt bei ihm. Vielleicht hatte der Rechtsanwalt ja Bedenken, ihm den Jungen zu übergeben, ohne seine Frau kennengelernt zu haben? Würde das Kind überhaupt bereitwillig mit Jim mitgehen oder würde es Theater machen?

Ich bin wirklich froh, dass ich den Babysitz für das Kind gekauft habe, bevor wir Washington verlassen haben. Ich bin so nervös, dass ich vermutlich vergessen hätte, einen zu besorgen, wenn wir erst hier einen hätten kaufen wollen.

Die Aussicht, Vater zu werden, machte Jim mehr als nur ein wenig nervös. Nach acht Jahren Ehe hatten er und Linda eine gewisse Routine entwickelt. Jetzt würde ihr ganzes Leben auf den Kopf gestellt und er hoffte, es würde sich zum Besseren wenden. Er hoffte auch, dass er seine Entscheidung, diesen kleinen einjährigen Jungen zu adoptieren, nicht bereuen würde.

„Mr Scott?"

Jim wurde aus seinen Gedanken gerissen. Er blickte auf. Ein großer Mann mit dünnen grauen Haaren und einer randlosen Brille lächelte ihn an.

Jim erhob sich und streckte seine Hand aus. „Sie sind bestimmt Carl Stevens."

„Das ist richtig." Der Mann sah sich um. „Wo ist Ihre Frau? Linda, wenn ich mich nicht irre?"

„Sie ist im Hotel geblieben. Sie hatte schreckliche Kopfschmerzen."

Der Rechtsanwalt zog die Augenbrauen in die Höhe, doch bevor er irgendwelche Fragen stellen konnte, fügte Jim schnell hinzu: „Nur ein Spannungskopfschmerz. In ein paar Stunden geht es ihr wieder gut."

„Ich verstehe. Nun, kommen Sie doch bitte in mein Büro." Mr Stevens ging voraus und Jim folgte ihm.

In seinem Büro deutete Mr Stevens auf einen Stuhl. „Bitte nehmen Sie Platz."

Jim nahm Platz und sah sich in dem Raum um. Er und Carl Stevens schienen allein zu sein. Er räusperte sich. „Entschuldigen Sie, Sir, aber wo ist unser Baby? Werde ich die Mutter des Kindes kennenlernen?"

Der Anwalt setzte sich auf den Lederstuhl an seinem Schreibtisch und beugte sich vor, die Hände ineinandergefaltet. „Leider hat es eine Änderung der Pläne gegeben."

„Eine Änderung der Pläne? Was soll das heißen?" Jims Herzschlag beschleunigte sich und der Schweiß rann ihm über die Stirn. Dass weder Mutter noch Baby hier in diesem Raum waren, ließ nichts Gutes ahnen und Mr Stevens' grimmiger Gesichtsausdruck trug auch nicht zu seiner Beruhigung bei.

„Shelby, die Mutter des Jungen, hat mich heute Morgen angerufen."

„Und?"

„Es tut mir leid, Ihnen sagen zu müssen, dass sie ihre Meinung geändert hat."

„In Bezug auf die Adoption?" Jim wurde rot und am liebsten wäre er von seinem Stuhl aufgesprungen.

Der Rechtsanwalt nickte ernst. „Ich fürchte ja. Sie wurden

ja auch darüber in Kenntnis gesetzt, dass sie das Recht dazu hat."

Jim sprang auf. „Aber sie kann doch jetzt nicht mehr zurück! Linda und ich haben fest mit dieser Adoption gerechnet. Wir sind von weit her gekommen, um den Jungen abzuholen."

„Das ist mir klar, aber Sie waren darüber informiert, dass diese Möglichkeit bestand. Ich bin sicher, Ihr Anwalt hat Sie über die Rechte der Mutter aufgeklärt."

„Ja, das hat er, aber wir haben seit der Unterzeichnung der Papiere nichts Gegenteiliges gehört und darum sind wir davon ausgegangen –"

„Es tut mir sehr leid, Mr Scott. Ihr Rechtsanwalt wird sicher, sobald Sie ihm die Umstände erklärt haben, versuchen, ein anderes Kind für Sie zu finden."

Jim zitterte am ganzen Körper und rang um Beherrschung. „Welche Umstände? Warum hat die Mutter ihre Meinung in der letzten Sekunde noch geändert? Ich muss meiner Frau doch irgendetwas sagen können, wenn ich ohne das Baby ankomme."

Mr Stevens deutete auf den Stuhl. „Bitte setzen Sie sich wieder. Ich erkläre es Ihnen."

Jim blieb mit verschränkten Armen vor dem Schreibtisch stehen.

Der Rechtsanwalt zuckte die Achseln und trank einen Schluck Kaffee. „Shelby sagte, sie hätte noch einmal über alles nachgedacht und schaffe es nicht, sich von ihrem Sohn zu trennen. Sie hat ihn ein ganzes Jahr versorgt und doch eine starke Bindung zu ihm entwickelt."

„Und warum zum Donnerwetter wollte sie ihn zur Adoption freigeben?"

„Wenn Sie den Rest der Geschichte hören wollen, dann bestehe ich darauf, dass Sie sich beruhigen."

Jim atmete tief durch und ließ sich auf den Stuhl sinken. „Ich höre."

„Die Mutter und das Kind haben eine Beziehung zueinander aufgebaut und sie hat das Gefühl, dass ihr Sohn es bei ihr besser hat."

„Das ist doch lächerlich! Was kann eine unverheiratete Mutter einem Kind geben, das meine Frau und ich ihm nicht geben können?"

„In materieller Hinsicht vermutlich nichts, aber sie kann ihrem Sohn ihre Mutterliebe geben."

„Wir hätten ihn geliebt." Jim grub seine Fingernägel in seine Handflächen. „Ich führe erfolgreich ein Malergeschäft. Wir könnten dem Jungen eine gute Erziehung bieten und in materieller Hinsicht würde es ihm an nichts fehlen."

„Das ist sicher wahr, und genau darum sollte Ihr Anwalt keine Probleme haben, ein anderes Kind für Sie zu finden."

„Und das war es dann? Mehr gibt es nicht zu sagen?"

„Nein, tut mir leid."

Jim erhob sich. Ein Gefühl der Niedergeschlagenheit ergriff ihn. Wie sollte er Linda sagen, dass sie jetzt doch keinen Sohn bekämen? Jetzt würde er seinen Eltern in Ohio kein Enkelkind präsentieren können. Und vielleicht würden sie nie eines bekommen.

Wortlos stürmte Jim aus dem Büro des Rechtsanwalts und knallte die Tür hinter sich zu. Als er in seinen Wagen stieg und davonfuhr, hatte er das Gefühl, als läge ein Zweihundert-Liter-Fass Farbe auf seinen Schultern. Er verließ Bel Air und fuhr auf die Autobahn in Richtung Pennsylvania. Die ganze Zeit fragte er sich, wie er das alles Linda beibringen sollte und wie er die große Enttäuschung wenigstens etwas abmildern könnte.

Mit aller Kraft umklammerte er das Lenkrad und biss die Zähne aufeinander. „Wenn es einen Gott im Himmel gibt, warum konnte er das nicht verhindern?"

Zwei Stunden später, als Jim Lancaster County erreichte, war er noch immer zutiefst aufgewühlt. „Ich muss mich zuerst beruhigen, bevor ich zum Hotel fahre." Er ließ das Fenster herunter, doch es kam nur ein Schwall heißer, feuchter Luft herein.

Er schaltete die Klimaanlage ein, bog von der Hauptstraße ab und fuhr ziellos über die Landstraßen. Über eine überdachte Brücke, vorbei an mehreren Amischfarmen, immer weiter und weiter. Ein Schild an einem Zaun am Ende einer Einfahrt zog seine Aufmerksamkeit auf sich: „Hausgemachtes Root Beer – 3 Dollar eine Gallone".

Er hielt an. „Root Beer wird meine Probleme zwar nicht lösen, aber es kann meinen Durst löschen."

Während Zach fröhlich auf dem sauberen Fußboden herumkrabbelte, beschloss Naomi, sich die Küchenschränke vorzunehmen. Die Mädchen hatten ihr Schlafzimmer sauber gemacht und waren jetzt unten im Keller, um die Einmachgläser nach oben zu bringen, die sie in der kommenden Woche brauchen würden.

Naomi stellte einen Tritthocker vor den Schrank und wollte gerade mit der Arbeit beginnen, als sie eine Hupe hörte.

„Ach, Mensch! Warum ausgerechnet jetzt?" Sie drehte sich zur Tür um und wollte hinauseilen, als Zach einen lauten Schrei ausstieß. Ihr erster Gedanke war, ihn zu ignorieren, aber dann fiel ihr ein, dass ihre Schwestern ja nicht auf den kleinen Kerl aufpassen konnten, während sie den Kunden bediente.

Und so nahm Naomi Zach samt seinem kleinen Quilt auf die Arme, holte ein Taschentuch aus der Schürzentasche und putzte ihm die Nase. Die Hupe ertönte erneut. So schnell sie konnte, eilte sie nach draußen.

Ein Engländer stand neben dem Gartentisch.

„Kann ich Ihnen helfen?", fragte sie.

„Haben Sie auch kaltes Root Beer?"

Naomi nickte. „Es ist noch welches im Haus."

„Verkaufen Sie es auch im Glas oder nur in Gallonenkrügen?"

„Nur in Krügen, aber ich gebe Ihnen gern einen Pappbecher, wenn Sie jetzt welches trinken möchten."

Der Mann wirkte schrecklich angespannt, aber er erwiderte ihr Lächeln. „Ein süßes Baby haben Sie da. Ist es ein Junge oder ein Mädchen?"

„Das ist mein jüngster Bruder. Im April ist er ein Jahr alt geworden." Sie setzte Zach mitten auf den Gartentisch und wickelte den Quilt um seine nackten Beine. „Er wiegt eine Tonne und ich bin wirklich froh, wenn er endlich anfängt zu laufen."

„Haben Ihre Eltern viele Kinder?", fragte der Mann.

„Meine Mutter hatte einen Unfall und starb, als der kleine Kerl erst zwei Monate alt war. Zurück blieben acht *Kinner* – ich meine Kinder –, die mein Dad großziehen muss."

Er zog die Augenbrauen in die Höhe. „Das mit Ihrer Mutter tut mir sehr leid."

Naomi wollte etwas erwidern, aber ein lauter Schrei lenkte sie ab. „Das ist vermutlich eine meiner Schwestern. Ich schätze, unsere verrückte Gans ist wieder hinter einer von ihnen her. Sobald ich nachgeschaut habe, was los ist, komme ich sofort mit einem kalten Root Beer wieder." Sie rannte davon und ließ Zach auf dem Gartentisch sitzen.

Jim wartete geduldig auf die Rückkehr der jungen Frau und behielt die ganze Zeit den nur mit einer Windel bekleideten Jungen im Auge. Zuerst rührte sich das Kind nicht, aber nach ein paar Minuten begann er unruhig zu werden.

„Sitz still, kleiner Kerl, sonst fällst du herunter", warnte Jim.

Als der Junge seine Decke packte, die über die Tischkante hing, und versuchte hinunterzuklettern, beschleunigte sich Jims Herzschlag. „Nein, nein, kleiner Spatz. Du bleibst besser sitzen, bis deine Schwester zurückkommt."

Die Beine des Kindes baumelten gefährlich über die Tischkante und Jim war klar, dass er etwas unternehmen musste, sonst würde das Kind herunterstürzen. Er packte den Jungen an der Taille und nahm ihn auf die Arme.

Das Kind lachte und strampelte mit seinen knubbeligen Füßen. Ein Spuckefaden lief ihm über das Kinn.

Jim nahm den bunten Quilt und wischte dem Jungen das Gesicht damit trocken. „So, das ist doch besser, nicht wahr?" Er blickte zum Haus hinüber. *Wo steckt nur dieses Mädchen und wieso braucht sie so lange? Denkt sie, ich sei hergekommen, um auf ihren kleinen Bruder aufzupassen?*

Als das Kind seinen Kopf an Jims Brust lehnte, machte sich ein seltsames Gefühl in ihm breit, wie er es noch nie empfunden hatte. *So fühlt sich das also an, wenn ein Vater seinen Sohn in den Armen hält.*

Jim warf schnell einen weiteren Blick zum Haus hinüber. Alles war ruhig und keine Seele in Sicht. Ohne einen Gedanken an irgendwelche Konsequenzen zu verschwenden, traf Jim impulsiv eine Entscheidung. Er drehte sich blitzschnell um und rannte zum Wagen. In aller Eile riss er die hintere

Tür auf, setzte das Kind in den Kindersitz und schnallte es an. Wieder schaute er zum Haus hinüber und als er sah, dass die Luft rein war, sprang er auf den Fahrersitz, knallte die Tür zu, startete den Motor und raste so schnell er konnte vom Hof.

Kapitel 10

In der Küche standen Naomis Schwestern mitten in einem großen Durcheinander. Zerbrochenes Glas und einige der Pfirsiche vom vergangenen Jahr lagen auf dem Boden. Nancy kehrte die Glasscherben mit einem Besen zusammen und Mary Ann saß schluchzend am Tisch.

„Was ist denn hier los? Ich habe den Boden doch schon einmal gewischt." Naomi deutete auf das klebrige Linoleum. „Ich dachte, ihr beide solltet die Einmachgläser aus dem Keller holen."

„Das haben wir auch, aber Mary Ann wollte Pfirsiche, und obwohl ich Nein gesagt habe, hat sie ein Glas mitgenommen", erklärte Nancy.

Naomi wandte sich an ihre jüngste Schwester. „Wieso denn?"

„Ich ... ich ... hatte Hunger und als ich all diese Gläser mit Obst gesehen habe, wollte mein Magen etwas zu essen haben." Mary Ann bekam einen Schluckauf. „Ich habe mich an den Scherben geschnitten, als ich versuchte, sie aufzuheben."

Erst jetzt fiel Naomi auf, dass eine Serviette um Mary Anns Hand gewickelt war. Sie war blutgetränkt. Naomi eilte zu ihrer jüngeren Schwester und nahm vorsichtig ihre Hand. „Das schaue ich mir besser mal an."

„Pass auf, dass du mir nicht noch mehr wehtust." Mary Anns Unterlippe zitterte.

„Ich bin vorsichtig." Als Naomi die Serviette entfernte, zuckte das Kind zusammen. „Das müssen wir desinfizieren und verbinden." Sie schnalzte mit der Zunge. „Ich glaube aber nicht, dass die Wunde genäht werden muss."

Mary Ann schniefte. „Da bin ich froh. Ich will nicht ins Krankenhaus, das ist sicher."

Naomi nickte Nancy zu. „Wenn du die Glasscherben zusammengefegt hast, könntest du mir einen Krug kaltes Root Beer aus dem Kühlschrank holen. Draußen wartet ein Kunde."

„Ja, ist gut."

Während Nancy sich um die Scherben kümmerte, führte

Naomi Mary Ann nach oben ins Bad, wo sie ihren Verbandskasten aufbewahrten.

Als sie kurz darauf in die Küche zurückkam, lagen die Scherben immer noch auf dem Fußboden und Nancy war fort.

Vielleicht hat sie das Root Beer nach draußen gebracht, wie ich es ihr gesagt habe. Naomi schnappte sich einen Besen aus dem Schrank und machte sich an die Reinigung des klebrigen Fußbodens. „Hört denn das Chaos heute überhaupt nicht auf?", murmelte sie.

Die Hintertür öffnete sich und Nancy kam hereingeschlendert. Sie hielt einen Krug Root Beer in der Hand und wirkte etwas verschnupft. „Du hast mich ganz umsonst nach draußen geschickt. Da war kein Kunde."

„Aber sicher war er da. Er wollte kaltes Root Beer und ich habe ihm gesagt, ich hätte noch welches im Haus. Vielleicht sitzt er in seinem Wagen." Naomi nahm Nancy den Krug mit dem Root Beer ab und drückte ihr den Besen in die Hand. „Mach hier weiter. Ich gehe nachsehen."

Beim Umdrehen stieß sich Naomi die Zehe an einem Stuhlbein an. „Au!" Humpelnd ging sie zur Hintertür und lief um das Haus herum.

Im Hof blieb Naomi stehen. Der Mann war tatsächlich fort und es stand auch kein Wagen mehr in der Einfahrt. *Ich schätze, er wollte nicht mehr länger auf mich warten.* Ihr Blick schweifte zum Gartentisch und auf einmal setzte ihr Herzschlag beinahe aus. Zach war fort, zusammen mit seiner Decke.

Naomis Magen krampfte sich vor Furcht zusammen. Sie stellte den Krug auf den Tisch und zwang sich zu atmen. *Alles in Ordnung. Zach ist hier irgendwo. Er ist nur von dem Tisch geklettert und fortgekrabbelt.*

„Zach! Wo bist du?" Sie suchte den Hof ab und lauschte auf jedes Geräusch, das ihr einen Hinweis darauf geben könnte, dass ihr kleiner Bruder in der Nähe war. „Er muss hier sein – er muss einfach." Doch das einzige Lebewesen in Sichtweite war ein Huhn, das in der Einfahrt herumspazierte.

Naomis Beine drohten einzuknicken. Sie umklammerte ihren Bauch und hielt sich selbst fest, damit sie nicht zusammenbrach. *Warum war ich nur so dumm? Ich hätte Zach nie einfach bei einem Fremden auf dem Tisch zurücklassen dürfen. Was soll ich Papa sagen, wenn ich ihn nicht finde?*

Naomi ignorierte den Schmerz in ihrer Zehe und eilte zum Haus zurück, während sie laut nach ihren Schwestern schrie.

Nancy kam durch die Haustür gerannt. „Was ist los, Naomi?"

„Zach ist weg, das ist los", keuchte Naomi.

Mary Ann folgte Nancy auf die Veranda, ihre dunklen Augen waren beinahe so groß wie Untertassen. „Was meinst du damit, dass er weg ist?"

Naomi schluckte, während sich ein stechender Schmerz in ihrem Magen ausbreitete. „Ich habe ihn auf den Tisch gesetzt, bevor ich hereinkam, um das kalte Root Beer für den Mann zu holen und nachzusehen, wer von euch da so schrie." Sie deutete auf den Tisch. „Aber jetzt ist er weg. Ich kann ihn nicht mehr finden."

Nancy blickte sich im Hof um. „Wer war der Kunde, Naomi? Jemand, den wir kennen?"

Naomi schüttelte den Kopf. „Es war ein Engländer."

„Wieso hast du Zach nicht mitgebracht, als du ins Haus gekommen bist? Wieso hast du ihn ganz allein gelassen?"

Nancys Frage brachte das Fass zum Überlaufen. Schuldgefühle krochen in ihr hoch und setzten sich in ihrer Seele fest. Die Tränen, gegen die sie mit aller Macht angekämpft hatte, traten ihr nun in die Augen. „Ich war so durcheinander. Als ich den Schrei hörte, war meine einzige Sorge, ins Haus zu laufen und zu sehen, was passiert war." Sie schüttelte den Kopf. „Nie hätte ich mir träumen lassen, dass Zach versuchen würde, vom Tisch zu klettern und davonzukrabbeln, während ich fort bin. Außerdem war er ja nicht allein. Ich dachte, der Engländer würde schon darauf achten, dass Zach sich nicht rührte."

Nancy legte den Kopf zur Seite und bedachte Naomi mit einem Blick, der ihr einen Schauer über den Rücken laufen ließ. „Woher weißt du, dass der *Boppli* davongekrabbelt ist?"

„Nun, er kann ja noch nicht laufen, es sei denn, er hat es gelernt und wir haben es nicht mitbekommen." Naomi war nicht in der Stimmung, solche für ihre Begriffe dummen Fragen zu beantworten. Sie mussten Zach finden, und zwar bevor Papa nach Hause kam.

Naomis Schultern waren angespannt und ein stechender Schmerz zog sich bis in ihren Nacken hinauf. „Ihr beide müsst mir helfen, ihn zu suchen. Er kann nicht weit sein."

In der kommenden halben Stunde suchten die Mädchen den Garten ab, den Holzschuppen, den Hühnerstall und das ganze Haus, obwohl Naomi nicht glaubte, dass Zach bis dorthin gekommen sein könnte, ohne dass sie oder eine der Schwestern ihn gesehen hätten.

Mit einem resignierten Seufzer schickte sie Nancy schließlich hinauf aufs Feld, um die Brüder zu holen. Sie brauchten Hilfe beim Suchen.

Nachdem Naomi Matthew die Situation geschildert hatte, verteilten sich alle im Gelände und suchten ein zweites Mal jeden Winkel und jede Spalte des Hofes nach Zach ab.

„Ich spanne den Buggy an", entschied Matthew. „Ich suche Zach an der Straße."

„Ach, was", meinte Naomi verärgert. „Auf keinen Fall kann er über die Einfahrt gekrabbelt sein. Nicht bei den spitzen Steinen."

„Ist dir je der Gedanke gekommen, der Engländer könnte ihn mitgenommen haben?", fragte Norman. Er blickte Naomi an, als wäre sie nicht ganz bei Verstand.

Die Realität hüllte Naomi ein wie ein dichter Nebel. Sie wollte einfach nicht den Gedanken zu Ende denken, dass ihr kleiner Bruder vielleicht entführt worden war. „Der Mann wirkte so nett und –"

„Hast du seinen Wagen gesehen?", fragte Jake.

Der Gedanke, dieser Engländer könnte Zach mitgenommen haben, traf Naomi bis ins Mark, und ihr wurde schwindelig. Sie klammerte sich am Verandageländer fest. „Ich ... äh ... glaube, es war ein Van, aber ich bin nicht sicher. Es könnte auch ein Kombi oder sogar ein Truck gewesen sein."

„Hast du ihn denn nicht in der Einfahrt stehen sehen? Denk nach, Naomi. Dir muss doch etwas aufgefallen sein."

Matthews Worte lasteten auf Naomi wie ein Sack Getreide. „Ich ... ich habe ihn zwar gesehen, aber kaum beachtet. Ich bin nicht sicher, ob es ein Van war, und ich kann mich nicht einmal an die Farbe des Wagens erinnern."

„Dann hast du vermutlich auch nicht auf das Nummernschild geachtet?" Diese Frage kam von Norman.

Naomi schüttelte langsam den Kopf.

„Nun, hast du denn gesehen, in welche Richtung der Wagen davongefahren ist?", fragte Matthew.

Entnervt ließ sie den Atem entweichen. „Wie soll ich das denn gesehen haben, wo ich doch im Haus war, als er losgefahren ist? Das habe ich dir doch schon gesagt, Matthew."

„Ich werde trotzdem auf der Straße suchen." Matthew wandte sich an Norman. „Du kommst besser mit. Jake kann hier bleiben und weitersuchen."

Als Naomi zur Scheune ging, um dort noch einmal alles auf den Kopf zu stellen, wurde die Furcht noch unerträglicher. Wie sehr wünschte sie, sie könnte ungeschehen machen, was passiert war, und den Tag noch einmal beginnen. Wenn sie gewusst hätte, was geschehen würde, hätte sie alles anders gemacht.

„Oh Herr", betete sie, „bitte bewahre meinen kleinen Bruder und hilf uns, ihn bald zu finden."

Jim blickte in den Rückspiegel. Kein Polizeiwagen. Keine amischen Buggys, die ihn verfolgten.

Falls ich geschnappt werde, werde ich wegen Kindesentführung vor Gericht gestellt. Aber wenn ich mit leeren Händen ins Hotel zurückkomme, wird Linda am Boden zerstört sein. Entschlossen umklammerte er das Lenkrad. *Fahr einfach weiter und denk nicht über das nach, was du getan hast.*

Das Kind auf dem Rücksitz gluckste fröhlich und Jim drehte sich kurz um. „Alles klar, kleiner Spatz?" Konnte das Schicksal ihn auf diese Amischfarm geführt haben, um Root Beer zu kaufen? Er brauchte ein Baby und in dieser Familie gab es jede Menge Kinder. Der kleine Junge war nur ein zusätzlicher Mund, der gefüttert werden musste, und außerdem hatte er nicht einmal eine Mutter. *Vielleicht habe ich ihnen sogar einen Gefallen damit getan, ihnen das Baby abzunehmen.*

Als er noch einmal einen flüchtigen Blick auf den Jungen warf, wandten sich seine Gedanken nächstliegenderen Dingen zu. „Kleider. Dieses Kind braucht etwas zum Anziehen. Ich kann ihn nicht nur mit einer Windel bekleidet zu Linda bringen. Sonst wird sie eine Menge Fragen stellen."

Kurz darauf fuhr Jim auf den Parkplatz eines Supermarktes. Er schaltete den Motor aus, sprang aus dem Wagen und öffnete die hintere Tür. Das Kind lachte, als Jim es aus dem Sitz nahm. „Du bist aber wirklich ein vertrauensseliger kleiner Kerl!" Seit Jim den Jungen von dem Tisch genommen hatte, hatte er nicht geschrien, nicht einmal gejammert. Das Baby schien sich in Jims Nähe sehr wohl zu fühlen, was ihn in seiner Meinung bestätigte, das Richtige getan zu haben.

„Jetzt raus mit dir", sagte Jim, als er das Baby auf die Arme nahm. „Wir werden jetzt ein wenig einkaufen und dann wirst du deine neue Mama kennenlernen."

※

Es war ein langer Tag gewesen und Abraham konnte es kaum erwarten, nach Hause zu kommen. Kurz zuvor hatte er Samuel nach hinten geschickt, wo das Pferd stand, und ihm aufgetragen, dem Tier ein paar Äpfel zu geben. Abraham würde den Laden um fünf Uhr schließen und danach das Pferd vor den Buggy spannen. Etwa eine halbe Stunde später wären sie dann zu Hause. Dann wollte er der Familie erzählen, dass sie am Abend zelten würden.

Zwei Minuten vor fünf drehte Abraham die Petroleumlampen herunter, mit denen er sein Geschäft beleuchtete. Gerade war er bei der letzten angekommen, als jemand in den Laden kam. Es war Virginia Meyers, die Kundin, die er nicht besonders mochte.

„Hallo, Mr Fisher", rief sie und winkte. „Ist Naomi da?"

Er schüttelte den Kopf. „Sie und die Mädchen sind heute zu Hause geblieben, um Root Beer zu verkaufen und die liegen gebliebenen Hausarbeiten zu erledigen."

Sie verzog ihre rosa Lippen und warf ihren Pferdeschwanz nach hinten. „Das ist aber zu schade. Ich hatte gehofft, mit ihr reden zu können."

Abraham ging auf die junge Engländerin zu. „Darf ich fragen, worüber?"

„Nur Mädchenkram. Sie wissen schon – Aufkleber und solche Sachen."

Aus irgendeinem Grund glaubte Abraham ihr nicht. Er hatte das Gefühl, dass Virginia mit Naomi nicht nur über Aufkleber reden wollte. Er hatte die beiden schon ein paar Mal belauscht. Virginia wollte Naomi die Welt zeigen – ihre moderne, englische Welt. Soweit er wusste, hatte Naomi die

Einladungen, sich mit ihr zu amüsieren, abgelehnt, und er betete, dass sie dabei bleiben würde.

„Kann ich Ihnen irgendwie helfen?", fragte er. Von Minute zu Minute wurde er ungeduldiger. „Ich wollte gerade schließen, also wenn Sie noch etwas brauchen, dann beeilen Sie sich besser."

Sie sah sich in dem Laden um. „Ich nehme an, Sie haben noch keine neuen Aufkleber."

„Nein."

„Na gut. Sagen Sie Naomi, dass ich vorbeigekommen bin."

„Mache ich, Virginia."

„Ginny, schon vergessen?"

Er zuckte die Achseln. „Dann eben Ginny."

„Ich schätze, ich gehe jetzt besser schnell wieder ins Restaurant. Vermutlich sind schon die ersten Gäste zum Abendessen da. Bis später, Mr Fisher." Ginny eilte zur Tür und Abraham atmete erleichtert auf.

Er nahm seinen Hut vom Haken an der Wand, verschloss die Ladentür und ging in den hinteren Teil der Geschäftsräume.

Dreißig Minuten später lenkte Abraham den Buggy in den Hof. Samuel sprang herunter. „Lauf hinein und sag Naomi, sie kann das Abendessen auftragen", bat er den Jungen. „Ich bringe noch das Pferd in den Stall und komme sofort nach."

„Klar, Papa." Samuel flitzte zum Haus und Abraham ging zu dem Pferd. Er hatte gerade erst angefangen, ihm das Geschirr abzunehmen, als Naomi mit den älteren Jungen angerannt kam. Mary Ann und Nancy folgten ihr dicht auf den Fersen.

„Hallo, alle zusammen!", rief er mit einem strahlenden Lächeln. „Ratet mal, was ich für heute Abend geplant habe!"

„Papa, ich glaube, du hörst dir besser zuerst an, was ich zu sagen habe, bevor du uns deine Pläne mitteilst", sagte Naomi mit gepresster Stimme. Sie wirkte ziemlich niedergeschlagen und Abraham fragte sich, ob es wohl Probleme mit den *Kinnern* gegeben hatte.

„Alles in Ordnung hier? Haben die Mädchen ihre Arbeit erledigt, die du ihnen aufgetragen hast?"

Tränen rannen Naomi über die Wangen. Sie umklammerte seinen Arm.

„Tochter, was ist denn los? Sag mir, was passiert ist."

„Es geht um Zach, Papa." Ein Anflug von Panik lag in ihrer Stimme und Abraham machte sich auf das Schlimmste gefasst.

„Was ist mit dem Jungen? Ist er krank?"

„Bitte setz dich doch an den Tisch, dann erzähle ich dir alles."

Er schüttelte den Kopf. „Los, sag, was passiert ist."

„Papa, ich glaube, es ist besser, wenn du dich hinsetzt", warf Matthew ein.

Abraham blickte Naomi an, dann Matthew. Beide wirkten sehr ernst. Bestimmt war in seiner Abwesenheit etwas Schreckliches passiert, und er fürchtete sich davor, es zu erfahren.

Er taumelte zum Gartentisch hinüber und ließ sich auf die Bank sinken. „Also, was ist los? Ich will es wissen."

Naomi erzählte, wie sie von einem Engländer gebeten worden sei, kaltes Root Beer zu holen und wie sie eines der Mädchen habe schreien hören. Sie habe befürchtet, Hildy, die Gans, sei wieder hinter ihnen her. Deshalb habe sie Zach auf dem Tisch sitzen gelassen und sei davongeeilt, um nach dem Rechten zu sehen.

„Als ich sah, dass Mary Ann sich in die Hand geschnitten hatte, habe ich Nancy mit dem kalten Root Beer nach draußen geschickt und die Wunde versorgt. Nancy kam zurück und erzählte, dass der Mann fort sei." Naomi atmete tief durch und fuhr dann fort: „Ich ging nach draußen, um nachzuschauen. Der Mann war tatsächlich fort." Sie schluckte. „Aber das Schlimmste war, als ich merkte, dass auch Zach fort war."

Abrahams Blick wanderte von einem zum anderen. „Stimmt das?"

Matthew nickte. „Ich fürchte. Naomi dachte, Zach wäre vielleicht vom Tisch geklettert und davongekrabbelt, darum hat sie Nancy aufs Feld geschickt, um mich, Norman und Jake zu holen." Er schluckte. „Wir haben alles abgesucht, konnten Zach aber nirgendwo finden."

„Ja, wir sind sogar ein Stück die Straße entlanggefahren", fügte Norman hinzu.

Abraham blieb eine Weile reglos sitzen. Er war wie betäubt. Das konnte nicht wahr sein. Es musste ein Traum sein

– ein entsetzlicher Albtraum. Bald würde er aufwachen und alles so vorfinden, wie es am Morgen gewesen war.

Er schüttelte den Kopf, als könnte ihm das beim Nachdenken helfen. „Dieser Mann hat unseren *Boppli* mitgenommen, ja?"

Niemand sagte einen Ton, aber alle nickten.

Abraham erhob sich mit zitternden Beinen. „Matthew, geh zu unseren englischen Nachbarn und bitte sie, die Polizei zu rufen."

Kapitel 11

Als Jim auf den Hotelparkplatz fuhr, gingen seine Gedanken wirr durcheinander. Ein paar Stunden zuvor war ihm mitgeteilt worden, dass der Sohn, den sie adoptieren wollten, nicht mehr für eine Adoption zur Verfügung stand. Und in einem Augenblick der Verzweiflung hatte er ein amisches Baby vom Gartentisch gestohlen, auf den seine Schwester es gesetzt hatte. Da sie nicht sofort zurückgekommen war, war alles ganz einfach gewesen. Es schien beinahe so, als hätte sie nicht die Absicht gehabt zurückzukehren. Das bestätigte Jim in seiner Meinung, dass sein Abstecher zu dieser Farm Vorherbestimmung gewesen war. Er und Linda sollten den Jungen bekommen und bei ihnen würde er es besser haben als bei der amischen Familie. Die junge Frau hatte Jim erzählt, ihre Mutter sei gestorben und sie seien acht Geschwister. Jim war der Ansicht, dass es für den Mann besser sei, wenn ein Kind weniger an seinem Tisch säße.

Er stieg aus dem Wagen und ging zur hinteren Tür, um seinen neuen Sohn zu holen. „Deine Mami und ich können dir so viel geben", sagte er, als er den Jungen abschnallte und auf den Arm nahm. Der amische Babyquilt steckte unter den Beinen des Jungen. Jim nahm die Decke fort. „Dieses Beweisstück darf Linda nicht finden. Sie würde jede Menge Fragen stellen, das ist sicher."

Aus irgendeinem Grund hatte Jim sich nicht überwinden können, die Decke zusammen mit der Stoffwindel am Supermarkt in den Müll zu werfen. Er war versucht gewesen, es zu tun, hatte es aber nicht übers Herz gebracht, die einzige Verbindung des Kindes zu seiner Vergangenheit so einfach verschwinden zu lassen.

Ich werde den Quilt erst einmal verstecken und später entscheiden, was ich damit tue. Jim setzte das Kind wieder in seinen Sitz, nahm die Decke und stopfte sie in seinen Werkzeugkasten hinter dem Rücksitz.

Das Kind begann zu jammern.

„Ist ja schon gut, ich komme ja." Jim nahm das Kind auf den Arm und schnappte sich die Packung Windeln, die er gekauft hatte. Ein paar Minuten später schloss er sein Hotelzimmer auf und trat ein. *Ich frage mich, ob Linda wach ist und ob es ihr besser geht.*

Er freute sich zu sehen, dass sie aufgestanden war und auf der kleinen Couch vor dem Fernsehgerät saß. Als sie Jim entdeckte, sprang sie auf und rannte zu ihm hin.

„Du bist wieder da – mit unserem Baby!" Linda streckte die Arme nach dem Kind aus und Jim war erleichtert, dass der Junge sich bereitwillig von ihr nehmen ließ.

Ihre Augen füllten sich mit Tränen. „Er ist noch hübscher, als ich gedacht hatte." Sie ging zur Couch und schaltete das Fernsehgerät aus. Den Jungen drückte sie fest an sich. „Ich nehme an, alles ging reibungslos?"

Jim setzte sich neben sie. „Ohne Probleme."

„Hast du alle Papiere? Seine Geburtsurkunde und die Adoptionspapiere?"

Jim erstarrte. In der Eile hatte er keinen Gedanken an die Papiere verschwendet, die sie brauchen würden. Wenn das Baby keine Geburtsurkunde hatte, wie sollten sie es in der Schule anmelden?

Linda kann ihn zu Hause unterrichten. Ja, das ist sowieso besser. Sie ist den ganzen Tag zu Hause und für den Jungen ist es besser, wenn sie ihn unterrichtet. Trotzdem, wenn das Kind später einmal den Führerschein machen will, wenn es einen Pass braucht oder heiraten will, dann wird es eine Geburtsurkunde brauchen.

Jim biss die Zähne aufeinander. Warum hatte er nicht vorher an all diese Dinge gedacht?

„Jim, du hast meine Frage nicht beantwortet."

Sanft drückte er Lindas Arm. „Keine Sorge. Es ist für alles gesorgt. Die Adoptionspapiere und die neue Geburtsurkunde für unseren Jungen werden mir ins Geschäft geschickt."

„Warum dahin und nicht zu uns nach Hause?"

„Weil dort unser Safe steht, Linda."

„Oh, stimmt."

Wenn wir nach Hause kommen, werde ich meinen Freund Hank besuchen. Er hat Verbindungen und ich bin sicher, er wird mir alles, was ich brauche, beschaffen können. Sobald wir eine gefälschte Geburtsurkunde für das Kind haben, werden wir eine Sozialversicherungsnummer beantragen.

„Wir wollen ihn Jimmy nennen", sagte Linda.

„Sicher, Schatz. Wie du möchtest."
„Bist du bereit, jetzt einkaufen zu gehen?"
Er blinzelte. „Wie bitte?"
„Einkaufen. Du hast gesagt, wir seien nach Lancaster gekommen, damit ich mir einen Quilt aussuchen könnte. Außerdem wollten wir uns das Land der Amischen ansehen. Meine Kopfschmerzen sind fort und ich bin jetzt bereit, auf Entdeckungsreise zu gehen." Linda gab dem Jungen einen Kuss auf den Kopf. „Außerdem nuckelt er an meiner Hand, was vermutlich bedeutet, dass er Hunger hat. Wir müssen ihm etwas zu essen beschaffen, Jim."

Jim überlegte fieberhaft. Einkaufen gehen und Sehenswürdigkeiten anschauen war keine gute Idee – zumindest nicht hier, wo das Baby erkannt werden könnte. Und wenn die Schwester des Jungen nun seinen Van gesehen hatte? Dann würde die Polizei nach ihm suchen.

„Wir können irgendwo Essen für Jimmy besorgen, aber ich denke, wir sollten noch heute nach Ohio aufbrechen. Ich würde sagen, wir packen und machen uns sofort auf den Weg."

Linda blickte ihn an, als hätte er den Verstand verloren. „Du machst Witze."

Er schüttelte den Kopf und erhob sich. „Ich kann es kaum erwarten, Mom und Dad unseren neuen Sohn zu zeigen."

„Und was ist mit dem amischen Quilt, den du mir versprochen hast?"

„Du kannst dir im Holmes County einen kaufen. Meine Mutter weiß sicher, wo du am besten hingehst."

„Meinst du?"

„Ja. Und jetzt lass uns die Sachen zusammenpacken und aufbrechen."

Linda erhob sich, Jimmy fest an die Brust gedrückt. „Du hast es so eilig, von hier wegzukommen, Jim. Stimmt irgendetwas nicht? Verschweigst du mir etwas?"

Jede Lüge, die Jim ihr erzählt hatte, stand ihm vor Augen, doch jetzt konnte er nicht mehr zurück. Er steckte schon zu tief drin. Er beugte sich vor und küsste sie auf die Wange. „Natürlich nicht, Schatz. Ich freue mich nur so auf meine Eltern und dass sie Jimmy kennenlernen."

Sie schaute das Kind liebevoll an. „Er ist so niedlich, aber sein Haarschnitt ist wirklich seltsam. Es sieht fast so aus, als hätte man ihm eine Schüssel auf den Kopf gesetzt und drum herum geschnitten."

Jim schluckte. „Äh ... das ist ... vermutlich konnte sich die Mutter des Jungen keinen Haarschnitt beim Friseur leisten."

„Das könnte sein." Lindas Finger strich über die Rückseite von Jimmys Ohr. „Sieh dir nur dieses süße, kleine herzförmige Muttermal an."

Jim warf nur einen flüchtigen Blick auf den roten Fleck. „Hmm. Interessant." Er eilte zum Schrank und holte ihren Koffer hervor.

„Meine Eltern werden ihn auch sehen wollen. Können wir, wenn wir wieder zu Hause sind, auch nach Idaho fahren?", fragte Linda.

„Sicher, aber nicht sofort. Ich muss mich um das Geschäft kümmern, weißt du. Nachdem ich so lange Urlaub gemacht habe, wird ein Haufen Arbeit auf mich warten."

Linda nickte. „Ist gut. Aber wir sollten die Fahrt so bald wie möglich einplanen."

„Machen wir. Ich verspreche es dir." Jim hievte den Koffer auf das Bett. „Ich packe unsere Kleider, du kannst dich um deinen Kosmetikkoffer kümmern."

„Was ist mit dem Kind? Wer soll ihn halten, wenn wir beide packen?"

„Setz Jimmy doch auf das Bett."

„Aber er könnte herunterfallen."

In Jims Gedanken tauchte plötzlich der Augenblick auf, als das Baby mitten auf dem Gartentisch gesessen hatte. Es hatte versucht, herunterzuklettern und wäre vermutlich gestürzt, wenn Jim nicht da gewesen wäre, um es aufzufangen. „Dann setz ihn eben auf den Boden. Er kann seine Umgebung ein wenig erforschen, während wir alles zusammenpacken."

„Ich frage mich, ob er schon laufen kann. Er ist ein Jahr alt und viele Kinder können an ihrem ersten Geburtstag bereits laufen. Hat die Mutter gesagt, ob er schon läuft?"

„Äh – nein, das hat sie nicht gesagt." *Die Schwester des Jungen sagte, er könnte noch nicht laufen, aber das kann ich Linda natürlich nicht sagen.* „Wenn du ihn auf den Boden setzt, werden wir merken, ob er schon läuft oder nicht."

Sie folgte seinem Vorschlag und der Junge krabbelte davon, um Jims Schuhe zu untersuchen, die vor dem Bett auf dem Boden standen. „Ich schätze, entweder er kann noch nicht laufen oder er hat gerade keine Lust dazu."

Jim zuckte die Achseln. „Vermutlich."

Linda gab Jim einen langen Kuss. „Danke, dass du mit mir hergefahren bist, damit wir unser süßes Kind adoptieren konnten."

Er schluckte den Kloß in seinem Hals hinunter. Was er getan hatte, war in den Augen des Gesetzes illegal, aber in seinen Augen war es das Richtige gewesen. Noch nie hatte Jim Linda so glücklich erlebt. Sie strahlte richtig.

※

Naomi setzte sich in den Schaukelstuhl neben Zachs Ställchen und versuchte zu beten. Die Polizei war vor einer Weile da gewesen, dann waren Reporter von einer Lokalzeitung gekommen. Da sie keine Angaben zu dem Wagen machen konnte, den der Mann gefahren hatte, würde es schwer werden, ihn ausfindig zu machen, sagte die Polizei. Nicht nur das. Die Fishers besaßen auch keine Fotos von Zach, da ihr Glaube ihnen den Besitz einer Kamera und das Fotografieren verbot. Naomi kannte ein paar Teenager aus ihrer Gemeinschaft, die eine Kamera besaßen, das aber geheim hielten, doch Papa hätte jeden in seiner Familie bestraft, der so etwas versucht hätte.

„Zach wird nie wieder zurückkommen."

Naomis Kopf fuhr herum. Nancy stand an der Hintertür; Tränen liefen ihr über die Wangen. Mary Ann stand neben ihr und sah aus, als hätte sie ihre beste Freundin verloren.

„Die Chancen sind gering, aber wir müssen beten und daran glauben." Noch während sie die Worte aussprach, wusste Naomi, dass sie nicht daran glaubte. Sie hatte den ganzen Nachmittag gebetet, bis in den Abend hinein, aber Zach war nicht nach Hause zurückgekommen.

Die Anspannung, die Naomi empfand, verstärkte sich von Minute zu Minute. Sie hatte schreckliche Angst. Noch mehr als damals, als ihre Mutter angefahren worden war und sie befürchtet hatte, Mama könnte nicht überleben. Wenn Gott nicht verhindert hatte, dass ihre Mamm auf die Straße lief, um irgendwelche Briefe aufzuheben, die ihr weggeflogen waren, wieso sollte Naomi dann glauben, dass er ihren kleinen Bruder zurückbringen würde?

„Papa ist noch draußen und redet mit der Polizei und den Zeitungsreportern", erklärte Nancy. Sie kam näher, ließ sich auf einen Stuhl sinken und stützte die Ellbogen auf den Tisch. Mary Ann kam hinterher und tat es ihr nach. „Sie wollen Fotos von der Familie machen, aber er will sie nicht hereinlassen."

„Das stimmt. Papa sagte: ,Auf keinen Fall'", warf Mary Ann ein.

Naomi schüttelte den Kopf. „Ich habe mir schon gedacht, dass er niemandem erlaubt, Fotos zu machen." Tränen verschleierten ihren Blick. Sie war schuld an allem. *Wie soll ich weiterleben in dem Wissen, dass Zach nur wegen meiner Nachlässigkeit entführt worden ist? Und wenn ich meinen kleinen Bruder nie wieder sehe? Und wenn ihm nun etwas Schreckliches zugestoßen ist?*

Naomi erinnerte sich, vor einer Weile einen Artikel in der amischen Zeitung *The Budget* gelesen zu haben. Es wurde von zwei kleinen mennonitischen Mädchen berichtet, die in einer Zedernkiste versteckt wurden. Drei Tage später wurden sie gefunden. Sie waren erstickt.

Sie befürchtete das Schlimmste für ihren kleinen Bruder. Die Vorstellung, dass er vielleicht misshandelt wurde, schnürte ihr die Luft ab. Wenn dieser Engländer dem Jungen nun etwas antun wollte? Sie wusste, viele Kinder, die entführt worden waren, wurden entweder getötet oder körperlich missbraucht. Sie hatte in der Zeitung schon oft von solchen Vorfällen gelesen. Es gab viele böse Menschen auf der Welt und dieser Engländer, der Root Beer hatte kaufen wollen, schien einer von der übelsten Sorte zu sein.

Naomis Blick fiel auf Zachs Lätzchen, das an seinem Hochstuhl hing. Es sah genauso aus wie immer. Sie konnte den Duft ihres kleinen Bruders beinahe riechen, aber an diesem Abend war er nicht da. Vielleicht würde er nie wieder in diesem Stuhl sitzen.

Das Gefühl, ihren Bruder verloren zu haben, überwältigte Naomi. Sie sank in sich zusammen und legte den Kopf auf ihre Knie. Ihre Welt brach zusammen und sie konnte nichts dagegen tun. *Oh Zach, mein süßer kleiner Bruder, was habe ich dir angetan? Was habe ich dieser Familie angetan?*

Jemand legte die Hand auf ihren Kopf. Sie blickte hoch.

„Weine nicht, Naomi. Bitte nicht." Der traurige Blick in Mary Anns Augen ging Naomi durchs Herz.

„Bald wird es besser werden", sagte Nancy, als sie den Tisch verließ.

Naomi wollte vor ihren Schwestern tapfer sein, sie wollte daran glauben, dass es besser werden würde. Wie sehr wünschte sie sich, sie könnte die anderen trösten und ihnen eine Stütze sein. Die Familie zu versorgen war ihre Aufgabe. Das hatte sie Mama versprochen. Aber Naomi fühlte sich überhaupt nicht in der Lage, für irgendjemanden zu sorgen. Dass sie Zach auf dem Tisch hatte sitzen lassen, schien ihr der Beweis dafür zu sein.

Oh Mama, ich habe dich enttäuscht. Es tut mir so leid.

Die Hintertür wurde geöffnet. Papa trat in die Küche. Sie bemerkte den Schmerz in seinen dunklen Augen und wusste, dass allein sie schuld daran war.

„Sind die Reporter und die Polizeibeamten fort?", fragte Naomi.

Er nickte kurz und blieb ein paar Schritte von ihrem Schaukelstuhl stehen. „Matthew und Norman suchen noch einmal die Straße ab, aber ich bin sicher, es hat keinen Zweck. Zach ist fort. Sie werden ihn nicht finden."

Papas Niedergeschlagenheit gab Naomi den Rest.

„Wo sind Jake und Samuel?", fragte Nancy. „Ich hätte gedacht, dass sie mittlerweile nach etwas zu essen gefragt hätten."

„Ja, ich bekomme auch Hunger." Mary Ann blickte zu Naomi herüber. „Wann willst du mit dem Abendessen anfangen?"

Papa warf dem Mädchen einen Blick zu, der Naomi einen Schauer über den Rücken jagte. „Wie kannst du jetzt ans Essen denken? Ist es dir denn ganz egal, dass dein kleiner Bruder entführt worden ist?"

Naomi erhob sich. „Mary Ann ist ein Kind, Papa. Sie begreift noch nicht so ganz, was geschehen ist. Gewiss wollte sie nicht den Eindruck vermitteln, als wäre ihr alles egal."

Ihr Vater ballte die Faust und schrie: „Das ist alles deine Schuld, Naomi! Du solltest auf die *Kinner* aufpassen. Wie konntest du Zach nur draußen bei einem Fremden lassen. Das war in höchstem Maße nachlässig!"

„Ich weiß, dass ich nachlässig gehandelt habe, Papa, aber ich –"

Er schüttelte den Kopf. „Du warst nicht nur nachlässig. Was du getan hast, war *narrisch*."

„Naomi ist nicht verrückt, Papa", verteidigte Mary Ann sie.

Er drehte sich um und für einen Moment hatte Naomi Angst, er würde das Kind schlagen. „Wenn ich deine Meinung hören möchte, werde ich dich danach fragen! Ich habe nicht gesagt, dass Naomi verrückt ist. Ich habe nur gesagt, was sie getan hat, war verrückt."

Nancy klammerte sich an seinen Hemdsärmel. „Was werden wir jetzt tun, Papa? Wie können wir alles wieder in Ordnung bringen?"

Er stöhnte auf. „Die Zeitung wird einen Artikel über unseren Jungen veröffentlichen und wir können nur hoffen und beten, dass der Engländer Zach nach Hause bringt oder dass jemand ihn von unserem Haus fortfahren sah und den Wagen identifizieren kann." Er schüttelte den Kopf. „Ich befürchte das Schlimmste. Wenn ich jemals mein Baby wieder sehe, dann ist das ein Wunder."

Der Raum begann sich um Naomi zu drehen. Sie musste sich an einem Stuhl festhalten. „Herr, hilf mir. Bitte hilf uns allen."

Kapitel 12

Naomi saß noch lange, nachdem Papa nach oben gegangen war, in ihrem Schaukelstuhl. Ihr Vater hatte einige sehr verletzende Dinge zu ihr gesagt, aber seine Vorwürfe waren berechtigt. Dass Zach fort war, war ihre Schuld, und wenn sie das Kind nicht zurückbekamen, würde sie sich das nie vergeben können. So sehr es auch schmerzte, sie konnte es weder ihrem *Daed* noch irgendeinem anderen in der Familie übel nehmen, wenn sie ihr das nicht vergaben.

„Naomi, ich habe schrecklichen Hunger", beschwerte sich Mary Ann. „Können wir bitte etwas zum Abendessen bekommen?"

Naomi erhob sich wie betäubt und ging langsam zum Küchenschrank. „Ja, okay. Vielleicht ein paar Sandwichs." Sie würde den Jüngeren etwas zu Essen machen. Papa würde vermutlich nichts anrühren. Auch sie hatte keinen Appetit und sie fragte sich, ob ihr je wieder nach Essen zumute sein würde. Ihr ganzer Körper war vor Trauer wie gelähmt. Sie wollte nicht essen, nicht reden, geschweige denn sich von der Stelle rühren. Doch sie musste weitermachen.

Wenn Zach nach Hause kommt, wird alles wieder gut werden, redete sie sich ein. *Ich brauche eine neue Chance, um zu zeigen, dass ich doch verantwortungsbewusst bin. Mehr möchte ich nicht. Nur noch eine Chance – ist das denn zu viel verlangt?*

Naomis Herz begann zu klopfen, als ein Pferd mit Buggy in den Hof fuhr. Kamen ihre Brüder schon so schnell zurück? Hatten sie Zach gefunden? Oh, wie sehr hoffte sie, es wäre so.

Sie hob das Rollo an und versuchte herauszufinden, wer da kam. Doch es wurde schon dunkel und der Hof lag düster im schwachen Mondlicht.

Es klopfte an der Hintertür. Das waren nicht Matthew oder Norman. Sie hätten nicht geklopft.

„Soll ich aufmachen?", fragte Nancy, die angefangen hatte, den Tisch zu decken.

„Wenn du möchtest."

Kurz darauf wurde die Tür geöffnet und Marvin Hoffmeir trat in die Küche.

Naomi schloss die Augen und lehnte sich gegen den

Schrank. *Was macht er denn hier, ausgerechnet zu einem Zeitpunkt wie diesem, wo unsere Welt auf den Kopf gestellt wurde? Wir brauchen jetzt keinen Besuch, so viel ist sicher.*

„Naomi, geht es dir gut?", fragte Marvin.

Sie zwang sich, die Augen zu öffnen. Sein blondes Haar war dort, wo es mit seinem Strohhut in Berührung kam, verschwitzt. Marvin war zwei Jahre jünger als Caleb. Er hatte die gleiche Haarfarbe, aber seine Augen waren dunkelbraun, nicht strahlend blau wie die seines Bruders.

„Ich habe das mit Zach gehört", erklärte Marvin. „Ich habe Matthew und Norman auf der Straße getroffen, als ich vom Busbahnhof zurückkam."

„Was hast du denn am Busbahnhof gemacht?", fragte Nancy.

Marvin zog den Hut ab. „Ich habe Caleb hingebracht. Er fährt nach Ohio. Unser Cousin Henry besitzt dort eine Buggywerkstatt und er schrieb, er hätte ein paar alte Teile bekommen, die Caleb interessieren könnten." Er ging einen Schritt auf Naomi zu. „Es tut mir so leid, die Sache mit Zach, und ich wollte nur vorbeikommen und dir das sagen."

„Danke. Ich freue mich darüber", murmelte Naomi.

„Ich wünschte, ich könnte irgendetwas sagen, das euren Schmerz lindert."

„Du kannst beten", rief Mary Ann. „Das tun wir alle, nicht wahr, Naomi?"

Naomi öffnete den Mund, um zu antworten, aber die dröhnende Stimme ihres Dads schnitt ihr das Wort ab. „Was machst du denn hier, Marvin?", fuhr Papa ihn an, als er in die Küche kam. „Dies ist kein guter Zeitpunkt für einen Besuch."

Marvin erklärte, er hätte Matthew und Norman unterwegs getroffen. „Matthew erzählte, wie aufgebracht ihr seid, und ich dachte, ich könnte euch vielleicht irgendwie helfen oder Trost spenden."

„Und wer hat dich zum neuen Bischof gemacht?", fragte Papa spöttisch.

Naomi zuckte zusammen. Sie konnte kaum glauben, dass ihr Vater so etwas gesagt hatte. „Du solltest nicht so unhöflich sein, Papa."

„Ist schon in Ordnung. Ich verstehe", wehrte Marvin ab. „Ihr habt heute einen schrecklichen Schock erlitten."

„Du weißt gar nichts von dem, was wir durchmachen!", rief Papa. „Mein *Boppli* ist von einem Fremden mitgenommen worden. Weißt du, wie es ist, einen Sohn zu verlieren? Nun, weißt du es?"

Marvin schüttelte den Kopf. „Nein, aber mein Bruder Andy hat sich neulich einen Nagel in den Daumen geschlagen und –"

„Eine Verletzung ist nichts im Vergleich zu unserem Verlust. Ich denke, du fährst jetzt besser nach Hause. Wir brauchen dein Mitleid nicht." Papa atmete tief durch und stemmte die Fäuste in die Hüften. Er zitterte am ganzen Körper. Naomi war klar, dass er seinen Zorn an Calebs Bruder ausließ.

Sie ging ein paar Schritte auf ihren Vater zu. „Papa, Marvin wollte uns doch nur sagen, dass er mit uns fühlt. Er weiß, dass wir aufgebracht sind und fühlt unseren Schmerz mit. Das werden auch die anderen tun, wenn sie hören, was geschehen ist."

Papa zog sich einen Hocker unter dem Tisch hervor und ließ sich stöhnend darauf nieder. „Ja, sicher, ich bin ja nicht auf dich böse, Marvin. Tut mir leid, dass ich dich so angefahren habe."

Naomi schluckte. Ein dicker Kloß hatte sich in ihrer Kehle gebildet. Eigentlich war *sie* diejenige, der der Zorn ihres Vaters galt. Das hatte er unmissverständlich deutlich gemacht. *Nun, er kann gar nicht so böse auf mich sein, wie ich auf mich selbst bin.* Der Schmerz, Zach verloren zu haben, drang wie ein Splitter in ihr Herz.

Marvin scharrte mit den Füßen. „Ich … äh … schätze, ich gehe dann mal wieder."

„Möchtest du bleiben und mit uns zu Abend essen?" Das kam von Mary Ann, die ein Stück Schinken aus dem Kühlschrank genommen hatte. „Naomi wird Sandwichs machen."

Naomi blickte ihre jüngere Schwester finster an. „Das habe ich nie gesagt."

„Hast du wohl."

„Habe ich nicht. Ich habe nur gesagt, ich würde euch etwas zu essen machen. Ich habe nicht gesagt, was." Naomi konnte kaum glauben, dass sie sich mit Mary Ann stritt – wegen einer solchen Kleinigkeit. *Was ist nur los mit mir? Ich kann gar nicht mehr klar denken. Ich bin überhaupt nicht mehr ich selbst. Vielleicht habe ich wirklich gesagt, ich würde Sandwichs machen und erinnere mich nur nicht.*

Naomi nahm ihrer Schwester den Schinken ab. „Also gut. Ich werde einen Teller Sandwichs machen." Sie blickte zur Hintertür. „Matthew und Norman haben vermutlich auch großen Hunger, wenn sie nach Hause kommen."

Papas Faust donnerte auf den Tisch. Das Besteck klirrte und die Gläser wären beinahe umgefallen. „Dieses ganze Gerede über das Essen ist einfach lächerlich! Unser Zach wurde entführt und ihr könnt an nichts anderes denken als ans Essen? Was ist denn nur los mit euch?"

Mary Anns Unterlippe begann zu zittern und Nancy zuckte zusammen. Noch nie zuvor hatten die Kinder ihren Vater so aufgebracht erlebt. Aber nun würden sie mit allem fertig werden müssen. Die Kinder hungern zu lassen, war sicher nicht der richtige Weg. Das wusste Naomi.

Marvin räusperte sich und Naomi blickte ihn an. Sie hatte beinahe vergessen, dass er immer noch da war. „Ich … äh … vielen Dank für die Einladung zum Abendessen, aber ich muss nach Hause. Mamm wird auf mich warten", murmelte Marvin.

„Ich bringe dich noch zur Tür", bot Naomi an und wollte sich in Bewegung setzen.

Er schüttelte den Kopf. „Das brauchst du nicht. Ich kenne den Weg." Marvin machte zwei Schritte und blickte noch einmal zurück. Es war, als wollte er noch etwas sagen, hätte aber Angst, es auszusprechen. Vielleicht war es auch besser so. Alle hatten bereits genug gesagt.

„Gute Nacht, Marvin. Es war sehr nett von dir vorbeizukommen", sagte Nancy und Naomi blickte sie erstaunt an. Papas Augen funkelten zornig.

„Nacht", murmelte Marvin. „Ich werde für euch beten. Bitte haltet mich und meine Familie auf dem Laufenden." Mit diesen Worten verließ er das Haus und schloss leise die Tür hinter sich.

Naomi wandte sich an ihren Vater. „Papa, ist es in Ordnung, wenn ich den Mädchen etwas zu essen mache?"

Er erhob sich und ging zur Hintertür. „Mach, was du willst."

„Wo gehst du hin?", rief Mary Ann.

Er gab keine Antwort, knallte nur die Tür hinter sich zu.

Mit zitternden Händen griff Naomi in den Schrank und nahm einen Laib Brot heraus. Es machte einfach keinen Sinn, dass sie Abendessen zubereitete wie an jedem anderen Abend der Woche, während ihre Brüder die Straßen absuchten, in der Hoffnung, Zach zu finden, und Papa draußen vermutlich den Tag verfluchte, an dem Naomi geboren worden war.

„Ich ... ich weiß nicht, ob ich das schaffe", wimmerte sie.

„Komm, ich helf dir." Nancy nahm ihr das Brot aus der Hand und bestrich mehrere Scheiben mit Butter. „Koch dir doch eine Tasse Kräutertee. Vielleicht hilft er dir, dich ein wenig zu beruhigen. Mama hat immer gesagt, Tee sei ein Beruhigungsmittel, vor allem, wenn sie müde war oder einen schlechten Tag hatte."

Naomi war genauso wenig nach einer Tasse Kräutertee zumute wie nach einem Schinkensandwich. Sie wollte nichts anderes, als in Zachs Ställchen zu greifen und ihren kleinen Bruder herauszunehmen, seinen süßen Duft einzuatmen, bis ihr schwindelig wurde vor Freude, ihn in den Armen halten zu können. Ihr Blick wanderte zum Ställchen, in dem noch einige von Zachs handgearbeiteten Spielsachen lagen. Die Erkenntnis, dass sie ihn vielleicht nie wieder sehen würden, traf sie erneut mit voller Wucht. Sie unterdrückte ein Schluchzen und taumelte aus dem Zimmer.

※

Caleb freute sich darauf, endlich aus dem Bus auszusteigen und seine Beine auszustrecken. Er hatte Henry vom Busbahnhof in Lancaster aus angerufen und ihm mitgeteilt, um wie viel Uhr er in Dover eintreffen würde, und ihn gebeten, dafür zu sorgen, dass er von dort nach Berlin weiterfahren könnte. Es war schön, dass Henry ein Telefon in seiner Buggywerkstatt hatte. Das erleichterte die Verständigung ungemein.

„Zu schade, dass Pop mir verbietet, mir eines anzuschaffen", murmelte er.

„Haben Sie mit mir gesprochen?", fragte die ältere Frau neben Caleb.

Er hatte gedacht, sie würde schlafen, denn ihre Augen

waren geschlossen gewesen. „Ich ... äh ... tut mir leid, dass ich Sie gestört habe. Ich habe die Angewohnheit, Selbstgespräche zu führen."

„Das macht doch nichts", beruhigte sie ihn und strich sich eine lose Strähne ihres silbergrauen Haares aus dem Gesicht. „Mein Mann, Gott hab ihn selig, führte auch immerzu Selbstgespräche."

Caleb lehnte seinen Kopf zurück und schloss die Augen. Er wollte nicht unhöflich sein, aber im Augenblick war er nicht in der Stimmung, sich mit einer Fremden zu unterhalten.

„Sie gehören auch zu diesen Plain People, nicht?"

Er öffnete die Augen. „Ja, Madam. Ich gehöre zu den Amischen."

„Kommen Sie aus dem Holmes County?"

„Nein, aus Lancaster County in Pennsylvania."

„Aber Sie fahren nach Ohio?"

„Ja. Mein Cousin besitzt dort eine Buggywerkstatt."

„Ist das nicht interessant? Arnold, mein verstorbener Mann, besaß früher einen alten *Student Buggy*, hergestellt von den Kutschenbauern G. & D. Cook & Co."

Das weckte Calebs Interesse. „Tatsächlich? Ich bin ebenfalls Buggybauer und ich repariere antike Kutschen."

„Ist das wahr?"

Caleb nickte. „Ich habe neulich ein Buch über alte Kutschen gekauft und darin war ein *Student Buggy* abgebildet. Sah fast so aus wie die offenen Kutschen, mit denen wir Amischen manchmal fahren."

„Verdienen Sie gut mit dem Verkauf der Buggys?", fragte sie.

„Ich komme ganz gut zurecht. Ich verdiene so viel, dass ich eine Frau und eine Familie ernähren könnte." Caleb dachte an Naomi. Wie sehr wünschte er sich, sie wäre frei und er könnte um sie werben. Er wünschte auch, sie hätte nicht so viel Arbeit. Wenn er wieder in Pennsylvania war, würde er sie endlich besuchen, wie er es am heutigen Tag vorgehabt hatte. *Natürlich warte ich besser, bis ihr Daed nicht zu Hause ist.*

Jim war sich darüber im Klaren, dass er seine Frau ganz schön hetzte und viel weniger Pause machte, als er es sonst getan hätte, aber er wollte Pennsylvania so schnell wie möglich verlassen und nach Ohio kommen. Sie hatten für Jimmy etwas zu essen eingekauft, sobald sie Lancaster County hinter sich gelassen hatten. Linda hatte alles Nötige besorgt und auch noch zwei Babyfläschchen eingekauft, da sie nicht wusste, ob der Junge bereits entwöhnt war. Sie hatte auch mehrere Gläser Babynahrung im Kofferraum verstaut sowie einige Kekse, Saft und ein paar Kleidungsstücke. Sie hatte es seltsam gefunden, dass die Mutter des Kindes Jim außer einer Packung Windeln nichts mitgegeben hatte.

Ich kann ihr ja wohl kaum die Wahrheit darüber sagen, dachte Jim, während er in den Rückspiegel schaute. Er hatte keinen Polizisten gesehen, zumindest keinen, der auf ihn geachtet hatte. Das war gut. Das bedeutete vermutlich, dass niemand ihn oder den Van identifiziert hatte. Hoffentlich ging alles gut.

Als er erneut in den Rückspiegel schaute, konnte Jim einen Blick auf Linda werfen. Leise summend strich sie dem Kind über die goldbraunen Haare. Sie hatte darauf bestanden, hinten bei dem Jungen zu sitzen. „Hinten kann ich mich besser um ihn kümmern", hatte sie gesagt, als sie das Hotel in Lancaster verlassen hatten. Das fand Jim ganz in Ordnung. So hatte er die Möglichkeit nachzudenken. Und da Linda mit dem Jungen beschäftigt war, würde sie ihn auch nicht mit einer Menge Fragen quälen, die er nicht beantworten wollte.

Jim sah auf die Uhr. Es war schon fast vier. Pittsburgh war vier Stunden von Lancaster entfernt und sie waren bereits zwei Stunden unterwegs – hatten also die Hälfte des Weges zurückgelegt. *Vielleicht sollten wir uns in Pittsburgh ein Hotel suchen und übernachten. Wir könnten schön zu Abend essen, uns eine Nacht ausruhen und irgendwann nach dem Frühstück bei Mom und Dad in Millersburg eintreffen.*

Lächelnd schaltete er das Radio ein. Alles würde gut werden. Morgen um diese Zeit würden sie im Wohnzimmer seiner Eltern sitzen, sich ausruhen und mit ihrem Sohn spielen.

Kapitel 13

Naomi verbrachte eine unruhige Nacht. Sie konnte einfach keinen Schlaf finden.

Irgendwann war sie doch ein wenig eingedöst, erwachte aber kurz darauf mit Kopfschmerzen und wünschte sich, sie könnte im Bett bleiben. Sie wünschte, sie könnte für immer liegen bleiben und brauchte sich um nichts mehr zu kümmern. Aber das ging nicht. Nancy pochte an die Tür und sagte, es sei an der Zeit, das Frühstück vorzubereiten. Naomi drehte sich um und drückte sich ihr Kissen aufs Gesicht.

„Naomi, bist du wach?" Nancy klopfte erneut. „Naomi?"

„Ich komme gleich. Gib mir ein paar Minuten, um mich anzuziehen."

„Ja, okay. Ich gehe hinunter und fange schon mal an."

„Danke."

Naomi setzte sich auf und blickte zum Kinderbett hinüber. Es war leer. Genau wie gestern Abend, als sie ins Bett gegangen war. „Was habe ich nur getan?", stöhnte sie. „Ohne Zach wird das Leben nie mehr dasselbe sein."

Zehn Minuten später kam Naomi in die Küche. Nancy rührte Pfannkuchenteig und Mary Ann deckte den Tisch. Zach war fort. Sein leeres Ställchen war eine ständige Erinnerung daran.

„Ich nehme an, Papa und die Brüder sind noch draußen?", fragte Naomi. Sie holte einen Krug Milch aus dem Kühlschrank.

„Ich glaube schon", erwiderte Nancy. „Habe heute Morgen noch keinen von ihnen gesehen."

Naomi blickte zu Mary Ann. Sie stand neben Zachs Hochstuhl und starrte ihn an, als säße er darin.

„Du wirst den *Boppli* nicht nach Hause bringen, indem du seinen Stuhl anstarrst." Naomi war über ihre Bemerkung erschrocken, aber es war ihr unmöglich, die Worte zurückzunehmen.

Mary Ann ließ den Kopf hängen. „Es ist meine Schuld, dass Zach fort ist, und ich fürchte, Gott wird mich dafür bestrafen."

„Es ist nicht deine Schuld", rief Nancy ihr zu.

„Das stimmt, es ist nicht deine Schuld", stimmte Naomi zu. „Wie kommst du darauf, Mary Ann?"

Das kleine Mädchen senkte den Blick, während es mit den Zehen über das Linoleum scharrte. „Wenn ich nicht das Glas Pfirsiche fallen gelassen und geschrien hätte, weil ich mir in die Hand geschnitten hatte, dann wärst du vielleicht nicht ohne Zach ins Haus gestürmt." Mit Tränen in den Augen blickte sie Naomi an. „Und wenn du schneller wieder nach draußen gegangen wärst, dann wäre Zach vermutlich nicht entführt worden."

Bevor Naomi etwas sagen konnte, fuhr Mary Ann fort: „Ich habe Angst, Naomi. Wirst du zulassen, dass irgendein Engländer auch mich mitnimmt?"

Naomi blickte sie entsetzt an. „Was sagst du denn da?"

Mary Ann schloss die Augen und atmete zitternd ein. „Wenn du böse auf mich bist, willst du vielleicht, dass ich fortgehe, genau wie Zach."

Die Bemerkung ihrer kleinen Schwester war zu viel für Naomi. Sie nahm Mary Ann am Arm, ließ sich auf einen Stuhl sinken und zog das Kind auf den Schoß. Sie wiegte ihre kleine Schwester hin und her und ließ ihren Tränen freien Lauf. „Es war nicht deine Schuld, Mary Ann. Ich trage die Schuld daran und ich werde niemals zulassen, dass jemand dich fortholt."

※

Nach einer schlaflosen Nacht war Abraham noch vor Tagesanbruch in den Stall gegangen. Er wollte die Tiere füttern und andere Arbeiten erledigen. Wie konnte er nur zu Bett gehen, wo sein jüngster Sohn sich in den Händen eines Fremden befand? Was wollte der Engländer mit Zach? Hatte er vor, ihm wehzutun? Ein solches Schicksal war schon vielen anderen Kindern passiert, die entführt worden waren. Er hatte schreckliche Dinge in der Zeitung gelesen über Kinder, die von ihrem Entführer missbraucht worden waren. Viele waren später tot aufgefunden worden, ihre kleinen Körper bis zur Unkenntlichkeit verstümmelt.

Zitternd sank Abraham vor einem Heuballen auf die Knie. Er beugte sich in den Schmerz, der das Leben aus ihm herauszupressen schien. „Vater im Himmel, bitte bewahre meinen Jungen. Selbst wenn Zach niemals mehr nach Hause kommt, beschütze ihn vor Schaden, darum bitte ich dich."

Tränen liefen Abraham über die Wangen. Er wischte sie mit dem Handrücken fort. Gestern Nachmittag noch hatte er gehofft, einen Neuanfang mit seiner Familie wagen zu können. Er wollte sie mit dem Vorschlag überraschen, mit ihnen im Garten zu zelten. Vor einigen Tagen war er durch Gebet und beim Nachdenken über das Wort Gottes zu dem Punkt gekommen, dass er Sarahs Tod nun akzeptieren würde. Er hatte sich vorgenommen, sich mehr um seine Kinder zu kümmern. Und jetzt das. Diese zweite Tragödie, die jetzt über ihn hereingebrochen war, konnte er nicht auch noch verkraften. Gott hätte das verhindern können und er hätte auch Sarah retten können.

„Das ist alles deine Schuld, Naomi", zischte er. „Du solltest auf den Jungen aufpassen. Ich habe dir meine *Kinner* anvertraut und sieh nur, was geschehen ist." Er schniefte und erstickte beinahe an seiner Spucke. Naomi war im Haus und konnte seine Worte nicht hören. Sein Herz war voller Bitterkeit und sie war der Grund dafür. „Ich wette, du hast an Caleb Hoffmeir oder an dieses englische Mädchen Virginia Meyers gedacht, anstatt auf Zach aufzupassen. Diese Familie ist dir vermutlich ganz egal – du denkst nur an dich."

Als Abraham diese Worte ausgesprochen hatte, wuchs sein Zorn noch mehr. Er biss die Zähne aufeinander und rang um Selbstbeherrschung. Tief in seinem Inneren wusste er, dass die Familie Naomi sehr wohl am Herzen lag, doch er konnte sich einfach nicht überwinden, ihr ihre Nachlässigkeit zu vergeben. Wenn Zach nicht zu ihnen zurückkehrte, könnte Abraham seine älteste Tochter vermutlich nie mehr anschauen, ohne ihr die Schuld an dieser Tragödie zu geben.

„Entschuldige, Papa, aber möchtest du zum Frühstück kommen? Die Glocke hat schon vor ein paar Minuten geläutet."

Beim Klang von Jakes Stimme fuhr Abraham auf. „Geh schon vor, Junge. Ich bin nicht hungrig."

Jake trat näher an Abraham heran. „Alles in Ordnung? Du hast dir doch nicht wieder den Rücken verletzt, oder?"

Abraham erinnerte sich noch, als er sich das letzte Mal den Rücken verrenkt hatte. Er hatte vom Stall zum Haus kriechen müssen. Das hatte scheußlich wehgetan, aber dieser

Schmerz war nichts gewesen im Vergleich zu dem, was er jetzt durchmachte.

Er ballte die Faust und legte sie an seine Brust. „Hier tut es mir weh, sonst nirgendwo."

Jakes braune Augen blickten ihn mitfühlend an. „Dann lass uns beten. Mehr können wir nicht tun, nicht wahr, Papa? Wir können Gott nur anflehen, Zach nach Hause zu bringen."

Abraham nickte. „Und ihn bitten, den kleinen Kerl zu bewahren."

✻

„Oh, sieh nur, Jim. Da ist ein Quiltgeschäft auf der anderen Straßenseite. Lass uns anhalten." Linda, die immer noch bei Jimmy auf dem Rücksitz saß, beugte sich vor und klopfte Jim auf die Schulter.

„Ich wollte eigentlich direkt zu meinen Eltern fahren. Außerdem ist Sonntag und die meisten Läden sind geschlossen", erklärte Jim und fuhr einfach weiter. „Du und deine Mutter, ihr könnt morgen einkaufen gehen."

„Ich möchte aber jetzt anhalten. Ich muss mir die Beine vertreten und mir ist deine Meinung wichtig. Ich muss doch wissen, welches Quiltmuster dir gefällt."

„Möchtest du nicht lieber Moms Meinung dazu hören? Sie kennt sich in diesen Dingen besser aus als ich."

„Sie weiß doch zum Beispiel nicht, wie viel Geld du ausgeben möchtest."

Da hatte Linda Recht. Mama würde seiner Frau vermutlich raten, sie solle kaufen, was ihr gefiel – Geld spielte da keine so große Rolle. Sie hatte gut reden; es war ja nicht ihr Geld, das ausgegeben wurde. Trotzdem hielt er es für besser, die Frauen allein einkaufen gehen zu lassen. Er würde mit Dad zu Hause bleiben und sich bei einer Tasse Kaffee mit ihm unterhalten oder Fernsehen schauen. Sie würden auf das Kind aufpassen. Bestimmt würde Linda nicht gern mit einem quengeligen Kind einen Quilt einkaufen gehen.

„Bitte, Jim", bat sie. „Willst du nicht umkehren und zu *Fannies Quiltgeschäft* zurückfahren, damit ich mir die Auslage im Schaufenster ansehen kann?"

„Was ist mit Jimmy?"

„Was soll mit ihm sein?"

„Möchtest du nicht lieber morgen ohne ihn einkaufen gehen?"

„Nein. Ich will ihn nicht allein lassen."

„Er wäre ja nicht allein. Er wäre bei mir und Dad, während du mit Mom in die Stadt fährst."

Sie hatten die Stadt Berlin erreicht und Jim musste wegen eines amischen Buggys anhalten, der sich in den Verkehr einfädelte. Der Buggy erinnerte Jim an die Amischfarm, bei der er Root Beer kaufen wollte. Root Beer, das er nie bekommen hatte. Stattdessen hatte er die Farm mit einem Kind verlassen.

„Jim, fährst du jetzt zu dem Quiltgeschäft zurück oder nicht?"

Lindas bittende Stimme vertrieb seine Gedanken. Dafür war er dankbar. Es hatte keinen Zweck, in der Vergangenheit zu verweilen. Vor allem nicht, wenn er nicht darüber reden durfte.

„Okay, ist ja schon gut. Ich suche nur nach einer Stelle, wo ich wenden kann."

„Hier scheint es eine Menge Touristen zu geben, findest du nicht? Und das an einem Sonntag", bemerkte sie.

„Ja, viele Leute wie wir, die etwas von den Amischen kaufen möchten." Linda würde nach dieser Reise nicht nur einen amischen Quilt mit nach Hause nehmen, sondern auch ein amisches Kind. Sie wusste es nur nicht.

※

„Wir treffen uns am U-Bahnhof auf der West Main Street", rief Caleb seinem Cousin zu.

„Ist gut, aber komm nicht zu spät. Cleon, mein Fahrer, wird uns später am Nachmittag abholen, dann fahren wir dich nach Dover, damit du den Bus noch bekommst."

Caleb winkte Henry zu und schlenderte über den Bürgersteig. Er hatte beschlossen, vor dem Mittagessen noch einen Spaziergang zu machen und sich einige Geschäfte anzuschauen. Die Busfahrt dauerte lange und er würde gezwungen sein, lange still zu sitzen, darum würde es ihm gut tun, die Beine vorher noch ein wenig zu bewegen.

Caleb war gestern Abend bei Henry angekommen und

sie hatten den Abend damit verbracht, miteinander zu plaudern. Da dies ein freier Sonntag war und kein Gottesdienst stattfinden würde, waren sie gleich am Morgen in die Buggywerkstatt gegangen und hatten sich die antiken Teile angeschaut, die Henry vor kurzem erworben hatte. Caleb hatte beschlossen, einen Satz Räder zu kaufen, einige Speichen und Naben, ein paar Antriebswellen und einen alten Sitz, der sehr robust war, aber neu gepolstert werden musste. Die Ersatzteile würden zu ihm nach Hause geschickt; und falls er beschloss, noch ein paar Tage im Holmes County zu bleiben, würden die Teile vermutlich bereits auf ihn warten, wenn er nach Hause kam.

Henry hatte ihm jedoch erklärt, er hätte in dieser Woche viel Arbeit, und Caleb konnte es kaum erwarten, wieder nach Hause zu kommen. Darum hatte er beschlossen, den Nachtbus nach Pennsylvania zu nehmen. Am frühen Montagmorgen würde er in Lancaster eintreffen.

Als Caleb sich *Fannies Quiltgeschäft* näherte, bemerkte er ein junges Paar mit einem kleinen Jungen, das sich das Schaufenster anschaute.

Er blinzelte in die gleißende Sonne. *Dieser kleine Kerl sieht aus wie Zach Fisher. Er trägt zwar englische Kleider, aber seine Haare sind nach amischer Manier geschnitten. Aber das ist ja Blödsinn, denn Zach ist zu Hause bei seiner Familie, und dieses Kind hat englische Eltern.*

„Ja, Schatz, ich verspreche dir, dich morgen wieder herzubringen, damit du einen Quilt kaufen kannst", hörte er den Mann zu der Frau sagen.

Caleb starrte das Kind noch eine Weile an, bis er schließlich weiterging. *Ich suche mir besser etwas Kaltes zu trinken. Dieses heiße, feuchte Wetter macht mir anscheinend zu schaffen. Naomis kleiner Bruder in englischen Kleidern, auf dem Arm von Engländern vor einem Geschäft in Ohio? Nein, das kann nicht sein. Ich habe Sehnsucht nach Naomi, das ist alles.*

Kapitel 14

Naomi stand am Spülbecken und wusch das Geschirr ab. Die Vorstellung, an diesem Tag im Laden zu arbeiten, war für sie kaum zu ertragen, aber sie wusste, es wurde von ihr erwartet. Sie mussten ihren Lebensunterhalt verdienen und darum mussten sie weitermachen. Es brächte nichts, wenn alle zu Hause blieben, sich in der Sorge um Zach verzehrten und sich die Schuld an seinem Verschwinden gaben. Natürlich trug Naomi allein die Schuld daran. Sie hatte alle enttäuscht – vor allem Mama, denn sie hatte ihr Versprechen, für die Familie zu sorgen, nicht gehalten. Naomi hatte schrecklich versagt. Von einem Augenblick auf den anderen hatte sich ihr Leben von Grund auf verändert.

Während sie das saubere Geschirr in das Abtropfgitter stellte, überschlugen sich Naomis Gedanken. Wo war Zach jetzt? War er in Sicherheit und wurde er versorgt oder war er irgendwo zurückgelassen worden? Oder – schlimmer noch – war ihr kleiner Bruder vielleicht ermordet worden?

Sie erschauderte. *Oh Herr, gib mir Frieden. Irgendein Wort – irgendetwas, das mir zeigt, dass es Zach gut geht.*

Der Motor eines Wagens riss Naomi aus ihren Gedanken. Sie trocknete sich die Hände an einem Handtuch ab und ging nachschauen, wer da gekommen war.

Draußen entdeckte Naomi einen Polizeiwagen. Papa kam aus dem Stall geeilt. Ob die Polizei wohl etwas über Zach herausgefunden hatte? Hoffentlich war es eine gute Nachricht.

Naomi stieg die Verandastufen herunter und eilte zum Wagen. „Es tut mir leid, Mr Fisher", hörte sie einen der Männer sagen. „Ich würde Ihnen gerne mitteilen, dass wir dem Verdächtigen auf der Spur sind, aber um ehrlich zu sein: Wir tappen im Dunkeln. Wir haben keinen einzigen Anhaltspunkt, keinen Hinweis auf Ihren Sohn."

„Überhaupt nichts?", fragte Papa mit gepresster Stimme.

Der Polizeibeamte schüttelte den Kopf. „Wir haben mit allen Ihren Nachbarn gesprochen und keiner hat am Samstag irgendetwas Außergewöhnliches beobachtet. Einige sagen aus, sie hätten einige Autos beobachtet, die zu Ihrer Farm gefahren sind, aber niemand kann sich an einen Engländer mit einem Kleinkind erinnern."

Papa legte die Stirn in Falten und starrte auf seine Stiefel. „Dann ist es vermutlich hoffnungslos."

„Es ist nicht hoffnungslos, Mr Fisher. Die Lokalzeitung und das Fernsehen haben einen Bericht über die Entführung vorbereitet und wir hoffen, dass sich jemand mit hilfreichen Informationen meldet."

„Ohne Fotos von Ihrem Sohn oder einer Beschreibung des Mannes und seines Fahrzeugs wird es schwierig werden, diesen Fall zu lösen", bemerkte der andere Polizist.

Naomi hatte das Gefühl, als würde ihr das Herz zusammengepresst. Sie atmete langsam ein und aus und versuchte, ihrer Ängste Herr zu werden. Es war also tatsächlich hoffnungslos. Zach war für immer fort. Die vor ihr liegenden Tage erschienen ihr leer und hoffnungslos. Ohne Zach würde nichts mehr sein, wie es einmal war.

Papa stieß Naomi an. „Ist dir denn noch etwas eingefallen, nachdem du etwas Zeit gehabt hast, darüber nachzudenken?"

Sie schüttelte den Kopf und versuchte, die Tränen zu unterdrücken, die ihr in die Augen traten. „Tut mir leid."

„War der Mann alt oder jung?", fragte der erste Beamte.

„Ich habe Ihnen doch schon am Samstagabend gesagt, er war nicht alt. Da bin ich ganz sicher."

„Aber Sie haben keine Ahnung, ob er um die zwanzig, dreißig oder vierzig war?"

„Und welche Haarfarbe hatte der Mann?", fragte der andere Beamte.

Naomi hätte am liebsten losgeschrien. Sie waren doch am Samstagabend schon alle diese Fragen durchgegangen und sie hatte ihnen gesagt, was sie wusste. Warum stellten sie dieselben Fragen jetzt noch einmal?

„Antworte dem Mann, Naomi", forderte Papa sie auf.

Sie schluckte. „Ich – ich weiß es nicht genau. Ich glaube, die Haare waren braun, aber sie könnten auch schwarz gewesen sein. Der Mann war jünger als Papa, aber um ehrlich zu sein, ich habe nicht so genau hingeschaut. Es war ein hektischer Morgen und –"

„Das ist doch nur ein Vorwand. Du hättest besser aufpassen sollen", fuhr Papa sie an. „Du hättest Zach nicht auf dem Tisch sitzen lassen dürfen."

Wird das jemals aufhören? Muss er mich immerzu daran erinnern, was ich getan habe?

„Es tut mir leid. Alles tut mir leid." Naomi drehte sich um und rannte zum Haus.

※

Caleb betrat sein Elternhaus. Er war froh, wieder zu Hause zu sein. Marvin und Andy die Buggywerkstatt für einen oder zwei Tage zu überlassen, war in Ordnung, aber sehr viel länger ging es nicht. Andys Hand war immer noch verbunden, seit er sich letzte Woche den Nagel in den Daumen geschlagen hatte. Er war also keine große Hilfe, wenn es viel zu tun gab. Und Marvin war nicht in der Lage, alle Arbeit allein zu bewältigen.

Als Caleb in Lancaster angekommen war, hatte er zuerst Ken Peterson angerufen, um sich von ihm nach Hause bringen zu lassen. Dem Duft nach zu urteilen, der ihn begrüßte, als er die Küche betrat, schien er gerade rechtzeitig zum Frühstück gekommen zu sein.

„Ich bin wieder da", rief er.

Mamm, die vor dem Herd stand und ihm den Rücken zugewandt hatte, drehte sich um. „Caleb! Wir haben dich erst in ein paar Tagen erwartet."

Grinsend hängte er seinen Strohhut an einen Haken an der Wand. „Konnte es ohne das gute Essen meiner Mamm nicht mehr aushalten."

Sie lächelte. „Du willst mir nur schmeicheln."

„Caleb hat schon immer gern gegessen", rief Levi, sein elfjähriger Bruder, ihr zu.

Caleb durchquerte die Küche und fuhr dem Jungen durch die blonden Haare. „Was weißt du denn schon darüber, he?"

Levi lachte und griff nach seinem Glas Milch.

Caleb sah sich um. „Wo sind die anderen?"

„Dein Dad ist mit John und David auf dem Feld", erwiderte seine Mutter. „Andy und Marvin sind vor ein paar Minuten in die Buggywerkstatt gegangen."

„Haben sie schon gefrühstückt?"

„Ja."

„Und die Schwestern? Wo sind sie?"

„Irma und Lettie sind unten im Keller und holen Einmachgläser. Wir müssen die Erbsen heute einkochen."

„Ich dachte mir schon, dass die Erbsen reif sind", sagte Caleb und setzte sich Levi gegenüber.

„Jetzt werden alle gepflückt."

„Dann bin ich also zu spät zum Frühstück?"

„Ganz und gar nicht. Ich habe auch noch nicht gegessen und wie du sehen kannst, wartet Levi auf eine zweite Portion."

Levi klopfte sich auf den Magen. „Ich wachse noch."

Caleb lachte. „Wie läuft es hier? Alles in Ordnung in der Werkstatt?"

Mutter stellte einen Teller Rührei vor Caleb und runzelte die Stirn. „Hier ist alles in Ordnung, aber drüben bei den Fishers steht es im Augenblick sehr schlecht."

„Wie das?"

„Der kleine Zach ist verschwunden."

„Was soll das heißen, Mamm? Wie kann der kleine Kerl verschwunden sein?"

„Wie es scheint, wurde er am Samstagmittag direkt aus ihrem Garten entführt. Irgendein Engländer kam und wollte Root Beer kaufen. Sie sind sicher, dass er ihn mitgenommen hat."

Calebs Gedanken kehrten zu dem Quiltgeschäft in Ohio zurück, vor dem er ein englisches Paar mit einem kleinen Kind gesehen hatte, das genauso aussah wie Zach. Könnte es sein, dass ...? Falls auch nur die Möglichkeit bestand ...

Caleb schob seinen Stuhl vom Tisch zurück und sprang auf. „Ich muss los, Mamm."

„Was ist mit deinem Frühstück?"

„Ich kann später etwas essen."

„Aber wo willst du hin?"

„Ich bin so schnell zurück, wie es geht, dann erkläre ich dir alles." Er schnappte sich seinen Hut und rannte zur Tür hinaus, bevor seine Mutter ein weiteres Wort sagen konnte.

Abraham wusste nicht, wie er diesen Tag in seinem Laden überstehen sollte, aber irgendwie musste es gehen. Zu Hause zu bleiben und Trübsal zu blasen oder auf Gott zu schimpfen, brachte nichts ein. Und es würde auch Zach nicht nach Hause bringen.

Er zündete die Gaslampen vorne im Laden an, hängte das Schild „Geöffnet" ins Schaufenster und ging nach hinten, um die Kiste mit Kinderbüchern hervorzuholen, die ausgepackt werden musste. Naomi konnte sich um die Kunden kümmern und seine beiden jüngeren Töchter sollten ihm beim Auspacken helfen. Samuel hatte er an diesem Tag zu Hause gelassen. Er sollte mit den drei Ältesten auf dem Feld arbeiten.

Als er und die Mädchen den Lagerraum betraten, fiel Abrahams Blick sofort auf Zachs leeres Ställchen. Unter dem schneidenden Schmerz, der seinen Körper durchfuhr, zuckte er zusammen. Er hatte das Gefühl, mit einer Mistgabel aufgespießt worden zu sein. *Zach, mein Zach. Ach, mein lieber kleiner Junge, wie sehne ich mich nach dir.*

Nancy und Mary Ann standen starr wie zwei Statuen und starrten auf das Ställchen, in dem Zach so oft seinen Mittagsschlaf gehalten hatte.

„Ich vermisse meinen kleinen Bruder." Mary Ann berührte das Gitter des Ställchens und wimmerte leise vor sich hin.

„Denkst du, wir werden Zach je wiedersehen, Papa?", fragte Nancy.

Abraham wünschte, er könnte seine Töchter irgendwie trösten oder ihnen Hoffnung machen, dass Zach wieder auftauchen würde. Aber das konnte er nicht. Wenn kein Wunder geschah, würden sie ihren süßen kleinen *Boppli* nie wieder sehen.

„Papa, wird Zach wieder nach Hause kommen?"

Abraham biss die Zähne zusammen, um Nancy nicht anzufahren. Seit Samstagabend waren viel zu viele unfreundliche Worte über seine Lippen gekommen und er wusste, dass das nicht richtig war.

„Ich trage diese Bücherkiste für euch in den Nebenraum", murmelte er. „Ihr könnt die Bücher ins Regal stellen. In der Zeit werde ich hier ein wenig umräumen."

Nancy und Mary Ann blickten sich an, dann sahen beide

wieder zu ihm hin. *Erwarten sie, dass ich noch mehr sage, ihnen vielleicht verspreche, dass Zach wieder nach Hause kommen wird?*

Er bückte sich und hob die Kiste hoch.

Die Mädchen folgten ihm in den Nebenraum und sobald sie sich den Büchern zugewendet hatten, kehrte er in den Lagerraum zurück und schloss die Tür hinter sich.

Abraham klappte das Ställchen zusammen. *Warum soll ich es stehen lassen? Es erinnert uns nur ständig an das, was nicht mehr ungeschehen gemacht werden kann.* Mit der Stiefelspitze stieß er ein Holzspielzeug beiseite, das heruntergefallen war, zusammen mit mehreren anderen Spielzeugen. „Außerdem steht es nur im Weg."

Er steckte das Ställchen hinter einige Kartons, dann nahm er eine leere Kiste und sammelte Zachs Spielzeug hinein. Während er noch damit beschäftigt war, klopfte es an die Tür.

„Herein."

Die Tür öffnete sich quietschend. Sein Freund Jacob Weaver betrat den Lagerraum. „Die Mädchen haben gesagt, ich würde dich hier finden. Was hast du vor?"

„Ich räume auf. Räume um. Versuche zu vergessen." Abraham ließ sich auf die Pritsche sinken, auf der er manchmal seinen Mittagsschlaf hielt. Eine Welle der Verzweiflung ging über ihn hinweg.

Jacob blickte ihn aus seinen haselnussbraunen Augen mitfühlend an. Er ließ sich neben Abraham auf die Pritsche sinken. Schweigend saßen sie nebeneinander.

Nach einer ganzen Weile räusperte sich Jacob. „,Herr Zebaoth, wohl dem Menschen, der sich auf dich verlässt.' Psalm 84, Vers 12."

Abraham grunzte. „Ja, sicher, aber in der Bibel heißt es auch: ‚Der Herr hat's gegeben, der Herr hat's genommen.'" Er rang die Hände. „Er hat mir meinen jüngsten Sohn genommen, Jacob, und ich glaube nicht, dass Zach jemals zurückkommen wird."

„Es war nicht Gott, der dir deinen Jungen genommen hat. Es war ein Engländer, der vermutlich verzweifelt war und nicht richtig und falsch voneinander unterscheiden konnte."

„Pah! Jeder kann richtig und falsch unterscheiden."

„Hier vielleicht", Jacob deutete auf seinen Kopf, „aber

nicht notwendigerweise hier." Er legte die Hand auf seine Brust.

Abraham schluckte den Kloß in seiner Kehle hinunter. „Ich denke, du solltest unser nächster Bischof werden. Du scheinst immer zu wissen, was du sagen sollst."

Jacob stieß ein leises Lachen aus. „Wir haben doch einen Bischof, ist dir das entfallen?"

„Andrew Swartley wird nicht ewig leben. Er ist über achtzig und manchmal schon ziemlich vergesslich."

„Es ist egal, wie vergesslich der Mann ist, so lange er am Leben ist, ist er unser Bischof."

Ein Bischof wurde durch das Los gewählt und blieb bis zu seinem Tod Leiter der Gemeinde. Trotzdem, niemand lebte ewig und nach Andrew Swartleys Tod würden sie einen neuen Bischof brauchen.

„Man weiß nie, was die Zukunft bringen wird", meinte Abraham und stieß seinen Freund in die Rippen.

„Wohl wahr."

„Wenn ich gewusst hätte, dass mein Junge entführt würde, hätte ich ganz bestimmt vieles anders gemacht."

„Niemand kann die Zukunft voraussehen, nur Gott", erwiderte Jacob. „Und er kann aus etwas, das so schlimm ist wie Zachs Entführung, etwas Gutes entstehen lassen."

Abraham stöhnte. „Etwas Gutes wäre, wenn wir Zach wieder zurückbekämen."

※

Naomi saß auf dem Holzstuhl hinter der Theke und versuchte die Zahlen auf den Quittungen in das Kassenbuch einzutragen. Es fiel ihr schwer, sich zu konzentrieren. Ihre Gedanken drehten sich ausschließlich um Zach. In den vergangenen Tagen hatte sich ein Gefühl der Traurigkeit in ihr festgesetzt, das jeden Gedanken durchdrang, der ihr in den Sinn kam. Ihr Herz war so dunkel wie der Nachthimmel.

Sie war froh, als Jacob Weaver in den Laden kam und ihren Dad sprechen wollte. Er und Papa waren schon so lange befreundet. Wenn jemand Papa in seinem Schmerz trösten konnte, dann Jacob. *Ich wünschte nur, jemand könnte auch mich trösten.*

Sie blickte zur Uhr, die an der hinteren Wand des Ladens

hing. Jacob war schon seit einer halben Stunde mit Papa im Lagerraum. *Ich frage mich, worüber sie reden. Jacob hat anscheinend seine Arbeit unterbrochen. Bestimmt kann er sich denken, wie es Papa im Augenblick geht.*

Mary Ann und Nancy hatten die Bücherkiste ausgeräumt, die Papa hereingebracht hatte. Sie hatten Papa fragen wollen, was sie als Nächstes tun sollten. Naomi hatte die beiden gerade noch abgefangen, als sie an die Tür klopfen wollten. Sie hatte ihnen erlaubt, eine Weile nach draußen zu gehen. Sie sollten aber auf der vorderen Veranda bleiben. Von ihrem Platz hinter der Theke konnte sie durch das Fenster die ganze Veranda im Auge behalten. Falls also jemand ihre Schwestern belästigte, würde sie das mitbekommen.

Die Ladentür wurde aufgerissen und Caleb stürmte herein.

„Naomi, ich bin gekommen, weil ich gerade vorhin davon gehört habe."

Sie kämpfte gegen den Drang an, hinter der Theke hervorzukommen und sich in Calebs Arme zu werfen. Er wirkte sehr besorgt und sie war sicher, er würde sie nicht so verurteilen, wie Papa es getan hatte.

Aber Naomi beherrschte sich und zwang ein tapferes Lächeln auf ihre Lippen. „Es ist so schwer, seit Zach entführt wurde."

„Mir tut schrecklich leid, was passiert ist. Vielleicht weiß ich etwas, das euch weiterhilft." Caleb trat näher. „Ich möchte keine falschen Hoffnungen wecken, aber es könnte sein, dass ich Zach gesehen habe."

„Was? Wo?" Naomi blickte ihn überrascht an und ihr Herz pochte so stark, dass sie befürchtete, es könnte zerspringen.

„Am Stadtrand von Berlin in Ohio", erklärte er. „Ich war dort, um mir einige Buggy-Teile anzuschauen, die mein Cousin verkauft."

„Und?"

„Am Sonntag habe ich noch einen Spaziergang in der Stadt gemacht, bevor mich jemand zum Busbahnhof in Dover brachte."

Naomi sprang von dem Holzstuhl auf und kam hinter der Theke hervor. „Und dort hast du Zach gesehen? Hast du das gesagt, Caleb?"

Er zupfte sich am Ohrläppchen. „Ich kann nicht mit Sicherheit sagen, dass es Zach war, aber er sah genauso aus."

„War ein Engländer bei ihm?"

Caleb nickte. „Und auch eine Frau. Sie hielt ihn auf dem Arm, aber der kleine Kerl trug englische Kleider, darum habe ich mir gesagt, es kann gar nicht Zach sein." Er zuckte die Achseln. „Außerdem dachte ich ja, er sei zu Hause bei euch. Ich hatte keine Ahnung, dass man ihn von eurer Farm mitgenommen hatte. Als ich heute Morgen nach Hause kam, hat Mamm mir erzählt, was passiert ist."

„Warte kurz, bis ich Papa geholt habe. Er ist mit Jacob Weaver hinten im Lagerraum."

Naomi rannte nach hinten und klopfte an die Tür zum Lagerraum. „Papa, ich bin es! Caleb Hoffmeir ist hier. Er weiß etwas über Zach."

Die Tür wurde aufgerissen. Papa und Jacob kamen heraus.

„Wo ist er? Was hat er gesagt?" Papas Augen waren weit aufgerissen. Er wirkte sehr verwirrt. Zum ersten Mal, nachdem die Polizei wieder fortgefahren war, sprach er an diesem Morgen mit Naomi.

„Er wartet vorne an der Theke. Er glaubt, Zach in Berlin, in Ohio, gesehen zu haben."

Papa eilte an ihr vorbei, Jacob Weaver folgte ihm und Naomi schloss sich ihnen an.

„Was sagst du da? Du hast Zach in Ohio gesehen?", fragte Papa Caleb, der sich mit dem Rücken an die Theke lehnte.

„Ich bin nicht ganz sicher, dass er es war", erwiderte Caleb, „aber er hatte dieselben dunkelbraunen Augen und seine hellbraunen Haare waren typisch deutsch geschnitten. Wenn ich ihn nicht zu Hause bei seiner Familie vermutet hätte, hätte ich denken können, dass er es ist."

„Wer war bei ihm? Wo genau hast du ihn gesehen? Ging es ihm gut?"

Caleb hob die Hand. „Nicht so schnell, Abraham. Ich werde versuchen, deine Fragen eine nach der anderen zu beantworten."

Papa umklammerte die Kante der Theke mit beiden Händen. „Okay, ich höre zu."

„Ich bin nach Berlin gefahren, um mir einige Buggy-Teile anzusehen und –"

„Vergiss das mit den Buggy-Teilen! Erzähle mir nur von meinem Sohn!"

Jacob trat vor und legte die Hand auf Papas Schultern. „Beruhige dich doch und lass den Jungen erzählen."

Papa atmete tief durch. Naomi merkte, dass er um Selbstbeherrschung rang. „Weiter", murmelte er.

„Am Samstag beschloss ich, vor der Heimfahrt noch einen Spaziergang zu machen." Caleb hielt kurz inne. „Ich kam an einem Quiltgeschäft vorbei. Ein englisches Paar stand vor dem Schaufenster. Die Frau hielt einen kleinen Jungen auf dem Arm, der genauso aussah wie Zach."

„Hast du etwas zu ihnen gesagt?"

„Nein. Dazu bestand für mich kein Grund."

„Hast du gesehen, welchen Wagen sie gefahren haben?" Diese Frage kam von Jacob, aber Caleb schüttelte den Kopf.

„Ich ging weiter und habe nicht gesehen, ob sie überhaupt mit dem Wagen unterwegs waren."

„Aber du bist sicher, dass es ein Quiltgeschäft war, vor dem du sie gesehen hast?", fragte Papa.

Caleb nickte. „Auf dem Schild vor dem Laden stand ‚Fannies Quiltgeschäft'. Da bin ich ganz sicher. Ich habe auch gehört, wie der Mann sagte, sie würden am Montag wieder herkommen und einen Quilt kaufen."

Papa lief unruhig hin und her. „Hmmm. ... Nun gut ... ich frage mich ..." Schließlich blieb er stehen, drehte sich zu Naomi um und verkündete: „Du musst dich ein paar Tage um den Laden kümmern, denn ich werde eine Reise machen."

„Wohin willst du, Papa?"

„Nach Ohio. Zu *Fannies Quiltgeschäft*."

Kapitel 15

Naomi war entsetzt, dass ihr Vater die Absicht hatte, ihr während seiner Reise nach Ohio die Verantwortung für den Laden und außerdem noch für die Kinder zu übertragen. Sie hätte gern geglaubt, dass er ihr wieder vertraute, aber vermutlich hatte die ihr übertragene Verantwortung ihren Grund allein darin, dass er unbedingt etwas über seinen vermissten Sohn erfahren wollte. Diese Reise könnte jedoch auch ganz umsonst sein. Und wenn nun in Papas Abwesenheit etwas Schlimmes geschah?

„Musst du denn sofort aufbrechen?", fragte Naomi und berührte den Arm ihres Vaters.

Er zog den Arm fort. „Versuche nicht, meine Entscheidungen in Frage zu stellen."

Sie blickte ihn verblüfft an. „Das ... habe ich doch gar nicht. Ich dachte nur –"

„Ich muss nach Berlin fahren", erklärte Papa. „Und ich darf keine Zeit verlieren."

„Soll ich Sie nach Hause fahren, damit Sie packen und sich eine Transportmöglichkeit zum Busbahnhof organisieren können?", fragte Caleb.

Naomi hatte ihn fast vergessen. Er lächelte sie kurz an, aber sie wandte schnell den Blick ab, weil sie Angst hatte, sie könnte vor seinen Augen die Fassung verlieren.

Papa zögerte und zupfte an seinem Bart herum. „Nun, ich schätze, das Pferd und den Buggy muss ich hier lassen, denn Naomi und die Mädchen müssen ja irgendwie nach Hause kommen."

„Ich könnte meinen Cousin Henry anrufen, der in der Nähe von Berlin eine Buggywerkstatt besitzt, und ihn fragen, ob er bereit ist, Sie für ein paar Tage bei sich aufzunehmen."

„Dafür wäre ich dir sehr dankbar", erwiderte Papa und nickte.

„Soll ich dir eine Fahrkarte besorgen und dich zum Busbahnhof bringen?", fragte Jacob Weaver.

Papa nickte. „Ja, gern, das wäre mir eine große Hilfe."

„Richard, einer der Engländer, die für mich arbeiten, sollte mich heute nach Lancaster fahren. Wir können dich auf dem Weg dorthin am Busbahnhof absetzen, wenn du möchtest."

„Das ist sehr nett. *Danki.*"

„Dann mache ich mich jetzt besser auf den Weg", erklärte Papa. Er drehte sich zu Naomi um. „Ich weiß nicht, wie lange ich fort sein werde, aber vermutlich nicht länger als ein paar Tage."

Sie öffnete den Mund, um zu antworten, doch er kehrte ihr den Rücken zu. „Fertig, Caleb?"

Caleb nickte.

„Kannst du mich denn in einer Stunde zu Hause abholen?", fragte Papa Jacob.

„Klar, kein Problem."

Papa öffnete die Fliegengittertür und die drei Männer traten hinaus auf die Veranda. Naomi hörte, wie ihr Vater etwas zu Mary Ann und Nancy sagte und als sie aus dem Fenster blickte, beobachtete sie, wie er sie umarmte.

Schniefend rang sie um Fassung. *Mich hat Papa zum Abschied nicht umarmt. Er ist noch böse auf mich und ich fürchte, bis Zach gefunden wird, wird sich das nicht ändern.*

Einer plötzlichen Eingebung folgend, rannte Naomi zur Ladentür. Papa hatte bereits den Parkplatz erreicht und wollte in Calebs offenen Buggy einsteigen. Von Schuldgefühlen getrieben, eilte sie ihm nach. Sie hatte Gott um ein Zeichen gebeten, dass es Zach gut ging. Vielleicht waren Calebs Neuigkeiten dieses Zeichen. „Papa, warte!"

Er blieb stehen. „Was ist los?"

„Nimm mich mit. Ich möchte dabei sein, wenn du den Besitzer des Quiltgeschäfts nach Zach fragst."

Papa zog die Stirn in Falten, sodass seine Augenbrauen fast darin verschwanden. „Und wer soll auf die *Kinner* aufpassen, wenn du mich begleitest?"

Sie unterdrückte das Schluchzen, das in ihr hochstieg. „Ich weiß es nicht. Die älteren Jungen kämen sicher allein zurecht und vielleicht können wir Anna Beechy bitten, sich um die jüngeren zu kümmern."

„Und was ist mit dem Laden, Naomi?"

„Könnten wir ihn nicht für ein paar Tage schließen?"

„Nein. Das ist eine Sache, um die ich mich allein kümmern muss." Papa wandte sich ab. Damit war für ihn diese Angelegenheit erledigt.

Mit schwerem Herzen sah Naomi zu, wie er in Calebs Buggy stieg. Ihr war klar, dass er sich nicht überreden lassen würde, seine Meinung zu ändern. Wenn Papa Nein gesagt hatte, dann war das endgültig. Er ließ sich nicht mehr umstimmen.

Caleb winkte, als er vom Parkplatz fuhr, aber sie reagierte nicht. Er war so nett, doch sie fand nicht einmal die Worte, ihm zu danken.

„Was ist nur los mit mir?", stöhnte sie. „Ich kann gar nicht mehr richtig denken." Mit hängenden Schultern schleppte sich Naomi zum Laden zurück. Vielleicht würde Papa ja mit guten Neuigkeiten aus Ohio zurückkehren.

„Papa hat gesagt, er würde nach Ohio fahren, um jemanden nach Zach zu fragen", sagte Nancy, als Naomi die Veranda erreichte.

Naomi nickte. „Das stimmt. Caleb war am Sonntag da und hat einen kleinen Jungen gesehen, der genauso aussah wie Zach."

„Wird Papa den *Boppli* mit nach Hause bringen?", fragte Mary Ann mit hoffnungsvollem Blick.

„Ich weiß nicht, was Papa in Ohio in Erfahrung bringen wird", erwiderte Naomi ehrlich. In Wirklichkeit hatte sie nicht viel Hoffnung, dass der Besitzer des Quiltgeschäfts hilfreiche Informationen für sie hätte.

„Können ich und Mary Ann eine Weile hier draußen bleiben?", fragte Nancy. „Drinnen ist es so heiß und wir würden gern ein wenig die Fußgänger beobachten."

Naomi nickte. „Wenn viele Kunden kommen, müsst ihr in den Laden kommen. Ich kann nicht auf euch aufpassen und gleichzeitig die Kunden bedienen."

„Du brauchst nicht auf uns aufzupassen", erwiderte Mary Ann beleidigt. „Wir sind schon groß und können selbst auf uns aufpassen." Sie boxte ihrer älteren Schwester gegen den Arm. „Stimmt das nicht, Nancy?"

„Ja. Wir kommen schon klar."

„Ich lasse die Tür offen. Dann könnt ihr rufen, wenn ihr etwas braucht."

Naomi stieß die Fliegengittertür auf und betrat den Laden. Sie überlegte sich, die Lieferung Aufkleber auszupacken, die der Mann vom Paketlieferdienst am Morgen gebracht hatte. Vielleicht kam ja Ginny Meyers später vorbei, dann könnte sie ihr die neuen zeigen. Irgendwie musste sie sich von Zach ablenken – und von dem Gedanken, dass Papa nach Ohio fuhr und dass diese Reise vielleicht ganz umsonst war.

Eine halbe Stunde später sammelte Naomi den Müll zusammen und ging nach draußen. Sie wollte Nancy den Plastiksack in die Hand drücken, damit sie ihn in die Mülltonne steckte. Verblüfft sah sie ihre beiden Schwestern mit zwei roten Lutschern am Verandageländer stehen.

„Wo habt ihr die her?"

Ein grelles Licht blitzte auf.

Naomi fuhr zusammen.

Noch zwei Mal wurde das Blitzlicht einer Kamera aktiviert.

Sie sprang nach rechts. Ein Engländer mittleren Alters stand mit einem Fotoapparat auf der Veranda. Grinsend nickte er Naomi zu. „Sie haben mir erlaubt, sie zu fotografieren, und ich habe ihnen dafür einen Lutscher geschenkt."

Der Zorn stieg in Naomi hoch und ihr Magen krampfte sich zusammen. Sie ließ den Müllsack fallen und riss ihren Schwestern den Lutscher aus den Händen. „Ihr zwei wisst doch, dass ihr nichts von einem Fremden annehmen sollt." Sie bewegte drohend den Finger vor Nancys Nase. „Ihr wisst auch, wie unsere Einstellung zum Fotografieren ist. Was habt ihr euch dabei gedacht?"

„Ich dachte, es wäre nicht schlimm. Sarah Graber sagte, sie hätte sich vor ein paar Tagen auch fotografieren lassen."

„Wenn Sarah vom Dach der Scheune springt, dann machst du es ihr wohl auch nach?", fragte Naomi mit schriller Stimme, und mit zitternden Händen umklammerte sie die Lutscher. Wussten ihre Schwestern denn nicht, wie gefährlich es war, mit einem Fremden zu sprechen? Und dass sie dem Mann erlaubt hatten, sie zu fotografieren. ... Sie war sehr enttäuscht von ihnen.

„Geht hinein, alle beide!", fuhr sie sie an. „Die Regale müssen abgestaubt werden und die Fenster könnten auch noch mal geputzt werden. Und jetzt los!"

Die Mädchen stapften davon und knallten die Fliegengittertür hinter sich zu.

Naomi steckte die Lutscher in den Müllsack, der noch auf der Veranda lag. Dann drehte sie sich zu dem Fotografen herum und wollte ihm die Meinung sagen. Doch bevor sie ein Wort sagen konnte, hob er seine Kamera und machte ein Foto von ihr. Sie schnappte nach Luft. „Wie können Sie es wagen!"

Er steckte die Kamera in seine Umhängetasche und hängte sie sich über die Schulter. „Sieht so aus, als sei da heute Morgen jemand mit dem falschen Fuß aufgestanden."

Naomi drehte sich um und verschwand im Laden. Den Müllsack ließ sie draußen liegen. Nancy hatte angefangen, die Fenster zu putzen, aber Mary Ann hockte weinend hinter der Theke.

Naomi ging vor ihrer jüngsten Schwester in die Hocke. „Ich wollte dich nicht so anfahren, Mary Ann, aber du solltest doch wissen, dass das, was ihr dort draußen getan habt, verboten war."

Das Kind fuhr sich mit dem Handrücken über die Augen. „Ich wollte doch nur einen Lutscher haben."

„Dann hättest du hereinkommen und mich danach fragen können."

Mary Ann blickte auf. Ihre braunen Augen erinnerten Naomi an ein verwundetes Tier. „Ich habe gedacht, du würdest Nein sagen."

Naomi zog das kleine Mädchen in ihre Arme. „Wenn du die Regale abgestaubt hast, darfst du dir einen Lutscher aus dem Glas nehmen."

Mary Ann schniefte. „Nancy auch?"

„Ja." Naomi schnappte sich den Besen und begann zu fegen. *Was hat Papa sich nur dabei gedacht, mich allein für seine Kinder sorgen zu lassen? Ich komme ja kaum mit mir selbst klar, wie soll ich dann zusätzlich noch den Haushalt schaffen, bis er wieder zu Hause ist?*

✼

„Mamm, wenn du mich im Augenblick nicht brauchst, werde ich draußen am Gartentisch Mittagspause machen", sagte Abby.

Fannie nickte. „Sicher, Abby, geh nur. Wir haben gleich Mittag, da kommen bestimmt nicht mehr viele Kunden."

Abby lächelte und ihre dunklen Augen funkelten. Sie war ein so liebes Mädchen, immer hilfsbereit und freundlich. Und Abby war eine Meisterin im Umgang mit Nadel und

Faden. Mit zehn Jahren hatte sie bereits ihren ersten Quilt genäht und seither hatte man sie nie ohne Näharbeit angetroffen. Fannie wusste nicht, was sie ohne Abbys Hilfe getan hätte, nachdem ihr Mann Ezra vor zwei Jahren an einem schweren Herzinfarkt gestorben war und sie als Witwe zurückgelassen hatte. Fannies Sohn Harold hatte vor zwei Jahren Lena Graber geheiratet. Sie wohnten im Nachbarhaus. Auch sie waren Fannie eine große Hilfe. Fannie hoffte, ihre einzige Tochter noch eine Weile zu behalten. Abby war erst achtzehn und hatte noch keinen festen Freund.

„Ich werde dich ablösen, wenn ich gegessen habe", bot Abby an. „Du hast den ganzen Morgen gearbeitet und könntest etwas frische Luft gebrauchen."

Fannie brummte. „Du meinst wohl, heiße und stickige Luft. Das trifft eher zu."

„Im Schatten des Ahorns ist es schön kühl."

„Das stimmt und vielleicht werde ich dich beim Wort nehmen." Fannie deutete auf die Hintertür. „Und jetzt geh und genieße dein Mittagessen. Die Zeit ist kostbar."

Während Abby hinauseilte, setzte Fannie ihre Arbeit am Schneidetisch fort. Sie wollte einen Quilt nähen, auf dem das Bild einer Holzhütte zu sehen sein sollte, und ganz bestimmt würde die Arbeit sich nicht von selbst erledigen.

Sie hatte nur wenige Stücke zugeschnitten, als die Glocke an der Ladentür anschlug. Ein englisches Ehepaar trat ein. Die Frau hielt einen kleinen Jungen in den Armen. *Nicht älter als ein Jahr*, dachte Fannie. Das Kind hatte hellbraune Haare und Augen, die so dunkel waren, dass sie an Schokoladensirup denken musste.

Fannie unterdrückte den Drang zu fragen, ob sie ihnen das Kind abnehmen sollte. Ihre *Kinner* waren schon groß. Sie hatte sich immer viele Kinder gewünscht, aber der Herr war wohl der Meinung gewesen, zwei wären genug. Nach Abbys Geburt wurde Fannie nicht mehr schwanger. Und da ihr Mann gestorben war, würde sie wohl auch keine weiteren Kinder mehr bekommen.

„Kann ich Ihnen irgendwie helfen?", fragte sie. Sie trat an das englische Paar heran, das sich aufmerksam im Laden umsah.

Der Mann blickte immer wieder nervös zum Schaufenster. „Wir ... äh ... möchten einen Quilt kaufen", murmelte er.

„Welche Größe brauchen Sie?"

Er blickte die Frau an. „Queen?"

Sie nickte. „Das ist die Größe unseres Bettes, also brauchen wir einen Quilt, der so groß ist."

„Die Quilts hängen nach Größe geordnet auf der Stange", erklärte Fannie und deutete zum Ständer. „Haben Sie an ein besonderes Muster oder eine bestimmte Farbe gedacht?"

Die Frau schüttelte den Kopf. „Ich suche einen Quilt in Blautönen. Unser Schlafzimmer ist in Blau und Weiß gehalten. Was das Muster angeht, bin ich nicht festgelegt."

„Wir haben mehrere Quilts in Blautönen da. Möchten Sie sich selbst ein wenig umschauen oder soll ich Ihnen etwas zeigen?"

„Zeigen Sie uns lieber etwas, sonst bringen wir den ganzen Tag hier zu", meinte der Mann. *Anscheinend hat er keine große Lust, Quilts auszusuchen*, dachte Fannie, *deshalb ist er so gereizt. Die meisten Männer gehen nicht gern einkaufen. Bei Ezra war das auch so.*

„Hier entlang, bitte." Fannie ging voraus und das Ehepaar folgte.

Die Frau reichte das Kind an den Mann weiter, während sie sich die Quilts anschaute.

„Das ist aber ein süßes Kind", bemerkte Fannie. „Wie alt ist es?"

„Er ist ... äh ... ein Jahr alt."

„Wie nennt man dieses Muster?", fragte die Frau und lenkte mit ihrer Frage Fannies Aufmerksamkeit wieder auf die Quilts.

„Man nennt es Lone Star. Meine Tochter Abby hat ihn gearbeitet."

„Werden alle Quilts hier im Laden hergestellt?"

„Oh, nein. Wir haben gar nicht die Zeit, sie alle selbst zu arbeiten." Fannie winkte ab. „Hier in der Gegend gibt es viele amische und mennonitische Frauen, die für uns nähen."

„Sie sind alle wunderschön", lobte die Frau, „aber ich glaube, ich nehme den hier." Sie blickte ihren Mann an und deutete auf das Preisschild. „Sechshundert Dollar, Jim. Ist der nicht zu teuer?"

Er verzog das Gesicht, nickte aber. „Ich denke, das geht noch gerade so."

„Nehmen Sie auch eine Kreditkarte?", fragte die Frau.

„Wir bezahlen bar", warf ihr Mann ein. Er griff in seine Hosentasche und zog eine braune Brieftasche heraus.

„Aber Jim, das ist schrecklich viel Geld und –"

„Das ist schon in Ordnung. Ich habe noch genügend Bargeld, um wieder nach Hause zu kommen."

„Wo kommen Sie her?", fragte Fannie, während sie den Quilt vom Ständer nahm.

„Wir besuchen unsere Familie", antwortete der Mann, bevor die Frau den Mund aufmachen konnte.

Fannie hatte den Eindruck, dass er nicht mehr erzählen wollte, darum ließ sie das Thema fallen. Manche Engländer waren wirklich seltsam. So wortkarg und verschlossen.

Sie brachte den Quilt zu ihrem Arbeitstisch und packte ihn sorgfältig ein, bevor sie ihn in einen Karton legte.

Die Frau war offensichtlich begeistert von ihrem Kauf und strahlte förmlich. Sie nahm ihrem Mann das Kind ab und er trug den Karton.

Fannie folgte ihnen zur Ladentür. „Ich hoffe, Sie haben viele Jahre Freude an dem Quilt, den Sie gerade gekauft haben. Einen schönen Tag noch."

„Ja, danke", murmelte der Mann. „Für Sie auch."

※

In den folgenden Stunden putzten Naomi und ihre Schwestern den Laden und sortierten die neuen Lieferungen in die Regale. Als sie damit fertig waren, schickte Naomi Nancy und Mary Ann zum Spielen ins Hinterzimmer, während sie sich der Buchhaltung widmete.

Sie hatte sich gerade hinter der Theke niedergelassen, als Ginny Meyers den Laden betrat. Naomi blickte auf. „Wir haben heute Morgen eine neue Lieferung Aufkleber bekommen. Vielleicht möchtest du sie dir anschauen."

Ginny eilte zu Naomi. „Im Augenblick kann ich an Aufkleber nicht einmal denken. Ich habe heute Morgen in der Zeitung von Zachs Entführung gelesen und bin sofort hergekommen, um dir meine Hilfe anzubieten."

Naomi nickte. „Es ist am Samstag passiert."

„So stand es in der Zeitung." Ginny ergriff Naomis Hand. „Es tut mir so leid, Naomi. Das muss schrecklich für dich sein."

Naomi hielt die Tränen zurück, die ihr in die Augen zu treten drohten. Dass jemand Mitleid mit ihr hatte, tat ihr unglaublich gut, aber aus irgendeinem Grund fühlte sich Naomi jetzt noch schlechter.

Ginny ließ Naomis Hand los und schnalzte mit der Zunge. „Du hast ganz dunkle Ringe unter den Augen. Ich wette, du hast seit Zachs Entführung kaum geschlafen."

„Ja", gestand Naomi. „Um ehrlich zu sein, ich habe seither kaum etwas zustande gebracht."

„Mich würde interessieren, was für ein Verrückter das ist, der auf eine Amischfarm fährt und der Familie das Kind unter der Nase wegstiehlt."

Naomi atmete tief durch und erstickte beinahe an ihren Worten. „Ich weiß es auch nicht, aber es ist meine Schuld, dass Zach entführt wurde, und Papa ist schrecklich wütend auf mich."

„Wieso ist es deine Schuld?"

„Der Mann wollte kaltes Root Beer haben." Sie schluckte. „Ich wollte ihm etwas aus dem Kühlschrank holen, als ich eines der Mädchen schreien hörte. Ich bin also ins Haus gerannt und habe Zach auf dem Tisch sitzen gelassen. Als ich wiederkam, war der Mann fort und hatte Zach mitgenommen."

Ginny blieb der Mund offen stehen. „Machst du Witze?"

Naomi schüttelte den Kopf. „Wenn Zach nicht gefunden wird, werde ich mir nie vergeben können und Papa wird mir ganz bestimmt auch nicht verzeihen."

„Im Augenblick ist er aufgebracht, aber mit der Zeit wird ihm bestimmt klar werden, dass so etwas jedem hätte passieren können."

„Ich habe den *Boppli* doch nicht mit Absicht dort sitzen gelassen; das muss Papa doch wissen."

Verständnisvoll blickte Ginny sie mit ihren klaren blauen Augen an. „Natürlich nicht."

„Der Morgen war so hektisch und ich habe nicht nachgedacht."

Ginny nickte. „Ich verstehe. Du bist einfach überlastet und kannst die Arbeit gar nicht allein bewältigen. Wenn dein Dad ein Mädchen einstellen und dir etwas Freizeit gönnen würde, dann würde bestimmt alles viel besser laufen."

Naomi schniefte und putzte sich die Nase.

„Weißt du, was du meiner Meinung nach brauchst?"
„Nein."
„Du musst einmal eine Weile Pause machen und dich amüsieren." Ginny lächelte. „Wie wäre es, wenn du den Laden unter einem Vorwand für ein paar Stunden verlässt und mit mir ins Kino gehst? Das würde dich für eine Weile von deinen Problemen ablenken."

„Das geht nicht. Papa ist heute nach Ohio gefahren und ich allein trage die Verantwortung."

Ginny zog die Augenbrauen in die Höhe. „Nach Ohio? Warum?"

Naomi erzählte ihr von Calebs Reise und dessen Beobachtungen vor dem Quiltgeschäft am Stadtrand von Berlin. „Papa möchte mit dem Inhaber des Ladens sprechen, um vielleicht etwas über das Ehepaar mit dem Baby zu erfahren, das so aussah wie Zach."

Ginny trommelte mit ihren rosa lackierten, perfekt manikürten Fingernägeln auf die Ladentheke. „Vielleicht wohnt der Mann, der deinen kleinen Bruder gestohlen hat, ja in Ohio. Wenn dein Dad etwas über ihn erfährt und die Polizei ruft, dann könnte Zach bald wieder zu Hause sein."

Naomi brachte ein schwaches Lächeln über die Lippen. „Das hoffe ich, Ginny. Ja, das hoffe ich sehr."

Kapitel 16

Fannie hielt die Ladentür für Abby offen, die mit einem Arm voll Quiltmaterial hereinkam.

Abby trat zur Seite. „Danke, Mamm. Ich lege es hinten in die Regale."

Fannie wollte gerade etwas antworten, als sie hinter sich auf der Treppe Schritte hörte. Sie drehte sich schnell um und wäre beinahe gegen einen großen Amischmann geprallt. Seine Augen waren so blau, wie sie es noch nie gesehen hatte. Sie kannte ihn nicht. Anscheinend kam er aus einem anderen Bezirk.

„Kann ich Ihnen helfen?", fragte sie.

„Ich suche den Inhaber dieses Quiltgeschäfts."

Sie lächelte. „Das bin ich. Ich bin Fannie Miller."

Er räusperte sich. „Ich habe einige Fragen."

„Zu den Quilts? Möchten Sie einen Quilt kaufen?"

Er blickte sich um. Auf sie machte er einen recht nervösen Eindruck. „Ich brauche keinen Quilt. Darf ich hereinkommen?"

„Ja, ja, natürlich." Fannie betrat den Laden und sie merkte, dass er ihr dicht auf den Fersen folgte.

„Ich war schon gestern Abend hier, aber Sie hatten bereits geschlossen", erklärte der Mann.

„Dann war es vermutlich bereits nach sechs."

„Ja. Mein Bus ist erst um sieben angekommen und dann habe ich noch eine ganze Weile gebraucht, um einen Fahrer zu finden und hierherzukommen." Er nahm seinen Strohhut ab. Fannie war erstaunt, wie dicht und glänzend seine braunen Haare wirkten. Keine Spur von Grau, obwohl sein Bart silbergrau schimmerte.

Sie trat an die Theke, wo sie ihre Kunden bediente. „Wenn Sie nicht wegen eines Quilts hier sind, wie kann ich Ihnen dann helfen?"

Er zupfte sich am Bart. „Ich habe gehört, dass am Sonntag ein englisches Paar vor Ihrem Laden gestanden hat. Da Ihr Laden an diesem Tag geschlossen hatte, wollten sie am Montagmorgen wiederkommen, um einen Quilt zu kaufen."

„Zu wem haben sie das gesagt?"

„Der Mann hat das zu der Frau gesagt und Caleb Hoffmeir, der junge Buggybauer aus meinem Bezirk in Lancaster County, ging gerade vorbei und hat dieses Gespräch mit angehört."

„Ich verstehe."

„Ich fragte mich also, ob dieses Paar tatsächlich am Montag in Ihren Laden gekommen ist."

Fannie lächelte. „Es kommen viele Engländer her, Mr –"

„Abraham. Abraham Fisher." Er trat von einem Fuß auf den anderen. „Dieses englische Paar hatte einen kleinen Jungen dabei. Etwa ein Jahr alt."

„Hmm ... lassen Sie mich nachdenken." Fannie versuchte sich an die Kunden zu erinnern, die am gestrigen Tag im Laden gewesen waren. Es hatte sehr viel Betrieb geherrscht, viele Touristen, aber auch einige Kunden, die regelmäßig vorbeischauten.

„Bitte, versuchen Sie sich zu erinnern. Es ist schrecklich wichtig."

Fannie setzte sich auf den Holzhocker und versuchte sich zu konzentrieren. „Kennen Sie das englische Paar?"

Er schüttelte den Kopf. „Nein, aber als Caleb mir erzählt hat, er hätte sie gesehen, habe ich mir sofort eine Fahrkarte gekauft und bin hergekommen."

„Könnten Sie mir das etwas näher erklären, Mr Fisher? Warum interessieren Sie sich für ein englisches Paar mit einem Baby, das Sie nicht einmal kennen?"

Abraham rang die Hände. „Ich wohne in der Nähe von Paradise in Pennsylvania und am Samstagnachmittag wurde mein Kind von meinem Hof entführt."

Fannies Herz krampfte sich zusammen. Das musste ja entsetzlich sein. „Das tut mir so leid. Sie und Ihre Frau sind bestimmt außer sich vor Sorge."

„Meine Sarah ist vor etwas über einem Jahr gestorben. Sie wurde von einem Auto angefahren. Unser Zach war damals gerade zwei Monate alt."

Fannie empfand großes Mitgefühl mit dem Mann. „Ich habe meinen Mann vor zwei Jahren durch einen Herzinfarkt verloren, ich kann Ihren Schmerz gut nachempfinden."

Er lief vor der Theke auf und ab. „Sarah zu verlieren war schon schlimm genug, aber jetzt ist auch noch mein *Boppli* weg. Der Schmerz ist beinahe unerträglich."

„Das kann ich mir vorstellen."

„Caleb Hoffmeir sagte, der Junge des englischen Paares hätte ausgesehen wie mein Zach." Er verzog das Gesicht. „Vielleicht waren sie es ja, die ihn entführt haben."

Fannie rang die Hände. „Sie müssen ja außer sich sein vor Sorge."

Er nickte. „Wenn Sie mir helfen könnten, wäre ich Ihnen sehr dankbar."

Sie atmete tief ein und versuchte sich zu konzentrieren. „Ich denke nach ... Mary Zook und ihre Schwester Catherine kamen gleich am Montagmorgen. Sie haben Material für einen neuen Quilt gekauft. Und dann kam eine junge englische Mutter mit ihrer Tochter vorbei." Fannie lächelte. „Sie leben hier im Bezirk und gehören zu meinen Stammkundinnen."

Abraham legte die Stirn in Falten. Sie merkte, dass er zunehmend ungeduldiger wurde.

Fannie leckte sich die Lippen. „Nachdem Carol und ihre Tochter gegangen waren, kamen etwa zehn Frauen. Ich glaube, sie gehörten zu einer Reisegesellschaft."

Als Abraham nichts sagte, fuhr sie fort: „Dann später, um die Mittagszeit, kam ein englisches Paar herein und wollte einen Quilt kaufen." Sie schnippte mit den Fingern. „Sie hatten tatsächlich einen kleinen Jungen dabei. Tatsache ist, ich fand ihn außergewöhnlich goldig. Unglaublich süß und er schien sehr zufrieden zu sein. Während der ganzen Zeit, die sie hier verbracht haben, ist er überhaupt nicht ungeduldig geworden."

Abraham beugte sich über die Theke, sodass sie seinen warmen Atem auf ihrem Gesicht spüren konnte. „Wie sah der Junge aus? Wie alt war er Ihrer Meinung nach? Waren seine Haare zu einem deutschen Bob geschnitten?"

Fannie ging einen Schritt zurück. Seine Nähe machte sie nervös. „Ich schätze, er war etwa ein Jahr alt oder so und er hatte so hübsche Haare – goldbraun. Ja, goldbraun. Allerdings kann ich nicht sagen, ob zu einem deutschen Bob geschnitten oder nicht. Sie waren ihm aus dem Gesicht gestrichen."

„Und seine Augen? Welche Farbe hatten die Augen des *Boppli*?"

„Braun. Dunkelbraun, wie Schokolade."

Abrahams Atmung beschleunigte sich. „Haben Sie einen Blick hinter sein rechtes Ohr werfen können?"

Sie schüttelte den Kopf. „Nein, leider nicht. Warum fragen Sie?"

„Zach hat dort ein kleines, herzförmiges Muttermal."

Fannie fuhr sich über die Stirn und konzentrierte sich ganz fest auf den kleinen Jungen. „Es tut mir leid, aber leider habe ich nicht hinter sein Ohr geschaut. Ich war sehr damit beschäftigt, der Frau die Quilts in den richtigen Farben zu zeigen."

„Haben sie denn einen Quilt gekauft?", fragte er.

„Ja. Einen schönen mit Lone-Star-Muster in Blautönen."

„Kennen Sie zufällig den Namen der Leute?"

„Nein, aber ich hörte, wie die Frau den Mann ein paar Mal Jim nannte."

„Keinen Nachnamen?"

Sie schüttelte den Kopf.

„Wenn diese Leute einen Quilt gekauft haben, dann haben Sie doch sicher eine Quittung ausgestellt."

„Das habe ich tatsächlich, aber sie haben bar bezahlt; ich hatte also keinen Grund, ihren Namen und ihre Adresse zu notieren." Fannie runzelte die Stirn. „Moment, ich habe sie gefragt, wo sie herkämen, aber der Mann hat nur gesagt, sie würden ihre Familie besuchen."

„Haben Sie einen Blick auf den Wagen werfen können, den sie fuhren? Vielleicht die Farbe oder das Nummernschild?"

„Tut mir leid, aber als sie gingen, wurde ich durch eine andere Kundin abgelenkt. Um ehrlich zu sein, ich habe den Wagen der Engländer nicht gesehen."

Abraham stöhnte. „Und mehr können Sie mir nicht sagen?"

„Ich fürchte, nein." Fannie trat hinter der Theke hervor. „Ich wünschte wirklich, ich könnte Ihnen irgendwie helfen. Das muss schrecklich für Sie sein."

Abraham rieb sich den Nasenrücken. „Ich weiß gar nicht, wie ich meiner Familie zu Hause erklären soll, dass ich ganz umsonst hergekommen bin."

„Ich werde für Sie beten, Mr Fisher." Sie hielt inne. „Sie sagten, Sie leben in der Nähe von Paradise, richtig?"

Er nickte.

„Meine Cousine wohnt ganz in der Nähe und sie quält mich schon die ganze Zeit, ich solle sie in diesem Sommer doch mal besuchen."

„Das sollten Sie tun. Lancaster County ist wirklich einen Besuch wert."

„Ja. Ich bin schon mal dort gewesen, aber das war vor vielen Jahren."

„Wenn Sie in die Gegend kommen, dann schauen Sie doch in meinem Laden vorbei. Er heißt ‚Fishers Gemischtwarenladen' und liegt am Stadtrand von Paradise."

„Das mache ich vielleicht tatsächlich. Ich würde gern erfahren, ob Ihre Suche erfolgreich war und ich bete, dass Sie bis dahin Ihren Jungen gefunden haben."

Er lächelte. Es war ein sehr gezwungenes Lächeln. Die Falten auf Abrahams Stirn zeugten von seiner großen Sorge. „Ich bete auch dafür", erklärte er und wandte sich zur Ladentür. „Danke, dass Sie mit mir gesprochen haben und es tut mir leid, dass ich Ihre Zeit so stark in Anspruch genommen habe."

Sie folgte ihm zur Tür. „Das ist gern geschehen. Ich wünschte nur, ich hätte Ihnen weiterhelfen können."

„Sie haben mir gesagt, was Sie wussten, und dafür bin ich dankbar." Abraham zog die Tür auf und trat auf die Veranda. „Noch einen schönen Tag, Mrs Miller."

„Der Herr sei mit Ihnen", erwiderte sie.

„Wer war der Mann?", fragte Abby, als Fannie die Tür schloss. „Ich bin hinten im Laden geblieben, weil ich gesehen habe, dass ihr euch angeregt unterhalten habt."

Fannie nickte. „Er hat mich nach dem englischen Paar gefragt, das gestern einen Quilt gekauft hat."

Abby legte den Kopf zur Seite. „Und warum?"

„Der Mann und die Frau hatten einen kleinen Jungen dabei, und jemand, der Abraham Fisher kennt, hat sie am Sonntag vor unserem Laden beobachtet." Sie verzog die Lippen. „Wie es scheint, wurde Abrahams *Boppli* am Samstagnachmittag entführt und der junge Bursche, der das englische Paar vor unserem Schaufenster beobachtet hatte, dachte, ihr Kind würde aussehen wie Abrahams Junge."

Abbys dunkle Augen glitzerten mitfühlend. „Das ist ja schrecklich. Ich kann mir so etwas gar nicht vorstellen."

„Ich auch nicht." Fannie seufzte. „Ich wünschte wirklich,

ich hätte Abraham irgendwie helfen können. Er scheint sehr verzweifelt zu sein."

„Du kannst für ihn beten, Mamm. Bete, dass die Leute, die sein Baby gestohlen haben, zur Vernunft kommen und den Jungen wieder nach Hause bringen."

Fannie drückte sanft den Arm ihrer Tochter. „Du bist wirklich sehr klug, weißt du das?"

Abby lächelte. „Nun, was soll ich darauf sagen? Ich folge nur den Fußspuren meiner lieben Mamm."

※

Es war zwecklos, noch länger in Berlin zu bleiben. Am liebsten wäre er in den nächsten Bus gestiegen, der Richtung Heimat fuhr, und das wäre es dann gewesen. Allerdings wurde das Gefühl in ihm immer stärker, dass das Ehepaar, das gestern in Fannies Quiltgeschäft gewesen war, seinen Zach mitgenommen hatte. Zumindest der Mann. Naomi hatte ja keine Frau erwähnt. Natürlich war sie an jenem Tag so durcheinander gewesen, dass sie sich an kaum etwas erinnern konnte.

Er schlenderte über den Bürgersteig, der auf die andere Seite der Stadt führte. *Ich kann mich ja ein wenig umsehen, für den Fall, dass diese Leute immer noch in der Stadt sind.*

In den folgenden Stunden wanderte Abraham durch die Straßen von Berlin, schaute in jedes Geschäft, musterte jeden Engländer, der ihm begegnete, ganz genau. Er überprüfte jeden Wagen, der an der Straße stand – auch die, die vorüberfuhren. Viele englische Ehepaare begegneten ihm, viele davon mit Kindern. Aber keines sah aus wie Zach.

„Es ist hoffnungslos", murmelte er. „Ich sollte zu Henrys Buggywerkstatt zurückkehren, und ihn bitten, mir einen Fahrer zu besorgen, der mich zum Busbahnhof in Dover bringt."

Abraham drehte sich um und machte sich auf den Weg zu Henrys Werkstatt, die etwa eine Meile vor der Stadt lag. Henry hatte Abraham am Morgen im Zentrum abgesetzt und ihm angeboten, ihn dort auch wieder abzuholen, wenn er wüsste, um wie viel Uhr. Doch Abraham hatte das Angebot abgelehnt und Calebs Cousin versichert, ein Spaziergang würde ihm gut tun.

Nach einer ganzen Weile bemerkte er, dass er wieder an Fannies Quiltgeschäft vorbeikam. Er kämpfte gegen den Drang an, hineinzugehen und noch ein paar Fragen zu stellen. *Das wäre dumm*, fand er. *Fannie hat gesagt, sie wüsste nichts mehr.*

Ein Muskel in seinem Rücken verkrampfte sich und Abraham ließ sich auf der Holzbank vor dem Quiltgeschäft nieder. Er würde sich eine Weile ausruhen, bevor er seinen Weg zu Henrys Buggywerkstatt fortsetzte. In der Zeit würde er die vorbeifahrenden Autos und die Fußgänger beobachten.

Wenn er Gott inständig darum bitten würde, dann würde sein Gebet vielleicht erhört werden. Er beugte sich vor und stützte sein Kinn in die Hände. *Bitte, Herr, lass es so sein.*

Die Zeit verging und Abraham schaute sich um und betete. Er wusste nicht, wie lange er dort gesessen hatte, aber als sich eine Hand auf seine Schulter legte, fuhr er zusammen.

„Mr Fisher, alles in Ordnung?"

Er drehte den Kopf. Fannie Miller stand hinter ihm; die haselnussbraunen Augen waren mit einem ernsten Blick auf ihn gerichtet. Zwei kleine Strähnen ihres dunkelbraunen Haares hatten sich aus ihrer weißen Kappe gelöst. Er ignorierte den Drang, sie zurückzustreichen.

„Ich ... alles in Ordnung", stotterte er. „Ich wollte mich nur eine Weile ausruhen. Mein Rücken tat weh. Ich schätze, ich habe jedes Zeitgefühl verloren, denn nach der Sonne zu urteilen, würde ich sagen, Mittag ist schon vorbei."

Fannie nickte. „Meine Tochter hat gerade ihre Mittagspause beendet und ich wollte jetzt Pause machen. Als ich hinausschaute, sah ich Sie hier sitzen." Sie lief um die Bank herum und blieb neben ihm stehen. „Ich habe mir Sorgen um Sie gemacht."

„Es ist nett, dass Sie sich Sorgen machen", erwiderte er. „Ich bin den ganzen Morgen durch die Straßen Berlins gelaufen – in der Hoffnung, dieses englische Paar zu finden."

Sie blickte ihn mitfühlend an. „Ich nehme an, Sie haben keins mit einem Kind entdeckt, das aussah wie Ihr Sohn."

Er schüttelte den Kopf.

„Haben Sie schon etwas zu Mittag gegessen?", fragte sie unvermittelt.

„Nein, mir war nicht nach essen zumute."

„Wie wäre es, wenn Sie mit mir zu Mittag essen würden? Unter dem Ahorn hinter dem Laden steht ein Tisch und ich würde mich freuen, wenn Sie mir Gesellschaft leisten würden."

„Ich möchte Ihnen keine Mühe machen."

„Das ist doch keine Mühe." Lachend klopfte sie sich auf den Bauch. „Ich habe heute Morgen sowieso viel zu viel eingepackt und Sie könnten mir ein paar zusätzliche Zentimeter Bauchumfang ersparen, wenn Sie das Essen mit mir teilen würden."

Trotz seiner Niedergeschlagenheit lächelte er. „Ja, das ist gut. Dann natürlich gern."

„Gehen wir zuerst in den Laden", schlug Fannie vor. „Wir holen meinen Korb und gehen dann durch die Hintertür in den Garten." Sie ging voran und er folgte ihr.

Eine junge Frau mit dunkelbraunen Haaren stand an einem der Tische im hinteren Teil des Ladens und schnitt Stoff zu. Sie war jünger als Fannie und um einiges schlanker, aber man konnte sehen, dass sie miteinander verwandt waren.

„Dies ist meine Tochter Abby", stellte Fannie sie vor, als sie sich der jungen Frau näherten. „Abby, dies ist Abraham Fisher aus Lancaster County."

Abby blickte lächelnd von ihrer Arbeit auf. Genau wie ihre Mutter hatte sie ein Grübchen in der rechten Wange. „Schön, Sie kennenzulernen, Mr Fisher. Mama hat mir erzählt, dass Sie schon einmal hier waren und nach einem englischen Paar mit einem kleinen Jungen gefragt haben."

Neue Hoffnung stieg in ihm hoch. „Erinnern Sie sich an sie? Wissen Sie etwas über sie oder wohin sie gefahren sind?"

Sie schüttelte den Kopf. „Tut mir leid, nein. Ich hatte gerade Mittagspause und war draußen, als das Paar hereinkam. Mamm hat mir hinterher davon erzählt."

Er stieß einen tiefen Seufzer aus. „Ich wünschte wirklich, irgendjemand hätte Informationen für mich."

„Gott weiß es, Mr Fisher", tröstete Fannie mitfühlend. „Ich bin sicher, er empfindet Ihren Schmerz."

Sie griff nach einem Korb. „Hier ist unser Essen. Sind Sie bereit?"

Er nickte. „Bereit und mein Hunger wird von Minute zu Minute größer."

In der nächsten halben Stunde lernten sich Abraham und Fannie besser kennen. Er erzählte ihr von seiner Familie und von der Zeit nach Sarahs Tod. Er war erstaunt, wie verständnisvoll und freundlich sie war und wie sehr sie ihn ermutigte. Neue Hoffnung keimte in ihm, als sie sagte, sie würde ihn und seine Familie in ihre Gebete einschließen.

Fannie erzählte auch ein wenig aus ihrem Leben, dass sie nur zwei Kinder bekommen hatte – einen Jungen, der mittlerweile verheiratet war, und Abby, die im Quiltgeschäft mithalf.

Abraham betrachtete Fannie, die ihm gegenübersaß und ihn anlächelte. *Wie schade, dass es in meinem Bezirk keine Witwen wie dich gibt*, dachte er. *Wenn das so wäre, könnte ich vielleicht meine Meinung über eine Wiederheirat ändern.*

Kapitel 17

Naomi blickte zum Küchenfenster hinaus. Vor einer halben Stunde hatte sie Nancy und Mary Ann zum Erdbeerenpflücken in den Garten geschickt und sie waren noch immer nicht zurückgekehrt. Wussten sie denn nicht, dass sie es eilig hatte?

Sie stellte zwei Kuchenformen auf den Tisch und drückte den Teig hinein. Nach dem langen Tag im Laden hatte sie eigentlich keine Lust, auch noch zu backen, aber die Mädchen hatten nach Erdbeerkuchen gebettelt und die reifen Beeren im Garten mussten dringend geerntet werden. „Ich hoffe nur, Papa kommt bald wieder", murmelte Naomi vor sich hin. Er war schon zwei ganze Tage fort und sie hatte keine Ahnung, wann sie mit ihm rechnen konnte. Hatte er das englische Paar mit dem Kind, das aussah wie Zach, gefunden? Und wenn ja, war die Polizei informiert worden? Wie sehr hoffte sie, Papa würde mit ihrem kleinen Bruder zurückkehren. „Alles wird wieder gut werden, wenn Zach nach Hause kommt."

„Führst du wieder Selbstgespräche?"

Naomi drehte sich um. Norman stand in der Küchentür, sein Gesicht und seine Arme waren über und über mit Staub bedeckt.

„Du solltest dich nicht so anschleichen."

Er schlenderte durch die Küche und öffnete die Kühlschranktür. „Ich habe mich nicht angeschlichen. Ich wollte mir nur ein Glas Limonade holen."

„Du bist so schmutzig wie ein Schwein", schimpfte sie. „Du hättest dich draußen waschen sollen, bevor du ins Haus kommst."

Er brummte. „Sag mir nicht, was ich tun soll, Naomi. Dass Papa fort ist, bedeutet nicht, dass du hier jeden herumkommandieren kannst."

Sie ballte die Hände zu Fäusten und stemmte sie in die Hüften. „Das tue ich nicht."

Norman stellte den Krug mit der Limonade auf den Tisch und holte sich ein Glas aus dem Schrank. „Doch, das tust du. Seit Mamas Tod kommandierst du uns herum und jetzt, seit Papa nach Ohio gefahren ist, denkst du, du könntest allen vorschreiben, was sie zu tun und zu lassen haben."

Zorn stieg in Naomi hoch und nur mit Mühe konnte sie ihre Tränen zurückhalten. Sie begriff nicht, warum ihr Bruder so gemein zu ihr war, aber sie musste sich zusammennehmen, vor allem vor ihren Geschwistern.

„*Norman, tu dieses*", spottete er. „*Nancy, tu jenes*. Du kommandierst uns immer nur herum."

„Ich tue nur, was von mir verlangt wird", entgegnete sie. „Papa sagte, ich solle mich hier um alles kümmern und das bedeutet –"

„Pah! Du sollst dich um alles kümmern? Hast du dich um Zach gekümmert, als er am vergangenen Samstag aus dem Garten fortgeholt wurde?"

Sie zuckte zusammen. Die Worte ihres Bruders durchfuhren Naomi wie ein Blitz. Sie öffnete den Mund, um sich zu verteidigen, aber das konnte sie nicht. Norman hatte Recht. Sie hatte an diesem Tag nicht gut auf Zach aufgepasst, aber er brauchte sie auch nicht ständig an ihr Versagen zu erinnern. Naomi hatte sich in den vergangenen Tagen genügend Vorwürfe gemacht, doch dass eins ihrer Geschwister ihr vorwarf, sie würde ihre Pflichten vernachlässigen, das war wie ein Schlag ins Gesicht.

Sie drehte sich zu den Kuchenformen um. Wo blieben nur die Mädchen? Tränen tropften aus ihren Augen und tropften auf den Tisch.

„Warum sollten wir deine Anweisungen befolgen?", fuhr Norman fort. „Das kannst du nicht mehr von uns erwarten. Du hörst besser damit auf, uns herumzukommandieren und versuchst lieber, verantwortungsbewusster zu handeln."

Naomi unterdrückte ein Schluchzen, stieß die Kuchenformen zur Seite und eilte durch die Hintertür nach draußen. Sie blieb kurz stehen, um sich die Nase zu putzen und tief durchzuatmen, dann eilte sie in den Garten.

Der Wind trug das Gelächter der Kinder zu ihr herüber und sie blieb am Rand der großen Rasenfläche stehen. Nancy und Mary Ann flitzten lachend und kreischend zwischen den Erdbeersträuchern herum und lieferten sich eine Erdbeerschlacht.

Naomi legte ihre zitternden Hände an den Mund und brüllte: „Hört sofort damit auf!"

Die Mädchen ignorierten sie und spielten weiter. Wütend marschierte sie in den Garten, nahm eins der halbleeren Plastikgefäße und drückte es Nancy in die Hand. *„Des is mer gen greitz* – das ist sehr ärgerlich."

Mary Ann blieb mit hängendem Kopf stehen. „Ach, Naomi, wir haben doch nur ein wenig Spaß gehabt."

„Ich habe euch zum Erdbeerpflücken rausgeschickt, nicht zum Spielen! Der Kuchen muss in den Ofen und in diesem Gefäß sind nicht einmal genügend Beeren für einen Kuchen."

Nancy runzelte die Stirn. „Wieso brüllst du uns immerzu an?"

„Ich brauchte nicht zu brüllen, wenn ihr tun würdet, was euch aufgetragen wird."

„Norman sagt, wir bräuchten nicht mehr auf dich zu hören", erklärte Mary Ann.

Naomi biss die Zähne aufeinander. „Ach, ja?"

Ihre kleine Schwester nickte ernst.

„Ihr solltet Norman besser ignorieren. Er versucht nur, Ärger zu machen."

Nancys Unterlippe begann zu zittern. „Warum können wir dir gar nichts recht machen? Seit Zach entführt wurde, bist du launisch und brüllst uns nur an."

Beschämt hockte sich Naomi auf den Boden und nahm beide Mädchen in den Arm. „Ich liebe euch beide sehr und es tut mir leid, dass ich meinen ganzen Frust an euch ausgelassen habe", erklärte sie unter Tränen. „Es ist nur so, dass ich schrecklich traurig bin, weil Zach weg ist, und ich möchte so gern gut auf euch Mädchen aufpassen – dafür sorgen, dass alles gut läuft und euch nicht auch noch etwas geschieht."

Mary Ann barg ihr Gesicht an Naomis Hals. „Es ist doch nicht deine Schuld, dass Zach entführt wurde."

„Das stimmt", bekräftigte Nancy, „und Papa wird ihn mit nach Hause bringen, du wirst schon sehen."

„Das hoffe ich. Das hoffe ich sehr." Naomi schniefte. „Verzeiht ihr mir, Mädels – dass ich so unleidlich gewesen bin?"

„Ja", nickten beide.

„Also gut. Bitte beeilt euch. Ich möchte die Kuchen in den Ofen schieben, bevor wir zu Abend essen."

Nancy und Mary Ann schnappten sich ihre Plastikschüsseln und begannen eifrig zu pflücken. Naomi drehte sich um und ging zum Haus zurück. Sie hoffte nur, dass Norman aus der Küche verschwunden war. Sie war nicht in der Stimmung, sich noch länger seine unfreundlichen Bemerkungen anzuhören.

Sie war erst wenige Schritte gegangen, als ein Pferd mit Buggy auf den Hof fuhr. Es war Caleb.

Er winkte und stieg aus seinem Buggy. Sofort fiel ihr das Buch auf, das er in seinen Händen hielt. „Das ist für dich", sagte er, als er näher herankam.

Sie legte den Kopf zur Seite. „Wofür? Ich habe doch keinen Geburtstag und es ist auch noch nicht Weihnachten."

„Damit möchte ich dir zeigen, dass ich an dich denke. Ich wollte gestern schon vorbeikommen, um zu sehen, wie es dir geht, aber ich hatte so viel Arbeit in der Werkstatt, dass ich nicht weg konnte." Er reichte Naomi das Buch. „Es ist ein Buch über die Sehenswürdigkeiten des Westens. Ich weiß noch, dass du einmal, als wir noch *Kinner* waren, gesagt hast, du würdest dir gern Mount Rainier und Mount Helens anschauen."

Naomi hielt mit aller Macht die Tränen zurück. „Das ist sehr nett von dir."

„Wie steht es? Hast du schon etwas von deinem *Daed* gehört?"

Sie schüttelte den Kopf und ging auf das Haus zu. „Möchtest du ein Glas Limonade oder etwas anderes?"

„Das wäre schön."

„Setz dich auf die vordere Veranda. Ich bringe das Buch hinein und bin gleich wieder mit der Limonade da."

Caleb ließ sich auf der obersten Stufe nieder, während Naomi im Haus verschwand. Als sie die Küche betrat, stellte sie erleichtert fest, dass Norman wieder an die Arbeit gegangen war. Sie legte den Reiseführer auf den Küchentisch und ging zum Kühlschrank. Kurz darauf kehrte sie mit zwei Gläsern Limonade auf die Veranda zurück. Eins reichte sie Caleb. „Hier, bitte."

„*Danki.*" Er lächelte, als sie sich neben ihm niederließ. „Du hast also keine Ahnung, wann Abraham wieder nach Hause kommt?"

„Nein. Ich hoffe wirklich, dass er Informationen über Zach herausgefunden hat. Immerhin ist er schon drei Tage fort."

„Ich könnte zu einem der englischen Nachbarn fahren und meinen Cousin in Berlin anrufen."

Naomi saugte an ihrer Unterlippe. „Das wäre natürlich eine Möglichkeit, aber Papa mag es vielleicht nicht, wenn er das Gefühl hat, wir würden hinter ihm hertelefonieren. Außerdem telefoniert er nur, wenn es unbedingt nötig ist."

Caleb zuckte die Achseln. „Er hätte bestimmt einen eurer Nachbarn angerufen und euch etwas ausrichten lassen, wenn sich etwas Wichtiges ergeben hätte."

Seufzend stellte sie ihr Glas auf die Stufe. „Ja, was vermutlich bedeutet, dass er Zach nicht gefunden hat."

„Aber wenn er deinen kleinen Bruder doch gefunden hat, dann will er euch vielleicht überraschen."

„Das wäre wundervoll – die Antwort auf meine Gebete."

Caleb nahm Naomis Hand und die Berührung seiner Haut ließ sie erschaudern. „Ich weiß, einige in unserem Bezirk denken, du hättest nachlässig gehandelt, als du Zach auf dem Tisch sitzen gelassen hast." Er blickte Naomi in die Augen und sie erkannte an seinem Blick, wie tief er sie verstand. „Aber andere – so wie ich auch – denken, dass es einfach nur ein unglücklicher Zufall war. Das hätte jedem von uns passieren können, wenn wir abgelenkt gewesen wären."

Ihre Augen füllten sich mit Tränen und sie nickte. „Genauso war es. An diesem hektischen Samstagmorgen hatte ich schrecklich viel um die Ohren, und als ich Mary Ann schreien hörte, wusste ich einfach nicht mehr, was ich tat." Sie entzog ihm ihre Hand und wischte sich die Tränen von den Wangen. „Trotzdem mache ich mir Vorwürfe, und das Schlimmste von allem ist: Papa gibt mir die Schuld."

Caleb runzelte die Stirn. „Ich wünschte, ich könnte ihn dazu bringen, dich an Singabenden und anderen Veranstaltungen teilnehmen zu lassen."

Naomi wollte gerade etwas antworten, als ein Wagen auf den Hof fuhr. Sie und Caleb erhoben sich.

„Das scheint Mr Peterson zu sein, der Mann, von dem wir uns häufig fahren lassen, wenn wir nicht Pferd und Buggy nehmen können", meinte Naomi.

Die Beifahrertür wurde geöffnet und Naomis Vater stieg mit seinem Koffer in der Hand aus. Aus dem Garten ertönte lautes Geschrei. Naomis Schwestern stürmten herbei, um ihn zu begrüßen. Naomi und Caleb folgten ihnen.

Naomis Hoffnung sank, als sie merkte, dass Papa allein war. Kein kleiner Bruder, den sie in die Arme nehmen und zu Hause willkommen heißen konnte.

„Wie war deine Reise?", fragte sie Papa, nachdem er sich von Mr Peterson verabschiedet und die Wagentür zugeschlagen hatte.

Er wirkte sehr erschöpft. „Lang. Aber es ist schön, wieder zu Hause zu sein."

„Irgendetwas Neues von Zach?" Sie musste fragen, auch wenn er offensichtlich mit leeren Händen nach Hause gekommen war.

Er schüttelte den Kopf. „Mrs Miller wusste nicht viel zu berichten."

„Wer ist Mrs Miller, Papa?", fragte Nancy.

„Sie ist die Besitzerin des Quiltgeschäfts am Stadtrand von Berlin."

„Hat sie erzählt, ob ein englisches Paar mit einem Kind, das so aussah wie Zach, in ihren Laden gekommen ist?", fragte Caleb.

Papa runzelte die Stirn. „Caleb, was machst du denn hier?"

„Ich wollte mich erkundigen, ob sich etwas Neues ergeben hat."

Naomi war froh, dass Caleb das Buch, das er ihr geschenkt hatte, mit keinem Wort erwähnte. Darauf würde ihr *Daed* vermutlich nicht besonders gut reagieren.

„Ich verstehe", erwiderte Papa. „Das ist sehr nett von dir, aber es gibt keine Neuigkeiten. Zumindest keine guten."

„Die Inhaberin des Quiltgeschäfts wusste also nichts?", fragte Caleb.

„Die Beschreibung des Kindes, das sie gesehen hat, schien auf Zach zu passen. Genau wie du gesagt hast, Caleb."

„Kannte sie die Engländer und wusste sie, wohin sie unterwegs waren?", fragte Naomi.

„Ich habe doch gerade gesagt, dass sich nichts Neues ergeben hat", fuhr Papa sie an.

Sie starrte auf ihre nackten Füße. „Tut mir leid. Ich dachte, vielleicht –"

Papa machte sich auf den Weg ins Haus. „Wo ist der Rest der Familie?"

„Die Jungen sind noch draußen auf dem Feld", erwiderte

Naomi. „Soll ich die Glocke zum Abendessen läuten, damit sie ins Haus kommen?"

Er schüttelte den Kopf. „Nein, lass sie noch eine Weile arbeiten. Warum sollten wir sie vor dem Abendessen hereinrufen? Ich habe doch keine guten Neuigkeiten mitgebracht."

Naomi war erstaunt über diese Antwort. Obwohl er sie vorhin so angefahren hatte, wirkte er doch längst nicht so missmutig wie vor seiner Reise nach Ohio. Nach dieser langen Fahrt, die auch noch umsonst gewesen zu sein schien, hätte sie gedacht, dass er nun besonders gereizt sein würde.

„Lasst uns hineingehen. Ich bin ziemlich erledigt", sagte Papa.

Die Mädchen wollten ihm folgen, aber Naomi hielt sie auf, bevor sie die Veranda erreichten. „Was ist mit den Beeren? Habt ihr beide Gefäße gefüllt?"

„Fast", erwiderte Nancy.

„Bitte pflückt erst fertig. Ich wollte doch noch den Kuchen backen."

„Ach, muss das wirklich sein?", jammerte Mary Ann. „Ich möchte mit Papa hineingehen."

„Tu, was deine Schwester sagt", fuhr er sie an. „Wir können reden, wenn ihr die Beeren gepflückt habt."

Mit hängenden Schultern schlurften die Mädchen davon. Papa stieg die Stufen zur Veranda hoch. Bevor er die Tür erreichte, blieb er stehen und drehte sich um. „Caleb, möchtest du zum Abendessen bleiben?"

Die Frage ihres Vaters erstaunte Naomi noch mehr als seine Gelassenheit. Wie um alles in der Welt kam Papa dazu, Caleb zum Abendessen einzuladen? Soweit sie wusste, wollte er den Buggybauer nicht in ihrer Nähe dulden.

Caleb trat nervös von einem Fuß auf den anderen. „Das ist sehr freundlich und ich würde wirklich gern bleiben, aber Mama erwartet mich zurück. Vielleicht ein anderes Mal."

Papa hob die Hand. „Ich möchte dir noch danken, dass du mir von diesen Engländern erzählt hast, die du in Ohio gesehen hast, und dass du es auch arrangiert hast, dass ich bei Henry übernachten konnte."

„Das ist doch gern geschehen." Caleb drehte sich zu Naomi um und blinzelte ihr zu. Sie war froh, dass Papa ihnen den Rücken zugewandt hatte. Es hätte ihm nicht gefallen, dass Caleb mit ihr flirtete, auch wenn er im Augenblick so gut gelaunt war wie schon lange nicht mehr.

„Danke für das Buch", flüsterte sie Caleb zu.

Er lächelte, winkte und ging zu seinem Buggy.

Naomi folgte ihrem Vater ins Haus. Die Situation schien besser zu werden. Zumindest hatte sie den Eindruck, dass es besser wurde, seit Papa wieder zu Hause war. Sie wusste nicht, warum er ruhiger wirkte als vor seiner Reise, aber sie wollte die neue Situation genießen, solange sie andauerte. Morgen würden alle vermutlich wieder in Verzweiflung versinken.

Kapitel 18

Naomi stieg die Stufen zu ihrem Schlafzimmer hoch. Sie war unglaublich müde und jeder Schritt fiel ihr schwer. Es war schon fast Mitternacht und wie gewöhnlich ging sie als Letzte zu Bett.

Die vergangenen beiden Wochen waren wie im Flug vergangen, denn das Obst und Gemüse aus dem Garten musste eingemacht oder eingefroren werden. Jeden Abend, nachdem sie aus dem Laden gekommen waren, und an jedem Samstag hatten sich Naomi und ihre Schwestern um den Garten gekümmert. Samuel hatte beim Pflücken helfen müssen, allerdings weigerte er sich strikt, sie in der Küche zu unterstützen. „Einmachen ist Frauenarbeit", erklärte er.

Mit einem tiefen Seufzer betrat Naomi ihr Zimmer. Die Kinder gehorchten ihr nur zögernd, auch die jüngeren, Samuel und Mary Ann. Seit Zach verschwunden war, waren sie nur schwer zu lenken.

Vielleicht bin ich es ja, der der Umgang mit ihnen schwerfällt, überlegte sie. *Vielleicht erwarte ich zu viel. Ich bin schließlich nicht ihre Mutter. Wenn ich das wäre, dann hätte ich besser auf Zach aufgepasst.*

Naomi betrachtete das leere Bettchen ihres kleinen Bruders. Es erinnerte sie ständig an den Verlust und ließ sie beinahe daran verzweifeln, dass sie offensichtlich so unfähig war. Auf Papas Wunsch hin waren der Hochstuhl und das Ställchen weggeräumt worden. Doch von dem Bettchen in ihrem Zimmer konnte sich Naomi nicht trennen. Dass es dort stand, war für Naomi eine Erinnerung, immer wieder für Zach zu beten. Und falls Gott Erbarmen mit ihnen hätte und ihnen ihren kleinen Bruder zurückbrächte, stände sein Bettchen sofort bereit.

Naomi nahm ihre Kappe ab und legte sie auf die Kommode. Sie zog die Haarnadeln aus dem dicken Knoten und ihr braunes Haar ergoss sich in weichen Wellen über ihren Rücken. Gedankenversunken nahm sie die Haarbürste und ließ sich auf ihrem Bett nieder. Das Bild ihrer Mutter trat ihr vor Augen.

„Bürste deine Haare jeden Abend einhundert Mal, dann wird es gesund und glänzend bleiben", hatte Mama oft gesagt. Selbst wenn Naomi so müde war, dass sie kaum die Kraft finden konnte, ihre Arme zu heben, hatte sie den Rat ihrer Mutter befolgt. Denn dann fühlte sie sich ihrer Mama näher und erinnerte sich daran, wie sie früher immer zugeschaut hatte, wenn sie ihr seidenweiches Haar bürstete, bis es glänzte wie ein neuer Penny.

Tränen stiegen Naomi in die Augen und das Bild ihrer Mutter verschwamm vor ihr. „Oh Mama, ich vermisse dich so."

Klack.

Naomi legte den Kopf zur Seite und lauschte. Was war das für ein seltsames Geräusch? Sie hatte beinahe den Eindruck, als hätte jemand etwas gegen die Fensterscheibe ihres Schlafzimmers geworfen.

Klack. Klack. Da, schon wieder. Es klang so, als würden kleine Steinchen gegen die Scheibe geworfen.

Sie eilte zum Fenster und hob das dunkle Rollo an. Ein Mann stand im Hof unter ihrem Zimmer. Er trat aus dem Schatten heraus und sie erkannte Caleb.

Er winkte ihr zu und Naomi blieb beinahe das Herz stehen. *Was macht er da? Weiß Caleb denn nicht, dass Papa den Lärm hören und hinausgehen könnte, um nachzuschauen, was los ist?* Natürlich hatte sich ihr Vater an diesem Abend früh zurückgezogen. Er hatte gesagt, er sei müde und sein Rücken täte ihm weh. Vermutlich war er bereits fest eingeschlafen, und da Naomi als Letzte nach oben gegangen war, war sie vermutlich die Einzige im Haus, die noch wach war.

Auf Zehenspitzen verließ sie ihr Zimmer und schlich die Treppe hinunter. Sie lauschte auf mögliche Geräusche aus den anderen Zimmern, aber es herrschte vollkommene Stille. Nur die Stufen knarrten leise, als sie langsam hinunterstieg.

Mit klopfendem Herzen schlüpfte Naomi durch die Hintertür hinaus in die Nacht. Caleb stand neben einem Busch und starrte noch immer nach oben.

„Was machst du denn hier?"

Er drehte sich herum. „Du hast mich jetzt vielleicht erschreckt."

„Hast du Steinchen gegen mein Fenster geworfen?"

Er nickte. „Ich wollte mit dir reden und als ich noch Licht in deinem Zimmer sah, dachte ich, auf diese Weise könnte ich dich am besten auf mich aufmerksam machen."

Sie unterdrückte ein Gähnen. „Ja, und es hätte auch Papa aufwecken können. Caleb Hoffmeir, was hast du dir nur dabei gedacht?"

Er nahm ihre Hand und führte sie über den Hof. „Ich habe an dich gedacht – und daran, wie sehr ich mir gewünscht hatte, ich hätte vor zwei Wochen die Einladung deines *Daeds* zum Abendessen annehmen können." Sie hatten jetzt den Ahorn erreicht. Caleb deutete mit dem Kopf auf die Schaukel, die an den Ästen befestigt war. „Setz dich, ich stoße dich ein wenig an."

Nervös blickte sie sich um. Irgendwie rechnete sie damit, Papa oder einen ihrer Brüder aus dem Haus kommen zu sehen, aber alles war ruhig.

Naomi setzte sich auf die Schaukel und hielt sich an dem Seil fest. Das war verrückt. Mitten in der Nacht saß sie hier im Garten und ließ sich von Caleb auf der Schaukel anstoßen, als wären sie miteinander befreundet.

„Ich habe so lange auf diese Gelegenheit gewartet, mit dir allein zu sein", murmelte ihr Caleb ins Ohr.

Naomi atmete tief durch und unterdrückte ein Schaudern.

„Du zitterst", flüsterte Caleb. „Ist dir kalt? Soll ich eine Decke aus meinem Buggy holen?"

Sie schüttelte den Kopf. „Alles in Ordnung. Ich bin nur ein wenig nervös, das ist alles."

„Hast du Angst, dass dein *Daed* uns erwischt?"

„Ja."

„In letzter Zeit ist er viel freundlicher zu mir; vielleicht hätte er ja gar nichts dagegen, wenn er uns beide zusammen erwischte."

„Irgendetwas muss in Ohio geschehen sein. Seit seiner Rückkehr ist er irgendwie sanfter", berichtete Naomi. „Ich bin sicher, er hat mir noch nicht verziehen, dass ich Zach einfach draußen habe sitzen lassen, aber zumindest ist er nicht mehr so unfreundlich zu mir."

„Hast du mit ihm über die Sache gesprochen? Hast du versucht, ihm zu erklären, was du empfindest?"

„Nein. Ich bezweifle, dass das etwas bringen würde. Papa hat nie offen über seine Gefühle gesprochen, und diese Sache mit Zach hat eine Barriere zwischen uns aufgerichtet, die vermutlich nie mehr niedergerissen werden kann." Sie stieß einen tiefen Seufzer aus. „Um ehrlich zu sein, die ganze Familie leidet. Keines der *Kinner* verhält sich mehr wie vorher."

„Es tut mir leid, das zu hören, Naomi. Ich wünschte, ich könnte dein Leben irgendwie schöner machen."

„Ich fürchte, es wird nie mehr gut. Was wir brauchen, ist ein Wunder – dass Zach nach Hause kommt."

Caleb stieß die Schaukel an und das melodische Singen der Grillen erfüllte die Nachtluft. Für einen kurzen Augenblick empfand Naomi einen tiefen Frieden, der die Luft, die sie einatmete, zu durchdringen schien.

„Naomi, wollen wir uns nicht häufiger treffen – wenn es dunkel ist und alle schlafen?", fragte Caleb.

Sie befeuchtete mit der Zungenspitze ihre Lippen. Wie gern würde sie Ja sagen, aber was für einen Zweck hätte es, Caleb an der Nase herumzuführen? Wenn sie im Geheimen eine Freundschaft mit ihm einging, dann würde er bald von einer Heirat sprechen, und sie wusste, das war unmöglich. Papa würde nie seine Zustimmung geben. Sie trug der Familie gegenüber eine Verantwortung, sie hatte Mama ein Versprechen gegeben, das sie halten musste. Naomi hatte bereits versagt, weil sie sich von der Hektik hatte mitreißen lassen und ihren gesunden Menschenverstand ausgeschaltet hatte. Auf keinen Fall durfte sie sich jetzt von Gedanken an Liebe und Romantik ablenken lassen.

„Naomi?"

Sie drehte abrupt den Kopf zur Seite. „Ja?"

„Gibst du mir eine Antwort auf meine Frage, ob ich wiederkommen darf?"

Naomi öffnete den Mund, um ihm eine Antwort zu geben, aber ihre Worte gingen unter.

„*Net* – niemals!"

Naomi fuhr zusammen. Da stand Papa mit vor der Brust verschränkten Armen, das Gesicht vor Zorn verzerrt. Er blickte sie genauso an wie an dem Tag, an dem Zach entführt wurde.

Papa wandte sich Caleb zu. „Ich reiche dir die Hand und du nimmst gleich den ganzen Arm! Was soll dieses Schmusen und Küssen hinter meinem Rücken?"

„Papa, das haben wir doch gar nicht. Caleb ist nur vorbeigekommen, um sich mit mir zu unterhalten."

„Pah! Ich weiß, welche Gedanken einen jungen Mann bewegen. Er ist bestimmt nicht mitten in der Nacht hergekommen, um sich zu unterhalten!"

„Das stimmt nicht, Abraham. Ich wollte nur mit Naomi über eine Beziehung zwischen uns sprechen."

Papa klatschte fest in die Hände und Naomi sprang von der Schaukel. „Ich dachte, ich hätte schon vor einer Weile meine Meinung zu diesem Thema gesagt. Naomi wird weder mit dir noch mit irgendeinem anderen eine Beziehung beginnen. Sie wird hier gebraucht. So einfach ist das." Er sah Naomi wütend an und deutete zum Haus. „Geh auf dein Zimmer. Wir werden morgen darüber reden."

Er wandte sich wieder zu Caleb um. „Und du steigst besser wieder in deinen Buggy und fährst nach Hause!"

Naomi fühlte ein Brennen in ihrer Kehle, aber sie tat, was ihr Vater befohlen hatte. Würde es in dieser Familie denn keinen Frieden mehr geben? Würde sie ihre Schuldgefühle nie mehr los werden oder die Freuden genießen können, die andere in ihrem Alter erlebten, wenn sie von einem jungen Mann umworben wurden?

※

„Hast du den Kindersitz? Ich möchte ihn nicht im Wagen lassen. Er könnte gestohlen werden", rief Linda, als Jim gerade die Garagentür schließen wollte.

Er biss die Zähne zusammen. Während des Besuchs bei seinen Eltern in Ohio hatte Linda ständig um Jimmy herumgegluckt. Sie hatte ihren Eltern beinahe verwehrt, das Kind auf den Arm zu nehmen. Auf der Heimfahrt hatte sie darauf bestanden, neben ihm auf dem Rücksitz zu sitzen. Und jetzt diese Sache mit dem Kindersitz. *Was denn noch alles?*

„Linda, es ist eher unwahrscheinlich, dass jemand in unsere Garage einbricht, den verschlossenen Wagen aufbricht und einen Kindersitz stiehlt."

Sie blieb an der Tür zum Haus stehen und runzelte die Stirn. Es war dieser Blick, der ihm sagte: „Ich will meinen Willen durchsetzen, und ich werde in Tränen ausbrechen, wenn ich ihn nicht bekomme." Diesen Blick beherrschte sie zur Perfektion.

Sie waren den ganzen Tag unterwegs gewesen; jetzt war es schon fast neun Uhr und Jim war zu müde, um zu widersprechen. „Ja gut. Wie du meinst."

Er öffnete die hintere Tür des Vans und montierte den Kindersitz ab, nahm ihn heraus und stellte ihn auf den Betonboden, dann ging er zum Kofferraum, um das Gepäck zu holen. Dabei entdeckte er einen Zipfel der Babydecke, die aus seiner Werkzeugkiste heraushing. Sein Blick wanderte in Richtung Haustür. Linda war bereits mit Jimmy hineingegangen.

„Ich hätte dieses Ding wegwerfen sollen." Er öffnete die Werkzeugkiste, nahm den Quilt heraus und ging damit in den an die Garage angrenzenden Raum, wo er einige seiner Farbendosen und andere Gerätschaften aufbewahrte.

„Ich weiß auch nicht, warum ich diesen dummen Quilt nicht schon in Pennsylvania in den Müll gesteckt habe." Doch auch jetzt hatte Jim irgendwie Hemmungen, die kleine Decke wegzuwerfen. Ein seltsames Gefühl beschlich ihn, wenn er den Quilt anschaute. Wenn er ihn fortwarf, würde damit der letzte Beweis vernichtet, der ihn mit der Entführung des amischen Jungen in Verbindung bringen könnte. Und trotzdem konnte er sich nicht überwinden, die bunte Decke in den Abfall zu stecken.

Vielleicht später, dachte er. *Wenn Jimmy älter ist und ich eher das Gefühl habe, dass er wirklich zu Linda und mir gehört.*

Jim holte die Tasche hervor, in der er seine Lappen aufbewahrte, und vergrub den Quilt ganz unten. Linda kam nie in sein Lager, es bestand also keine Gefahr, dass sie den Quilt entdeckte.

Kurz darauf hatte er das Gepäck ausgeladen und auch den Kindersitz ins Haus gebracht. „Wo soll dieses Ding stehen?", fragte er Linda, die mit dem Baby im Wohnzimmer saß.

„Wie wäre es mit dem Schrank im Flur?"

„Sicher, ist in Ordnung."

Als Jim wieder zurückkam, saß Linda vor der Couch auf dem Boden und Jimmy stand am Couchtisch. Mit beiden Händen hielt er sich an der Kante fest. Das Kind drehte sich zu Linda um, ließ die Tischkante los und machte zwei Schritte auf sie zu.

„Er kann laufen!", rief Linda. „Jim, unser kleiner Junge hat seine ersten Schritte gemacht!"

Jim lächelte über die Begeisterung seiner Frau. Sie würde eine gute Mutter werden und es war richtig gewesen, ihr das Kind zu bringen.

Ich wünschte nur, ich könnte die Familie des Kindes irgendwie benachrichtigen, ihnen mitteilen, dass ihm nichts geschehen ist und es sich in guten Händen befindet. Wenn mein Kind verschwinden würde, würde ich mir schreckliche Sorgen machen und mich fragen, ob es noch am Leben wäre. Diese Sache ließ Jim keine Ruhe. Wie hatte die Familie das Verschwinden des Kindes verkraftet? Jim hatte impulsiv gehandelt, als er sich Jimmy vom Gartentisch geschnappt hatte. In diesem Moment hatte er keine Gewissensbisse empfunden. Nachdem die Adoption fehlgeschlagen war, erschien ihm die Entführung dieses Kindes als die Lösung seiner Probleme. Er redete sich auch ein, er hätte der amischen Familie einen Gefallen getan. Sie hätten acht Kinder, hatte die junge Frau erzählt. *Das sind viel zu viele Kinder – besonders für einen Mann, dessen Frau gestorben ist.*

„Er macht es noch mal!" Lindas Begeisterung holte Jim aus seinen Gedanken.

Er lächelte, als der Junge zwei weitere Schritte machte, auf den Boden plumpste und zu lachen begann.

Jim beugte sich vor und half Jimmy auf. „So geht es, kleiner Mann. Mal sehen, ob du noch ein paar Schritte mehr schaffst, bevor wir für heute Schluss machen." Er hielt den Jungen an den Händen und ging mit ihm ein paar Schritte. „Geh zu deiner Mami. Komm schon, ich weiß, dass du es kannst."

Er ließ ihn los und das Kind tapste in Lindas ausgestreckte Arme. Sie drückte den Jungen fest an sich. „Gut gemacht, Jimmy! Das ist mein großer Junge. Er hat sich wirklich schnell an uns gewöhnt, findest du nicht?", fragte sie und drehte sich zu Jim um. „Es ist, als wäre er schon immer bei uns gewesen."

Er nickte und setzte sich auf die Couch.

„Wann, sagtest du, würden die Papiere eintreffen?"

„Welche Papiere?"

„Seine Geburtsurkunde und die Adoptionspapiere."

„Wir haben doch schon darüber gesprochen, dass sie ins

Geschäft geschickt werden, wo ich sie in unseren Safe legen werde."

„Ich vertraue darauf, dass du dich um alles kümmerst, wie du es immer getan hast", sagte sie freundlich.

„Ich tue mein Bestes." Jim fuhr sich über den Nasenrücken. Üble Kopfschmerzen kündigten sich an. *Danke für die Erinnerung, Linda. Ich werde uns wohl gefälschte Papiere beschaffen müssen – und zwar bald.*

„Ich denke, ich werde unseren kleinen Spatz jetzt in sein neues Zimmer bringen. Es war ein langer und anstrengender Tag im Auto und er ist bestimmt sehr müde." Linda gähnte. „Und ich auch."

„Ich trage die Koffer ins Schlafzimmer, dann rufe ich noch schnell meinen Kollegen an, um zu hören, was morgen ansteht."

„Oh Jim, ich hoffe, du hast nicht vor, sofort wieder zur Arbeit zu gehen."

„Ich muss, Linda. Mein Geschäft läuft nicht von allein."

„Aber ich dachte, du würdest noch ein paar Tage ausspannen und die Zeit mit mir und Jimmy genießen."

„Wir werden am Wochenende etwas Schönes unternehmen. Ich kann mir den Luxus, noch mehr Tage freizunehmen, nicht leisten."

Sie seufzte. „Du arbeitest immer nur. Manchmal denke ich, dein Geschäft ist dir wichtiger als ich."

Sein Gesicht wurde rot vor Entrüstung. „Was soll das denn heißen? Wir haben doch gerade drei Wochen Urlaub gemacht, oder etwa nicht?"

„Ja, aber –"

„Und ich habe dafür gesorgt, dass du den Quilt bekommst, den du dir immer gewünscht hast. Zählt das denn gar nichts?"

„Natürlich zählt das was, aber *Gegenstände* können doch nicht die Zeit aufwiegen, die du mit Menschen verbringst, die du liebst." Linda gab Jimmy einen Kuss auf den Kopf. „Es ist unglaublich, wie sehr ich diesen kleinen Kerl bereits liebe."

Jim erhob sich und trat an ihre Seite. „Ich liebe dich mehr als du dir vorstellen kannst, Linda." Er gab ihr einen Kuss auf die Wange. *So sehr, dass ich ein amisches Baby entführt habe, damit du Mutter sein kannst.*

„Ich weiß und ich liebe dich auch. Ich schätze, ich bin einfach nur müde und noch nicht richtig bereit, unseren Urlaub schon zu Ende gehen zu lassen."

„Das verstehe ich." Er ergriff die kleine Hand des Kindes. „Sehen wir zu, dass wir Jimmy ins Bett bringen, dann können wir noch ein heißes Bad nehmen und uns auch schlafen legen."

Linda riss die Augen auf. „Soll ich ihn etwa in seiner ersten Nacht bei uns zu Hause allein lassen?"

„Nun, ich dachte –"

„Jim, er hat vielleicht Angst, in seinem neuen Bettchen zu schlafen. Und wenn er nun in der Nacht aufwacht und mich braucht?"

Jim massierte sich die Schläfen. „Du hast doch nicht etwa vor, im Kinderzimmer zu schlafen?"

Sie nickte. „Ich dachte, ich könnte doch auf einer Luftmatratze schlafen. Natürlich nur heute Nacht."

„Ja, ist gut. Wie du möchtest." Er schnappte sich die Koffer und trug sie in ihr Schlafzimmer.

Kapitel 19

Es war erst Mitte August, aber Naomi war bereits am Ende ihrer Kraft. Die Tage waren länger, die Arbeit war härter geworden, die Kinder wurden immer schwieriger und Papa schien launischer als je zuvor zu sein. Auch Naomi war sehr reizbar. Egal, wie oft sie auch sagte: „Ich liebe euch" oder: „Es tut mir leid, dass ich euch angefahren habe" – ihre Geschwister folgten nur widerstrebend ihren Anweisungen.

Seit der Nacht, als ihr *Daed* Naomi und Caleb unter dem Ahorn erwischt hatte, hatte Naomi, außer in den Sonntagsgottesdiensten, nicht mehr mit Caleb gesprochen, ihn auch nicht mehr getroffen. Am folgenden Morgen hatte Papa noch einmal ausdrücklich klargestellt, dass sie weder mit Caleb noch mit irgendeinem anderen jungen Mann eine Beziehung aufbauen könnte.

Naomi lehnte sich gegen die Holzplatte und stöhnte. Gerade hatte eine Mutter mit ihrem kleinen Sohn den Laden verlassen. Wann immer Naomi ein Kind in Zachs Alter sah, musste sie an ihren Bruder denken. Zwei Monate waren bereits seit der Entführung vergangen und in der ganzen Zeit hatte die Polizei keine Spur von ihm gefunden. Da die Ermittlungen im Sand verlaufen waren, hatten die Beamten die Suche nach Zach bestimmt eingestellt, da war sich Naomi sicher.

Sie legte ihre Hände um das Notizbuch, das vor ihr lag. *Nach dieser langen Zeit können wir wohl die Hoffnung, dass Zach je wieder nach Hause kommt, aufgeben. Wenn dieser Engländer unseren Boppli wieder nach Hause bringen wollte, dann hätte er das mittlerweile getan. Wir können jetzt nur noch hoffen und beten, dass es Zach gut geht.*

Die Türglocke schlug an und Ginny Meyers kam herein. Naomis Blick wanderte zum hinteren Teil des Ladens, wo Papa mit den Mädchen die Regale auffüllte. Auf keinen Fall durfte er mitbekommen, dass sie sich mit Ginny unterhielt. Er hatte schon mehrmals deutlich gemacht, dass er die junge Engländerin nicht besonders mochte und es ihm nicht gefiel, wenn Naomi mit ihr redete.

„Hey, wie geht es dir?", fragte Ginny. Sie beugte sich über

die Theke. „Ich bin in letzter Zeit selten vom Restaurant weggekommen. Ich habe unsere kleinen Plaudereien vermisst."

Naomi seufzte. „Hier hat sich nichts geändert."

„Nichts Neues von Zach?"

„Nichts."

„Das tut mir leid." Ginny beugte sich vor. „Wollen wir uns heute in der Mittagspause treffen? Woanders können wir uns besser unterhalten."

Naomi drehte sich um. Sie konnte nur Mary Ann und Nancy sehen. Papa war anscheinend in den Lagerraum gegangen, um weitere Kisten zu holen. „Ich .. ich weiß nicht, wie ich hier wegkommen soll."

„Sag deinem Dad doch, dass du einen Spaziergang machen willst oder so etwas. Du würdest dein Mittagessen mitnehmen und unterwegs essen." Ginny lächelte und ihre blauen Augen blitzten schelmisch. „Wir treffen uns um zwölf im Park."

Naomis Hände begannen zu schwitzen. So etwas Wagemutiges hatte sie sich nicht mehr erlaubt, seit sie an jenem Abend aus dem Haus geschlichen war, um sich mit Caleb zu treffen. Und wenn sie nun jemand mit Ginny sah und ihrem Vater davon erzählte? Und was war mit den Mädchen? Ob Papa damit einverstanden war, dass sie mit ihm im Laden blieben, während sie für eine Weile rausging?

„Ich kann nichts versprechen, aber ich werde versuchen, hier wegzukommen", flüsterte sie. „Wenn ich um viertel nach zwölf nicht da bin, weißt du, dass ich nicht mehr komme."

Ginny blinzelte ihr zu. „In Ordnung. Bis gleich." An diesem Morgen trug sie ihre langen blonden Haare offen. Sie wippten auf ihrem Rücken, als sie zur Ladentür ging. Naomi fragte sich, wie sie sich wohl fühlen würde, wenn sie ihre Haare in der Öffentlichkeit offen tragen würde. In letzter Zeit hatte sie viel über die Welt der Engländer nachgedacht. Je schlimmer die Situation zu Hause wurde, desto verlockender erschien ihr die moderne Welt. Wenn sie Engländerin wäre und nicht eine Amische, dann hätte sie viel mehr Freiheiten – und vermutlich müsste sie dann auch nicht so viele Brüder und Schwestern versorgen.

Die Ladentür fiel hinter Ginny ins Schloss und Naomi machte mit ihrer Arbeit weiter. Die Liste für die Nachbestellungen musste noch angefertigt werden. Papa würde sie haben wollen, wenn er hinten im Laden fertig war.

Eine halbe Stunde später lag die Liste vor Naomi, gerade rechtzeitig.

„Hast du diese Liste schon fertig?", fragte Papa. Er trat hinter die Theke und blickte ihr über die Schulter.

Sie reichte ihm das Klemmbrett, ohne ihn anzuschauen. „Sag, Papa, hättest du etwas dagegen, wenn ich einen kleinen Spaziergang mache und mein Mittagessen mit nach draußen nehme? Ich könnte wirklich etwas frische Luft vertragen."

„Phhh! Das Thermometer im Fenster zeigt fast dreißig Grad. Die Luftfeuchtigkeit beträgt fast neunzig Prozent. Da ist doch nichts von frischer Luft zu merken."

Sie nickte. „Ich weiß, aber im Laden scheint es fast noch heißer zu sein."

„Ja, gut, ich habe nichts dagegen, wenn du dein Mittagessen draußen isst, aber du musst die Mädchen mitnehmen."

Naomi drehte sich herum. „Warum können sie nicht hier bei dir bleiben? Brauchst du nicht ihre Hilfe, wenn zu viele Kunden auf einmal kommen?"

Papa zupfte sich am Bart und starrte über ihren Kopf hinweg. Noch immer vermied er es, sie anzuschauen. „Da hast du vermutlich Recht."

„Dann kann ich also gehen?"

Er nickte kurz. „Aber bleib nicht zu lange fort. Später muss ich noch einige Besorgungen machen und ich kann Nancy und Mary Ann nicht allein im Laden lassen, wenn ich weggehe."

„Ich komme nicht zu spät, ich verspreche es."

※

Jim betrat das Haus durch die Garagentür. Er und seine Leute hatten mit der Arbeit in einem Appartmentkomplex begonnen und Jim war nochmal schnell nach Hause gefahren, um einige Flaschen Eistee zu holen. Hier im Nordwesten war es für Mitte August ungewöhnlich heiß. Auf keinen Fall sollte einer seiner Männer aufgrund der Hitze zusammenbrechen.

„Linda, ich bin für ein paar Minuten nach Hause gekommen!", rief er.

Als keine Antwort kam, ging er den Flur entlang und dann in ihr Schlafzimmer. Linda lag auf dem Bett und schlief; Jimmy lag neben ihr. Am Fußende des Bettes entdeckte er ein paar Sachen, die sie im Juni von ihrer Reise an die Ostküste mitgebracht hatten.

Auf Zehenspitzen schlich er ins Bad. Warum sollte er Linda oder das Kind aufwecken? Außerdem brauchte er noch Aspirin aus dem Medikamentenschrank. Er hatte schon wieder Kopfschmerzen. Vermutlich von der Hitze. Nach der Wettervorhersage sollten es bereits fünfundzwanzig Grad sein. Dabei war es erst acht Uhr morgens. An diesem Tag würden es bestimmt über dreißig Grad werden.

Als er aus dem Bad kam, schliefen Linda und Jimmy immer noch. Jim nahm die Zeitungen mit in die Küche. Er wunderte sich darüber, dass Linda die Sachen nicht bereits weggeworfen hatte.

Jim holte zwei Flaschen Eistee aus dem Kühlschrank und beschloss, sich die Zeit zu nehmen, schnell ein Glas zu trinken. Seine Männer waren bereits an der Arbeit – er konnte getrost ein paar Minuten später zur Baustelle zurückkehren.

Er ließ sich auf einen Küchenstuhl fallen und blätterte die Zeitschriften und Zeitungen durch. Im unteren Teil des Stapels fand er eine Ausgabe der Zeitung *The Budget*. Diese Zeitung für die Amischen und Mennoniten erschien in Sugarcreek in Ohio. Jim fand darin zahlreiche Artikel, die von Amerikanern aus dem ganzen Land verfasst worden waren. Es gab auch eine Seite mit Kleinanzeigen. *Hmm ... auf diese Weise könnte ich Jimmys Familie mitteilen, dass es ihm gut geht.*

Jim notierte sich die Adresse und alle Angaben, die er brauchte, um eine Anzeige aufzugeben und steckte den Zettel in seine Hemdtasche. Sobald er Zeit fand, würde er eine Anzeige aufsetzen und an die Zeitung senden. *Die schicke ich aber besser nicht von hier ab. Ich will nicht das Risiko eingehen, dass jemand mich ausfindig macht.*

Jim beschloss, am folgenden Tag den Text für die Anzeige zu entwerfen. Am darauf folgenden Wochenende wollten sie Lindas Eltern in Boise besuchen. Dann würde er sie mitnehmen und von dort abschicken. Das Geld für die Anzeige würde er in den Umschlag stecken. *Auf jeden Fall bin ich nicht so dumm, einen Scheck zu schicken.*

„Was machst du denn hier, Jim? Ich dachte, du bist auf der Arbeit."

Jim fuhr zusammen und ließ *The Budget* zu Boden fallen. „Jetzt hast du mich aber erschreckt, Linda."

„Tut mir leid. Ich dachte, du hättest uns hereinkommen gehört."

Sie trug den Jungen auf dem Arm. Jimmy strahlte ihn an und plapperte: „Da-da-da."

„Ja, genau, das bin ich. Ich bin dein Daddy, kleiner Kerl." Jim streckte die Arme aus und Jimmy ließ sich bereitwillig von ihm nehmen.

„Was machst du denn hier mit unseren Urlaubsprospekten?", fragte Linda.

„Ich ... äh ... habe die Zeitschriften am Fuß unseres Bettes gefunden und dachte, ich schaue sie mir mal an." Er setzte sich zusammen mit Jimmy an den Tisch. „Ich habe mich gewundert, dass du das ganze Zeug aufgehoben hast. Ich dachte, mittlerweile hättest du alles weggeworfen, was wir von unserer Reise mitgebracht haben."

Sie runzelte die Stirn und setzte sich ihm gegenüber an den Tisch. „Das ist kein Zeug, Jim. In diesen Zeitschriften findet man sehr viele interessante Informationen über die Amischen." Sie beugte sich vor und zog *The Budget* aus dem Stapel. „Sieh nur, dies ist sogar eine amische Zeitung."

„Ja, das habe ich gesehen."

„Ich habe heute einige Artikel über die Amischen und die Mennoniten gelesen", fuhr sie fort. „Ihr Lebensstil ist ja wirklich ganz anders als unserer."

Er nickte und gab Jimmy einen Kuss auf den Kopf.

„Irgendwann würde ich gern noch einmal Pennsylvania County besuchen. Und etwas mehr über die Amischen und ihre ungewöhnliche Kultur erfahren. Wann können wir noch einmal nach Pennsylvania fahren, was meinst du?"

Jim verschluckte sich beinahe. Auf keinen Fall würde er mit seiner Frau und Jimmy noch einmal nach Lancaster County fahren und das Risiko eingehen, wegen Kindesentführung belangt zu werden. „Ich ... äh ... denke, Mom und Dad haben vor, im kommenden Sommer herzukommen, dann macht es nicht viel Sinn, dass wir hinfahren. Wir werden wohl in den nächsten Jahren keine Reise an die Ostküste unternehmen."

Linda schob ihre Unterlippe vor, aber dieses Mal würde es nicht funktionieren. Mit Jammern, Schmollen oder Schimpfen würde sie dieses Mal nicht ihren Willen durchsetzen. Auf keinen Fall würde Jim mit ihr und dem Kind nach Pennsylvania oder nach Ohio fahren.

※

„Naomi, ich freue mich, dass du es geschafft hast."

Naomi blickte Ginny an, die sich auf einer Parkbank niedergelassen hatte. „Erstaunlicherweise hat Papa keine Einwände erhoben, als ich den Wunsch äußerte, den Laden zu verlassen und rauszugehen."

„Das ist ein denkwürdiger Tag."

„Vielleicht kann er meinen Anblick nicht mehr ertragen." Naomi starrte auf ihre gefalteten Hände. „Seit Zachs Entführung kann er mir nicht mehr richtig in die Augen sehen."

Ginny schnalzte mit der Zunge. „Das ist eine Schande. Weiß dein Dad denn nicht, dass du Zach nicht mit Absicht dort auf dem Tisch sitzen gelassen hast? Du wolltest doch nicht, dass er entführt wird."

Naomi schluckte den bitteren Kloß hinunter, der in ihrer Kehle festsaß. „Ich habe das noch nie ausgesprochen, aber die Wahrheit ist: Ich habe mir oft gewünscht, ich brauchte meine Familie nicht zu versorgen. Ich habe mir sogar manchmal vorgestellt, wie es wäre, ein Einzelkind zu sein."

Ginny stieß Naomi mit dem Ellbogen in die Rippen. „Jetzt sei doch mal ehrlich, Mädchen! Jeder, der mit Brüdern und Schwestern gesegnet ist, wünscht sich das ab und zu. Ich kann dir gar nicht sagen, wie oft ich mich gefragt habe, ob mein Leben nicht besser wäre, wenn mein Bruder Tim nie geboren worden wäre."

Tränen stiegen Naomi in die Augen und sie schniefte bei dem Versuch, sie zurückzudrängen. In letzter Zeit schien sie immerzu weinen zu müssen. Und außerdem versank sie immer wieder im Selbstmitleid.

„Ich bin hier, um dir zu versichern, dass du keine Schuld an der Entführung deines Bruders trägst, auch wenn du dir manchmal gewünscht hast, du müsstest nicht für deine Geschwister sorgen."

„Aber ich habe ihn bei einem Fremden allein im Hof zurückgelassen." Sie unterdrückte ein Schluchzen. „Ich glaube, ich werde mir das nie verzeihen können, wenn Zach nicht mehr nach Hause kommt."

„Wenn deine Familie mehr hinter dir stehen würde, dann kämst du vermutlich sehr viel besser damit klar." Ginny drückte Naomis Hand. „Willst du wissen, was ich denke?" Naomi zuckte mit den Schultern. Ginny würde vermutlich sowieso ihre Meinung zum Besten geben, egal, wie ihre Antwort ausfiel.

„Ich denke, du musst fort von hier."

„Von wo? Aus dem Park?"

Ginny schnaubte los. „Nein, natürlich nicht. Von Lancaster County und deiner vorwurfsvollen Familie."

Naomi blickte sie verblüfft an. „Was meinst du damit?"

„Ich meine damit, dass wir beide uns auf den Weg machen sollten. Wir sollten in meinen Sportwagen springen und zu unbekannten Ufern aufbrechen." Ginny runzelte die Stirn. „Ich habe es auch satt, ständig bei meiner Familie im Restaurant das Dienstmädchen zu spielen. Wenn ich mich nicht bald auf eigne Füße stelle, werde ich mein Leben lang an diesem Ort festhängen."

Naomi begann zu zittern. Allein der Gedanke, ihr Zuhause zu verlassen, ließ ihr einen Schauder über den Rücken laufen. Sie war noch nie über East Earl im Norden und Strasburg im Süden hinausgekommen. Eigentlich blieben die Fishers lieber zu Hause. Sie mieteten sich keine Fahrer, die sie in den Urlaub fuhren, wie viele andere Angehörige ihrer Gemeinschaft es taten.

„Versprich mir, dass du darüber nachdenkst. Deine Familie weiß gar nicht zu schätzen, was du für sie tust, und ich würde dir raten, wegzugehen. Und zwar möglichst weit weg."

„Was ist mit dem Versprechen, das ich Mama vor ihrem Tod gegeben habe? Ich habe ihr versprochen, für die Familie zu sorgen, und wenn ich wegginge, dann würde ich dieses Versprechen brechen."

„Jetzt sei doch mal ehrlich, Naomi. Keiner in deiner Familie hört mehr auf dich. Das hast du mir schon so oft erzählt.

Du würdest dein Versprechen nicht brechen; du würdest deine Familie befreien."

Naomi fuhr sich mit der Hand über ihre feuchten Wangen. „Denkst du, sie würden das auch so sehen?"

Ginny nickte.

Naomi füllte ihre Lungen mit der feuchten Luft, die ihr auch in den Kleidern hängen blieb. Handelte sie gegen den Willen ihrer Mutter, wenn sie fortging? Würde sie das übers Herz bringen? Sie umklammerte ihre Brotbox und drückte gegen den Griff. „Ich werde darüber nachdenken. Das verspreche ich."

Kapitel 20

Schweißgebadet wachte Naomi auf. Wieder hatte sie von Zach geträumt. Seit seinem Verschwinden war das schon häufiger vorgekommen, aber dieser Traum war besonders schlimm gewesen: Zach saß mit ausgestreckten Armen auf dem Gartentisch und Tränen liefen ihm über die rosigen Wangen. Sie stand in der Tür und wollte zu ihm eilen, konnte aber ihre Beine nicht bewegen. Sie wollte Zachs Namen rufen, brachte ihn aber nicht über die Lippen. Ein dicker Nebel senkte sich auf das Kind nieder und als er sich wieder auflöste, war der Junge fort.

Naomi schloss die Augen und atmete tief durch. Sie war froh, dass es nur ein Traum gewesen war. Die Vision von Zach, der die Arme nach ihr ausstreckte, machte sie traurig. „Sei bei ihm, Herr", betete sie. „Sei bei meinem kleinen Bruder, wo immer er auch ist."

Naomi setzte sich auf und schwang die Beine über die Bettkante. Vielleicht sollte sie das Kinderbettchen aus ihrem Zimmer entfernen. Es war eine schmerzliche Erinnerung daran, dass ihr kleiner Bruder fort war. Vielleicht wurde sie deshalb so häufig von Albträumen geplagt. Zuerst hatte sie das Bettchen stehen gelassen, weil sie gehofft hatte, ihr kleiner Bruder würde zurückkommen. Dann hatte sie sich eingeredet, es solle sie daran erinnern, für ihn zu beten.

„Das Kinderbett braucht mich nicht daran zu erinnern, für ihn zu beten. Ich denke auch so daran", murmelte sie.

Salzige Tränen liefen Naomi über die Wangen, als sie das Bett ihres kleinen Bruders abbaute. „Ich bin eine Versagerin", stöhnte sie. „Vielleicht hat Ginny Recht. Meine Familie wäre ohne mich besser dran."

Sie trug das Bettchen über den Flur und stellte es in den Vorratsschrank hinter ein paar Kisten. *Ginny hat nicht ausdrücklich gesagt, sie wären ohne mich besser dran. Sie sagte nur, ich würde sie befreien. Aber das ist in meinen Augen dasselbe.*

Auf Zehenspitzen schlich Naomi in ihr Zimmer zurück. Es war erst fünf Uhr morgens und sie wollte die jüngeren Geschwister noch nicht aufwecken. *Ich muss unbedingt mit*

Papa sprechen, bevor ich eine Entscheidung treffe, die mein ganzes Leben verändern würde. Ich muss herausfinden, was er tatsächlich für mich empfindet. Wenn auch nur der Hauch einer Chance besteht, dass wir die Sache bereinigen können, dann werde ich mir weiter Mühe geben.

Naomi zog ihr dunkelgrünes Kleid über den Kopf, frisierte in aller Eile ihre Haare und setzte die weiße Kappe auf. Barfuß lief sie durch das Zimmer und öffnete die Zimmertür. Papa war bestimmt schon im Stall. Wenn ihre Brüder nicht dabei waren, würde sie zu ihm gehen und mit ihm reden, bevor sie mit den Frühstücksvorbereitungen begann.

Als sie im Stall ankam, war es noch dunkel und ruhig. Nur das Schnauben der Pferde durchbrach gelegentlich die friedliche Stille. Sie ging zum Ziegenstall, da sie wusste, dass Papa seine Arbeit immer mit dem Melken der Ziegen begann.

Schon bald hörte sie seine gedämpfte Stimme und das gleichmäßige *Ping, Ping, Ping* der Milch, die in den Eimer spritzte, bestätigte ihr, dass Papa tatsächlich da war. Als sie seine ersten Worte vernahm, blieb sie in der Tür stehen.

„Oh Herr, mein Gott, du weißt, wie sehr ich es versucht habe", jammerte er. „Ich möchte dem Mann vergeben, der uns Zach weggenommen hat. Ich möchte Naomi vergeben, die Schuld trägt an Zachs Verschwinden, aber es fällt mir so schwer." Er schniefte und Naomi merkte an der zitternden Stimme ihres Vaters, dass er den Tränen nahe war.

„Ich dachte, wenn ich nicht nachlasse im Beten und auf dich vertraue, würdest du Zach zu uns zurückbringen, aber das ist nicht geschehen. Wo ist deine Güte, Herr?" Er hielt inne und seufzte tief. „Seit Sarahs Tod und seit sie für die *Kinner* sorgen muss, ist Naomi nicht mehr glücklich. Um ehrlich zu sein, glaube ich, dass uns meine älteste Tochter los sein möchte ... um den Buggybauer zu heiraten und ihre Pflichten hier aufgeben zu können. Manchmal frage ich mich sogar, ob sie Zach nicht mit Absicht draußen bei diesem Engländer gelassen hat – in der Hoffnung, er würde ihn mitnehmen. Dann hätte sie ja einen kleinen Bruder weniger." Er brummte. „Vielleicht würde sie auch gern die anderen Brüder und Schwestern loswerden."

Naomi presste die Hand auf ihren Mund und lehnte sich gegen die Wand, damit sie einen Halt hatte. Papa schüttete

Gott sein Herz aus und sie hörte alles mit an. Zum ersten Mal seit Zachs Entführung hatte Papa ausgesprochen, was er im tiefsten Inneren dachte. Papa gab ihr nicht nur die Schuld an der Entführung, er glaubte sogar, sie hätte es mit Absicht getan.

„Die Wahrheit ist, Herr, dass ich Naomi kaum noch anschauen kann", fuhr Papa fort. „Manchmal wünschte ich …"

Naomi konnte kein weiteres Wort ertragen. Sie unterdrückte ein Schluchzen, drehte sich um und rannte aus dem Stall.

※

Abraham fühlte sich vollkommen ausgelaugt, als er zum Haus zurückkehrte. Er war schon vor Tagesanbruch aufgestanden, hatte seine Arbeit erledigt und mehr als eine Stunde im Stall verbracht, gebetet und Gott alles gesagt, was er auf dem Herzen hatte. Es hatte ihm nicht geholfen. Er fühlte sich genauso elend wie vor seinem Gebet. Wenn es nur einen Weg gäbe, seinen Schmerz zu lindern.

Als Abraham die Küche betrat, fand er es seltsam, dass die Petroleumlampen noch nicht brannten. Naomi war um diese Uhrzeit normalerweise schon aufgestanden, eilte in der Küche umher und wies Nancy und Mary Ann an, den Tisch für das Frühstück zu decken. Von ihr war keine Spur zu sehen und auch die Kinder waren nicht da.

Vielleicht hat sie verschlafen. Wenn Naomi noch nicht auf ist, dann werden die anderen wohl auch noch im Bett liegen. Seine drei jüngsten Kinder ließen sich jeden Morgen von ihrer Schwester wecken. Vermutlich würden sie bis zum Mittag schlafen, wenn niemand sie zum Aufstehen bewegte.

Abraham durchquerte die Küche und stellte den Eimer mit Ziegenmilch auf den Tisch. Als er die über dem Tisch hängende Lampe anzündete, fiel sein Blick auf ein Blatt Papier. Es lag auf dem Tisch, auf dem Platz, den er gewöhnlich bei den Mahlzeiten einnahm. *Das sieht aus wie ein Brief.*

Er ließ sich auf den Stuhl sinken und begann zu lesen.

Lieber Papa,
ich bin heute Morgen in den Stall gekommen, um mit dir zu reden. Es kam nicht mehr dazu, weil ich dein Gebet mit angehört habe.

Ich wusste schon lange, seit Zachs Verschwinden, dass du mir die Schuld an allem gibst. Ich verstehe das. Auch ich gebe mir die Schuld daran.
Tief getroffen hat mich die harte Tatsache, dass du der Meinung bist, ich hätte gewollt, dass Zach entführt würde. Das ist nicht so, Papa. Ich habe nie gewollt, dass einem der Kinner etwas geschieht, und ganz bestimmt habe ich mir nicht gewünscht, dass dieser Engländer meinen kleinen Bruder mitnimmt.
Ich bin zu dem Schluss gekommen, dass es das Beste für die Familie ist, wenn ich von zu Hause fortgehe. Ich nütze keinem mehr etwas und die Kinner wollen auch nicht mehr auf mich hören. Ich werde mit Ginny Meyers in die englische Welt gehen. Keine Ahnung, wohin unsere Reise uns führen wird, aber es wird weit fort von hier sein.
Du sollst wissen, dass ich dich und den Rest der Familie sehr liebe, und ich bete, dass du es eines Tages übers Herz bringen wirst, mir zu vergeben. Ich werde nicht aufhören, für Zach und seine sichere Rückkehr zu beten, aber wenn Gott dieses Gebet nicht erhört, bitte ich ihn, Zach ein gutes Leben bei dem Mann zu schenken, der ihn uns genommen hat.
Deine älteste Tochter Naomi

Der Brief glitt Abraham aus den Händen. Wie betäubt saß er eine ganze Weile auf seinem Stuhl. Das konnte nicht wahr sein. Es musste ein schrecklicher Albtraum sein. Naomi hatte doch immer auf die *Kinner* aufgepasst. Sie würde doch nicht mit diesem verwöhnten englischen Mädchen weggehen und ihre Geschwister sich selbst überlassen? Und was war mit dem Laden? Wer würde ihm jetzt dabei helfen, die Kunden zu bedienen?

Abraham legte den Kopf auf die Arme. *Zuerst habe ich meine geliebte Frau verloren, dann wurde mein kleiner Junge entführt und jetzt ist auch noch meine älteste Tochter davongelaufen.* Er hob den Kopf und heiße Tränen liefen ihm über die Wangen und tropften in seinen Bart. *Lieber Vater im Himmel, ich habe alle verloren. Oh Gott, hilf mir! Was habe ich getan?*

Naomi stand zitternd an der Hintertür des Restaurants der Familie Meyers. Es war noch sehr früh, aber es musste schon jemand da sein, denn das Licht brannte. *Vermutlich treffen sie Vorbereitungen für die Frühstücksgäste am Samstagmorgen.*

Sie atmete tief ein und versuchte sich zu beruhigen. Sie sollte zu Hause sein, das Frühstück vorbereiten und die Hausarbeiten verteilen, die sie und die Kinder an diesem Tag zu erledigen hatten. Stattdessen war sie dabei, sich auf eine Reise zu begeben, die vermutlich ihr ganzes Leben verändern würde. Und diese Reise würde auch Auswirkungen haben auf das Leben ihrer Familie. *Werden Samuel, Nancy und Mary Ann besser dran sein, wenn ihre große Schwester ihnen nicht immerzu vorschreibt, was sie tun sollen? Und was ist mit Matthew, Jake und Norman? Werden sie sich freuen, wenn sie hören, dass sie mich los sind?*

Sie atmete noch einmal tief durch und ließ sich auf die Stufen der Veranda sinken. Ihre Beine waren noch ganz zittrig, denn sie war den ganzen Weg in die Stadt gerannt. *Was wird Papa denken, wenn er meinen Zettel liest? Wird er froh sein, dass ich fortgegangen bin? Wird er jetzt ein Mädchen einstellen, das im Haushalt hilft, oder wird er versuchen, alles allein zu schaffen?*

Nach den verletzenden Worten, die ihr Vater im Stall über sie zu Gott gesagt hatte, war Naomi sofort ins Haus gerannt, hatte den Brief an Papa geschrieben und in aller Eile ein paar Sachen zusammengepackt. Dann war sie zu Fuß losgegangen, da sie sich nicht die Zeit nehmen wollte, das Pferd vor den Buggy zu spannen. Außerdem hätte Papa sie dann bestimmt gehört. Und der Buggy hätte alles noch zusätzlich erschwert. Sie hätte ihn irgendwo in der Stadt stehen lassen müssen, damit Papa oder einer der Brüder ihn später abholte. Nein, es war besser, dass sie zu Fuß gekommen war.

Naomi starrte auf den leeren Parkplatz. Noch keine Gäste; vermutlich war es noch zu früh. Arbeitete Ginny heute überhaupt? Und wenn nicht? Wie sollte Naomi ihrer Freundin mitteilen, dass sie bereit war, Lancaster County für immer zu verlassen? Ginny wohnte irgendwo in der Nachbarstadt Soudersburg, aber die genaue Adresse kannte sie nicht. *Vielleicht könnte ich ihre Eltern oder einen der Angestellten im Restaurant danach fragen.* Naomi stand auf und auf einmal wurde die Hintertür aufgerissen. Erleichterung machte sich in ihr breit, als Ginny mit einem Müllsack auf die Veranda trat. Sie trug eine Jeans und ein gelbes T-Shirt, eine weiße Schürze um die Taille gebunden.

„Naomi! Was machst du denn um diese Uhrzeit hier?"

Naomis Knie drohten unter ihr nachzugeben. Stöhnend ließ sie sich wieder auf die Stufen sinken.

Ginny warf den Plastiksack in den Mülleimer neben der Veranda und setzte sich neben sie auf die Treppe. „Was ist los? Deine geschwollenen Augen und geröteten Wangen verraten mir, dass du geweint hast."

„Ich ... ich ... wollte dich sehen."

Ginny deutete auf den Koffer neben Naomi. „Du bist von zu Hause fortgelaufen?"

Naomi nickte. Tränen liefen ihr über die Wangen. „Ich kann nicht mehr zurückgehen, Ginny."

„Warum? Was ist passiert?"

Naomi erzählte kurz, dass sie das Gebet ihres Vaters im Stall mit angehört hatte. „Er denkt, ich hätte Zach mit Absicht auf dem Tisch sitzen lassen. Er ist der Meinung, unsere Familie sei ohne mich besser dran."

Ginny legte den Arm um Naomis Schulter. „Es war richtig, fortzugehen. Ich habe dir schon oft gesagt, dass deine Familie dich gar nicht richtig zu schätzen weiß." Sie seufzte. „Um ehrlich zu sein, denke ich, auch meine Eltern wissen gar nicht richtig, was sie an mir haben. Sie haben mich für heute Morgen für den Küchendienst eingeteilt, und Mom weiß, wie sehr ich das hasse."

Naomi fuhr sich mit den Händen durch das Gesicht und schniefte. „Wenn du immer noch willst, dass wir beide gemeinsam davonlaufen, bin ich jetzt bereit, mich darauf einzulassen."

„Jetzt?" Ginny drehte sich um – so, als ob jemand aus dem Restaurant kommen und die beiden beim Pläneschmieden erwischen könnte.

„Ja, wenn du weg kannst."

Ginny kaute auf ihrer Unterlippe herum. „Mal sehen ... ich bin heute Morgen mit meinem Wagen zur Arbeit gefahren, ein Transportmittel haben wir also. Allerdings müsste ich vorher noch mal zu Hause vorbei und ein paar Sachen und mein Sparbuch holen. Wir können die Stadt ja schlecht ohne Geld verlassen."

„Aber heute ist Samstag und die Bank hat geschlossen", erinnerte Naomi sie. „Ich habe etwas Geld bei mir – ich habe es aus meiner Kommodenschublade genommen. Eigentlich wollte ich davon ein Geschenk für Jake kaufen. Er hat in zwei Wochen Geburtstag."

Ginny rappelte sich hoch. „Diesen Geburtstag wirst du wohl verpassen."

Daran brauchte Naomi nicht erinnert zu werden. Der Schmerz, die Geburtstage ihrer Familienmitglieder nicht mehr mitzuerleben, war wie ein Messerstich in ihrem Herzen.

„Ich fürchte, mit deinem Geld werden wir nicht weit kommen, aber ich habe ein hübsches Sümmchen zusammengespart." Ginny lächelte. „Und zu deiner Information: Unsere Bank in Lancaster hat samstags bis dreizehn Uhr geöffnet, und selbst wenn nicht, dann gibt es ja immer noch den Geldautomaten."

„Und was machen wir, wenn du das Geld hast?"

„Zuerst gehe ich noch mal ins Restaurant und hole meine Tasche. Mein Wagenschlüssel und mein Führerschein sind darin, und beides ist wichtig. Dann hinterlasse ich meinen Eltern eine Nachricht. Und wenn ich sicher bin, dass mich keiner sieht, komme ich wieder heraus; wir springen in meinen Sportwagen, fahren nach Hause, packen ein paar Sachen zusammen und steuern zuerst die Bank an." Sie grinste, als fände sie das alles überaus lustig. „Und dann machen wir uns auf den Weg und schauen nie mehr zurück!"

※

Abraham setzte sich auf. Er wusste nicht, wie lange er mit dem Kopf auf dem Tisch gelegen hatte. Ein Sonnenstrahl fiel durch das Küchenfenster, prallte von der Wand ab und ließ die kleinen Staubflöckchen durch die Luft tanzen.

Die älteren Jungen waren bestimmt schon draußen bei der Arbeit, aber die jüngeren lagen sicherlich noch in ihren Betten. Falls es jemals einen Tag gegeben hatte, an dem Abraham den Laden lieber geschlossen hätte und zu Hause geblieben wäre, dann heute. Seit Zachs Entführung war er nicht mehr so verzweifelt gewesen. Wie konnte er jetzt seiner Alltagsarbeit nachgehen, wo Naomi davongelaufen war? Wie hatte er so etwas Schreckliches zulassen können? Am liebsten wäre Abraham in seinem Zimmer verschwunden, hätte sich im Bett verkrochen und die Decke über den Kopf gezogen.

Aber ich muss mich um meine Familie kümmern, rief er sich in Erinnerung. *Außerdem: Selbst wenn ich den Laden schließe, wird Naomi nicht nach Hause kommen. Nur Gott kann sie uns wieder zurückbringen, genau wie Zach.* Er verzog das Gesicht. Würde Gott seine Gebete für seine beiden Kinder erhören? Ganz offensichtlich hatte er ihnen gegenüber versagt – vermutlich auch vor Gott. Wenn er nach Sarahs Tod nur eine Haushaltshilfe für Naomi eingestellt hätte. Wenn er nicht so eigensinnig und engstirnig gewesen wäre, dann hätte Naomi nicht so hart arbeiten müssen. Wenn sie mehr Freizeit gehabt hätte, Zeit, um mit den Mädchen in ihrem Alter etwas Spaß zu haben, dann wäre sie vielleicht nicht so überfordert gewesen und hätte Zach nicht allein im Hof zurückgelassen.

„Ich bin ihr gegenüber zu hart gewesen", stöhnte er. „Und jetzt ist es zu spät."

„Mit wem sprichst du, Papa, und wofür ist es zu spät?"

Abraham drehte sich um. Samuel stand in der Küchentür; seine blonden Haare waren zerzaust und hingen ihm in die Augen, und seine Wangen waren noch rosig vom Schlaf.

„Wo sind deine Schwestern?", fragte Abraham. „Sind sie schon auf?"

Samuel zuckte die Achseln. „Weiß ich nicht genau. Ich bin aufgewacht und habe gar kein Frühstück gerochen, darum dachte ich, ich komme herunter und schaue mal nach."

Abraham schob seinen Stuhl vom Tisch. „Du weckst sie besser auf. Nancy und Mary Ann müssen Frühstück machen."

Samuels blaue Augen blickten ihn verwirrt an. „Was ist denn mit Naomi? Warum ist sie nicht hier und kümmert sich um das Frühstück?"

Abraham nahm den Eimer Ziegenmilch, den er beim Hereinkommen auf den Tisch gestellt hatte, und trug ihn auf die andere Seite der Küche. Er riss die Kühlschranktür auf, stellte ihn hinein und nahm eine Flasche kalter Milch heraus. „Naomi ist fort."

„Fort? Was soll das heißen, Papa? Wo ist sie denn hingegangen?"

Abraham setzte zu einer Antwort an, aber Nancys schrille Stimme unterbrach ihn. „Papa, als ich aufgewacht bin, habe ich in Naomis Zimmer geschaut, weil sie uns nicht geweckt hat, wie sonst immer. Die Tür stand offen und die meisten ihrer Kleider liegen auf dem Bett." Sie zog die Stirn in Falten. „Zachs Bettchen war auch nicht mehr da und ich finde das ziemlich komisch."

Mary Ann, die neben ihrer älteren Schwester stand, nickte. „Wo ist Naomi, Papa? Wie kommt es, dass sie noch nicht mit dem Frühstück angefangen hat?"

Abraham stellte die Milchflasche auf den Tisch und zog sich einen Stuhl heran. Er forderte seine Kinder auf, sich ebenfalls zu setzen. „Ich fürchte, ich habe eine schlechte Nachricht für euch."

„Was ist los? Ist Naomi krank?" Diese Frage kam von Mary Ann und sie wirkte sehr besorgt.

Abraham atmete tief durch und betete um die richtigen Worte. Er bückte sich und hob Naomis Brief auf, der ihm nach dem Lesen aus der Hand geglitten war. „Naomi hat mir das hinterlassen", erklärte er und schwenkte ihn in der Luft. „Sie schreibt hier, dass sie von zu Hause fortgeht, weil sie sich schuldig fühlt, dass Zach entführt wurde." Das war nicht die ganze Wahrheit, aber Abraham hatte nicht den Mut, seinen Kindern zu gestehen, dass er der eigentliche Grund für Naomis Entscheidung war wegzugehen.

„Sie ist davongelaufen? Willst du das damit sagen, Papa?" Nancys Augen waren weit aufgerissen und ihr blieb vor Staunen der Mund offen stehen.

Er nickte. Seine Kehle schnürte sich zusammen.

„Warum sollte sie so etwas tun? Liebt Naomi uns nicht mehr?" Samuels Kinn zitterte beim Sprechen.

„Sie liebt uns bestimmt noch", erklärte Abraham, „aber sie gibt sich die Schuld an Zachs Entführung, und sie ist der Meinung, ohne sie wären wir besser dran."

„Aber das stimmt doch nicht", rief Nancy. „Ich liebe meine Schwester, und seit Zach nicht mehr da ist, brauchen wir sie mehr als je zuvor."

Das war richtig. Sie brauchten Naomi, aber niemand in der Familie hatte ihr das gezeigt – am wenigsten Abraham. Er legte den Brief mit der Schrift nach unten auf den Tisch. „Wir müssen einen Weg finden, damit fertig zu werden."

„Wir sollten ihr sofort hinterherfahren!", rief Samuel. Er sprang vom Tisch auf und schnappte sich seinen Strohhut vom Haken.

Abraham schüttelte den Kopf. „Nicht so schnell, mein

Sohn. Wir können nicht einfach so herumrennen und Naomi suchen. Wir haben doch keine Ahnung, wo sie hingegangen ist."

„Aber sie muss doch irgendetwas in ihrem Brief geschrieben haben", argumentierte Samuel. „Sie will uns doch bestimmt mitteilen, wo sie hingegangen ist."

„Sie hat nur geschrieben, dass sie mit Virginia Meyers, diesem oberflächlichen englischen Mädchen, das immer in den Laden kommt und nach Aufklebern fragt, fortgehen will."

„Mit Ginny?" Nancy zog die Augenbrauen in die Höhe.

Er nickte. „Ja, sie schrieb, sie würden in die englische Welt gehen und sie wüsste nicht, wohin der Weg sie führen würde."

Mary Ann ließ schluchzend den Kopf auf den Tisch sinken. Nancy wimmerte leise vor sich hin und legte ihrer Schwester tröstend die Hand auf die Schultern. Samuel stand mit verschränkten Armen in der Tür.

„Wir können nur für Naomi beten, so wie wir es auch für Zach tun", sagte Abraham mit bebender Stimme. Es tat ihm weh zu sehen, wie traurig seine Kinder waren. Mehr noch: Er konnte nicht begreifen, wieso er durch sein Verhalten etwas so Schreckliches zugelassen hatte.

Kapitel 21

„Wie gut, dass wir ungefähr dieselbe Größe haben und du einige meiner Kleider tragen kannst", sagte Ginny und legte Naomi die Hand aufs Knie. Naomi hatte gerade eine von Ginnys Jeans angezogen. „Wenn du deine langen, einfachen Kleider anbehalten und deine Kappe aufgelassen hättest, hätte es so ausgesehen, als hättest du mich als Fahrerin engagiert, um dich von mir in den Urlaub fahren zu lassen." Sie lächelte Naomi an.

Naomi saß auf dem Beifahrersitz in Ginnys rotem Sportwagen. Die hohe Geschwindigkeit und die kalte Luft aus der Klimaanlage, die ihr ins Gesicht pustete, behagten ihr nicht ganz. Sie sah an sich hinunter auf die verwaschene Bluejeans und das pinkfarbene T-Shirt, die Ginny ihr geliehen hatte. Diese Kleidungsstücke waren ihr fremd. „Da bin ich gar nicht so sicher. Es ist ein seltsames Gefühl, in Männerhosen herumzulaufen und die Haare offen zu tragen, ohne Kappe auf dem Kopf."

„Du wirst dich bald daran gewöhnen."

Naomi hatte ihre Zweifel, ob sie sich jemals an die englische Welt gewöhnen könnte. Sie und Ginny waren erst wenige Stunden unterwegs und sie fühlte sich bereits ziemlich fehl am Platze. Außerdem litt sie unter Heimweh.

„Wenn wir irgendwo anhalten sollen, um etwas zu Mittag zu essen, sag es nur." Ginny trommelte mit ihren langen Fingernägeln auf das Lenkrad. „Da wir heute Morgen so überstürzt aufgebrochen sind, habe ich noch gar nicht gefrühstückt."

„Ich auch nicht." Aber wenn sie ehrlich war, Naomi hatte gar keinen Appetit. Sie war so durcheinander. Vermutlich würde sie keinen Bissen herunterbringen, geschweige denn ihn bei sich behalten.

„Weißt du, wo wir hinfahren?", fragte Naomi.

Ginny nickte. „Nach Westen."

„Wie weit nach Westen?"

„Den ganzen Weg."

„Du meinst, bis zum Pazifischen Ozean?"

„Ja. Ich wollte schon immer mal meine Füße in das kalte

Wasser an der Küste von Washington oder Oregon tauchen. Eine Freundin von mir wohnt in Portland. Vielleicht können wir eine Weile bei ihr wohnen."

Naomi erschauderte. Bei dem Gedanken, so weit von zu Hause entfernt zu sein und bei Fremden zu wohnen, bekam sie eine Gänsehaut. War es richtig gewesen, von zu Hause fortzugehen? Würde sie sich an ein Leben in der modernen Welt gewöhnen können? In die englische Welt zu gehen war ihr richtig erschienen, denn sie wusste nicht, wo sie sonst hätte hingehen können. Ginny war im Augenblick ihre einzige Freundin, und allein würde sie es nicht schaffen, das war Naomi klar.

„Es wird dir besser gehen, wenn wir Pennsylvania erst mal verlassen haben. Das wird ein tolles Abenteuer, und bald wirst du deine undankbare Familie und die Art, wie sie dich behandelt haben, vergessen haben."

Naomi betrachtete die vorbeifliegende Landschaft. Verzweifelt kämpfte sie gegen die Tränen an. Von zu Hause fortzugehen war ihr richtig erschienen, aber vergessen würde sie ihre Familie nicht. Wie hatten wohl Papa und der Rest der Familie die Nachricht aufgenommen, dass sie fortgegangen war? Waren sie traurig oder vielleicht sogar froh, dass sie ihnen jetzt nicht mehr vorschreiben konnte, was sie tun sollten?

„Denkst du, du wirst deine Familie vermissen?", fragte sie ihre Freundin.

Ginny runzelte die Stirn. „Ich denke, sie werden mich mehr vermissen, als ich sie. Immerhin fehlt ihnen jetzt meine Hilfe im Restaurant. Um ehrlich zu sein, glaube ich, dass sie mir so etwas nie zugetraut haben."

Naomi kannte das. Seit Mamas Tod hatte sie das Gefühl gehabt, dass ihre Familie ihre Arbeit nicht richtig zu schätzen wusste.

„Mit meinem Geld werden wir wohl bis nach Oregon kommen, aber wenn wir dort sind, müssen wir uns einen Job suchen", erklärte Ginny. „Meine Freundin Carla hat früher auch in Pennsylvania gelebt, aber sie arbeitet jetzt in einem Fitnesscenter in Portland. Ich hoffe, sie kann mir dort eine Stelle besorgen."

„Aber was soll ich machen? Ich kenne doch nur die Arbeit im Laden und im Haus."

„Du könntest dir einen Job in einem Restaurant suchen, als Bedienung oder als Tellerwäscherin in der Küche."

Naomi verzog das Gesicht. Auf keinen Fall wollte sie Geschirr spülen.

※

„Mama, hier ist die Post. Du hast einen Brief von deiner Cousine Edna in Pennsylvania bekommen." Abby wedelte mit den Briefen und legte sie auf den Küchentisch. Fannie spülte gerade den letzten Teller ab, nahm sich ein Wischtuch und trocknete sich die Hände ab. „Dann werde ich ihn schnell einmal lesen. Ich habe schon seit mehreren Wochen nichts mehr von Edna gehört."

Abby stellte ihrer Mutter einen Stuhl zurecht. „Setz dich doch. Ich gieße dir eine Tasse Pfefferminztee ein."

Fannie lächelte dankbar. „Das wäre nett." Sie riss den Brief ihrer Cousine auf und zog eine Karte mit einem selbst gemalten Schokoladenkuchen heraus. Auf der Karte stand: „Zähle dein Alter in Freunden, nicht in Jahren. Zähle deine Segnungen, nicht deine Tränen. Ich hoffe, du feierst mit mir zusammen meinen fünfzigsten Geburtstag mit einem Picknick am See am Samstag, den 6. September."

Fannie lächelte. „Meine Cousine Edna hat wirklich Sinn für Humor. Sie hat schon immer das Besondere geliebt."

Lachend reichte Abby ihrer Mutter eine Tasse heißen Tee. „Willst du hinfahren?"

Fannie nahm einen Schluck und genoss den einzigartigen Geschmack ihres selbst gezogenen Zitronenpfefferminztees. „Das wäre wirklich schön, aber wer kümmert sich in unserer Abwesenheit um den Laden?"

„Nicht in unserer Abwesenheit, Mamm", korrigierte Abby. „Edna hat dich eingeladen und ich kann mich in der Zeit, wo du weg bist, um den Laden kümmern."

„Hmmm ..." Fannie überlegte. „Und wenn viel Betrieb herrscht? Manchmal kommen wir beide ja kaum mit der Bedienung der Kunden nach. Wenn dann noch viele Touristen da sind ..."

Abby zuckte mit den Schultern. „Ich könnte doch auch Lena bitten, mir zu helfen. Sie hätte bestimmt nichts dagegen, im Laden an ihrem Quilt zu arbeiten. Dann könnte sie einspringen, wenn ich sie brauche."

Fannie starrte in ihre Tasse und beobachtete, wie eine Dampfwolke aufstieg. Sie würde Edna gern einmal wieder sehen, und bei der Gelegenheit könnte sie auch einfach mal bei Abraham Fisher vorbeischauen und sich erkundigen, wie es ihm ging. Seit er vor ein paar Monaten ins Quiltgeschäft kam, betete sie für ihn und seinen entführten Jungen. Natürlich würde sie es einem anderen gegenüber nie eingestehen, aber wenn sie ehrlich war, dachte sie sehr häufig an Abraham. Sie hatte gemerkt, wie sehr er litt. Auch wenn er bei ihrem Gespräch zuerst ein wenig verkrampft gewirkt hatte, so hatte sie doch gespürt, dass er im Grunde ein Mann mit einem sanften Herzen war.

„Mamm, was meinst du dazu?" Abbys Stimme durchbrach Fannies Gedankengänge.

„Wozu?"

„Dass ich den Laden übernehme, während du nach Pennsylvania fährst?"

Fannie trank ihren Tee aus und stellte die Tasse auf den Tisch. „Ich werde darüber beten. Was sagst du?"

Abby lächelte. „Ich werde auch beten. Beten, dass du erkennst, wie dringend du einmal von hier wegkommen musst." Sie streichelte die Hand ihrer Mutter. „Du arbeitest viel zu hart, weißt du das?"

Fannie schob den Stuhl vom Tisch zurück. „Ich arbeite gern. Dann sind meine Hände beschäftigt und meine Gedanken werden von Dingen abgelenkt, über die ich nicht so gern nachdenken möchte."

„Zum Beispiel über Dad? Vermisst du ihn noch immer?"

Fannie erhob sich. „Ich werde deinen *Daed* immer vermissen, aber im Laufe der Zeit lässt der Schmerz etwas nach und nur die schönen Erinnerungen an die Vergangenheit bleiben. Außerdem, wie meine Mutter immer sagte: ,Es hat keinen Sinn, deine Sorgen anzupreisen, weil es nirgendwo einen Markt dafür gibt.'"

„Ich schätze, da hast du recht." Abby wurde ernst. „Ich vermisse Dad auch. Ich kann mir gar nicht vorstellen, wie es für dich sein muss. Den Mann zu verlieren, den man geliebt hat, das ist doch bestimmt, als würde einem ein Loch ins Herz gerissen."

Fannie nickte. „So war es zuerst. Ich konnte nicht verstehen, warum Gott zugelassen hat, dass dein *Daed* an einem Herzinfarkt gestorben ist. Ich habe viel in der Bibel gelesen und dann erkannt, dass Gott aus meinem Schmerz etwas Gutes entstehen lassen könnte, wenn ich es zulassen würde."

Abby stellte die Tassen und Teller ins Spülbecken und wusch sie schnell ab. „Ich schätze, wir sollten uns beeilen, wenn wir rechtzeitig im Laden sein wollen."

Fannie sah auf die Uhr an der Wand. „Ja. Wir haben viel länger geplaudert als sonst, aber es war schön, findest du nicht?"

Abby trocknete sich die Hände ab und nahm ihre Kopfbedeckung vom Stuhl. „Ich genieße unsere gemeinsame Zeit immer." Sie beugte sich vor und gab ihrer Mutter einen Kuss auf die Wange. „Und ich danke Gott jeden Tag, dass er mir eine so außergewöhnliche Mamm wie dich geschenkt hat."

Tränen stiegen Fannie in die Augen, aber sie versuchte, es sich nicht anmerken zu lassen. „Jetzt müssen wir uns aber beeilen. Sehen wir zu, dass der Buggy angespannt wird."

※

Caleb stieg aus seiner offenen Kutsche und ging zu Fishers Gemischtwarenladen. Mary Ann und Nancy saßen auf der vorderen Veranda und verzehrten ihre Brote. „Na, habt ihr was Leckeres in euren Brotboxen?", rief er.

„Nur ein Butterbrot und ein paar Kekse", antwortete Nancy. „Bei uns ging heute Morgen alles so durcheinander, dass wir gar keine Zeit mehr hatten, etwas anderes zusammenzupacken."

„Ja, Papa war ziemlich aufgebracht und wir auch."

Caleb lehnte sich gegen das Geländer. „Was ist denn los? Ich hoffe doch, es ist niemand krank bei euch."

„Naomi ist fort."

Er blinzelte Nancy an. „Fort?"

„Sie ist mit diesem englischen Mädchen, dieser Ginny, fortgelaufen."

Caleb traute seinen Ohren nicht. „Würdest du das noch mal wiederholen?"

„Sie ist mit Ginny Meyers fortgelaufen. Hat heute Morgen einen Brief auf dem Küchentisch hinterlassen." Nancy schüttelte den Kopf. „Ich kann immer noch nicht glauben, dass sie so etwas gemacht hat. Ich denke, es ist eine Sünde und eine Schande, dass sie einfach von uns fortgelaufen ist."

Caleb war sicher, dass das nicht alles war. Naomi würde nicht einfach davonlaufen und ihre Pflichten vernachlässigen. Weil sie für ihre Familie sorgen musste, konnte sie nicht an Jugendveranstaltungen teilnehmen und deswegen wollte sie auch keine Freundschaft eingehen. Das hatte sie ihm mehrmals gesagt. „Was genau stand denn in dem Brief?"

„Sie schrieb, sie würde sich schuldig fühlen wegen Zachs Entführung und sie würde mit Ginny Meyers in die englische Welt gehen."

Für Caleb war dies eine schlimme Nachricht. Naomi wusste doch gar nicht, wie sie sich in der modernen englischen Welt verhalten sollte. Es würde ein böses Erwachen für sie geben, und dass sie ihre Familie im Stich gelassen hatte, machte überhaupt keinen Sinn. Wenn Naomi nicht nach Hause kam, würden alle seine Pläne, alle seine Träume von einer Ehe mit ihr wie eine Seifenblase zerplatzen.

Caleb war in die Stadt gekommen, weil er hoffte, Naomi zu einem weiteren heimlichen Treffen überreden zu können. Aber das war nun nicht mehr möglich. Nicht heute und vielleicht nie mehr.

Wenn ich wüsste, wo sie ist, würde ich ihr nachfahren, aber leider weiß ich das nicht. Er drehte sich um und stieg die Treppen hinunter.

„Wo willst du hin, Caleb?", rief Mary Ann ihm nach. „Ich dachte, du wolltest in den Laden."

Er schüttelte den Kopf und marschierte weiter zu seinem Buggy. „Das hat sich jetzt erledigt."

※

Abraham sank auf den Holzhocker hinter der Theke in seinem Laden. Er wusste nicht, wie er den Vormittag überstanden hatte. Am Morgen war er in Meyers Familienrestaurant gegangen, in der Hoffnung, Virginias Eltern wüssten, wo die Mädchen hinfahren oder wie sie ihren Lebensunterhalt bestreiten wollten. *Naomi hat gehört, was ich zu Gott gesagt habe, und das war der Grund für ihre Entscheidung, uns zu verlassen.*

Er sah auf die Wanduhr und versuchte, sich auf die vor ihm liegenden Rechnungen zu konzentrieren. Es war kurz nach zwölf. Die Mädchen hatten sich mit ihren Butterbroten draußen auf die Veranda gesetzt. Normalerweise hatte er um diese Zeit immer einen Bärenhunger, aber nicht an diesem Tag. Abraham hatte keinen Appetit. Sein einziger Wunsch war, seine vermissten Kinder zu finden. Wenn er Zach und Naomi wieder zu Hause hätte, wäre er glücklich und er würde sich ändern. Ganz bestimmt. Er würde Naomi nicht mehr so antreiben. Er würde sie nicht mehr ständig mit seiner Frau vergleichen. Er würde nicht mehr von seiner ältesten Tochter erwarten, dass sie sich ganz allein, ohne fremde Hilfe, um die *Kinner* kümmerte und den Haushalt führte.

Abraham beugte sich vor und massierte seinen schmerzenden Kopf. *Und ich würde auch meinen Jungen mehr lieben. Ich hätte mich mehr um ihn kümmern sollen, als er noch hier war.* Er schloss die Augen und versuchte sich auf seine Arbeit zu konzentrieren. Es hatte keinen Sinn. Seine Gedanken kreisten ausschließlich um Naomi und darum, wie schrecklich er an ihr versagt hatte.

„Es sieht so aus, als würdest du heute nicht viel zustande bringen. Was ist denn los? Hast du Kopfschmerzen?"

Abraham blickte auf. Jacob Weaver stand vor der Theke, den Strohhut in einer Hand, eine Angelrute in der anderen. „Jacob, ich habe gar nicht gehört, wie du hereingekommen bist."

„Nein, den Eindruck hatte ich auch. Ich stehe schon eine ganze Weile hier. Ich habe mir den Tag frei genommen und hatte gehofft, wir beide könnten angeln gehen."

„Tut mir leid, aber das geht nicht."

„Solltest du nicht endlich die Erinnerungen an den Tag, an dem Sarah getötet wurde, beiseiteschieben und aufhören, Schuldgefühle zu empfinden, weil du zum Angeln gegangen warst?"

Abraham schüttelte den Kopf. „Darum geht es gar nicht. Im Augenblick steht es um mich und meine Familie ziemlich schlecht."

Jacob lehnte sich gegen den Pfosten der Theke und hängte seinen Hut auf den nächsten Wandhaken. „Was ist denn los, mein Freund? Hast du etwas über Zach gehört, das dir zu schaffen macht?"

Abraham schüttelte den Kopf. „Ich habe nichts über den *Boppli* gehört, aber jetzt ist auch Naomi fort."

Jacob zog seine dunkelbraunen Augenbrauen in die Höhe. „Was soll das heißen? Wo ist sie denn?"

„Ich weiß es nicht. Sie hat mir eine Nachricht auf dem Küchentisch hinterlassen, in der sie schrieb, sie würde fortgehen – mit ihrer englischen Freundin Virginia Meyers."

„Hat sie einen Grund genannt?" Jacobs Frage ging Abraham durch und durch.

Er ließ den Kopf hängen. Es war ihm unmöglich, seinem Freund in die Augen zu schauen. „Ich bin der Grund. Sie hat gehört, wie ich heute Morgen im Stall mit Gott gesprochen habe."

„Darf ich fragen, was du gesagt hast?"

„Ich habe Gott gesagt, ich würde es nicht über mich bringen, dem Mann zu vergeben, der mir meinen *Boppli* genommen hat, und auch Naomi nicht, weil sie Zach draußen bei diesem Engländer im Hof gelassen hat. Ich sagte, ich würde denken, dass sie es vielleicht mit Absicht getan hätte und dass sie uns los sein wollte, um den Buggybauer zu heiraten."

Jacob schnappte nach Luft, und seine Reaktion zeigte Abraham, was sein guter Freund von diesem Gebet hielt. Vermutlich hielt er ihn nicht nur für einen schlechten Vater, sondern auch für einen schlechten Christen.

„Ich habe das alles gar nicht so gemeint", beeilte sich Abraham zu sagen. „Meine Gefühle waren so durcheinander." Er atmete tief durch. „Ich dachte, wenn ich meinem Schöpfer einmal mein Herz ausschütte, dann würde es mir vielleicht besser gehen."

„Naomi hat dein Gebet gehört, einen Brief auf dem Tisch hinterlassen und ist davongelaufen?"

„So ungefähr, und ich habe das Gefühl, als hätte ich einen Tritt in den Magen bekommen."

„Das kann ich mir vorstellen."

„Ist es nicht schon schlimm genug, dass Gott mir meinen kleinen Jungen genommen hat? Muss er mich jetzt noch mehr bestrafen, indem er mir auch meine älteste Tochter nimmt?" Abraham spürte ein Stechen im Kopf. Schnell schloss er die Augen und rang um Selbstbeherrschung.

Jacob trat einen Schritt hinter die Theke und legte Abraham eine Hand auf die Schulter. „Gib es an Gott ab, Abraham. Er hat das alles nicht verursacht, verstehst du?"

Abraham schüttelte den Kopf. „Nein, das verstehe ich nicht. Er hätte es verhindern können. Er hätte –"

„Gott handelt oft anders und wir müssen uns immer wieder ins Gedächtnis rufen, dass Gottes Wege nicht unsere Wege sind." Jacob drückte Abrahams Schulter. „Gott liebt dich. Konzentriere dich auf seine Person und seine Güte. Warte darauf, dass er handelt. Gestatte ihm, dein Herz zu heilen und vergib denen, die schuldig an dir geworden sind."

„Ich ... ich weiß nicht, ob ich das kann."

„Du kannst es und du musst es tun. Lass deinen Zorn los. Bete für den Mann, der deinen Jungen mitgenommen hat. Gib Zach und Naomi an Gott ab und suche Frieden in ihm." Jacob hielt inne. „Im ersten Korintherbrief, Kapitel 10, im Vers 13, werden wir daran erinnert, dass Gott uns nur so viel zu tragen aufgeben wird, wie wir tragen können. Gott hat zu Paulus gesagt: ‚Lass dir an meiner Gnade genügen.'"

„Ich fühle mich eher wie Hiob und nicht wie Paulus", meinte Abraham. „Alles, was ich so geliebt habe, ist mir genommen worden. Sarah, Zach und jetzt auch noch Naomi."

„Das stimmt nicht, Abraham. Du hast immerhin noch sechs andere Kinner, die dich lieben und dich brauchen."

Abraham räusperte sich, versuchte den Kloß in seinem Hals hinunterzuschlucken. „Ich wünschte, ich hätte Gewissheit darüber, dass es Zach und Naomi gut geht. Wenn ich wüsste, dass sie beide in Sicherheit sind, könnte ich viel ruhiger sein."

In Jacobs Augen standen Tränen, denn auch er rang um Selbstbeherrschung. „Vielleicht hat Gott andere Pläne mit deinem Jungen – und auch mit Naomi. Es könnte doch sein, dass einer von ihnen oder auch beide dort draußen in der englischen Welt eine Aufgabe haben."

„Eine Aufgabe? Was denn für eine Aufgabe?"

„Vielleicht wird der Mann, der Zach mitgenommen hat, wegen etwas, das Zach sagt oder tut, den Weg zu Gott finden."

„Aber wie könnte das geschehen? Zach ist doch erst ein Jahr alt. Was weiß er schon von Gott?"

Jacob zuckte mit den Schultern. „Noch nichts, aber in der kommenden Zeit könnte viel geschehen."

„Und Naomi? Wie sollte Gott aus der Tatsache, dass sie davongelaufen ist, etwas Gutes entstehen lassen?"

„Kann ich nicht sagen, aber ich weiß, wenn du beide an den himmlischen Vater abgibst, wenn du ihm in allen Dingen vertraust und daran glaubst, dass die beiden in Gottes Hand sind, dann wird es auch dir sehr viel besser gehen." Jacob lächelte. „Jesaja, Kapitel 40, Vers 31: ‚Aber die auf den Herrn harren, kriegen neue Kraft.'"

„ ... dass sie auffahren mit Flügeln wie Adler, dass sie laufen und nicht matt werden, dass sie wandeln und nicht müde werden'", flüsterte Abraham. Tränen liefen ihm über die Wangen. „Ich werde ausharren, Jacob. Auf den Herrn warten und ihn bitten, meine *Kinner* zu beschützen und sie zu gebrauchen. Aber das wird nicht leicht werden."

Kapitel 22

Bevor sie in den Bus stieg, umarmte Fannie ihre Tochter ein letztes Mal. Ihre Kehle war wie zugeschnürt. Sie und Abby waren seit Abbys Kindheit, als sie einmal eine Nacht bei ihrer Freundin Rachel verbracht hatte, nie mehr als ein paar Stunden getrennt gewesen. Seit dem Tod von Abbys Vater hatte Abby es vorgezogen, bei ihrer Mutter zu bleiben. Fannie hoffte, dass Abby in den paar Tagen, die sie fort wäre, mit dem Laden gut zurechtkäme.

„Mach dir keine Sorgen, Mamm", beruhigte Abby sie, so als spürte sie die Unruhe ihrer Mutter. „Ich komme schon zurecht und mit dem Laden wird alles bestens laufen."

„Du hast bestimmt recht. Ich habe deinen Bruder gebeten, ab und zu nach dir zu sehen. Wenn du also irgendetwas brauchst, dann sag es Harold oder Lena."

„Das werde ich, Mama." Abby reichte ihrer Mutter eine Zeitung. „Hier ist die neuste Ausgabe von *The Budget*. Ich dachte, du würdest sie gern mitnehmen. Dann hast du unterwegs etwas zu lesen."

„*Danki*." Fannie unterdrückte ihre Tränen. „Wir sehen uns in ein paar Tagen. Mach's gut und arbeite nicht zu hart."

Abby lächelte. „Das werde ich nicht. Genieße deine freien Tage und grüße deine Cousine Edna von mir. Ich wünsche ihr einen schönen Geburtstag."

„Ich werde es ihr ausrichten." Fannie drehte sich um und stieg in den Bus. Bestimmt würde es ihr besser gehen, wenn sie erst einmal unterwegs war. Sie suchte sich einen Platz hinten im Bus und war froh, als sich niemand neben sie setzte. Obwohl sie sich normalerweise gern unterhielt, war sie an diesem Morgen nicht in der Stimmung für ein Gespräch. Sie wollte nur Zeitung lesen und sich entspannen.

Als der Bus von Dover losfuhr, machte sie es sich auf ihrem Platz bequem und schlug die Zeitung auf. Normalerweise las sie sie von vorne bis hinten durch, aber an diesem Tag hatte Fannie Lust, sich zuerst mit den Kleinanzeigen zu beschäftigen. Vielleicht fand sie ja ein gutes Angebot an Quiltmaterial und manchmal wurden für Auktionen noch Quilts gesucht.

Sie überflog zuerst die Suchanzeigen und tatsächlich fand sie eine Anzeige, in der für den kommenden Monat eine Auktion in Indiana angekündigt wurde. Wenn sie nach Hause kam, würde sie nachschauen, was sie dort hinschicken könnte.

Danach wanderte Fannies Blick zu den Mitteilungen. Eine Mitteilung erregte ihre Aufmerksamkeit besonders. Sie war überschrieben mit: „An die Familie des Amischjungen." Ihr Interesse war geweckt und Fannie las weiter. „Eine Nachricht für die Familie des Amischjungen, der im Juni diesen Jahres von einer Farm im Lancaster County mitgenommen wurde. Dem Jungen geht es gut. Er ist gesund und glücklich und wird gut versorgt."

Fannie ließ die Zeitung sinken. *Das könnte Abraham Fishers Junge sein. Auf jeden Fall klingt das so. Denn wie viele amische Kinder sind wohl im Juni aus dem Lancaster County entführt worden?* Fannie bekam eine Gänsehaut und erschauderte. *Ob Abraham dies wohl gelesen hat? Hat er* The Budget *abonniert?* Sie wusste sofort, welches ihr erstes Ziel im Lancaster County sein würde. Irgendwann am Nachmittag würde sie wohl am Busbahnhof in Lancaster eintreffen. Ein Freund hatte ihr die Nummer einer Frau gegeben, die in dem Bezirk lebte und die Amischen chauffierte. Sie würde also als Erstes diese englische Frau anrufen und sie bitten, sie zu Fishers Gemischtwarenladen am Stadtrand von Paradise zu fahren. Falls Abraham diese Anzeige noch nicht gelesen hatte, wurde es höchste Zeit. Falls es sich tatsächlich um seinen Jungen handelte, musste er erfahren, dass es dem Kind gut ging.

※

„Versteh mich nicht falsch. Unsere Reise war großartig und es hat mir großen Spaß gemacht, mir in Chicago und auf dem Weg nach Westen mit dir alle diese Sehenswürdigkeiten anzuschauen, aber jetzt bin ich bereit, mich irgendwo niederzulassen. Ich wette, du auch. Ich denke, wir werden in etwa drei Stunden in Portland eintreffen." Ginny stellte das Radio lauter. Ein Countrysong plärrte aus den Lautsprechern. „Du magst doch diese Art Musik, oder etwa nicht?"

Naomi runzelte die Stirn. „Es ist ziemlich laut, meinst du nicht?"

„Mir gefällt es so. Hilft mir, wach zu bleiben."

„Vielleicht sollten wir eine Pause einlegen und uns die Beine vertreten."

Ginny blickte zu Naomi hinüber. „Musst du mal zur Toilette?"

Eigentlich musste Naomi nicht zur Toilette, aber es würde sicher gut tun, ein wenig herumzulaufen und sich von der dröhnenden Musik zu erholen. Es würde auch Ginny helfen, wach zu bleiben, was sehr wichtig war, da nur sie den Wagen steuern konnte. „Ja, ich denke, es wäre schön, einmal anzuhalten."

„Ich fahre auf die nächste Raststätte. Vorhin habe ich ein Schild gesehen, auf dem stand, dass die nächste zehn Meilen entfernt ist. Sie müsste jetzt eigentlich bald kommen, denke ich."

Naomi kurbelte die Fensterscheibe auf ihrer Seite ein wenig herunter und versuchte, sich zu entspannen. Vermisste ihre Familie sie so sehr, wie sie ihre Familie vermisste? Was taten sie in ihrer Abwesenheit? Es war bereits September und Ende August hatte die Schule für die jüngeren Kinder wieder begonnen. Ob sie wohl zurechtkamen? So viele unbeantwortete Fragen quälten sie Tag und Nacht, aber sie redete sich immer wieder ein, dass es das Beste gewesen sei, von zu Hause fortzugehen. In der vergangenen Woche hatte sie Papa eine Postkarte geschickt und ihm mitgeteilt, dass es ihr gut ging. Aber mit keinem Wort hatte sie erwähnt, wo sie und Ginny waren oder wohin sie unterwegs waren. Vermutlich interessierte ihn das sowieso nicht.

Naomi beugte sich vor und nahm einen Block und einen Stift aus der kleinen Baumwolltasche, die zu ihren Füßen lag. Am Tag, nachdem sie Lancaster County verlassen hatten, hatte sie angefangen, Tagebuch zu führen. Zuerst hatte sie nur von den Orten geschrieben, die sie sich auf dem Weg angeschaut hatten, doch dann hatte sie auch ihre Gedanken notiert. Es half ihr ein wenig. Trotzdem saß ein stechender Schmerz tief in ihrem Herzen, den sie auch durch das Niederschreiben ihrer Gedanken nicht lindern konnte. Wenn sie nur die Vergangenheit ändern könnte – zurückgehen und alles wieder in Ordnung bringen könnte. Aber das war unmöglich. Naomi konnte sich jetzt nur noch ein neues Leben aufbauen. Sie war davon überzeugt, dass ihre Familie sie nicht mehr wollte.

„*Oregon liegt jetzt vor uns*", schrieb sie. „*Wir sind quer durch das ganze Land gefahren. Hier auf dieser Seite der Vereinigten Staaten sieht alles ganz anders aus. Viele hohe Berge wie zum Beispiel der wundervolle Mount Rainier. Auch wenn es im Augenblick warm ist, so ist es doch nicht schwül. Ginny sagt, wir werden in ein paar Stunden Portland erreicht haben. Ich schätze, sie hat mit ihrer Freundin Carla gesprochen. Vermutlich werden wir wohl bei ihr wohnen können und sie wird uns auch bei der Suche nach einem Job helfen.*"

Naomi seufzte. Würde sie in der großen Stadt überhaupt einen Job finden? Ginny könnte bestimmt in dem Fitnesscenter arbeiten, von dem Carla ihr erzählt hatte, aber für Naomi sah es düster aus.

„*Ich habe Ginny immer beneidet, und ich dachte, ich würde gern zur englischen Welt gehören*", schrieb sie in ihr Tagebuch. „*Jetzt bin ich nicht mehr so sicher. Die Wahrheit ist: Ich fühle mich wie ein Huhn, das versucht, auf einem heißen Ofen ein Nest zu bauen. Ich habe das Gefühl, nirgendwohin zu gehören. Ich bin keine Amische mehr, weil ich mich von unserer Kultur abgewendet habe, doch ich bin auch nicht richtig englisch.*" Sie starrte auf ihre ausgewaschene Bluejeans, die früher Ginny gehört hatte. „*Ich trage englische Kleidung, mein Haar fällt mir offen über den Rücken und ich habe angefangen, Make-up aufzulegen. Aber innerlich fühle ich mich doch als Amische.*"

„Wir sind da. Willst du zur Toilette gehen?"

Ginnys Frage riss Naomi aus ihren Gedanken. In aller Eile steckte sie ihr Notizbuch wieder in ihre Tasche.

Naomi stieg aus und folgte Ginny den Pfad zur Damentoilette. Als sie über die Schulter nach hinten schaute, erhaschte sie einen Blick auf einen Mann, der gerade auf die Herrentoilette zuging. Sie blieb stehen und ihr Herz begann laut zu pochen. War er das – der Engländer, der Zach mitgenommen hatte? Aber wie konnte sie so etwas denken, wo sie der Polizei doch gesagt hatte, sie hätte den Mann, der Root Beer hatte kaufen wollen, kaum wahrgenommen? Hatte sie vielleicht mehr gesehen, als ihr bewusst war? Warum fiel ihr das erst jetzt ein? Oder spielte ihre Erinnerung ihr nur einen Streich?

„Naomi, kommst du jetzt oder nicht?"

Naomi drehte sich herum. Ginny sah sie an, als hätte sie einen Fehler begangen.

„Was stehst du denn da so herum? Ich dachte, du müsstest zur Toilette."

„Ich ... ich ... das muss ich auch, aber ..." Naomi drehte sich noch einmal zu dem Mann um, aber er war fort.

Ginny runzelte die Stirn. „Was ist denn los mit dir, Mädchen? Du siehst so aus, als hättest du saure Weintrauben gegessen."

„Nichts ist los, alles in Ordnung." Naomi setzte sich wieder in Bewegung. Die Anstrengung, sich in einer fremden Welt zurechtzufinden, setzte ihr anscheinend zu. Ja, das war es wohl.

Abraham war froh, dass die *Kinner* wieder zur Schule gingen. Dann brauchte er wenigstens tagsüber im Laden nicht auf sie aufzupassen. Das Problem war nur, dass er jetzt überhaupt keine Hilfe mehr hatte. Auch wenn seine jüngeren Mädchen ihm nicht annähernd so viel Arbeit abgenommen hatten wie Naomi, so konnten Nancy und Mary Ann doch schon Regale einräumen und den Laden sauber halten. Jetzt musste er alles selbst machen und natürlich hatte er jetzt auch keine Zeit mehr für einen Mittagsschlaf.

Dies war einer der Tage, an dem er dringend eine Ruhepause gebraucht hätte. Den ganzen Vormittag hatte er, wenn keine Kunden im Laden waren, die Regale aufgefüllt, und mittags hatte er kaum Zeit genug gehabt, ein Butterbrot hinunterzuschlingen. Wie schön wäre es, wenn er sich jetzt zurückziehen und hinlegen könnte. Nur für ein paar Minuten die Augen schließen und seinen Körper ausruhen.

„Vielleicht sollte ich den Laden für ein paar Tage schließen. Dann könnte ich zu Hause bleiben und etwas Schlaf nachholen." Er schnappte sich das Staubtuch unter der Theke und machte sich daran, die Regale hinter ihm abzustauben. „Aber das bringt mir nichts. Wenn ich den Laden schließe, verdiene ich kein Geld. Außerdem ist zu Hause so viel Arbeit liegen geblieben, und wenn ich nicht endlich eine Hilfe einstelle, wird es nur noch mehr."

„Ich sehe, du führst wieder Selbstgespräche."

Abraham drehte sich um. Jacob Weaver stand lächelnd in der Tür. „Ich gestehe, ich habe es tatsächlich getan." Bevor Jacob etwas erwidern konnte, fügte er hinzu: „Wie läuft das Malergeschäft und was führt dich mitten am Tag in meinen Laden?"

„Wir streichen die Fassade der Bank in Paradise an", erklärte Jacob. „Meine Leute sind fleißig bei der Arbeit, da dachte ich, ich schaue mal vorbei und erkundige mich, wie es dir geht." Er sah sich im Laden um. „Sieht so aus, als seien im Augenblick keine Kunden da, richtig?"

„Ja, aber es war wirklich ein hektischer Vormittag. Ich komme schlecht allein zurecht, weder hier noch zu Hause."

Jacob stützte die Ellbogen auf die Theke. „Die Frauen in unserer Gemeinschaft würden dir sicher gern helfen, wenn du nicht zu starrsinnig wärst, sie darum zu bitten."

Abraham legte das Staubtuch weg und ließ sich auf den Holzhocker vor der Theke sinken. „Was nützt es, sie darum zu bitten, wo ihre Hilfe ja doch nur vorübergehender Natur sein kann. Früher oder später müssen sie sich wieder um ihre eigenen Familien kümmern."

„Ich habe dir ja schon früher gesagt, du solltest eine *Maad* einstellen."

„Ich weiß und ich habe auch darüber nachgedacht." Abraham seufzte. „Das Problem ist, ich weiß nicht, wen ich nehmen könnte, denn sie muss ja auch gut mit den *Kinnern* umgehen können. Sie halten einen manchmal ganz schön auf Trab. Seit Naomi fortgelaufen ist, sind sie noch schlimmer."

„Hast du etwas von ihr gehört?", fragte Jacob.

„Nur eine Postkarte und darauf stand nicht viel."

„Sie hat nicht gesagt, wo sie und Virginia Meyers hin wollten?"

Abraham schüttelte den Kopf. „Sie schrieb nur, dass es ihr gut geht und dass ich mir keine Sorgen machen soll. Ich habe mich noch einmal bei Virginias Eltern erkundigt. Sie haben gar nichts von ihrer Tochter gehört."

„Wenigstens hatte Naomi den Anstand, dir mitzuteilen, dass es ihr gut geht."

„Ja, aber ich weiß immer noch nicht, ob sie jemals wieder zurückkommt."

„Willst du das denn?"

Entrüstet biss Abraham die Zähne zusammen. „Natürlich will ich das. Ich bete jeden Tag, dass sie zurückkommt und wir uns versöhnen können."

„Und du gibst ihr jetzt nicht mehr die Schuld?"

Abraham zuckte mit den Schultern.

„Jesus hat uns aufgetragen, unseren Mitmenschen zu vergeben, wie er uns vergeben hat. Wenn du Naomi und dem Mann, der Zach mitgenommen hat, nicht vergibst, wird es dich kaputt machen."

„Willst du heute Nachmittag noch einen Streit mit mir anfangen, Jacob Weaver?"

„Wie kommst du darauf?"

„Du sagst andauernd Dinge, die bei mir den Eindruck erwecken, als seist du jetzt gegen mich."

Jacob schüttelte den Kopf. „Das ist doch Unsinn, Abraham. Du bist mein guter Freund, und ich möchte, dass du Frieden in deiner Seele findest."

„Ich bezweifle, dass das je passieren wird. Nicht bevor Naomi und Zach wieder zu Hause sind."

Jacob stöhnte. „Darüber haben wir doch schon gesprochen, und ich dachte, du wolltest diese Dinge an Gott abgeben. Du musst an deinem Glauben arbeiten, mein Freund. Gestatte dir doch zu vergeben. Vertraue dem Herrn, dass er mit deinen Kindern seinen Weg geht, und warte auf ihn."

Abraham schlug mit der Hand auf die Theke. Einige Blätter segelten zu Boden. „Du hast leicht reden! Deine *Kinner* sind alle sicher zu Hause. Wenn die kleine Leona oder eines der anderen weggeholt worden wäre, dann würdest du anders reden, das wette ich."

Jacob zuckte mit den Schultern. „Vielleicht, vielleicht auch nicht. Ich möchte gern daran glauben, dass ich jeden Tag beten, im Wort Gottes lesen und den Glauben haben würde, dass er etwas Gutes aus der ganzen Sache entstehen lassen wird."

Abraham rieb sich die Stirn. Der Schmerz wurde immer stärker. Bestimmt würde sein Kopf bald platzen. Im Grunde genommen hatte Jacob ja recht, das wusste er, aber er war müde und entmutigt und brachte weder genügend Kraft noch genügend Glauben auf, um an Wunder zu glauben.

„Ich sehe, ich habe dich geärgert", sagte Jacob. Er beugte sich über die Theke und berührte Abrahams Arm.

Abraham wollte gerade antworten, als sich die Ladentür öffnete und eine Amische hereinkam. Er blickte sie verblüfft an. Sie kam ihm irgendwie bekannt vor, aber er konnte sie auf Anhieb nicht so richtig einordnen.

„Kann ich Ihnen irgendwie helfen?", fragte er.

Sie nickte lächelnd. „Erinnern Sie sich noch an mich … der Quiltladen am Stadtrand von Berlin."

„Aber natürlich erinnere ich mich an Sie!" Er sprang auf, trat eilig vor die Theke und rempelte dabei beinahe Jacob an. „Ich hätte nie gedacht, dass ich Sie noch einmal wiedersehen würde."

„Meine Cousine Edna Yoder hat mich zu ihrem fünfzigsten Geburtstag eingeladen. Sie wohnt in der Nähe von Strasburg. Ich bin gerade hier angekommen und wollte schnell einmal bei Ihnen vorbeischauen, bevor ich zu Edna weiterfahre."

Abraham grinste. Sie wollte ihn sehen, sogar noch bevor sie zu ihrer Cousine fuhr. Das war wirklich ein netter Zug. Er drehte sich zu Jacob um. „Dies ist Fannie Miller. Wir haben uns kennengelernt, als ich vor einer Weile in Ohio war."

Jacob schüttelte Fannie die Hand, dann räusperte er sich und grinste Abraham verlegen an. „Nun, ich gehe dann mal besser. Es war nett, Sie kennenzulernen, Frau Miller."

„Gleichfalls."

Er winkte und eilte zur Tür.

Abraham lächelte Fannie an. „Möchten Sie einen Becher Cidre? Ich habe welchen im Hinterzimmer, in der kleinen Kühlbox, die ich immer in den Laden mitnehme."

Sie schüttelte den Kopf. „Nein danke, ich habe nicht viel Zeit. Meine Fahrerin wartet draußen, doch ich muss Ihnen unbedingt etwas zeigen, bevor ich wieder gehe."

„Was denn?"

Fannie holte eine Zeitung aus der Tasche in ihrer Hand. „Haben Sie die neuste Ausgabe von *The Budget* schon gelesen?"

„Noch nicht. Ich habe nicht mehr viel Zeit zum Lesen." Er runzelte die Stirn. „Seit Naomi fort ist, geht bei uns alles drunter und drüber."

„Wer ist Naomi?"

„Meine älteste Tochter – sie hat Zach damals im Juni draußen im Hof zurückgelassen."

„Ach ja, ich glaube, Sie haben sie erwähnt. Ich konnte mich nur nicht mehr an den Namen erinnern."

„Sie hat eines Morgens mit angehört, wie ich zu Gott gebetet habe. Ich habe ihm gesagt, ich würde ihr die Schuld an Zachs Verschwinden geben." Abraham schluckte. Als er das aussprach, brach der ganze Schmerz wieder hervor. „Und das Schlimmste ist, ich habe Gott gesagt, ich glaubte, sie hätte es mit Absicht getan."

„Aber Abraham! Warum hätte Naomi ihren kleinen Bruder mit Absicht allein im Hof lassen sollen?", fragte Fannie.

„Ich dachte, sie wollte so gern den Buggybauer heiraten, dass sie fast alles tun würde, um ihre Verantwortung zu Hause loszuwerden." Er starrte auf seine Stiefelspitzen. Er schämte sich und konnte Fannie nicht in die Augen sehen. „Ich habe das alles nur im Zorn und in meinem Schmerz gesagt. Ich habe es nicht wirklich so gemeint."

Sie strich ihm sanft über den Arm, wie seine Frau es immer getan hatte. Ihre Berührung war warm und tröstlich. Er sah ihr in die Augen. „Es tut mir leid, dass ich Sie mit meinen Sorgen belaste. Schließlich sind Sie ja nicht deswegen hergekommen."

„Nein, das nicht, aber ich bin froh, dass Sie die Freiheit haben, mir das anzuvertrauen." Fannie lächelte. „Ich denke, mein Besuch könnte Ihnen, was Ihren vermissten Jungen angeht, neue Hoffnung geben."

„Wie das?"

Fannie schlug die Zeitung auf und legte sie auf die Theke. „Sehen Sie hier, diese Anzeige."

Abraham starrte auf die Zeilen, auf die sie ihren Finger gelegt hatte, und las laut vor. *„An die Familie des Amischjungen ... Eine Nachricht für die Familie des Amischjungen, der im Juni diesen Jahres von einer Farm im Lancaster County mitgenommen wurde. Dem Jungen geht es gut. Er ist gesund und glücklich und wird gut versorgt."* Abrahams Knie gaben unter ihm nach und er musste sich an der Theke festhalten, um nicht umzukippen. „Zach. Damit muss mein vermisster Sohn gemeint sein."

Kapitel 23

Abraham konnte kaum glauben, dass es ihm nicht gelungen war, den Verfasser dieser Anzeige in *The Budget* ausfindig zu machen. Nachdem Fannie ihm die Zeitung gezeigt hatte, hatte er wieder neue Hoffnung geschöpft, Zach doch noch finden zu können. Doch die Spur verlief im Sand. Er und Fannie hatten die Redaktion von *The Budget* von einer Telefonzelle aus angerufen und sich mit der Anzeigenannahmestelle verbinden lassen. Doch auf seine Frage nach der Anzeige wurde ihm mitgeteilt, die Anzeige sei per Post eingegangen und das Geld für die Gebühren hätte in bar im Umschlag gelegen. Ein Absender sei nicht vermerkt und der Poststempel unleserlich gewesen.

„Es ist hoffnungslos", sagte Abraham zu Fannie, als sie zu seinem Laden zurückgingen.

Sie schüttelte den Kopf. „Nichts ist hoffnungslos. Bei Gott ist alles möglich."

„Mein Freund Jacob sagt, ich solle diese Tragödie akzeptieren und weitermachen. Er denkt, Gott könnte aus Zachs und Naomis Verschwinden etwas Gutes entstehen lassen."

„Jacob hat bestimmt recht." Fannie blieb vor Abrahams Laden stehen. „Ich sollte jetzt gehen. Meine Fahrerin ist zwar recht geduldig, doch ich habe ihre Geduld schon ziemlich lange auf die Probe gestellt."

„Ich wünschte, Sie müssten nicht fort. Wie lange werden Sie hier im Bezirk bleiben?" Er wäre gern noch länger mit dieser Frau zusammen gewesen, in deren Gegenwart er sich erstaunlich wohl fühlte.

„Ednas Geburtstagsfeier findet morgen Abend statt, und ich hatte vor, am nächsten Tag mit dem Bus nach Hause zu fahren, da dies ein gottesdienstfreier Sonntag ist."

Enttäuschung machte sich in Abraham breit. „Schon so bald? Ich hatte gehofft, wir könnten uns noch einmal sehen. Vielleicht bei einem Essen ein wenig plaudern, wie damals im Garten hinter Ihrem Laden?"

Fannies Gesicht leuchtete auf. „Hey, ich habe eine Idee. Wie wäre es, wenn Sie mit Ihrer Familie morgen Abend zu Ednas Geburtstagsfeier kommen? Wir werden draußen an

Gartentischen essen und es ist bestimmt genug zu essen da, Sie brauchen sich also keine Gedanken zu machen und etwas mitbringen."

„Aber ich kenne Ihre Cousine doch gar nicht. Würde sie es nicht ein wenig seltsam finden, wenn eine ganze Familie, die ihr fremd ist, zu ihrer Feier kommt?"

Fannie schüttelte den Kopf. „Edna wird in diesem Jahr fünfzig und hat ihre Feier selbst geplant. Sie hat schon immer alles etwas anders gemacht als andere und sie liebt Überraschungen." Fannie lachte. „Ich bin sicher, sie wird sich freuen, wenn meine Überraschung ein paar unerwartete Gäste sind."

Abraham war nicht so sicher, obwohl er zugeben musste, dass es ihm verlockend erschien. „Das ist sehr nett, aber –"

Fannie hob die Hand. „Ich akzeptiere kein Nein als Antwort. Ich würde gern Ihre Familie kennenlernen, also bitte sagen Sie, das Sie kommen."

„Nun, ich –"

Fannie nahm ein kleines Notizbuch und einen Stift aus ihrem schwarzen Beutel. „Ich skizziere Ihnen den Weg zu Ednas Farm und warte dort morgen auf Sie. Die Feier beginnt um achtzehn Uhr."

Abraham nahm das Blatt und versicherte ihr, er und seine Familie würden versuchen zu kommen. Er wusste nicht, warum, aber zum ersten Mal seit vielen Wochen empfand er tatsächlich wieder Vorfreude auf etwas. Vermutlich weniger auf die Feier als auf die Aussicht, Fannie wiederzusehen.

Fannie winkte und ging zum Wagen der Engländerin, der immer noch auf dem Parkplatz vor Abrahams Laden stand. „Dann sehen wir uns morgen Abend", rief sie im Gehen.

Als Abraham die Stufen zu seinem Laden hochstieg, staunte er darüber, wie viel Energie er auf einmal wieder hatte. Den ganzen Tag war er so müde gewesen, aber jetzt könnte er vermutlich den ganzen Laden putzen und würde keinerlei Müdigkeit empfinden. „Ich hoffe nur, auch der Rest der Familie hat Lust, zu Ednas Feier zu gehen, denn auf keinen Fall möchte ich die Gelegenheit versäumen, mich noch einmal mit Fannie zu treffen."

Jim hatte gerade die Arbeit für den morgigen Tag an seine Männer verteilt. Dazu gehörte auch das Streichen der Dachrinne eines dreistöckigen Bürogebäudes, was bedeutete, dass ein Gerüst aufgestellt werden musste. Das kam nicht so häufig vor, aber in letzter Zeit hatte er mehrere solcher Aufträge in Tacoma gehabt, und er war froh, dass er vor kurzem die nötige Ausrüstung gekauft hatte.

„Ich schätze, dann ist alles vorbereitet", sagte er zu Hank, seinem Mitarbeiter. „Achte darauf, dass die Jungs morgen früh um sieben auf der Baustelle sind. Ich möchte früh loslegen, denn am Samstag soll es wieder sehr heiß werden."

„Ich werde dafür sorgen." Hank ging davon. Jims Handy klingelte.

„Scott's Malerei- und Dekorationsbedarf", meldete er sich.

„Jim, wo steckst du denn? Ich dachte, du wärst mittlerweile hier. Du hast gesagt, du würdest zum Mittagessen nach Hause kommen, hast du das vergessen?", fragte Linda mit schriller und weinerlicher Stimme.

„Wir haben heute Morgen etwas länger als gewöhnlich gearbeitet und ich kann erst jetzt eine Pause machen", erklärte er ihr geduldig. „Ich musste noch die Leute für morgen einteilen."

„Du willst schon wieder am Samstag arbeiten?" Er hörte die Enttäuschung in ihrer Stimme.

„Nur so konnte ich den Auftrag in Tacoma in meinem Terminkalender unterbringen; außerdem müssen wir das gute Wetter ausnutzen, wenn wir draußen arbeiten. Man weiß nie, wann es wieder regnet."

„Dann müssen Jimmy und ich wohl wieder allein in den Park gehen."

„Ich bin bald zu Hause, Schatz", erwiderte Jim. Er gab keinen Kommentar zu ihren Plänen für Samstag.

„Könntest du wohl auf dem Heimweg im Supermarkt vorbeifahren und mir ein paar Sachen mitbringen?", fragte Linda.

„Sicher, was brauchst du denn?"

„Jimmy bekommt schon wieder einen Zahn und er könnte einen Beißring gebrauchen, auf dem er herumkauen kann."

„Kein Problem."

„Und wir brauchen neue Windeln."

„Okay."

„Und könntest du ein neues Thermometer mitbringen? Ich glaube, Jimmy hat Fieber, aber das alte zeigt normale Temperatur an; vermutlich ist es kaputt."

Jim stöhnte. „Wenn es normale Temperatur anzeigt, dann wird Jimmy auch kein Fieber haben, Linda." Seit sie Jimmy hatten, war sie übermäßig ängstlich. Jim hatte gedacht, das würde sich nach ein paar Wochen legen, aber der Junge war jetzt seit drei Monaten bei ihnen, und sie reagierte noch immer panisch bei allem, was das Kind betraf. Jim hatte sogar ein Babyfon gekauft, damit Linda hörte, wenn Jimmy aufwachte. Wenn er nicht vehement widersprochen hätte, dann hätte Linda vermutlich ihr Lager im Kinderzimmer aufgeschlagen, wie in der ersten Nacht nach ihrer Rückkehr aus Pennsylvania.

„Bring trotzdem ein neues Thermometer mit, nur für den Fall", bat sie.

„Okay. Und sag meinem Jungen, sein Daddy ist bald zu Hause, dann essen wir gemeinsam zu Mittag." Jim schaltete das Handy aus.

„Vermutlich wird sie unserem Sohn die Hand halten, bis er so alt ist, dass er sein Zuhause verlässt", murmelte er, als er zum Wagen ging. Jimmy war ein ganz besonderes Kind und Jim liebte ihn, als wäre es sein eigenes. Aber er fand es nicht gut, dass Linda den Jungen mit ihrer Liebe erdrückte. *Entweder wird er später mal ein Mamakind oder er fängt an zu rebellieren. Beides wäre nicht gut. Ich schätze, ich muss etwas unternehmen, um das zu verhindern.*

Jim öffnete die Wagentür und stieg ein. Seit er sich gefälschte Papiere beschafft und in ihren Safe gelegt hatte, hatte sich seine innere Unruhe ein wenig gelegt. Auch die Anzeige in der amischen Zeitung hatte ihm ein gewisses Maß an Frieden verschafft. Er hatte den Brief während ihres Besuchs bei Lindas Eltern in Boise in den Briefkasten geworfen.

Ich hoffe nur, dass die Familie des kleinen Kerls die Anzeige liest. Wenn sie wissen, dass es ihm gut geht, dann vermissen sie ihn vielleicht nicht so sehr.

Jim rieb sich die Schläfen. Eine Migräne schien im Anmarsch zu sein. „Wem will ich denn etwas vormachen? Eine Anzeige in der Zeitung würde mich nicht beruhigen, wenn mir jemand mein Kind weggenommen hätte."

Er steckte den Schlüssel ins Schloss und ließ den Motor an. „Ich kann Linda nicht gestehen, was ich getan habe, und ich kann auch Jimmy nicht zu seiner richtigen Familie zurückbringen. Linda hat sich schon zu sehr an ihn gewöhnt und ich auch. Ich muss einfach den Gedanken daran verdrängen, das ist alles. Je länger er bei uns lebt, desto mehr werden wir den Eindruck haben, dass er schon immer zu uns gehört hat." Jim fädelte sich in den Verkehr ein. „Außerdem habe ich ihn mitgenommen, um meine Frau glücklich zu machen und das ist sie. Nur das allein zählt. Jimmy ist bei uns bestimmt besser dran als bei den Amischen."

※

Naomi saß auf der Couch in Carla Griffins Wohnung und las die Stellenanzeigen durch. Sie fühlte sich so fremd. Im Grunde genommen war sie nicht sicher, ob sie sich jemals wieder wohl fühlen würde. Seit sie in Portland angekommen waren, empfand sie sich als fünftes Rad am Wagen. Auf der Fahrt hierher hatte Ginny noch so getan, als sei sie ihre Freundin. Jetzt schien sich Ginny mehr für Carla zu interessieren als für Naomi. Die beiden jungen Frauen waren am Morgen ins Fitnesscenter gegangen und hatten Naomi allein gelassen.

„Naomi, du musst dir einen Job suchen", hatte Ginny gesagt, bevor sie die Wohnung verlassen hatten. „Im Wohnzimmer liegt die Zeitung. Du könntest doch die Stellenanzeigen durchgehen und sehen, ob du was findest."

Bevor Naomi eine Antwort geben konnte, fügte Ginny noch hinzu: „Ich denke, wir werden gegen Mittag zurück sein und es wäre schön, wenn du dann etwas zu essen für uns zubereitet hättest."

Schniefend griff Naomi nach einem Taschentuch aus der kleinen rechteckigen Schachtel auf dem Tisch neben der Couch. Obwohl sie sich jetzt mit schönen Kleidern, Fernsehen und modernen Geräten verwöhnen konnte, fühlte sie sich allein und missverstanden. Sie war nicht nur einsam und unzufrieden. Als sie die Stellenanzeigen durchging, musste sie bald feststellen, dass es schwer werden würde, einen Job zu finden. Für die meisten besaß sie nicht die nötigen Qualifikationen. Allerdings wurden Kellnerinnen gesucht, aber sie war nicht sicher, ob ihr das liegen würde. Gäste in einem überfüllten Restaurant zu bedienen war nicht dasselbe, wie für ihre Familie zu Hause zu kochen.

Sie kreiste einige Restaurantjobs ein und riss die Seite aus der Zeitung heraus. Ob Ginny oder Carla wohl Zeit hatten, sie später dorthin zu fahren? Würde jemand ein amisches Mädchen aus Pennsylvania einstellen, das sich so wenig in der modernen Welt auskannte? Sie fragte sich auch, ob sie sich wohl in der riesigen Stadt Portland zurechtfinden würde. Mit Sicherheit würde sie mit dem Bus zur Arbeit fahren müssen, denn sie besaß weder Auto noch Führerschein.

Die Zweifel wurden in ihr übermächtig und sie vergoss bittere Tränen. Und wenn sie sich in der englischen Welt nun nicht zurechtfände? Wenn sie gezwungen war, nach Hause zurückzukehren, obwohl sie wusste, dass ihr Vater zornig auf sie war?

Naomi erhob sich und riss sich zusammen. *Ich werde nie erfahren, ob ich es hier schaffen werde, wenn ich nicht versuche, einen Job zu finden. Also werde ich jetzt erst mal in die Küche gehen und sehen, was an Essbarem da ist. Vielleicht finde ich ja auch etwas, womit ich mich ablenken kann. Allerdings gefällt mir Ginnys Verhalten nicht, und auch nicht, dass sie so dreist war, mich zu bitten, das Mittagessen fertig zu haben, wenn sie nach Hause kommen.*

In der kleinen Küche ging Naomi zum Kühlschrank. Auf der einen Seite standen Getränkedosen und ein paar Flaschen Bier. Sie runzelte die Stirn. „Ich hoffe nicht, dass Ginny dieses scheußliche Zeug trinkt. Aber ich werde es auf keinen Fall probieren, das ist sicher."

Als Ginny und Carla zurückkehrten, hatte Naomi ein Mittagessen vorbereitet. Es gab Sandwichs mit Schinken und Käse und einen grünen Salat. Sie hätte auch gern eingelegte Pickles auf den Tisch gestellt, aber natürlich war nichts da. Und wieder sehnte sie sich nach den Dingen, die zu Hause so selbstverständlich gewesen waren.

„Wie lief das Vorstellungsgespräch?", fragte sie Ginny, als sie am Tisch Platz nahmen.

„Großartig. Ich kann am Montag anfangen."

„Das ist gut, ich meine prima", erwiderte Naomi. Wenn sie unter den Engländern leben und eine von ihnen werden wollte, dann musste sie aufhören, ihren Pennsylvania-deutschen Dialekt zu sprechen. Niemand würde eine Hilfskraft einstellen wollen, die mit einem Amisch-Akzent sprach, dessen war sie ganz sicher. Sie würde sich bemühen, diesen Teil ihres Lebens für sich zu behalten und alles tun, was in der fremden englischen Welt von ihr erwartet wurde.

„Hast du in der Zeitung was gefunden, wo du dich bewerben kannst?", fragte Carla. Sie fuhr sich mit den Fingern durch ihre schulterlangen Haare.

„Ja, hast du was gefunden?", fragte Ginny.

Ihr prüfender Blick ging Naomi durch und durch. Sie nahm die Zeitung vom Tisch und zeigte auf eine Anzeige. „Ich glaube, das hier ist nicht weit von hier. Vielleicht sollte ich mich zuerst dort vorstellen."

Carla nickte. „Gute Idee. Dein Essen ist so gut, dass wir alle zunehmen; du brauchst dringend einen Job."

※

Als Abraham an diesem Abend vom Laden nach Hause kam, war er sehr verärgert über den Anblick, der sich ihm bot. Das Abendessen war nicht fertig, ja, die Mädchen hatten noch nicht einmal mit dem Kochen angefangen. Sie saßen beide am Küchentisch und malten bunte Blätter.

Er räusperte sich und Mary Ann blickte auf. „Oh, hallo Papa. Hattest du einen guten Tag?"

„Er war ganz in Ordnung, bis jetzt", brummte er.

„Wie kommt's? Was ist los?", fragte Nancy, die nicht einmal von ihrer Arbeit aufblickte.

„Ich komme nach einem langen Tag im Laden nach Hause und ihr zwei sitzt am Tisch und malt. Das Abendessen ist nicht noch einmal vorbereitet. Das ist los."

Nancy schob ihren Stuhl zurück und stand auf. „Tut mir leid, aber wir waren beschäftigt und haben ganz die Zeit vergessen. Ist es in Ordnung, wenn es einfach Butterbrote gibt?"

„Ich schätze, ich habe keine Lust, den ganzen Abend auf das Essen zu warten; also werden Butterbrote genügen müssen." Abraham durchquerte die Küche und stellte seine Brotbox auf den Schrank. „Naomi hätte das Abendessen bereits fertig gehabt. Sie hat immer ein warmes Abendessen vorbereitet."

„Aber Naomi ist nicht da", sagte Mary Ann.

„Werde nicht frech, Mädchen! Ich weiß sehr gut, wo Naomi ist."

Nancy eilte zu ihm hin. „Wirklich, Papa? Hast du was von ihr gehört?"

Abraham runzelte die Stirn. „Nein, ich habe nur diese eine Postkarte bekommen. Ich meinte nur – ach, ist auch egal. Jetzt seht zu, dass ihr etwas zu essen vorbereitet, und zwar schnell!" Er nahm sich ein Glas und füllte es mit kaltem Wasser aus dem Wasserhahn. „Wo sind eure Brüder? Sollten sie nicht mittlerweile hier sein?"

„Ich glaube, die älteren sind noch draußen auf dem Feld", erklärte Nancy, während sie einen Laib Brot aus dem Brotkasten nahm. „Samuel sagte, er würde noch eine Weile im Stall spielen."

„Ich verstehe. Sagt Bescheid, wenn das Abendessen fertig ist, ich läute dann die Glocke." Er stürzte das Wasser hinunter und wollte gerade ins Wohnzimmer gehen, als die Hintertür aufgerissen wurde und seine vier Söhne hereinschlenderten.

„Ist das Abendessen fertig? Ich habe einen Bärenhunger", verkündete Matthew.

„Ich rieche gar nichts", fügte Jake hinzu. „Das ist kein gutes Zeichen."

„Das Abendessen ist noch nicht fertig?", fragte Norman mit finster gerunzelter Stirn.

„Ich bin ja dabei", fuhr Nancy ihn an. „Zu deiner Information, es gibt Käsebrote."

„Mehr nicht?" Diese Frage kam von Samuel. In seinen Haaren hingen noch Strohbüschel.

Abraham zupfte sie heraus und reichte sie dem Jungen. „Sei froh über das, was du bekommst, und bring das dahin, wo es hingehört."

Samuel öffnete die Tür und warf das Stroh hinaus. Als er wieder in die Küche kam, lag ein verschmitzter Ausdruck auf seinem Gesicht. „Wir haben einen Wurf Kätzchen im Stall, wusstest du das schon, Papa?"

Mary Ann sprang vom Tisch auf. „Sind sie gerade gebornt worden?"

Samuel drohte ihr mit dem Finger. „Geboren worden, du *glotzkeppiches* Mädchen. Hast du das denn in der Schule nicht gelernt?"

Mary Ann streckte ihm die Zunge heraus. „Ich bin ja nicht doof und ich habe schon viel gelernt." Sie deutete auf die Bilder, die noch auf dem Tisch lagen. „Sieh nur, ich kann ziemlich gut zeichnen."

Abrahams Geduld war erschöpft. Es reichte ihm. Er klatschte in die Hände und alle im Raum fuhren zusammen, auch Matthew, der älteste. „Es ärgert mich, wenn ihr *Kinner* euch nicht vertragen könnt. Samuel und Mary Ann, ihr solltet euch schämen."

Mary Ann ließ den Kopf hängen und Samuel fuhr mit der Stiefelspitze über den Küchenboden. „Es tut mir leid", sagten beide wie aus einem Mund.

„Das ist schon besser. Und jetzt habe ich noch eine gute Nachricht."

Alle starrten Abraham neugierig an.

„Geht es um Zach oder Naomi? Ist einer von ihnen gefunden worden?", fragte Matthew.

„Ich fürchte nicht, obwohl Fannie Miller heute in den Laden kam und mir eine Anzeige in *The Budget* zeigte, die mir Hoffnung machte, dass es Zach gut geht."

„Fannie Miller? Wer ist das, Papa?", fragte Jake.

„Sie ist die Frau, die ich in Berlin kennengelernt habe. Die Besitzerin des Quiltladens."

„Ach ja", warf Nancy ein. „Papa hat uns doch von ihr erzählt."

Abraham nickte und zog sich einen Hocker unter dem Tisch hervor. „Warum setzen wir uns nicht alle?"

Alle folgten seiner Aufforderung und Norman beugte sich vor, die Ellbogen auf den Tisch gestützt. „Was stand in dieser Anzeige über Zach?"

Abraham zupfte sich ein paar Mal am Bart, bevor er antwortete. Er wollte den Wortlaut so genau wie möglich wiedergeben, wie es in der Zeitung gestanden hatte. Er war so ungeduldig gewesen, nach Hause zu kommen, dass er die Zeitung im Laden vergessen hatte. „Mal sehen ... Da stand ungefähr: *,Eine Nachricht für die Familie des Amischjungen, der* *im Juni diesen Jahres von einer Farm in Lancaster County mitgenommen wurde. Dem Jungen geht es gut, er ist gesund und wird gut versorgt.'"*

Nancys Augen waren so groß wie die Zuckerkekse, die Naomi immer gebacken hatte. „Und du denkst, damit ist Zach gemeint?"

Er nickte ernst. „Ich bin ziemlich sicher. Wie viele amische Kinder sind wohl in unserem Gebiet im Juni entführt worden?"

„Keins. Nur Zach." Matthew rieb sich gedankenverloren das Kinn. „Gibt es einen Weg herauszufinden, wer die Anzeige aufgegeben hat?"

„Fannie Miller und ich haben bei der Zeitung angerufen, aber niemand weiß es. Die Anzeige wurde per Post eingeschickt und bar bezahlt. Es war kein Absender angegeben und der Poststempel war unleserlich."

Jake stieß einen leisen Pfiff aus. „So nah und doch so fern."

Das war überflüssig. Abraham trommelte mit den Fingern auf den Tisch. „Zumindest wissen wir, dass es Zach gut geht und er nicht misshandelt wird oder –" Er hielt inne. Er konnte sich nicht überwinden, die Worte auszusprechen.

„Ist Fannie Miller den ganzen Weg von Ohio gekommen, um dir von dieser Anzeige zu erzählen?", fragte Matthew.

Abraham schüttelte den Kopf. „Sie ist zur Geburtstagsfeier ihrer Cousine gekommen. Die Ausgabe von *The Budget* war ihr ganz zufällig in die Hände gefallen, bevor sie von zu Hause losgefahren ist. Sie sagte, nachdem sie diese Anzeige entdeckt hätte, hätte sie an mich und meinen vermissten Jungen denken müssen. Darum ist sie in den Laden gekommen."

„Fannie scheint sehr nett zu sein", bemerkte Nancy.

„Ja, das ist sie. Was mich zu einem anderen Thema bringt. Sie ... äh ... hat uns zur Geburtstagsfeier ihrer Cousine eingeladen. Morgen Abend um sechs Uhr."

In der Küche wurde es ganz still und Abraham hätte sicher hören können, wie eine Feder auf den Boden fällt.

„Kennen wir Fannies Cousine?" Die Frage kam von Mary Ann, deren blaue Augen fröhlich blitzten. „Wir sind schon lange nicht mehr auf einem Fest gewesen und ich denke, das macht bestimmt großen Spaß."

„Ich weiß nicht, ob wir Edna Yoder kennen oder nicht. Sie

wohnt in der Nähe von Strasburg; es könnte also durchaus sein, dass sie schon einmal im Laden gewesen ist, wenn sie in der Nähe von Paradise war, aber wir kennen sie nicht wirklich."

„Warum sollten wir zur Geburtstagsfeier einer Frau gehen, die wir gar nicht kennen?", fragte Norman.

„Weil wir von Fannie Miller dazu eingeladen wurden, darum."

„Nun, die Jüngeren können ja mitgehen, aber ich bleibe zu Hause", verkündete Jake mit vor der Brust verschränkten Armen.

„Ich auch", schloss Samuel sich ihm an.

Abraham stieß seinen Stuhl vom Tisch zurück. „Wir werden alle hingehen und damit basta."

Kapitel 24

Naomi war froh, dass das Restaurant, das gestern in der Zeitung eine Stelle ausgeschrieben hatte, nur wenige Straßen von Carlas Appartement entfernt war. Sie könnte dorthin laufen und brauchte sich nicht von Ginny oder Carla hinfahren zu lassen. Außerdem hatte Ginny gerade verkündet, sie hätten ihren Samstag bereits verplant.

„Carla und ich gehen bummeln, dann sehen wir uns einen Film an. Wenn du Geld hast, kannst du gern mitkommen, Naomi", sagte Ginny. Sie nahm sich einen Donut von dem Teller, der in der Mitte des Tisches stand.

Naomi schüttelte den Kopf. „Ich hatte vor, heute auf Jobsuche zu gehen."

„Das ist eine gute Idee." Ginny stürzte ein Glas Milch hinunter und wischte sich mit einer Serviette den Mund ab.

„Ich möchte Carla nicht mehr länger zur Last fallen und wenn wir zwei uns eine eigene Wohnung nehmen wollen, dann müssen wir beide Geld verdienen."

„Ja, ich weiß. In einigen Lokalen werden Kellnerinnen gesucht und eines davon liegt gar nicht weit von hier entfernt. Ich werde mich zuerst dort vorstellen."

„Das ist gut. Ich hoffe, du bekommst den Job." Ginny erhob sich. „Ich sehe mal, ob Carla fertig ist mit dem Duschen. Wir wollten früh los und es ist schon fast zehn Uhr."

„Wie sehe ich eigentlich aus? Denkst du, das ist okay?", fragte Naomi. „Ich wusste nicht so genau, was ich bei der Jobsuche anziehen sollte." Sie starrte auf die blaue Jeans und die weiße Baumwollbluse, eine Leihgabe von Ginny. „Wenn ich genug eigenes Geld übrig hätte, würde ich mir ein Kleid oder einen Rock und eine Bluse kaufen."

„Ich denke, was du anhast, ist okay. Schließlich bewirbst du dich ja nicht um einen Job in einem vornehmen Büro, wo von dir erwartet wird, dass du jeden Tag wie aus dem Ei gepellt zur Arbeit erscheinst." Ginny knüllte ihre Serviette zusammen und warf sie durch den Raum. Verblüfft beobachtete Naomi, dass sie genau im Mülleimer landete. „In einigen Restaurants bekommen die Angestellten sowieso eine einheitliche Kleidung; ich würde mir also keine Gedanken um meine Kleidung machen."

„Okay, ich werde es versuchen."

Ginny machte sich auf den Weg zur Wohnzimmertür, drehte sich aber noch einmal um. „Das ist übrigens dein größter Fehler, weißt du das?"

Naomi schob ihren Stuhl vom Tisch zurück und stellte ihr Geschirr zusammen. „Was denn?"

„Du machst dir zu viele Gedanken." Ginny verließ den Raum und Naomi ging zum Spülbecken, um ihren Teller und ihr Glas abzuspülen.

Ginnys Worte brannten wie Feuerameisen, trotzdem fragte sie sich, ob sie nicht vielleicht sogar recht hatte. Machte sie sich tatsächlich zu viele Gedanken? War das ein Fehler? Eine Bibelstelle aus dem Matthäusevangelium fiel ihr ein. „Wer ist unter euch, der seines Lebens Länge eine Spanne zusetzen könnte, wie sehr er sich auch darum sorgt? Und warum sorgt ihr euch um die Kleidung?"

Naomi drehte den Wasserhahn auf und hielt das Geschirr unter das warme Wasser. Währenddessen ging sie in Gedanken nach Hause zurück. Als sie von zu Hause fortgelaufen war, hatte sie gleichzeitig auch den Glauben der Amischen aufgegeben. Aber das, was sie über Gott wusste, war nach wie vor in ihr lebendig. Sie konnte sich vielleicht von der Verantwortung ihrer Familie gegenüber abwenden, aber niemals würde sie sich von Gott abwenden können. Das einzige Problem war, dass sie das Gefühl hatte, er habe sich von ihr abgewendet.

※

„Sag, Caleb, kommst du am Sonntag mit zum Singabend? Ich habe gehört, er wird bei Jacob Weaver stattfinden."

Caleb reichte Andy ein Stück Schmirgelpapier für das neue Buggyrad, an dem sie gerade arbeiteten. „Nein. Hatte ich nicht vor."

„Warum nicht? Du tust nichts anderes mehr als arbeiten. Du musst auch mal ausgehen und dich ein wenig amüsieren." Andy zwinkerte ihm zu. „Dir vielleicht eine hübsche Freundin suchen."

Caleb biss die Zähne zusammen. „Jetzt sprichst du genau

wie Mama. Sie sagt immer, ich sollte mittlerweile verheiratet sein und eine Familie gegründet haben."

„Vielleicht hat sie ja recht. Hast du daran schon mal gedacht?"

Natürlich hatte er schon daran gedacht. Sehr oft sogar. Das Problem war, dass er Naomi Fisher heiraten wollte und keine andere. Und das war so unwahrscheinlich wie die Vorstellung, dass der Mond vom Himmel fallen würde.

Andy fuhr mit dem Schmirgelpapier über das Rad. Caleb bearbeitete ein anderes Rad. „Kein Kommentar?"

Caleb schüttelte den Kopf. „Nein."

„Du hängst immer noch an Naomi, richtig?"

Er zuckte mit den Schultern.

„Hast du irgendetwas von ihr gehört, seit sie von zu Hause fort ist?"

„Kein einziges Wort. Aber das habe ich eigentlich auch nicht erwartet."

Andy schnalzte mit der Zunge. „Ich kann immer noch nicht glauben, dass sie einfach fort ist und ihre Familie im Stich gelassen hat. Ich dachte immer, Naomi hätte etwas mehr Pflichtbewusstsein."

Caleb ließ das Schmirgelpapier fallen und funkelte seinen jüngeren Bruder zornig an. „Sie ist pflichtbewusst. Naomi ist eine wundervolle Frau, die sich nach dem Tod ihrer Mamm sehr für ihre Familie eingesetzt hat."

„Das mag sein. Aber warum ist sie denn fortgegangen, was ist jetzt? Wo ist Naomi jetzt, wo ihre Familie sie immer noch braucht?"

Andy hatte recht. Wo steckte Naomi und was war passiert? Warum war sie fortgelaufen? Irgendetwas war vorgefallen, davon war Caleb überzeugt. Vermutlich hatte jemand sie durch seine Worte oder sein Verhalten so sehr verletzt, dass sie es zu Hause nicht mehr ausgehalten hatte. Normalerweise handelte Naomi nicht übereilt oder unbedacht.

Ein unangenehmer Geruch stieg Caleb in die Nase. Er rümpfte die Nase. „Riechst du das? Es muss ein Stinktier in der Nähe sein."

„Ich hoffe nur, dass es sich nicht irgendwo in der Werkstatt versteckt hat", meinte Andy mit finsterem Blick. „Wenn es unsere Geräte besprüht, dann hätten wir den Schlamassel."

„Vermutlich ist es draußen, aber es stinkt ganz schön."
Genau wie dieser ganze Schlamassel mit dem Gemischtwarenhändler und seiner Tochter. Wenn Abraham Fisher Naomi nur die Freiheit gelassen hätte, eine Freundschaft zu beginnen, dann wäre sie vermutlich noch hier. Caleb und Naomi hätten mittlerweile ihre Heirat bekannt geben können. Wenn es nach Caleb gegangen wäre, dann wären sie in diesem November bereits ein Ehepaar.

Er nahm ein neues Stück Schmirgelpapier und machte sich wieder an die Arbeit. Was seine gemeinsame Zukunft mit Naomi anging, war er zum Nichtstun verurteilt. Aber wenigstens konnte er dafür sorgen, dass dieses Rad sich so glatt anfühlte wie Glas.

※

Fannie überprüfte vor dem Spiegel ihr Aussehen. Sie grinste ihr Spiegelbild an und strich über ihre Haare, um sich zu vergewissern, dass sich keine Strähne gelockert hatte. Sie fühlte sich wie ein Teenager, der sich auf sein erstes Rendezvous vorbereitete. Es war wirklich albern. Sie war eine erwachsene Frau, zweiundvierzig Jahre alt, um genau zu sein. Auch wenn sie sich für heute Abend nicht fest verabredet hatten, so hoffte sie doch, Abraham Fisher und seine Familie würden zu Ednas Geburtstagsfeier kommen. Dieser Mann hatte etwas an sich, das sie faszinierte.

Seit Fannie gestern Nachmittag in seinem Laden gewesen war, ging ihr Abraham nicht mehr aus dem Kopf. Sie machte sich Sorgen um ihn und es tat ihr leid, dass er von der *Budget-*Anzeigenannahmestelle keine näheren Informationen über das Inserat und ihren Verfasser bekommen konnte. Und dann die Geschichte mit seiner Tochter, die von zu Hause fortgelaufen war. Das setzte Abraham sehr zu. Wer half ihm, seine Kinder zu versorgen und was war mit dem Laden? Kam er so ganz allein zurecht? Falls er tatsächlich zur Geburtstagsfeier kam, würde sie ihm diese Fragen stellen.

Abraham ist ganz anders als mein Mann, überlegte sie. *Ezra war klein gewesen, nur wenige Zentimeter größer als Fannie. Abraham ist sehr groß, vielleicht ein Meter neunzig oder noch größer. Ezra ist schmal und drahtig gewesen.* Abraham hatte muskulöse Arme und um die Taille war er recht gut gepolstert. Das machte Fannie aber überhaupt nichts aus, da sie selbst auch mit ihrem Gewicht zu kämpfen hatte.

„Du musst aufhören, die beiden Männer miteinander zu vergleichen", ermahnte sie sich. „Abraham wohnt hier und ich wohne in Ohio; wie sollten wir zusammenkommen, selbst wenn ich mir das vielleicht wünsche."

Abrahams bärtiges Gesicht wurde vor ihrem inneren Auge auf einmal ganz deutlich. Seine Augen waren so blau, dass sie glaubte, darin ertrinken zu können.

Abraham ist auch vom Wesen her ganz anders als mein Ezra. Er scheint sehr dickköpfig und ein wenig barsch zu sein, während mein Ezra eher ruhig und versöhnlich war. Sie schüttelte den Kopf. *Ich habe meinen Mann geliebt. Sehr geliebt. Warum also bin ich so fasziniert von Abraham, obwohl er doch ganz anders ist als Ezra? Außerdem kenne ich den Mann doch kaum.*

Ein lautes Klopfen riss Fannie aus ihren Gedanken. „Bist du bald fertig?", rief Edna durch die geschlossene Tür. „Meine Gäste werden jetzt jeden Augenblick eintreffen."

Fannie wandte sich vom Spiegel ab. „Ich komme gleich."

„Ja, gut, beeil dich."

„Das werde ich." Fannie lächelte. Edna war schon immer sehr ungeduldig gewesen. Ungeduldig, aber auch sehr lustig. Seltsam, dass sie nach Josephs Tod nicht mehr an eine Heirat gedacht hatte. Zehn Jahre war Edna jetzt schon Witwe, aber sie schien ganz gut allein zurechtzukommen. Kurz nach Josephs Tod hatte ihr Sohn Aaron geheiratet und Edna hatte ihm das Haus überlassen. Sie und ihre anderen beiden Kinder Gretchen und Gerald hatten bei Aaron und seiner Frau Irma gewohnt. Nachdem die Kinder einen eigenen Hausstand gegründet hatten, zog sie in das kleine Haus auf der anderen Straßenseite. Ednas Großeltern hatten es viele Jahre zuvor gebaut, aber es hatte lange leer gestanden. Edna war entschlossen, sich nicht von ihrer Familie abhängig zu machen. Ihren Lebensunterhalt verdiente sie sich durch Näharbeiten. Sie hatte zum Beispiel eine Reihe Kopfbedeckungen für die Frauen in ihrem Gebiet genäht, die nicht die Zeit hatten, selbst zu nähen.

Seufzend ergriff Fannie das selbstgenähte Kissen, das sie ihrer Cousine zum Geburtstag schenken wollte. Es war an der Zeit, nach draußen zu gehen. Die Feier würde jeden Augenblick beginnen.

Um sechs Uhr waren die Tische draußen auf dem Rasen aufgestellt und bogen sich unter der Last der Speisen. Freunde und Verwandte hatten allerlei Leckerbissen mitgebracht, von gebackenen Bohnen und Kartoffelsalat bis hin zu Mixed Pickles und grünen Dillbohnen. Fannies Blick schweifte durch die Menge. Abraham und seine Familie waren nicht da. Hatte er seine Meinung geändert und wollte doch nicht kommen? Vielleicht hatte er sich nur verspätet oder fand das Grundstück nicht. Ednas Haus lag recht abgelegen.

„Du bist so nervös wie ein Vogel, der den Klauen einer Katze entkommen will. Wieso läufst du hier so unruhig herum?", fragte Edna und versetzte Fannie einen Rippenstoß.

„Ich habe dir doch erzählt, dass ich einen Gast eingeladen habe. Erinnerst du dich?"

Edna nickte. „Den Gemischtwarenhändler aus Paradise – so war das doch, oder?"

„Genau. Ich habe ihm gesagt, er könnte seine ganze Familie mitbringen. Wenn sie also kommen, brauchen wir vermutlich noch einen Tisch."

„Kein Problem. Aaron hat noch einige Sägeböcke in der Scheune und er kann ja ein Brett darauf legen. Ich werde ihn darum bitten, wenn du sicher bist, dass der Mann kommt."

Fannie strich die Falten ihres dunkelgrünen Kleides glatt. „Eigentlich hat er nicht fest zugesagt; er sagte nur, er würde versuchen zu kommen."

Edna warf ihr einen wissenden Blick zu. „Wie es scheint, hat der Mann einen großen Eindruck bei dir hinterlassen."

„Wie kommst du darauf?"

„Du hast den Blick einer jungen Frau, die gerade ihren Verehrer erwartet." Edna zuckte mit den Augenbrauen. „Wenn der Liebeskäfer dich gebissen hat, dann besteht vermutlich auch für mich auf meine alten Tage noch Hoffnung."

Fannie schüttelte den Kopf. „Ich bin nicht verliebt und fünfzig ist doch nicht alt, Edna."

„Vermutlich nicht, wenn man bedenkt, dass ich noch weitere fünfzig Jahre leben könnte." Edna lachte. „Weißt du, was mittleres Alter bedeutet?"

„Wenn man fünfzig wird?"

„Genau. Es ist, als wenn man alle Antworten kennen würde, aber niemand einem mehr Fragen stellt."

Fannie lachte. „Du hast wirklich immer komische Einfälle." Sie zupfte ihr Tuch zurecht. „Ist mein Aussehen in Ordnung?"

„Natürlich."

„Und ich wirke nicht zu dick?"

Edna zog ihre blonden Augenbrauen zusammen. „Du bist nicht dick, nur angenehm rundlich, wie meine liebe Mamm immer sagte."

„Seit Ezras Tod habe ich ein paar Pfund zugelegt. Ich versuche etwas vorsichtig mit dem Essen zu sein, weil ich nicht noch mehr zunehmen möchte."

„Vielleicht solltest du es einmal mit der Knoblauch-Diät probieren. Eine Freundin von mir macht das schon seit einem Jahr." Edna kicherte wie ein Schulmädchen und schlug sich auf den Oberschenkel. „Sie hat bisher noch kein einziges Pfund verloren, dafür aber einige Freunde, das ist sicher."

Fannie schüttelte den Kopf. Edna konnte gut Witze reißen über Menschen, die zu dick waren. Sie war so dürr wie ein Klappergestell; sie hatte noch nie mit Gewichtsproblemen zu kämpfen gehabt.

„Sag mir, wie viel wiegst du eigentlich?", flüsterte Edna Fannie ins Ohr.

Fannie dachte ein paar Sekunden über diese Frage nach, dann drehte sie sich zu ihrer Cousine um und erwiderte: „Oh, einhundert und eine ganze Menge Pfund."

Edna brach in schallendes Gelächter aus und Fannie stimmte mit ein. Es war so schön, miteinander fröhlich zu sein. Zu schade, dass Abraham nicht hier war. Bei all seinen Problemen würde es ihm sicher gut tun, einmal von Herzen zu lachen.

Seufzend blickte Fannie zur Einfahrt hinüber. Sie hatte so sehr gehofft, er würde kommen. „Nun, ich schätze, ich hole mir mal etwas zu essen und suche mir einen Platz."

„Gute Idee. Das hatte ich auch gerade vor."

Fannie folgte ihrer Cousine zum Büfett und hatte gerade ihren Teller zur Hälfte gefüllt, als ein Fahrzeug in den Hof rollte. Es war ein Van, der von einem englischen Fahrer gesteuert wurde und als sie Abraham an der Beifahrerseite aussteigen sah, hätte sie beinahe ihren Teller fallen gelassen. „Er ist da", flüsterte sie Edna zu.

„Dann geh los und begrüße ihn", forderte ihre Cousine sie auf und versetzte ihr einen leichten Rippenstoß.

„Komm doch mit. Immerhin ist das deine Feier und ich würde ihn gern der Gastgeberin vorstellen."

„Also gut." Edna folgte Fannie zur Auffahrt und als sie dort angekommen waren, standen drei kleine Kinder neben Abraham, zwei Mädchen und ein Junge. Dann wurde die hintere Tür geöffnet und drei ältere Jungen stiegen aus. Eigentlich waren es schon fast Männer.

„Abraham", sagte Fannie atemlos. „Ich freue mich, dass Sie kommen konnten." Sie wandte sich zu Edna um. „Dies ist meine Cousine Edna Yoder. Sie hat heute Geburtstag."

Edna streckte ihm lächelnd die Hand hin. Abraham begrüßte sie, aber Fannie bemerkte, dass sein Blick an ihr hing. „Schön, Sie kennenzulernen, Edna. Herzlichen Glückwunsch zum Geburtstag."

„*Danki.*"

„Wie alt bist du geworden?", fragte das jüngste Mädchen.

Abraham runzelte die Stirn. „Mary Ann, eine solche Frage stellt man nicht. Das ist unhöflich."

Edna lachte. „Das macht mir nichts aus. Ich bin fünfzig Jahre alt geworden, aber ich bin noch nicht jenseits von Gut und Böse. Ich laufe nur ein wenig langsamer."

Alle außer den jüngeren Kindern lachten. Vermutlich konnten sie mit der Formulierung nichts anfangen. Fannie lächelte die Kinder an. … Abrahams *Kinner*. Es war schön, sie endlich kennenzulernen.

„Das ist Matthew, mein Ältester", stellte Abraham sie vor. „Und das sind Norman, Jake, Nancy, Samuel und Mary Ann."

„Wie schön, euch alle kennenzulernen", sagte Fannie. „Wie wäre es, wenn ihr euch erst mal was zu essen holt? Die anderen Gäste haben bereits angefangen."

„Ich komme sofort. Ich muss dem Fahrer noch sagen, wann er uns wieder abholen soll." Abraham blickte Edna an, als warte er darauf, dass sie ihm mitteilte, wann die Feier vorbei war.

„Sagen Sie ihm, er soll gegen 22 Uhr kommen", meinte sie nickend.

„Also gut." Abraham ging zur Fahrerseite des Vans.

„Warte doch auf ihn", sagte Edna zu Fannie. „Ich gehe mit seinen Kindern schon mal zum Büfett." Sie machte sich auf den Weg zu den Tischen und die Kinder folgten ihr bereitwillig.

Fannie blieb zurück. Sie war schrecklich nervös. Was hatten sich Abrahams Kinder wohl gedacht, dass ihr Vater mit ihnen zu einer Feier ging – wegen einer Frau, die sie überhaupt nicht kannten? Hatte er ihnen gesagt, wie er und Fannie sich kennengelernt hatten? Dachten sie, dass sie vielleicht hinter ihrem *Daed* her wäre?

Bin ich das?

Diese Fragen erschreckten sie. Sie hatte sich noch nie einem Mann an den Hals geworfen. War die Einladung zu diesem Fest zu gewagt gewesen?

Als Abraham neben sie trat, erschauderte sie.

„Ist Ihnen kalt?", fragte er.

„Nein, nein, mir geht es gut. Und, haben Sie Hunger?"

Er nickte. „Ja, sehr. Ich mag gutes Essen."

„Wer kocht denn jetzt bei Ihnen, nachdem Ihre älteste Tochter fort ist?", fragte Fannie, während sie Seite an Seite die Einfahrt hinunter in Richtung Garten gingen.

„Nancy, aber sie ist erst zehn und kocht nicht annähernd so gut wie Naomi." Er blieb stehen und trat mit der Stiefelspitze nach einem Stein. „Es ist schon schwierig, alles zu organisieren."

„Es tut mir leid, das zu hören", bedauerte Fannie. Sie empfand großes Mitleid mit Abraham. „Haben Sie Hilfe im Laden?"

Er schüttelte den Kopf. „Seit Naomi fort ist, nicht mehr."

„Aber das ist viel Verantwortung für einen alleinstehenden Mann. Ich weiß das, weil meine Tochter mir in meinem Quiltgeschäft hilft. Ich wüsste gar nicht, was ich tun sollte, wenn Abby einmal nicht mehr da sein sollte."

„Ich habe daran gedacht, eine Hilfe einzustellen, aber mir fällt keine geeignete Person ein. Es müsste schon jemand sein, der fleißig arbeitet und nicht herumalbert, wie einige der Jüngeren es gern tun."

„Ich verstehe", erwiderte Fannie. „Haben Sie denn schon signalisiert, dass Sie jemanden suchen?"

„Nein. Ich dachte, ich käme eine Weile allein zurecht. Ich

hoffe und bete, dass Naomi wieder zu Verstand kommt und nach Hause zurückkehrt."

Als Fannie Abraham in die blauen Augen sah, erkannte sie darin die Tiefe seines Schmerzes. Sie wünschte, sie könnte ihm irgendwie helfen. Aber wie?

Als sie weitergingen, kam Fannie auf einmal eine Idee. „Sagen Sie, mir kommt gerade die Idee, dass ich Ihnen doch im Laden helfen könnte. Nur bis Sie jemanden gefunden haben", platzte sie heraus.

Seine Augen wurden groß und er blickte sie an, als hätte sie ihm ein ganz besonderes Geschenk gemacht. „Meinen Sie das ernst?"

Sie nickte. „Ich werde morgen früh im englischen Souvenirgeschäft neben unserem Laden anrufen und die Inhaber bitten, Abby Bescheid zu geben. Wenn sie damit einverstanden ist, dass ich noch ein paar Wochen hier bleibe, dann hätte ich Zeit, Ihnen zu helfen."

Er legte den Kopf zur Seite. „Aber wenn Sie mir helfen, dann ist Ihre Tochter doch allein in Ihrem Laden."

Fannie biss sich auf die Lippen. „Meine Schwiegertochter Lena ist bestimmt bereit, Abby während meiner Abwesenheit zur Hand zu gehen."

Ein strahlendes Lächeln erhellte Abrahams Gesicht. „Fannie Miller, ich glaube, Sie sind eine Antwort auf meine Gebete."

Kapitel 25

Die Zeit war unglaublich schnell verflogen. Fannie konnte kaum glauben, dass sie bereits seit zwei Monaten hier war und Abraham im Laden aushalf.

„Ich mag dein kleines Haus", sagte Fannie zu Edna, als die beiden Frauen den Frühstückstisch abdeckten.

„*Danki*. Ich finde es auch richtig gemütlich."

„Es ist schön, dass du in der Nähe deiner Familie leben und doch für dich sein kannst. Nicht, wie das bei den meisten *Grossdaadihäusern* ist, den Häusern, in denen die Familie mit den Großeltern zusammenwohnt."

Edna grinste. „Ich fürchte, meine Familie würde es nicht aushalten, wenn ich so nah bei ihr wohnen würde. Bestimmt würde ich ihnen mit meinen Witzen und meiner Fröhlichkeit nur auf die Nerven gehen."

Fannie schüttelte den Kopf. „Das bezweifle ich, Edna. Ich denke, deine Fröhlichkeit ist den anderen ein reines Vergnügen, und ich genieße unser Zusammensein mehr, als ich es ausdrücken kann."

Edna gab etwas Spülmittel ins Abwaschbecken und drehte den Wasserhahn auf. „Als du zu meiner Geburtstagsfeier gekommen bist, hätte ich nie gedacht, dass du so lange bleiben würdest."

„Bin ich dir lästig geworden?"

Edna schnalzte mit der Zunge. „Wie kommst du darauf? Nein. Ich bin sehr froh, dass du noch hier bist." Sie bedachte Fannie mit einem ernsten Blick. Zu ernst für Edna. „Dieser Gemischtwarenhändler hat dich irgendwie in seinen Bann gezogen, das wollte ich nur sagen."

Fannie schnappte sich ein Geschirrtuch. „Abraham hat mich nicht in seinen Bann gezogen. Er braucht meine Hilfe, und da Abby nur zu gern bereit ist, das Geschäft allein zu betreiben –"

„Und er konnte sich keine Aushilfe aus seinem Bezirk für den Laden suchen?", unterbrach Edna sie.

Fannie zuckte die Achseln. „Ich schätze, er mag meine Art zu arbeiten."

„Pah! Ich würde sagen, er mag *dich*."

Fannie wurde rot, aber sie widersprach nicht. Die Wahrheit war: Auch sie hatte das Gefühl, dass Abraham anfing, sie nicht nur als Hilfe im Laden zu betrachten. Sie waren gute Freunde geworden und sie war sogar schon ein paar Mal zum Abendessen bei ihm gewesen. Natürlich hatte meistens sie gekocht, weil Nancys Essen ziemlich fad schmeckte.

Wenn sie ganz ehrlich war, musste sich Fannie eingestehen, dass sie nicht nur länger hier geblieben war, weil Abraham Hilfe brauchte. Sie genoss die Gesellschaft dieses Mannes und hoffte ... *Tja, worauf hoffe ich denn?*

„Es sieht nach Schnee aus", bemerkte Edna und riss damit Fannie aus ihren Gedanken. „Kalt genug ist es ja." Sie lachte. „Als meine Zwillinge noch klein waren, dachten sie, die Wolken wären große Kissen, aus denen Federn auf die Erde fallen."

Fannie lächelte und nickte abwesend.

„Hast du keine Bedenken, heute mit meinem Pferd und Buggy in den Laden zu fahren? Ich könnte ja auch meine mennonitischen Nachbarn bitten, dich zu fahren."

Fannie schüttelte den Kopf. „Das ist schon in Ordnung, Edna. Ich nehme gern den Buggy und ich komme auch bei Schnee zurecht, falls die Wolken beschließen sollten, ihre Federn auszuschütten."

„Sei sehr vorsichtig, wenn du die Straße Nr. 30 überquerst, hörst du? In der vergangenen Woche hat es dort einen schlimmen Unfall gegeben."

„Ich fahre nicht bei Gegenlicht und ich werde sehr vorsichtig sein."

Die Frauen spülten das Geschirr fertig und kurz darauf hatte Fannie Ednas Pferd vor den Buggy gespannt und war abfahrbereit.

„Pass auf, hörst du?", rief Edna Fannie nach, als sie das Pferd auf den Weg lenkte.

„Mach ich!"

Kurz darauf fuhr Fannie über die *Fairview Road* nach Paradise. Als sie die *Paradise Lane* erreichte, begann der Buggy zu schaukeln.

„Was ist denn jetzt passiert?", murmelte sie, während sie krampfhaft die Zügel umklammert hielt.

Der Buggy schwankte, machte einen Satz und kippte ganz plötzlich zur Seite.

„Ach je!" Fannie hielt das Pferd an und stieg vom Wagen herunter, um den Schaden zu begutachten. Es dauerte nur einen kurzen Moment, um herauszufinden, dass das rechte Hinterrad abgefallen war und im Graben lag.

Der eisige Novemberwind peitschte gegen Fannies Kleid und sie begann zu zittern. Ganz fest zog sie ihren Wollschal um die Schultern. „Das ist nicht gut. Überhaupt nicht gut. Ich kann das Rad nicht wieder anstecken, und selbst wenn ich es könnte: Ich habe kein Werkzeug, um es zu befestigen."

Fannie stieg wieder in den Buggy. Zumindest war sie jetzt vor der Kälte geschützt. Sie würde warten müssen, bis jemand vorbeikam, der bereit war zu helfen – und warten und beten, dass bald jemand käme. Sie war später als geplant von Ednas Haus losgefahren und hatte keine Ahnung, wie lange es dauern würde, bis Hilfe einträfe. Sie würde zu spät in den Laden kommen und Abraham würde sich vermutlich Sorgen machen.

Fannie schloss die Augen und betete. *Himmlischer Vater, schicke jemanden vorbei, der meinen Buggy reparieren kann. Gib, dass Abraham sich keine Sorgen macht und bitte sei heute bei seiner ältesten Tochter und seinem kleinen Jungen.*

Als das Geklapper von Hufen ertönte, öffnete Fannie die Augen. Ein junger Amischmann in einem offenen Buggy hielt vor ihrer Kutsche an. Er sprang herunter und kam zur rechten Seite, wo Fannie saß und die Zügel in der Hand hielt. Sie öffnete die Tür und begrüßte ihn.

„Sieht so aus, als hätten Sie ein Problem mit Ihrem Buggy. Vielleicht kann ich Ihnen helfen", sagte er lächelnd.

„Oh, das hoffe ich. Es lief eigentlich alles reibungslos, bis ich plötzlich ein Hinterrad verlor."

Er streckte ihr die Hand entgegen. „Ich bin Caleb Hoffmeir, der Buggybauer in diesem Gebiet. Ich habe Werkzeug dabei; wenn das Rad also nicht schlimm beschädigt ist, dürfte es nicht lange dauern, es zu reparieren."

„Ich wäre Ihnen sehr dankbar", sagte sie und stieg aus der Kutsche.

Fannie stellte sich neben Caleb. Er hob das Rad auf und steckte es an die Achse. Als er zu seinem Buggy lief, um sein Werkzeug zu holen, fiel ihr etwas ein, das Abraham ihr neulich im Laden erzählt hatte. „Caleb Hoffmeir, der Buggybauer, wollte sich um Naomi bemühen, aber ich habe ihr nicht einmal erlaubt, zu den Singabenden zu gehen. Wenn ich ihnen eine Freundschaft gestattet hätte, dann wäre Naomi vielleicht noch bei uns", hatte er bedauernd gesagt.

Während sie Caleb bei den Reparaturarbeiten zusah, begann sie ein Gespräch mit ihm. „Ich heiße Fannie Miller und besitze in der Nähe von Berlin in Ohio einen Quiltladen."

„Ich kenne das Geschäft. Dort habe ich vor einer Weile ein englisches Ehepaar gesehen." Er brummte. „Ich dachte, das Kind, das sie bei sich hatten, sei Abraham Fishers Junge."

„Abraham hat es mir erzählt. Ich helfe seit zwei Monaten in seinem Laden aus, aber ich glaube nicht, dass ich Sie schon kennengelernt habe."

Caleb brummte. „Ich bin schon seit einer Weile nicht mehr in Fishers Laden gewesen."

„Abraham hat mehrmals von Ihnen gesprochen."

„Ich wette, er hat nichts Gutes über mich gesagt. Der Gemischtwarenhändler und ich kommen nicht so besonders gut miteinander aus. Vor allem, wenn es um seine älteste Tochter geht, sind wir sehr unterschiedlicher Meinung."

Fannie trat von einem Fuß auf den anderen und betete, sie möge die richtigen Worte finden. „Ich denke, Abraham bedauert mittlerweile, dass er Naomi die Freundschaft mit Ihnen verboten hat."

Caleb sah stirnrunzelnd von seiner Arbeit auf. „Dafür ist es ein wenig zu spät, meinen Sie nicht? Naomi ist fort und wir haben jetzt keine Gelegenheit mehr für eine Freundschaft."

Fannie schickte ein weiteres Stoßgebet zum Himmel. „Abraham glaubt, wenn er Naomi mehr Freiheit gegeben hätte, dann wäre sie vielleicht nicht davongelaufen."

Caleb erhob sich und rüttelte an dem Rad. „Scheint jetzt wieder in Ordnung zu sein."

Fannie war erstaunt darüber, wie schnell er den Schaden behoben hatte. Sie staunte ebenfalls darüber, wie wenig er sich für Abrahams Ansichten interessierte. *Vielleicht ist es gar kein mangelndes Interesse*, dachte sie. *Ich fürchte, der junge Buggybauer ist Naomis Vater gegenüber verbittert.*

„*Danki*, dass Sie das Rad repariert haben. Wie viel schulde ich Ihnen?", fragte sie.

Er schüttelte den Kopf. „Das kostet nichts. Ich kam ja

sowieso hier vorbei und ich lasse nie jemanden mit einer Panne auf der Straße stehen."

Sie lächelte. „Ich verstehe, warum sich Naomi zu Ihnen hingezogen fühlt."

Er zuckte die Achseln. „Dessen bin ich gar nicht so sicher. Wenn sie sich zu mir hingezogen gefühlt hätte, dann wäre sie nicht mit ihrer englischen Freundin davongelaufen. Sie hat die Lebensweise der Amischen aufgegeben und ihre Freunde und Familie verlassen. Um ehrlich zu sein, ich glaube, dass sie jetzt viel glücklicher ist."

Fannie wünschte, sie wüsste, was sie sagen könnte, um Caleb zu trösten oder ihm zumindest neue Hoffnung zu geben. Sie befeuchtete mit der Zungenspitze ihre Lippen und beschloss, einen letzten Versuch zu wagen. „Sie sollen wissen, dass ich inbrünstig dafür bete, dass Gott aus dieser Situation etwas Gutes entstehen lässt."

Calebs Adamsapfel hüpfte beim Schlucken. Fannie merkte, dass er um Selbstbeherrschung rang. „Es wäre wirklich sehr schön, wenn Gott aus diesem ganzen Schlamassel etwas Gutes entstehen lassen könnte, aber um ehrlich zu sein, warte ich nicht auf ein Wunder." Er packte sein Werkzeug zusammen und wandte sich zu seinem Buggy. „Es war nett, Sie kennengelernt zu haben, Fannie Miller."

„Ebenfalls", rief sie. „Und ich bete auch weiter für alle."

※

Naomi drückte den Rücken durch und schüttelte die Beine aus. Draußen war es kalt und regnete. Carla sagte, dieses Wetter sei typisch für den November in Portland. Wegen des kalten Regens und ihres schmerzenden Rückens war Naomi versucht gewesen, an diesem Tag nicht zur Arbeit zu kommen. Doch sie brauchte das Geld.

Naomi nahm ihre Schürze und massierte die Muskeln in ihrem Rücken. Sie war dankbar für ihren Job als Kellnerin hier in *Jaspers Café*, aber die Arbeit hasste sie. In den vergangenen zwei Monaten hatte sie die Gäste bedient, sich aber immer noch nicht an die Anforderungen gewöhnt, die an sie gestellt wurden. Zu Hause hatte Naomi eine Fülle von Pflichten gehabt, aber sie konnte sie nacheinander erledigen, wenn sie Zeit dazu hatte, und sie konnte selbst bestimmen, wann sie was machte. Hier im Restaurant sagte ihr Boss ihr, was sie tun sollte und wann immer ihr etwas misslang, hagelte es Kritik.

Natürlich, argumentierte sie, *hat mir auch Papa gesagt, was ich tun soll – vor allem im Laden.*

Die Gedanken an ihre Familie weckten wieder das Heimweh in ihr. Der Stich, der sie durchzuckte, war so scharf, dass sie meinte, ihre Knie würden nachgeben. Sie vermisste Mary Anns törichte Fragen, Samuels Neugier und sogar Nancys gelegentlichen Trotz. Sie sehnte sich nach Matthews klangvoller Stimme, mit der er ihr versicherte, alles würde gut werden, und sie würde fast alles für einen kleinen Schwatz mit Jake geben oder sogar mit Norman, der ihr oft auch auf die Nerven ging.

Sie seufzte. *Ich vermisse auch Papa, obwohl er mir die Schuld an Zachs Verschwinden gibt. Vielleicht hatte mein Daed ja recht, als er sagte, einige Engländer seien verwöhnt, Ginny zum Beispiel. Mir scheint, die meisten, die ich kennengelernt habe, haben viel zu viel Abwechslung. Ich sitze viel lieber draußen auf der Veranda, esse selbst gemachtes Eis und plaudere mit den Kinnern und Papa, als ins Kino zu gehen, zu tanzen und Dinge zu tun, mit denen Ginny und Carla sonst noch ihre Wochenenden verbringen.*

Naomi hatte gedacht, wenn sie und Ginny ihr Geld zusammenlegten, könnten sie sich eine eigene Wohnung nehmen. Aber wie sich herausstellte, war die Art von Wohnung, die Ginnys Vorstellungen entsprach, zu teuer, und so wohnten sie noch immer bei Carla.

Aber wenigstens hatte Naomi ein eigenes Zimmer. Dafür konnte sie dankbar sein. Ginny und Carla teilten sich ein Zimmer mit einem Doppelbett. Naomi hatte gegen diese Lösung nichts einzuwenden gehabt. In Carlas Nähe, die Bier trank und Zigaretten rauchte, fühlte sie sich unwohl. Früher, als sie noch in Pennsylvania waren, schien Ginny Naomi richtig zu mögen, und sie hatte so getan, als wollte sie ihre Freundin sein. Doch hier kümmerte sie sich nur um sich selbst und ignorierte Naomi fast ganz – wenn sie nicht gerade etwas von ihr wollte. Sich am Ende des Tages in ihr Zimmer zurückziehen zu können, war ein kleiner Trost. Meistens fühlte sie sich von allem ausgeschlossen – als würde sie nicht wirklich dazugehören.

Ginny und Carla waren nicht nur die besten Freundinnen geworden, die Naomi von ihren Unternehmungen ausschlossen, sie erwarteten auch von ihr, dass sie kochte und die Wohnung in Ordnung hielt. Sie sprachen über Thanksgiving und Weihnachten und wie sie sich auf das Essen freuten, das Naomi kochen würde. Naomi fragte sich, wie sie die Feiertage fern von ihrer Familie überstehen sollte. Vermutlich durfte sie die ganze Zeit nur für Carla und Ginny kochen und ihre Launen ertragen.

Aus der Restaurantküche zog der Duft nach Spaghettisoße zu Naomi herüber. Sie schloss die Augen und atmete tief ein. Der Geruch erinnerte sie an gehäutete Tomaten, die sie zu Hause für die selbst gemachte, schmackhafte Tomatensoße verwendet hatte. Die schmeckte viel besser als das einfache, eingemachte Zeug in den Dosen aus dem Supermarkt.

„Ich wünschte nur, ich könnte nach Hause fahren", murmelte sie.

„Willst du hier den ganzen Tag herumstehen, dir deinen Rücken reiben und Selbstgespräche führen, oder hast du vor, irgendwann in diesem Jahrhundert noch mal mit der Arbeit zu beginnen?" Dennis Jasper zog seine dunklen, buschigen Augenbrauen zusammen und stemmte seine fleischigen Hände in die breiten Hüften.

„Ich ... ich wollte nur kurz die verspannten Muskeln in meinem Rücken massieren", erwiderte Naomi. Das kleine Selbstgespräch verschwieg sie ihm.

Er presste seine dünnen Lippen aufeinander. „Lass dir eine Massage geben oder geh zu einem dieser Knochenbrecher, aber bitte in deiner Freizeit!"

Naomi nickte, nahm ihren Bestellblock und eilte ins Restaurant. Das war kein guter Start in den Tag.

※

Jim hatte gedacht, wenn er Linda mehr Zeit ließe, würde sie ruhiger werden und etwas lockerer mit ihrem Sohn umgehen. Vier Monate waren vergangen, seit er den Jungen von der Farm der amischen Familie entführt hatte, doch bisher hatte er noch kein Wort darüber verlauten lassen, dass er Lindas Verhalten unakzeptabel fand und der Meinung war, ihr Verhalten würde Jimmys Entwicklung schaden.

„Heute werde ich mal Klartext mit ihr reden", sagte sich Jim, als er quer durch die Stadt fuhr, um einen neuen Auftrag an Land zu ziehen. „Sobald ich heute Abend nach Hause komme, werde ich Linda sagen, wie es von jetzt an zu laufen hat."

Jims Handy klingelte.

„Scotts Malerei- und Dekorationsbedarf", meldete er sich.

„Jim, ich bin es."

Er schüttelte den Kopf. Wusste sie nicht, dass er ihre Stimme mittlerweile kannte? „Was ist los, Linda?"

„Jimmy ist gestürzt und hat sich die Lippe aufgeschlagen. Ich denke, du solltest nach Hause kommen, damit wir mit ihm in die Notaufnahme fahren können. Die Wunde muss sicher genäht werden."

„Wie tief ist der Riss?", fragte Jim besorgt.

„Nicht sehr tief, aber es blutet."

„Viel oder wenig?"

„Nun –"

„Linda, handelt es sich um einen schlimmen Riss oder nicht?"

„Ich … ich … denke, es könnte übel sein."

„Denkst du es oder weißt du es?"

Es folgte eine Pause.

„Linda?"

„Ich bin noch dran. Ich schaue mir nur Jimmys Lippe noch mal an."

„Blutet es noch?"

„Es scheint nachzulassen. Ich habe einen kalten Waschlappen draufgelegt."

„Das war eine gute Idee."

„Kommst du jetzt nach Hause oder nicht?"

„Das ist doch nun wirklich nicht nötig, meinst du nicht?" Dies war eine der Gelegenheiten, bei der Jim sich wünschte, seine Frau würde sich endlich wieder hinter das Steuer eines Autos setzen. Es war lächerlich, dass sie immer den Bus oder ein Taxi nahm, wenn Jim einmal nicht da war. Ab und zu ließ sie sich auch von einer Freundin chauffieren, aber seit sie Jimmy hatten, war der Kontakt zu ihren Freundinnen ziemlich eingeschlafen.

Als Jim und Linda heirateten, fuhr Linda noch selbst. Aber dann hatte sie ganz in der Nähe ihrer Wohnung einen

Unfall gehabt. Auch wenn es nur Blechschaden gewesen und sie nicht ernstlich verletzt worden war, weigerte sich Linda seither, sich ans Steuer zu setzen.

„Bitte ... Jimmy braucht jetzt seinen Daddy", bettelte sie.

„Sieh mal, Schatz, wenn er ernstlich verletzt wäre, dann würde ich sofort nach Hause kommen, aber nach dem, was du mir erzählt hast, ist es nur eine kleine Verletzung. Lass den Waschlappen noch eine Weile darauf liegen und wenn es nicht mehr blutet, wirst du sehen, dass die Wunde nicht genäht zu werden braucht."

„Bedeutet das, du kommst nicht nach Hause?"

Er stöhnte. „Genau das bedeutet es. Ich bin auf dem Weg, einen neuen Auftrag an Land zu ziehen und ich bin schon zu spät, darum –"

„Na toll. Wenn Jimmy verblutet, dann ist das deine Schuld."

„Wegen einer aufgeplatzten Lippe verblutet man nicht." Jims Geduld war erschöpft und wenn er jetzt nicht auflegte, dann würde er etwas sagen, das er später bedauern würde. „Ich muss Schluss machen, Linda. Ich rufe später noch mal an, um zu hören, wie es Jimmy geht."

„Aber –"

Er legte einfach auf, bevor sie ihren Satz zu Ende sprechen konnte, und schaltete den Klingelton seines Handys aus. Das Match hatte er vielleicht noch nicht gewonnen, aber diese Runde ging auf jeden Fall an ihn.

※

„Möchten Sie nicht Mittagspause machen?", fragte Abraham Fannie, als sie das Staubtuch unter die Theke legte.

Sie lächelte und sein Herzschlag beschleunigte sich. Fannie bedeutete ihm sehr viel. Wenn er ehrlich war, dann hatte er gleich am ersten Tag, als er sie in ihrem Quiltladen in Ohio zum ersten Mal sah, Zuneigung zu ihr gefasst. Seit sie ihm in seinem Laden half, hatten sie sich besser kennengelernt. Noch immer wunderte er sich darüber, warum sie so bereitwillig geblieben war, um ihm in den vergangenen zwei Monaten zu helfen. Anfangs war nur von zwei oder drei Wochen die Rede gewesen – bis er eine andere Aushilfe fände. Aber je länger Fannie blieb, desto mehr genoss er ihre

Anwesenheit. Sie war ihm im Laden eine große Hilfe, sie konnte wundervoll mit den *Kinnern* umgehen und er hatte sich in ihr liebes, sanftes Wesen verliebt.

„Sie schauen mich so seltsam an", sagte sie und verzog die Lippen.

Er räusperte sich. Auf einmal war er ganz verlegen. „Ich … äh … ich habe Ihr Lächeln bewundert."

„Tatsächlich?"

„Ja."

„Ich finde Ihr Lächeln auch nett."

„*Danki*. Ich bin sehr froh, dass Ihre Verspätung heute Morgen keine schlimmere Ursache hatte als ein abgefallenes Buggyrad."

„Ich auch."

„Ich habe mir Sorgen gemacht, als Sie nicht wie üblich im Laden auftauchten."

„Ich bin dem Buggybauer sehr dankbar, dass er den Wagen wieder repariert hat. Wenn Caleb Hoffmeir nicht vorbeigekommen wäre, dann hätte ich vermutlich eine halbe Ewigkeit dort auf der Straße gestanden."

Bei dem Gedanken, dass Fannie an einem so kalten Novembertag ganz allein auf der Straße stand, zog sich Abrahams Herz zusammen. „Ich hätte mich auf die Suche nach Ihnen gemacht, wenn Sie eine Stunde später immer noch nicht da gewesen wären", erklärte er.

Sie lächelte ihn erneut an. „Das glaube ich."

Er grinste sie an.

„Möchten Sie heute gern zuerst Mittagspause machen? Sie wirken ziemlich müde."

Er schüttelte den Kopf. „Eigentlich hatte ich daran gedacht, den Laden für eine Stunde zu schließen und mit Ihnen ins *Good'n Plenty* zum Mittagessen zu gehen."

„Auswärts essen? Wir beide zusammen?"

Er zwinkerte und fühlte sich wie damals als Teenager, wenn er mit einem der Mädchen seiner Gemeinschaft geflirtet hatte. „Das würde ich gern. Ist eine Art Verabredung, wissen Sie?"

Sie strich sich ihr dunkelblaues Kleid glatt, als hätte es Falten. „Sind wir nicht ein wenig zu alt dafür?"

Er lachte. „Fragen Sie Ihre Cousine Edna, was sie über das Altwerden denkt."

Fannie winkte ab. „Ich werde Edna nicht danach fragen, weil ich ihre Ansichten zum Thema Alter kenne."

„Sie hat eine gute Einstellung dazu. Immer positiv und witzig."

„Das stimmt. Es wundert mich, dass sie nicht wieder geheiratet hat."

„Wie steht es mit Ihnen, Fannie? Wie kommt es, dass Sie nicht wieder geheiratet haben?"

Sie zuckte die Achseln. „Ich könnte Ihnen dieselbe Frage stellen, Abraham Fisher."

Er lachte. „Jetzt haben Sie mich erwischt."

Sie berührte mit den Fingerspitzen ihre Hüften. Hüften, die ein wenig zu breit waren, aber das machte ihm überhaupt nichts aus. „Werden Sie es mir sagen oder muss ich raten?"

Er zupfte an seinem Bart, wie er es immer tat, wenn er nachdachte. „Die Wahrheit ist, dass ich keine Frau gefunden habe, die ich so lieben konnte wie meine Sarah."

Sie nickte. „So ist es auch bei mir und meinem Ezra."

Er atmete tief durch und beschloss, alle Vorsicht beiseitezuschieben. „Doch in letzter Zeit empfinde ich anders."

Ihre dunklen Augenbrauen zogen sich in die Höhe. „Ach? Wie das?"

„Sie sind entschlossen, die Worte aus meinem Mund zu hören?"

„Was denn?", neckte sie.

Er griff nach ihrer Hand und war froh, als sie sie ihm nicht entzog. „Ich habe Zuneigung zu dir gefasst, Fannie. Du hast Freude in mein Leben gebracht und mir geholfen, mit dem Schmerz, zwei meiner lieben *Kinner* verloren zu haben, fertig zu werden."

Fannie starrte zu Boden, doch dann blickte sie auf und sah ihn an. „Ich empfinde genauso, Abraham. Ich bin gern mit dir zusammen."

„Denkst du, es wäre möglich, dass du für immer hier bleibst, damit wir uns noch besser kennenlernen können?"

Sie hob zwei Finger. „Ich bin bereits zwei Monate länger hier, als ich geplant hatte. Ich kann nicht erwarten, dass Abby den Quiltladen ganz allein führt."

„Warum nicht? Sie ist in deiner Abwesenheit doch ganz gut zurechtgekommen, nicht?"

Fannie nickte. „Ja, aber meine Schwiegertochter Lena hat ihr geholfen, wenn es sehr hektisch wurde."

„Wäre Lena bereit, Abby auch weiterhin zu helfen – das heißt, falls du dich entschließt, hier im Lancaster County zu bleiben?"

„Das könnte sein. Aber das kann ich nicht sagen, ohne nicht vorher mit ihr gesprochen zu haben."

„Wirst du das tun, Fannie? Ich würde mir wünschen, dass du hier bleibst." Er zuckte mit seinen Augenbrauen. „Ich glaube, meine *Kinner* mögen dich auch und sie würden bestimmt Purzelbäume schlagen, wenn ich ihnen sagen würde, dass du bleibst und vielleicht ihre neue Mamm wirst."

Fannie starrte ihn verblüfft an. „Meinst du wirklich?"

Ein Schweißtropfen lief Abraham über die Stirn und die Wange. War sie bereit, diese Frage schon zu beantworten? Hätte er das mit der Mutter für seine Kinder weglassen sollen? „Ich – das heißt – wenn wir uns besser kennenlernen, denke ich, dass wir bald wissen werden, ob wir bereit sind, diesen Bund einzugehen."

„Das meine ich auch. Wir müssen nichts überstürzen."

„Richtig." Er beugte sich vor und ohne nachzudenken, was er da tat, nahm Abraham Fannie in die Arme und gab ihr einen Kuss auf den Mund.

Sie wehrte ihn nicht ab, aber als er sich von ihr löste, war ihr Gesicht so rot wie eine reife Tomate.

„Tut mir leid, dass ich mir Freiheiten herausgenommen habe, die mir nicht zustehen", murmelte er.

Sie gab ihm einen Klaps auf den Arm. „Du brauchst dich nicht zu entschuldigen."

Erleichterung durchströmte ihn. Vielleicht waren sie ja doch wie füreinander geschaffen. Vielleicht würde Fannie Miller eines nicht allzu fernen Tages Mrs Fisher heißen.

Kapitel 26

Abraham ließ sich in dem Schaukelstuhl neben dem Holzofen nieder. Es war still hier im Wohnzimmer und er hoffte, noch ein paar Minuten allein im Gebet verbringen zu können. Fannie hatte angeboten, das Weihnachtsessen für alle zu kochen. Sie war kurz nach Tagesanbruch gekommen und seit dem Morgen arbeitete sie mit den Mädchen in der Küche.

Er atmete tief den wundervollen Duft ein, der durch das Haus zog. Ein schöner gemästeter Truthahn und ein dicker Schinken brutzelten im Ofen. Es würde Kartoffelpüree, eine leckere Füllung, Sahnemais und eingelegte Zuckerrüben geben und was Fannie sonst noch auf den Tisch bringen würde. Er hatte den Verdacht, dass sie einen Streuselkuchen mit Äpfeln mitgebracht hatte, seinen Lieblingskuchen. Gestern hatte Nancy zwei Kürbiskuchen und einen Kirschkuchen gebacken, aber wenn sich ihre Fähigkeiten beim Backen in letzter Zeit nicht verbessert hätten, dann wäre die Kruste wohl entweder verbrannt oder zu hart geworden.

Abraham klopfte sich auf den Bauch und freute sich auf das Essen, das in etwa einer Stunde auf dem Tisch stehen würde. Er war froh gewesen, als Fannie ihm erzählt hatte, ihre Tochter würde die Feiertage nicht allein verbringen. Fannie hatte überlegt, über Weihnachten nach Ohio zurückzukehren, aber Abby schrieb ihr, sie sollte ruhig bei Abraham und seiner Familie bleiben. Sie würde Weihnachten mit ihrem Bruder und seiner Frau verbringen und sie erwähnte auch, dass sie sich mit einem jungen Mann mit Namen Lester Mast angefreundet hätte. Vermutlich hatte Abby deshalb nichts dagegen einzuwenden, dass Fannie noch länger hier blieb.

„Fannys Tochter ist glücklich und ich bin froh, dass Fannie bei mir und den Kindern bleiben konnte. Es wird ein viel schöneres Weihnachtsfest, als ich erwartet hatte", murmelte er. „Schöner könnte der Tag nur noch werden, wenn Zach und Naomi zu Hause wären."

Er lehnte den Kopf zurück, schloss die Augen und gab sich seinen Erinnerungen hin. Das Weihnachtsfest vor zwei

Jahren war das schönste gewesen, an das er sich erinnern konnte. Sarah war mit Zach schwanger gewesen und freute sich darauf, im Frühling das Kleine zur Welt zu bringen. Abraham hatte Sarahs liebes Gesicht vor Augen, und damals saß sie in demselben Sessel, in dem er jetzt saß. ...

※

„Willst du noch einen Jungen, der auf der Farm helfen kann, oder wärst du dieses Mal auch mit einem Mädchen zufrieden?", fragte sie, als Abraham ins Zimmer trat.

„Ich werde zufrieden sein mit allem, was der Herr uns an Gutem schenkt", erwiderte er, während er sich vorbeugte und Sarah einen Kuss auf die Wange gab.

Sie klopfte sich auf ihren vorgewölbten Bauch. „Es ist ganz schön lebendig, dieses Kleine. Wird sicher ein lebhaftes Kind, meinst du nicht?"

Er lachte und setzte sich auf die Couch ihr gegenüber. „Wenn das so ist, dann werden wir ihm doppelt so viele Aufgaben geben müssen, damit er keine Zeit hat, sich irgendwelche Possen auszudenken."

„Du hast *er* gesagt." Sarah lächelte. „Ich vermute, du hoffst auf einen weiteren Jungen."

Er schüttelte den Kopf. „Es ist mir wirklich egal. Ich möchte nur, dass der *Boppli* gesund zur Welt kommt, das ist alles."

„Ja, ich auch."

※

„Papa, schläfst du?"

Abrahams Träumereien wurden jäh unterbrochen, als er die Augen öffnete. Samuel stand vor dem Holzofen und hielt die Hände an das Feuer, um sie zu wärmen.

„Ich ... äh ... habe nur ein wenig meine Augen ausgeruht." Abraham wollte den kleinen Samuel nicht an seinen tiefsten Gedanken teilhaben lassen.

„Ich habe kein Schnarchen gehört, darum dachte ich mir schon, dass du nicht richtig schläfst", kicherte der Junge.

Samuel ist der jüngste Sohn, der jetzt bei uns lebt, dachte Abraham. *Er ist längst nicht so temperamentvoll wie Zach, aber ich liebe ihn.*

„Wie alt bist du jetzt, Junge?", fragte er.

Samuel richtete sich zu seiner vollen Größe auf. „Ich werde bald neun, kurz nach Naomis Geburtstag, im nächsten Monat."

Abrahams Kehle schnürte sich zusammen. Naomi war ihr Neujahrsbaby gewesen, das eine Stunde nach Anbruch des neuen Jahres geboren wurde. In einer Woche würde sie einundzwanzig werden, aber leider würde sie diesen besonderen Tag nicht mit ihrer Familie feiern.

Oh Naomi, wenn ich dich doch nur noch einmal sehen und dir sagen könnte, was mich bewegt. Ich habe Gott um Vergebung gebetet für meine verirrten Gedanken, aber ich möchte auch dich um Vergebung bitten.

Dank Jacob Weavers gottesfürchtigem Rat und Fannies sanftem und liebevollem Vorbild war Abraham zu der Erkenntnis gekommen, dass er Naomi nicht für Zachs Verschwinden verantwortlich machen konnte. Er hatte auch dem Mann vergeben, der Zach mitgenommen hatte, und das war nicht leicht gewesen. Doch am schwersten war es ihm gefallen, sich selbst zu vergeben. Seit Sarahs Tod hatte er so viele Fehler gemacht, aber wenn Gott seine Sünden vergeben konnte, dann musste Abraham auch sich selbst vergeben, das wusste er.

In Matthäus, Kapitel 7, Vers 1 hieß es: „Richtet nicht, damit ihr nicht gerichtet werdet." Abraham hatte seine Tochter gerichtet, als er Gott sagte, er sei der Meinung, Naomi hätte Zach mit Absicht draußen bei einem Fremden gelassen. Das war falsch, und er war froh, dass er das endlich erkannt hatte. Das Problem war nur, dass Naomi nicht wusste, dass er ihr vergeben hatte. In Matthäus, Kapitel 18, Vers 21 fragte Petrus seinen Meister, wie oft er einem Menschen vergeben sollte, der gegen ihn gesündigt hätte. Jesu Antwort im Vers 22 lautete: „Siebzigmal siebenmal". Das war sehr viel und bevor Naomi von zu Hause fortgelaufen war, hatte sich Abraham geweigert, ihr auch nur ein einziges Mal zu vergeben.

„Aus der Küche kommen wundervolle Düfte, findest du nicht?", sagte Samuel und deutete mit dem Kopf in Richtung Küche.

Abraham riss sich von seinen Gedanken an die Vergangenheit los. Es hatte keinen Zweck, bei Dingen zu verweilen, die nicht zu ändern waren. Er hatte jetzt ein gewisses Maß an Frieden gefunden, und wenn Gott ihm gestattete, die Dinge, die ihm auf dem Herzen lagen, eines Tages mit Naomi zu klären, dann würde er sich darüber sehr freuen. Wenn nicht, dann sollte Gott Naomi dasselbe Gefühl des Friedens und das Wissen schenken, dass sie geliebt wurde und dass ihr vergeben worden war.

„Diese Gerüche sind *wunderbaar schee*", meinte er und lächelte seinen sommersprossigen Sohn an.

Samuel grinste. „Ja, wundervoll. Ich werde heute zwei Portionen von allem essen. Fannie sagt, ich sei im Wachstum und sie ist eine wirklich gute Köchin, findest du nicht, Papa?"

„Ja, das finde ich auch."

Samuel drehte sich um und stand jetzt mit dem Rücken zum Ofen. „Es wird sehr kalt draußen. Ich und Jake sind vor einer Weile nach draußen in den Stall gegangen und haben mit den Kätzchen gespielt. Wir sind bald erfroren."

„Ich schätze, wir bekommen doch noch weiße Weihnachten", bemerkte Abraham.

„Das hoffe ich doch. Ich kann es kaum erwarten, einen großen Schneemann zu bauen. Vielleicht auch eine Schneeburg, dann kann ich dahinter in Deckung gehen, wenn Jake und Norman eine Schneeballschlacht veranstalten."

Abraham lachte. Samuel konnte durchaus mit seinen älteren Brüdern mithalten. Er war sehr selbstbewusst.

Samuel trat ans Wohnzimmerfenster. „Ich dachte, ich hätte eine Wagentür gehört. Hast du das auch gehört, Papa?"

„Nein. Aber das Holz im Ofen knackt ganz schön laut, vielleicht hast du das verwechselt."

Samuel wischte die beschlagene Scheibe frei und spähte hinaus. „Doch, da ist ein Wagen. Sieht aus wie Mavis Petersons Kombi. Ich frage mich, warum sie an Weihnachten herkommt."

Abraham zuckte die Achseln. „Keine Ahnung. Vielleicht möchte sie euch jüngeren Kindern etwas bringen."

„Meinst du?" Samuel rannte zur Haustür, noch bevor Abraham etwas antworten konnte. Kurz darauf stürmte der Junge wieder herein und seine Augen waren so groß wie Pfannkuchen. „Du wirst nie erraten, wer aus Mavis' Wagen ausgestiegen ist."

Abraham verrenkte sich den Hals, um nach draußen zu schauen, aber er konnte die Haustür nicht sehen.

„Es ist Naomi, Papa! Naomi ist zu Weihnachten nach Hause gekommen!"

※

Naomi zitterte am ganzen Körper, als sie langsam aus Mavis' Kombi ausstieg. Und wenn ihre Familie sich nicht freute, sie zu sehen? Wie würde sie reagieren, wenn Papa immer noch zornig wäre und ihr die Schuld an Zachs Entführung gäbe? Mit dieser Frage hatte sie sich in den vergangenen Wochen immer wieder beschäftigt – seit ein Kunde ihr ein christliches Traktat als Trinkgeld dagelassen hatte. Der erste Bibelvers, der ihre Aufmerksamkeit erregt hatte, stammte aus Psalm 51, Vers 5: „Denn ich erkenne meine Missetat und meine Sünde ist immer vor mir." Auf der Rückseite des Traktats stand der Vers 12 desselben Psalms: „Schaffe in mir, Gott, ein reines Herz, und gib mir einen neuen, beständigen Geist." Dieses kleine Stück Papier hatte Naomi klargemacht, dass sie Gottes Vergebung suchen und ihn um ein neues Herz bitten musste. Nach Hause zurückzukehren und Papa um Vergebung zu bitten schien ihr der nächste, wenngleich auch der schwerste Schritt zu sein. Außerdem hatte sie die moderne Welt satt und vermisste ihre Familie und Freunde hier im Lancaster County.

„Wie schön, dass du wieder zu Hause bist", sagte Mavis und riss Naomi aus ihren Gedanken. „Grüße deine Familie von mir."

Naomi erwiderte, das würde sie tun, und bedankte sich bei Mavis, dass sie sie vom Busbahnhof nach Hause gebracht hatte. Sie war froh gewesen, dass ihre englische Nachbarin bereit gewesen war, sie abzuholen. Schließlich war ja Weihnachten.

Oh Herr, betete Naomi im Stillen, als sie zum Haus ging, *bitte gib mir die richtigen Worte, wenn ich meine Familie sehe ... vor allem bei Papa.*

Sie hatte gerade die Veranda erreicht, als Samuel den Kopf zur Tür herausstreckte. Er musste sie gesehen haben, und sie dachte, er würde vielleicht sogar herauskommen, aber stattdessen verschwand er wieder im Haus.

Vielleicht war es ein Fehler, nach Hause zu kommen. Vielleicht hätte ich mir das Geld für die lange Busfahrt von Oregon nach Pennsylvania sparen sollen.

Naomi hatte keine Zeit, noch länger über diese Frage nachzudenken. Ein Chor von Stimmen rief ihr zu, sie solle doch endlich hereinkommen.

Matthew riss ihr den Koffer aus der Hand, während Mary Ann ihre Taille umschlang und Nancy und Samuel sich an sie hängten. Norman und Jake standen mit strahlenden Gesichtern neben der Tür, als würden sie sich freuen, dass sie nach Hause gekommen war. Was Papa dachte, konnte sie nicht sagen, denn er stand wie erstarrt im Zimmer.

Naomi machte einen vorsichtigen Schritt auf ihren Vater zu. „Papa, die ganze Sache tut mir leid. Ich möchte nicht mehr in der englischen Welt leben, und ich bin hergekommen, um dich zu bitten, mich wieder bei euch zu Hause aufzunehmen." Tränen traten ihr in die Augen. „Kannst du mir vergeben?"

Er eilte auf sie zu, nahm Naomi in die Arme und benetzte ihre Haare mit seinen Tränen. „Oh Naomi, meine geliebte Tochter, du bist hier mehr als willkommen. Und ob ich dir vergebe ... das habe ich längst getan und jetzt bin ich derjenige, der dich um Vergebung bittet. An jenem Tag im Stall, als du mich mit Gott hast sprechen hören, habe ich nur mein Herz ausgeschüttet. Mein Schmerz und meine Trauer waren zu groß und ich habe nicht klar denken können. Ich weiß, dass du Zach niemals mit Absicht allein gelassen hast, und mir tut leid, was ich gesagt habe. Wirst du mir vergeben, Naomi?"

Naomi konnte nur nicken, so sehr war sie von ihren Gefühlen überwältigt. Tränen liefen ihr über die Wangen und rannen in ihre Jacke, aber das war ihr egal. Papa freute sich, sie zu sehen. Nur das zählte.

Papa hielt Naomi auf Armeslänge von sich. „Lass dich anschauen. Oh, du bist so dünn geworden."

Sie öffnete den Mund, um eine Antwort zu geben, aber auf einmal redeten alle gleichzeitig los.

„Wo bist du gewesen?"

„Warum hast du nicht geschrieben?"

„Wieso bist du so angezogen?"

Naomi blickte an ihrer Bluejeans und ihrer dicken Jeansjacke herunter. Bei ihrer Rückkehr hatte sie eigentlich ihre eigenen Kleider tragen wollen, aber sie hatte keine mehr. Als Naomi auf der Arbeit gewesen war, hatte Ginny sie in die Altkleidersammlung gegeben. „Wenn du englisch sein willst, dann solltest du dich von allem, was amisch ist, trennen. Das bedeutet auch, diese düsteren Kleider und die lächerlichen weißen Kappen loszuwerden, die du in Pennsylvania tragen musstest", hatte sie gesagt.

„Warum kommt ihr nicht alle in die Küche? Das Essen ist fertig. Ihr könnt doch während des Essens mit eurer Schwester plaudern."

Erst jetzt fiel Naomi auf, dass außer ihrer Familie noch jemand im Raum war. Eine amische Frau mittleren Alters, ein wenig untersetzt, mit dunkelbraunen Haaren und haselnussbraunen Augen hielt sich etwas abseits. Hatte Papa doch endlich eine *Maad* eingestellt?

Papa zog ein Taschentuch aus der Hosentasche, putzte sich die Nase und erklärte: „Naomi, dies ist Fannie Miller."

Fannie trat einen Schritt näher und streckte ihr die Hand hin. „Ich habe so viel von dir gehört, Naomi. Ich sehe, wie glücklich deine Familie ist, dass du an Weihnachten nach Hause gekommen bist."

„Fannie ist Papas Freundin. Wir hoffen, dass sie unsere neue Mamm wird", platzte Mary Ann heraus.

Papas Freundin? Neue Mamm? Diese Frau war also keine Magd. Aber wo war sie hergekommen und warum hatte Naomi sie noch nie zuvor gesehen?

„Ich habe Fannie in ihrem Quiltgeschäft in Berlin kennengelernt", erklärte Papa. „Erinnerst du dich: Ich habe euch von ihr erzählt, als ich von dort zurückkam."

Naomi erinnerte sich. Dies war ihr erster Hoffnungsstrahl bei der Suche nach ihrem kleinen Bruder gewesen, aber es hatte sich nichts daraus ergeben. Fannie hatte Papa erklärt, sie würde das englische Paar mit dem kleinen Jungen nicht kennen. Dass sie jetzt hier war, hatte das etwas mit dieser Sache zu tun? Erinnerte sich Fannie jetzt an etwas und war sie nach Pennsylvania gekommen, um es Papa mitzuteilen?

„Fannie hat in den vergangenen Monaten im Laden ausgeholfen", erklärte Papa, bevor Naomi ihre Fragen aussprechen konnte. „Sie ist Anfang September hergekommen, weil ihre Cousine Geburtstag hatte, und als sie sah, dass ich Hilfe im Laden brauchte, ist sie geblieben." Er lächelte Fannie an und griff nach ihrer Hand. „Ich … äh … nun – und dann haben wir uns ineinander verliebt."

Aus Angst umzukippen, klammerte sich Naomi an der Stuhllehne fest. Wie konnte es sein, dass so viel geschehen war, seit sie ihr Zuhause verlassen hatte? Papa war verliebt? Wie war das möglich, wo er Mama doch so sehr geliebt hatte?

„Ich fürchte, das ist alles zu viel auf einmal", meinte Fannie leise. „Kommt, wir gehen in die Küche und essen erst einmal."

In der folgenden Stunde saßen die Fishers und Fannie an dem großen Holztisch in der Küche und ließen sich das leckere Essen schmecken. Dabei wurde angeregt geplaudert. Für den Augenblick würde Naomi ihre Gefühle Fannie gegenüber beiseiteschieben und die Zeit mit ihrer Familie genießen. Sie war froh, dass sie noch nicht getauft und der Kirche beigetreten war, denn sonst wäre sie sicherlich aus der Gemeinschaft ausgeschlossen worden.

„Komm, erzähl, wo du in den vergangenen vier Monaten gesteckt hast", forderte Matthew sie auf, als sie nach einem weiteren Stück Streuselkuchen griff.

„Im Westen – in Portland in Oregon."

„Wie bist du denn dahin gekommen?", fragte Jake.

„Mit Ginny Meyers Auto. Eine Freundin von ihr lebt in Portland. Wir konnten bei ihr wohnen."

Papa stützte die Ellbogen auf den Tisch. „Und wo ist Virginia jetzt? Ist sie auch nach Pennsylvania zurückgekommen?"

Naomi schüttelte den Kopf. „Ich fürchte nicht. Ginny hat einen Job in einem Fitnesscenter in Portland und es scheint ihr dort zu gefallen."

„Was ist mit ihren Eltern? Sie machen sich Sorgen um sie, weiß sie das denn nicht?", warf Nancy ein.

„Ginny sagte, sie hätte ihnen Bescheid gegeben und ihnen mitgeteilt, sie würde für immer in Oregon bleiben."

Papa schüttelte den Kopf. „Bob Meyers hat mir etwas anderes erzählt. Er sagte, er hätte kein einziges Wort von Virginia gehört, seit sie von zu Hause fortgegangen sei. Sie wussten nicht einmal, dass du bei ihr warst, bis ich es ihnen erzählt hatte."

Diese Nachricht entsetzte Naomi. Sie hatte ihrem *Daed* zumindest gesagt, dass sie mit Ginny weggehen würde. Und sie hatte ihm eine Postkarte geschrieben, aber natürlich hätte sie ruhig noch einmal schreiben können.

„Wieso hast du nur die eine Postkarte geschrieben?", fragte Norman. „Konntest du dir denn nicht denken, dass wir uns Sorgen um dich machen?"

Sie wurde rot und senkte den Blick. „Das tut mir leid, aber ich habe mir eingeredet, dass keiner von euch mehr Wert darauf legt, noch etwas von mir zu hören."

„Das stimmt doch nicht, Naomi", meldete sich Samuel zu Wort. „Wir haben dich ganz schrecklich vermisst."

Sie hob den Kopf. „Ich habe euch auch sehr vermisst."

„Erzähl, wie es draußen im Westen ist", sagte Matthew. „Ist es in Oregon sehr viel anders als hier?"

Naomi nickte. „Es regnet dort sehr viel und Portland ist schrecklich überfüllt. Ich habe als Kellnerin in einem Café in der Nähe von Carlas Wohnung gearbeitet. Der Verkehr auf den Straßen war fürchterlich."

Fannie schob ihren Stuhl vom Tisch zurück und räumte die Kuchenteller weg. „Naomi ist von der langen Busfahrt bestimmt sehr müde. Wir sollten ihr ein wenig Ruhe gönnen."

Auch Papa erhob sich. „Fannie hat recht. Naomi, geh ruhig nach oben, nimm ein heißes Bad und geh dann ins Bett. Morgen können wir mehr von deinen Abenteuern hören."

Naomi war fassungslos. War dies derselbe Vater, den sie vor ein paar Monaten verlassen hatte? Er brüllte keinen an und war auch nicht kurz angebunden. Er wirkte nicht distanziert oder leicht erregbar. Er hatte gesagt, dass er ihr vergeben hatte und hatte auch sie um Vergebung gebeten. Irgendetwas war seit ihrem Weggang mit Papa geschehen, und sie hatte das Gefühl, dass es eine Menge mit Fannie Miller zu tun hatte.

Naomi stellte einige Teller zusammen und brachte sie zum Spülbecken.

Lächelnd scheuchte Fannie sie fort. „Nancy und Mary Ann können mir beim Geschirrspülen helfen. Geh doch nach oben und tu, was dein *Daed* vorgeschlagen hat."

„Ja, das mache ich vielleicht. Ich bin wirklich ziemlich

müde." Naomi ging zur Tür, drehte sich aber noch einmal um. „Habt ihr neue Informationen über Zach?"

„Leider nicht", erwiderte Nancy. „Ich glaube nicht, dass er je wieder nach Hause kommt."

Papa durchquerte die Küche und ging zum Schrank. Er holte eine Zeitung heraus. „Das stimmt nicht ganz. Es hat sich sehr wohl etwas ergeben."

Vorfreude stieg in Naomi hoch. „Was meinst du damit?"

„Als Fannie zur Geburtstagsfeier ihrer Cousine herkam, brachte sie mir dies hier in den Laden." Er reichte Naomi die Zeitung.

„*The Budget*? Fannie hat dir die Ausgabe der Zeitung gebracht?"

Er nickte. „Lies, was ich unterstrichen habe. Gleich hier."

Naomi las den Teil, wo Papas Finger lag, die Anzeige, die er mit einem gelben Markierstift eingekreist hatte. Ihr Herz begann zu klopfen. „Damit muss Zach gemeint sein." Sie blickte ihren Vater an. „Du denkst doch auch, dass es sich um ihn handelt, nicht, Papa?"

Er nickte. „Ja, das glaube ich auch."

„Dann hat der Mann, der ihn mitgenommen hat, vermutlich diese Anzeige aufgegeben." Ein Hoffnungsstrahl drang in ihre Seele und sie schloss die Augen für ein kurzes Gebet. „*Lass es Zach sein, Herr. Möge dies der Hinweis sein, der uns zu ihm führt.*"

„Ich habe bei der Redaktion angerufen, als ich die Anzeige gesehen habe", berichtete Papa, „aber sie konnten mir keine Informationen über den Inserenten geben."

Naomis Hoffnungen zerschlugen sich so schnell, wie sie aufgekeimt waren. Sie hielt die Tränen zurück. „Das sagt uns also nur, dass Zach bei jemandem ist, aber wir wissen nicht, wer es ist. Keine guten Nachrichten, wenn du mich fragst."

„Aber da heißt es, dass es Zach gut geht und dass er gut versorgt wird", erwiderte Papa ruhig. „Irgendwo dort draußen lebt dein kleiner Bruder bei den Engländern, und auch wenn ich ihn immer noch schrecklich vermisse, so kann uns doch diese Anzeige in *The Budget* beruhigen, meinst du nicht? Wenigstens geht es ihm gut und er wird liebevoll versorgt."

„Ja, da hast du wohl recht."

„Selbst wenn wir Zach nie wieder sehen, so haben wir doch wenigstens die Gewissheit, dass er nicht leidet oder mit ihm etwas noch Schlimmeres passiert."

Sie nickte.

„Ich denke, diese Anzeige ist eine Antwort auf unsere Gebete." Papa lächelte, trotz der Tränen in seinen Augen. „Unser kleiner Junge verbringt Weihnachten bei Leuten, denen wir wenigstens so wichtig waren, dass sie die Anzeige in die Zeitung gesetzt haben, damit wir uns keine Sorgen machen. Auch wenn wir nicht wissen, wo Zach ist, ich habe ein gewisses Maß an Frieden gefunden." Er nickte Fannie zu. „Dank Fannies und Jacobs gutem Rat bin ich zu der Überzeugung gekommen, dass Gott aus dieser Sache etwas Gutes für unsere Familie machen wird." Er ergriff Naomis Hand und drückte sie sanft. „Er hat dich nach Hause gebracht und das ist doch etwas Gutes. Wenn er uns ein solches Weihnachtswunder schenken kann, dann vertraue ich ihm auch, was Zach angeht."

Naomi staunte über die Gelassenheit ihres Vaters. Wenn er sich so auf Gott verlassen konnte, dann könnte sie das vielleicht auch. Er hatte sie wieder nach Hause gebracht und Papa hatte recht: Es war wirklich ein Weihnachtswunder.

Sie gab ihm die Zeitung zurück. „Wir sehen uns morgen. Wir haben uns ganz bestimmt eine Menge zu erzählen."

Kapitel 27

„Naomi! Bist du wach?" Die hohe Stimme eines Kindes, gefolgt von einem lauten Klopfen, riss Naomi aus dem Schlaf. Erschöpft und verwirrt drehte sie sich im Bett um. Ein Lichtstrahl fiel durch den Spalt des Rollos.

„Naomi?"

„Ja, ich bin wach." Naomi erkannte Nancys Stimme und merkte, dass dies kein Traum war. Sie war zu Hause in ihrem eigenen Bett. Neue Freude durchströmte sie, als sie sich tiefer in ihr Federkissen kuschelte, das sie viel zu viele Nächte vermisst hatte. Es war viel weicher als das flache, klumpige Kissen, auf dem sie in den vergangenen Monaten geschlafen hatte. Der schwere Quilt, mit dem sie sich zudeckte, war warm und lud Naomi ein, noch ein Weilchen länger liegen zu bleiben. Selbst den stechenden Geruch des Petroleums in der Lampe an ihrem Bett empfand sie als tröstlich. Wie hatte sie diesen vertrauten Raum vermisst, ihr großes Haus und vor allem ihre Familie, die sie liebte und nie aufgehört hatte zu lieben.

„Kommst du bald herunter?", fragte Nancy. „Oder soll ich schon mal ohne dich mit dem Frühstück beginnen?"

Mühsam richtete sich Naomi auf. Sie warf einen Blick auf den Wecker auf ihrer Kommode und verzog das Gesicht. Dies war ihr erster Morgen zu Hause und sie hatte viel länger geschlafen, als sie vorgehabt hatte. „Ich komme, wenn ich mich angezogen habe", rief sie.

„Wir sehen uns in der Küche." Naomi hörte, wie ihre Schwester durch den Flur tapste, und lächelte. Draußen krähte heiser der alte Hahn. Diese Geräusche gefielen ihr viel besser als die laute Musik, die Carla jeden Morgen anstellte, oder die lärmenden Autos, die an ihrer Wohnung vorbeiflitzten.

Naomi stieg aus dem Bett und ging zum Fenster. Sie hob das Rollo an und spähte hinaus. Die Erde war von einer blendend weißen Decke eingehüllt. Falls noch mehr Schnee fiel, würde es bald ein Lagerfeuer geben, mit Schlittschuhlaufen und Schlittenfahrten. Befreundete Paare in ihrer Gemeinschaft würden jede Menge Spaß haben.

Sofort wanderten Naomis Gedanken zu Caleb. Hatte er während ihrer Abwesenheit ein anderes Mädchen gefunden? Sie könnte es ihm nicht verübeln. Immerhin hatte Naomi Caleb mehrmals deutlich gemacht, er solle nicht auf sie warten und sich eine andere suchen. Immer wieder hatte sie ihm erklärt, dass sie, solange sie die Verantwortung für ihre Familie trug, keine Freundschaft beginnen könnte.

Naomi schüttelte den Kopf. *Dass ich ohne ein Wort weggegangen bin, hat Caleb vermutlich den Eindruck vermittelt, ich hätte kein Interesse an ihm.* Naomi hatte sich nie gestattet, sich den Gefühlen, die sie seit ihrer Kindheit für Caleb empfand, hinzugeben. Es hatte keinen Zweck, ihm Hoffnungen zu machen, wenn es für sie keine gemeinsame Zukunft gab.

Sie unterdrückte die Tränen, die ihr ganz plötzlich in die Augen traten. Naomi hatte Caleb kein einziges Mal geschrieben, obwohl sie oft drauf und dran war, es zu tun. „Es gab einen guten Grund dafür", murmelte sie. Außerdem wollte sie Caleb keine Hoffnungen machen. Naomi hatte sich selbst eingeredet, sie würde niemals nach Pennsylvania zurückkehren. Bis sie das Traktat gefunden hatte, das von einem Gast in Jaspers Café liegen gelassen worden war, hatte sie nicht gedacht, sich jemals mit Gott, sich selbst und vor allem mit Papa versöhnen zu können.

Hat Caleb an mich gedacht? Hat er unsere Gespräche im Laden vermisst und die kurzen Momente, wenn wir allein waren? Sie zitterte vor Kälte und legte die Arme um ihren Körper. *Caleb hat es verdient, glücklich zu sein. Wenn er also in meiner Abwesenheit ein anderes Mädchen gefunden hat, dann werde ich mich bemühen, meine Gefühle für ihn zu überwinden und mich mit ihm zu freuen.*

Es klopfte erneut an die Tür. „Naomi, bist du da drin?" Dieses Mal war es Mary Ann.

„Ich ziehe mich gerade an. Ich bin gleich unten."

Jetzt war keine Zeit mehr zum Träumen. Ihre Familie wartete auf das Frühstück und sie musste sich beeilen, dass es auf den Tisch kam. „Wenigstens ein paar Dinge haben sich hier nicht geändert", murmelte sie kopfschüttelnd. „Aber es ist in Ordnung. Ich bin einfach nur sehr froh, wieder zu Hause zu sein."

Jim zog sich das Kissen über die Ohren, um das schrille Schreien ihres unruhigen Kindes, das über das Babyfon zu hören war, zu dämpfen. Gestern hatten sie Jimmy – da Weihnachten war – erlaubt, länger als gewöhnlich aufzubleiben und mit seinen neuen Spielsachen zu spielen. Jetzt bezahlte Jim den Preis für diese Entscheidung. Lindas Eltern waren über die Feiertage zu Besuch gekommen und den ganzen Tag war Jimmy von einem zum anderen herumgereicht worden. Die Großeltern und Linda hatten das Kind fürchterlich verwöhnt. Der Junge hatte viel zu viele Geschenke bekommen, viel zu viele ungesunde Sachen gegessen und war noch herumgelaufen, als er eigentlich hätte schlafen sollen.

Als Jim hörte, wie Linda aus dem Bett schlüpfte, stöhnte er. „Wie viel Uhr ist es?"

„Drei Uhr", flüsterte sie. „Jimmy schreit schon wieder."

„Das höre ich. Seit wir ihn um elf Uhr ins Bett gelegt haben, schreit er jede Stunde. Vermutlich hat er Bauchweh von all dem Süßkram, den er in sich hineingestopft hat."

„Schlaf weiter, Schatz. Ich kümmere mich um ihn."

Jim brummte nur. Wenn er nicht in drei Stunden aufstehen müsste, um zur Arbeit zu gehen, dann wäre ihm der verlorene Schlaf oder das schreiende Kind am Ende des Flurs vielleicht egal gewesen.

Jim war gerade wieder eingeschlafen, als er ein vertrautes Geräusch vernahm.

„Da-Da-Da."

Jim drehte sich um und richtete sich auf. Linda saß am Fußende des Bettes und hielt Jimmy in den Armen.

„Was macht er hier?"

„Ich konnte ihn nicht beruhigen, darum dachte ich, er könnte bei uns schlafen."

„Das ist keine gute Idee, Linda."

„Warum nicht?"

„Mir bleiben nur noch wenige Stunden, bis ich zur Arbeit muss."

„Und genau darum habe ich ihn mitgebracht." Sie trat an ihre Seite des Bettes, legte Jimmy zwischen ihre beiden Kissen und kroch neben ihm ins Bett.

Jim drehte sich auf die Seite. Wenn das nicht funktionierte, würde er auf der Couch schlafen müssen.

„Da-Da."

„Ja, genau. Schlaf jetzt, Jimmy. Da-Da braucht seinen Schlaf."

Jim hatte kaum seine Augen geschlossen, als er einen Tritt in die Rippen bekam. „Aua!"

„Was ist denn, Schatz?"

„Das Kind tritt mich."

„Jimmy, nein, nein", mahnte Linda freundlich.

Und wieder ein Tritt.

Jim stöhnte. „Kannst du ihn nicht auf die andere Seite des Bettes legen?"

„Wenn er nicht zwischen uns liegt, könnte er herausfallen. Schließ die Augen und versuch zu schlafen."

„Ma-Ma-Ma! Da-Da!" Eine kleine, feuchte Hand legte sich Jim auf den Rücken. Er entzog sich ihm.

„Bring den Jungen wieder in sein Zimmer, Linda."

„Er ist einsam, Jim. Nach der Aufregung gestern und nachdem er die ganze Zeit im Mittelpunkt gestanden hat, braucht er uns."

„Und ich brauche meinen Schlaf!"

„Warum schreist du denn so? Du könntest Mutter und Vater aufwecken."

„Es wäre ein Wunder, wenn sie nicht schon wach wären", brummte er.

„Du brauchst nicht so sarkastisch zu sein."

„Ich spreche nur Tatsachen aus."

„Unser erstes Weihnachten mit Jimmy war wundervoll, nicht?", fragte sie, um das Thema zu wechseln.

„Es war toll."

„War es nicht süß, als Jimmy versuchte, dem Teddy, den meine Eltern ihm geschenkt haben, die Flasche zu geben?"

„Ja, sehr süß. Aber Jimmy sollte eigentlich keine Flasche mehr nehmen."

„Ich denke, er braucht sie noch. Sie gibt ihm Trost."

„Und warum nimmt er jetzt keine?"

„Ich habe es ja damit versucht, aber er wollte nicht. Vermutlich ist er satt."

„Aha." Jims Atmung zeigte, dass sein Schlafbedürfnis stärker wurde als die Ablenkung.

Klatsch! Jimmys feuchte kleine Hand traf Jim an der Schläfe.

Er fuhr hoch. „Das reicht. Jetzt fährt der Hammer dazwischen!"

„Der Hammer? Jim, wovon um alles in der Welt sprichst du denn? Hast du schlecht geträumt?"

„Nein, es ist wohl eher ein Albtraum." Jim sprang aus dem Bett, schnappte sich Jimmy und taumelte zur Tür.

„Wohin bringst du mein Baby und was redest du da von einem Hammer?", rief Linda.

Er blieb stehen und drehte sich zu ihr um. „Mein Dad hat diese Redewendung immer gebraucht, wenn er sich entschlossen hatte, ein Machtwort zu sprechen. Und ich habe beschlossen, dass es für mich an der Zeit ist, genau das zu tun, weil das hier alles vollkommen außer Kontrolle geraten ist."

„Ich verstehe nicht, warum du so erregt bist." Lindas Stimme bebte vor Erschütterung, aber er würde nicht nachgeben. Dieses Mal nicht. Bisher hatte er viel zu oft nachgegeben. Und wohin hatte es ihn gebracht? Normalerweise wählte Jim immer den leichten Ausweg, nahm die Anrufe nicht entgegen, wenn er wusste, dass Linda anrief, oder schlief auf der Couch, wenn sie entschlossen war, Jimmy mit in ihr Bett zu legen. Aber jetzt war Schluss und er würde hart bleiben!

※

„Naomi, du hättest heute Morgen doch wirklich nicht mitzukommen brauchen", sagte Abraham, während Naomi durch den Laden lief und die Gaslampen anzündete. „Ich hätte gedacht, du wolltest lieber zu Hause bleiben und etwas Schlaf nachholen."

Sie schüttelte den Kopf. „Ich möchte hier sein, Papa. Ich habe die Arbeit im Laden so vermisst, und es ist viel schöner, in unserem Laden zu arbeiten, als in einem überfüllten, lauten Restaurant die Gäste zu bedienen."

„Ich bezweifle, dass heute viele Kunden kommen werden, da heute der erste Montag nach Weihnachten ist." Er deutete mit dem Kopf zum Fenster. „Außerdem schneit es wie verrückt, und die Leute werden wohl nicht unbedingt dem Schneesturm trotzen, um ausgerechnet in unserem Laden einzukaufen."

Sie lächelte ihn an. „Und warum haben wir dann den ganzen Tag geöffnet?"

„Aus Gewohnheit, schätze ich." Er lachte und zuckte die Achseln. „Man weiß ja nie, ob nicht jemand dringend etwas braucht."

„Das stimmt. Ich erinnere mich an den vergangenen Winter, als es so kalt war, dass die Leute herkamen, um sich mit Petroleum für ihre Lampen, Wollschals, Hüten und Handschuhen einzudecken. Ich glaube, wir haben auch viele Schneeschieber verkauft."

„Das stimmt. Und vermutlich hatte ich deshalb das Gefühl, den Laden heute doch lieber zu öffnen."

„Seit wann verkaufst du denn Quilts, Papa?", fragte Naomi, als sie einen Stapel der bunten Decken auf dem Regal in der Nähe entdeckte.

„Das sind Fannies Quilts. Sie hat sie genäht und ich habe vorgeschlagen, sie solle doch versuchen, sie hier zu verkaufen." Abraham hängte das Schild „Geöffnet" in die Tür und nahm sich den Besen. „Es wundert mich immer wieder, wieso es so schmutzig hier drin wird. Mittlerweile sollten die Kunden doch gelernt haben, sich die Füße abzutreten, bevor sie hereinkommen."

Naomi drehte dem Stapel mit den Quilts den Rücken zu und stellte sich neben Abraham. „Darf ich dir eine persönliche Frage stellen?"

„Frag nur."

„Wie ernst ist es mit dir und Fannie?"

Er hörte auf zu kehren und drehte sich zu ihr um. „Ich möchte sie bitten, mich bald zu heiraten."

Naomi blieb vor Überraschung der Mund offen stehen. „Ich hätte nie gedacht, dass du wieder heiraten würdest. Du und Mama – nun, ich weiß doch, wie sehr du sie geliebt hast."

„Das habe ich und in meinem Herzen wird auch immer ein Platz für sie sein. Nach mehr als zwanzig Jahren, die man mit einem Menschen zusammengelebt hat, wird man sich immer die Liebe zu ihm hier drin bewahren." Er legte seine Hand auf die Brust.

„Liebst du Fannie mehr als Mama?"

Abrahams Kehle schnürte sich zusammen. Seine Gefühle waren schwer zu beschreiben. Er scharrte mit der Stiefelspitze auf dem Boden. „Das, was zwischen Fannie und mir ist, ist etwas ganz Besonderes. Das will ich nicht leugnen. Ob ich sie mehr liebe als deine Mamm – ich glaube, ich könnte nie jemanden mehr lieben als Sarah." Er schüttelte den Kopf. „Vielleicht genauso, aber auf eine andere Art. Verstehst du das?"

Naomi nickte und ihre dunklen Augen füllten sich mit Tränen. „Ich ... denke schon, Papa."

Er stellte den Besen beiseite und nahm sie in die Arme. „Es ist so schön, dich wieder zu Hause zu haben, Naomi. Ich habe dich so vermisst."

„Ich habe dich auch vermisst."

Abraham wollte noch etwas sagen, aber die Ladentür wurde geöffnet und Fannie kam herein.

„*Gude Marije*", grüßte sie lächelnd. „Das ist wirklich scheußliches Wetter." Fannies schwarze Haube war mit weißen Flocken bedeckt und Abraham hätte sie gern fortgewischt.

Doch stattdessen erwiderte er ihr Lächeln und sagte: „Ich hatte dich heute Morgen gar nicht erwartet, bei dem Schnee und der Kälte."

Sie winkte ab. „Das schlechte Wetter kann mich doch nicht davon abhalten, in den Laden zu kommen, wo ich dachte, dass du ganz allein hier bist."

Er deutete mit dem Kopf zu Naomi. „Ich konnte sie nicht überreden, heute zu Hause zu bleiben und sich auszuruhen."

Fannie legte ihren schweren Schal und ihre Haube ab und hängte sie an den Haken an der Wand. „So wie ich Matthew kenne, hat er sich vermutlich nur zu gern bereit erklärt, nach der Schule auf die Kinder aufzupassen", erklärte sie Naomi.

Naomi zog die Stirn in Falten. „Matthew hat auf die *Kinner* aufgepasst, als ich fort war?"

„Nur nach der Schule und an den Samstagen", stellte Abraham richtig. „Nancy hat das Kochen und Putzen übernommen, aber Matthew kann gut Frieden stiften, wenn die Jüngeren zu zanken beginnen."

Naomi lächelte. „Ja, ich weiß, wie das ist."

Fannie räusperte sich. „Abraham, ich würde gern mit dir sprechen – allein."

Er blickte zu Naomi hinüber. „Würdest du dich um die Kunden kümmern, die möglicherweise hereinkommen?"

„Aber gern, Papa."

Abraham nahm Fannies Arm und führte sie in den hinteren Teil des Ladens. Vor einem Regal mit Samen und Gartenbedarf blieben sie stehen. „Was ist los?", fragte er.

Sie trat nervös von einem Fuß auf den anderen. „Ich habe mir überlegt, da Naomi jetzt wieder zu Hause ist, sollte ich vielleicht nach Ohio zurückfahren."

Er war wie betäubt, blieb eine Zeit lang reglos stehen und wusste nicht, wie er reagieren sollte. „Willst du fahren?", murmelte er schließlich.

Sie starrte zu Boden. „Ich bin jetzt schon mehrere Monate hier und habe Abby mit dem Quiltladen ganz allein gelassen."

„Ich dachte, mit Lenas Hilfe käme sie ganz gut zurecht."

Fannie nickte. „Das stimmt auch, aber –"

„Und ich dachte, es würde dir Spaß machen, hier mit mir zu arbeiten." Abraham zupfte an seinem Bart und wünschte, dieses Gespräch würde überhaupt nicht stattfinden.

„Das stimmt, aber ich vermisse meine Quilts und –"

Er deutete nach vorn. „Ich habe dir doch ein Regal frei geräumt, damit du einige deiner Quilts hier verkaufen kannst."

„Ich weiß und dafür bin ich dir auch dankbar." Sie lächelte, aber das Lächeln erreichte nicht ihre Augen. „Deine Tochter ist wieder da, Abraham. Du brauchst mich nicht mehr."

Ohne einen Gedanken daran zu vergeuden, dass jemand sie sehen könnte, zog Abraham Fannie in seine Arme. „Ich werde dich immer brauchen, Fannie Mae. Ich liebe dich und möchte dich zu meiner Frau machen."

Ihre wunderschönen Augen, die ihn an Eicheln im Herbst erinnerten, füllten sich mit Tränen. „Du willst mich wirklich heiraten?"

Er gab ihr einen Kuss auf ihre weiße Kappe. „Ich dachte, du wüsstest, was ich empfinde. Ich habe dir doch oft genug gesagt, dass ich dich liebe."

„Das stimmt, aber da Naomi jetzt wieder nach Hause gekommen ist, dachte ich, du hättest das Gefühl, jetzt auch wieder ohne mich auskommen zu können."

„Ich könnte nie mehr ohne dich auskommen, Fannie. Ich möchte, dass du meine *Fraa* wirst."

Seufzend lehnte sie sich gegen seine Brust. „Ich liebe dich, Abraham Fisher."

„Bedeutet das, dass du mich heiraten wirst?"

Sie nickte. „Wenn Abby bereit ist, den Laden ganz zu übernehmen."

Abraham versteifte sich. „Und wenn sie das nicht ist?"

Fannie lächelte und zwickte ihn sanft in die Wange. „Dann werde ich ihr vorschlagen, dass sie hierher zieht. Vielleicht finden wir ja ein Gebäude in der Nähe, in dem wir unseren Laden eröffnen können."

Abraham hatte eine Idee. Er schnippte mit den Fingern. „Ich habe eine Idee."

„Was denn?"

„Ich könnte meinen Laden doch erweitern, dann hättest du einen eigenen Quiltladen. Wie klingt das?"

Sie legte den Kopf in den Nacken und blickte zu ihm auf. „Das klingt *wunderbaar* gut in meinen Ohren."

※

Caleb konnte es nicht fassen, dass seine Mutter ihn bei diesem Wetter losgeschickt hatte, um Petroleum zu kaufen, obwohl ihr Vorrat noch nicht einmal ganz zur Neige gegangen, sondern nur knapp war. Und warum ausgerechnet ihn und nicht Andy oder Marvin? Weil er älter war und sie das Gefühl hatte, dass er im Schnee besser mit Pferd und Buggy zurecht kam?

Pop hatte heute Morgen einen Fahrer bestellt, der ihn zu seinem Zahnarzt nach Lancaster bringen sollte, und John und David waren losgezogen, um sich mit ihren Freundinnen zu treffen. Da Mama darauf bestanden hatte, dass Caleb sofort zu Fishers Laden aufbrach, hatte er Andy und Marvin in der Werkstatt zurückgelassen. Sie würden mit einem neuen Wagen für einen Engländer in ihrem Bezirk anfangen, der eine Pension führte und den Touristen kostenlose Buggyfahrten anbieten wollte. Caleb konnte nur hoffen, dass seine Brüder in der Zwischenzeit keinen Mist bauten.

Marvin war manchmal recht nachlässig und Andy neigte zu Unfällen. In Calebs Abwesenheit könnte alles Mögliche geschehen.

Als er bei Fishers Gemischtwarenladen eintraf, war Caleb innerlich ziemlich aufgewühlt. Seit vielen Monaten hatte er den Laden nicht mehr betreten – seit Naomi von zu Hause fortgegangen war.

Caleb stampfte sich den Schnee von den Füßen und trat in den Laden ein. Ein warmer Luftzug berührte sein Gesicht und er rieb die kalten Hände aneinander. Es tat gut, der Kälte entkommen zu sein, obwohl er in einem geschlossenen Buggy gekommen war, in dem es sogar eine tragbare Heizung gab.

„*Gude Marije*", grüßte er und nickte Abraham zu, der hinter der Theke saß und gerade in sein blaues Kassenbuch vertieft war.

„Ja, das ist wirklich ein guter Morgen."

Caleb steckte seine Hände in die Taschen. *Der Gemischtwarenhändler scheint heute Morgen gute Laune zu haben. Ich kann mich nicht erinnern, dass er je so freundlich zu mir gewesen ist.*

„Hattest du ein schönes Weihnachtsfest?"

„Ganz in Ordnung. Und bei Ihnen?"

Abraham nickte lächelnd. „Besser als erwartet."

Hmm … vielleicht hat die Fröhlichkeit des Mannes etwas mit Fannie Miller zu tun. Calebs Mutter hatte ihm neulich erzählt, sie hätte von ihrer Freundin Doris, die jemanden kannte, der mit Fannie Millers Cousine Edna Yoder befreundet war, gehört, dass Fannie und der Gemischtwarenhändler sich in letzter Zeit häufig sehen würden. Edna hatte ihrer Freundin erzählt, sie glaube, Abraham und Fannie würden bald heiraten, und dieses Gerücht hatte sich natürlich in Windeseile verbreitet.

„Meine Familie und ich haben das schönste Weihnachtsgeschenk bekommen, das man sich denken kann", fuhr Abraham fort.

Caleb lehnte sich gegen die Theke. „Und das wäre?"

Der Gemischtwarenhändler deutete nach hinten und Calebs Blick folgte dem Finger des Mannes. Zwei amische Frauen standen nebeneinander vor einem Regal. Er konnte sie nur von hinten sehen. Die eine schien Fannie zu sein, dachte er bei sich, aber die andere konnte er nicht einordnen.

Auf einmal drehte sich die kleinere der beiden Frauen um und Caleb wäre beinahe ohnmächtig geworden, so groß war die Überraschung, sie zu sehen. „Naomi!"

Sie eilte nach vorn und ihr strahlendes Lächeln erhellte den ganzen Raum. „Wie schön, dich zu sehen, Caleb."

„Ich ... ich hatte keine Ahnung, dass du zurück bist", stammelte er. „Wie lange bist du schon hier?"

„Ich bin Weihnachten gekommen."

Sein Blick hing wie gebannt an Naomi. Sie trug amische Kleidung, aber sie schien abgenommen zu haben, denn ihre Kleider passten ihr nicht mehr richtig. Offensichtlich war sie nicht mehr englisch, denn sonst wäre sie nicht hier und auch nicht wie eine Amische gekleidet. Dunkle Ringe lagen unter ihren leuchtenden braunen Augen, aber für ihn sah sie wundervoll aus.

„Bist du für immer nach Hause gekommen?", fragte er voller Hoffnung.

„Ja. Ich habe meinen Irrtum eingesehen."

Er lächelte. „Ich bin so froh – dass du nach Hause gekommen bist."

Abraham räusperte sich ein paar Mal. „Äh-hem."

Caleb drehte sich um. In seiner Freude, Naomi wieder zu sehen, hatte er beinahe vergessen, dass ihr *Daed* ja hier war. Zweifellos hatte der Mann alle seine Worte kritisch bewertet und wartete nur darauf, Caleb aus seinem Laden zu weisen.

„Ich ... äh ... bin gekommen, um Petroleum zu kaufen", murmelte Caleb. „Mama hat kaum noch welches und bei dem schlechten Wetter dachte sie, sie sollte ihren Vorrat lieber aufstocken."

„Das klingt vernünftig." Ein verschmitztes Grinsen umspielte Abrahams Lippen. Caleb wusste nicht, was er davon halten sollte.

Fannie kam von hinten und gesellte sich zu ihnen. „Wie schön, Sie zu sehen, Caleb."

„Ebenso." Es folgte ein unbehagliches Schweigen, dann fragte er: „Ich hoffe, das Buggyrad hat gehalten. Es ist doch hoffentlich nicht noch einmal abgefallen?"

Fannie schüttelte den Kopf. „Das hält hervorragend, so wie es sein soll."

„Das ist gut. Sehr gut."

Fannie zwinkerte Abraham zu. „Wolltest du dem Buggybauer nicht etwas sagen?"

Abraham runzelte die Stirn. „Wollte ich?"

Sie trat vor die Theke und flüsterte ihm etwas ins Ohr, woraufhin er rot wurde. Ein Lächeln breitete sich langsam auf seinem Gesicht aus.

„Fannie hat mich an etwas erinnert, das ich ihr vor einer Weile erzählt hatte ... als Naomi von zu Hause fortgegangen war und ich nicht wusste, ob wir sie je wieder sehen würden."

„Und das wäre?", fragte Caleb.

„Ich würde das auch gern hören, was immer es ist", warf Naomi ein.

Der Gemischtwarenhändler zupfte sich ein paar Mal am Bart, beugte sich leicht vor und verkündete: „Caleb Hoffmeir, ich gebe dir hiermit die Erlaubnis, um meine Tochter zu werben."

Kapitel 28

Naomi zog ein sauberes Kleid an und steckte ihre Kopfbedeckung fest. Sie war bereits seit einer Woche zu Hause und heute war Neujahrstag – ihr einundzwanzigster Geburtstag. Ob ihre Familie wohl daran dachte? Ob sie eine besondere Feier für sie vorbereitet hatten?

Sie lächelte ihr Spiegelbild an. „Es ist egal. Einfach nur zu Hause zu sein, bei denen, die ich liebe, das ist das schönste Geschenk." Sie dachte an Ginny und fragte sich, ob sie wohl ihr Zuhause vermisste. Naomi war zu den Meyers gegangen und hatte mit Ginnys Eltern gesprochen. Sie sollten wenigstens erfahren, wo ihre Tochter lebte und dass es ihr gut ging. Sie hatten sich darüber gefreut und gesagt, sie seien sehr traurig, dass ihre Tochter ohne ein Wort einfach so davongelaufen sei.

Ein Klopfen an ihrer Tür riss Naomi aus ihren Gedanken. Sie rief: „Herein."

Nancy und Mary Ann traten ins Zimmer, die Arme hinter dem Rücken versteckt.

„*Hallich Neijaahr und Hallich Gebottsdaag!*", gratulierte Mary Ann.

„Ja, glückliches Neues Jahr und herzlichen Glückwunsch zum Geburtstag!", wiederholte Nancy.

Bevor Naomi reagieren konnte, überreichten ihr beide die Geschenke. Mary Ann streckte ihr einen weißen Umschlag entgegen und Nancy eine kleine braune Papiertüte.

Naomi musste ihre Tränen unterdrücken. Ihre Schwestern hatten an ihren Geburtstag gedacht, und selbst wenn kein anderer aus der Familie ihn beachten würde, dieser Liebesbeweis reichte ihr.

Sie nahm die Geschenke, ging zu ihrem Bett und ließ sich darauf nieder. Ihre Schwestern folgten ihr und setzten sich neben Naomi.

„Mach meins zuerst auf", bat Mary Ann aufgeregt. „Ich habe es selbst gebastelt."

Naomi riss den Umschlag auf und nahm ein dickes Blatt Papier heraus, das wie eine Karte gefaltet war. Eine mit rotem Wachsstift gemalte Tulpe leuchtete auf der Vorderseite. Darüber standen die Worte „Herzlichen Glückwunsch zum Geburtstag". In den Innenteil hatte Mary Ann geschrieben: „Für meine große Schwester: Ich bin froh, dass du nicht verschwunden geblieben bist wie Zach. Wir haben dich alle vermisst! In Liebe, Mary Ann." In der Karte steckte ein blaues Lesezeichen aus Fell.

Tränen traten Naomi in die Augen, als sie ihre kleine Schwester umarmte. „Die Karte ist so schön und das hübsche Lesezeichen stecke ich in meine Bibel."

Mary Ann lächelte. „Ich wusste, dass es dir gefallen würde."

„Natürlich. *Danki*."

„Und jetzt meins", bettelte Nancy ungeduldig. Sie deutete auf die Papiertüte, die Naomi auf ihren Schoß gelegt hatte. „Fannie hat mir dabei geholfen."

Naomi griff in die Tüte und holte einen Topflappen hervor, der in verschiedenen Farben in einem einfachen Neunermuster gequiltet war.

„Der ist für deine Aussteuerkiste", erklärte Nancy. „Wenn du und Caleb heiraten."

Naomi legte die Arme um Nancy. „Der ist ja so schön. Das hast du wunderbar gemacht, und ganz bestimmt käme er in meine Aussteuerkiste, wenn ich eine hätte." Sie seufzte. „Was die Heirat mit Caleb betrifft ... nun, das werden wir sehen. Caleb hat doch erst vor einer Woche die Erlaubnis erhalten, um mich zu werben."

Naomi erhob sich. „Und jetzt sollten wir drei nach unten gehen und mit dem Frühstück beginnen. Die Männer werden bald von ihrer Arbeit hereinkommen, und so wie ich Papa und unsere Brüder kenne, werden sie hungrig sein wie ein Rudel Wölfe."

Mary Ann und Nancy kicherten. Naomi folgte ihnen aus dem Zimmer.

„Nach dem Frühstück werde ich dir schnell einen Kuchen backen. Als du fort warst, habe ich nämlich Kochen und Backen gelernt."

Naomi öffnete die Kühlschranktür und nahm einen Karton Eier heraus. „Ich bin sicher, dass du in der Küche sehr geschickt bist."

„Nancys Blaubeerpfannkuchen sind nicht so gut wie deine", warf Mary Ann ein. „Sie sind an den Rändern immer verbrannt."

Nancy stampfte mit dem Fuß auf. „Stimmt gar nicht!"
„Stimmt doch!"

Naomi hob die Hand, um die beiden Mädchen zum Schweigen zu bringen, bevor sich ein handfester Streit entwickelte. „Wir wollen uns doch nicht den Neujahrstag durch Streiten verderben, okay?"

„Ja, Papa mag es nicht, wenn wir uns anbrüllen", erklärte Mary Ann. Sie machte sich daran, den Tisch zu decken.

„Dann schrei doch nicht", gab Nancy zurück.

Naomi wollte gerade etwas sagen, als die Hintertür aufging und Samuel mit einem Korb am Arm hereinkam. Er war mit einem Tuch abgedeckt. Da Naomi dachte, es seien frische Eier, deutete sie zum Kühlschrank. „Stell sie da hinein, bis wir sie waschen können."

Samuel zog die Augenbrauen in die Höhe. „Ich stelle dein Geburtstagsgeschenk nicht in den Kühlschrank. Das würde es umbringen."

„Es?" Naomi trat zu Samuel an den Tisch. „Was hast du denn da drin?"

Grinsend reichte Samuel ihr den Korb. „Das ist mein Geschenk für dich."

Mary Ann und Nancy drängten sich um den Tisch, als Naomi das Tuch wegzog und ein kleiner Fellball den winzigen Kopf herausstreckte. *Miau!*

„Das ist eines von Schneeballs Kätzchen, nicht?", fragte Mary Ann.

Samuel nickte. Er wirkte sehr selbstzufrieden. „Ich habe es Pünktchen genannt, weil es weiß ist und graue Flecken an seinen Beinen und am Kopf hat." Er berührte mit seiner Fingerspitze die rosa Nase des Kätzchens. „Gefällt es dir, Naomi?"

Sie drückte sanft seine Schulter. „Es ist ganz süß, Samuel. *Danki.*"

„Du bringst die Katze besser raus", mahnte Nancy mit einem etwas befehlenden Unterton in der Stimme. „Papa mag keine Tiere im Haus, das weißt du doch."

Samuel wollte protestieren, aber Naomi kam ihm zu Hilfe. „Ich denke, es wäre besser, wenn Pünktchen noch eine Weile bei seiner Mutter im Stall bleibt, meinst du nicht, Samuel?"

Er zuckte die Achseln. „Vermutlich."

„Er ist aber trotzdem mein Kater", versicherte Naomi dem

Jungen. „Ich werde mit ihm spielen, wann immer ich in den Stall komme, und wenn er alt genug ist, um seine Mama zu verlassen, kann er im Garten herumstreunen."

Samuel grinste von einem Ohr zum anderen. „Das gefällt mir." Er nahm Naomi den Korb ab. „Pünktchen wird ein guter Mäusefänger, du wirst schon sehen."

„Ja, das glaube ich auch."

Als Samuel zur Tür hinausging, betraten Matthew, Jake und Norman die Küche. Sie trugen etwas, das sie unter einem großen Tuch verborgen hatten.

„Was habt ihr denn da?", fragte Naomi neugierig.

„Das ist dein Geburtstagsgeschenk", erklärte Matthew. „Wir haben daran gearbeitet, seit du vor einer Woche nach Hause gekommen bist."

Naomi durchquerte die Küche und hob eine Ecke des Tuchs an. Ihr stockte der Atem, als sie sah, was sich darunter verbarg. „Das ist die alte Zedernkiste unserer Mamm, nicht?"

Norman nickte. „Gefällt dir, was wir damit gemacht haben?"

„Oh ja." Naomi kniete auf dem Boden neben der geliebten Aussteuerkiste ihrer Mutter nieder. Ihre Brüder hatten sie abgeschmirgelt, alle Kratzer beseitigt und sie neu gestrichen.

„Wir dachten, da du jetzt mit dem Buggybauer befreundet bist, würdest du eine Aussteuerkiste bald gut gebrauchen können", erklärte Jake.

Tränen tropften aus Naomis Augen und rollten ihr über die Wangen. „Caleb und ich haben uns noch nicht einmal getroffen, aber ich danke euch für die viele Mühe, die ihr euch gemacht habt." Sie strich über den Deckel, der sich so glatt anfühlte wie Glas. „Selbst wenn ich nie heirate, werde ich sie mein ganzes Leben lang in Ehren halten."

„Dann fang doch damit an, indem du sie füllst."

Naomi blickte auf. Papa stand in der Tür. Er hielt einen Quilt in den Händen. „Der gehörte deiner Mamm und du sollst ihn zu deinem einundzwanzigsten Geburtstag bekommen", sagte er mit rauer Stimme.

Naomi erhob sich. „Oh Papa. Mamas Quilt! Er liegt auf eurem Bett, solange ich denken kann. Ihre Mamm hat ihn ihr zur Hochzeit geschenkt. Wie kannst du dich davon trennen?"

Er trat vor und streckte ihr die Decke entgegen. „Sie würde wollen, dass du ihn bekommst, Naomi, und ganz bestimmt käme mir nicht in den Sinn, ihn zu verkaufen."

„Warum solltest du etwas von Mamas Sachen verkaufen?" Die Frage kam von Nancy, die neben Naomi stand und die Kante des blau-weißen Quilts berührte, als wäre er aus gesponnenem Gold.

„Fannie und ich haben beschlossen, im Frühling zu heiraten und es ist Sitte, dass ein Witwer die Sachen seiner Frau verkauft, bevor er sich wieder verheiratet." Papa lächelte Naomi an. „Natürlich werde ich dir und deinen Schwestern die Gelegenheit geben, euch auszusuchen, was ihr behalten möchtet."

Die Freude über den Geburtstag und all die wundervollen Geschenke wurden auf einmal von dieser sachlichen Bemerkung überschattet. Ihr *Daed* würde also tatsächlich Fannie Miller heiraten. Bald würde Fannie die Verantwortung für den Haushalt übernehmen, und da er gesagt hatte, er würde seinem Laden eine Quiltabteilung hinzufügen, bedeutete das vermutlich, dass Fannie auch weiterhin dort arbeiten würde.

Und wo bleibe ich?, fragte sich Naomi. *Fannie scheint sehr nett zu sein, aber ich kenne sie doch noch gar nicht richtig. Der Gedanke, dass sie Mamas Platz einnehmen wird, tut ziemlich weh, und vermutlich wird sie auch bald meinen Platz ausfüllen. Aber auf der anderen Seite: Wenn Papa und Fannie verheiratet sind, habe ich weniger Arbeit und weniger Verantwortung. Und jetzt kann ich auch endlich an Heirat denken – falls Caleb mich fragt.*

„Ich habe noch etwas für dich", sagte Papa und veranlasste Naomi damit, ihre Gedanken beiseitezuschieben.

„Oh, was denn?"

„Das hier." Papa reichte Naomi eine schwarze Bibel, die sie als die ihrer Mutter erkannte. „Ich dachte, als älteste Tochter solltest du sie bekommen."

Naomi unterdrückte ein Schluchzen. Alles ging so schrecklich schnell, und die Pläne ihres Vaters, wieder zu heiraten, verwirrten sie. Sie würde Mamas Aussteuerkiste, den Quilt und vor allem die Bibel in Ehren halten. Aber würde sie Fannie als Stiefmutter akzeptieren können?

Während Caleb sein Schlittengespann über die Straße lenkte, schaute er immer wieder auf den kleinen Karton zu seinen Füßen. Darin war ein Tontopf, in dem ein zartes, rot-weißes afrikanisches Veilchen wuchs, das seine Mutter selbst gezogen hatte. Sie hatte ein Händchen für Pflanzen – sie wuchsen in Töpfen, die überall auf der Veranda und in ihrem Nähzimmer standen. Caleb wollte ihr das Veilchen abkaufen; er hatte seiner Mutter gesagt, er wollte Naomi ein besonderes Geschenk zu ihrem einundzwanzigsten Geburtstag machen. Doch Mama hatte abgelehnt und gesagt, er hätte ihr schon so oft einen Gefallen getan, er würde immer in die Stadt fahren und Besorgungen für sie machen. Außerdem würde sie auf keinen Fall Geld von einem ihrer Söhne für eine Pflanze nehmen, die sie selbst gezogen hätte. Sie würde sie nur an die Kunden verkaufen, die beim Bauernmarkt an ihren Stand kamen.

„Ich hoffe nur, dass die Kälte dem Veilchen nicht schadet. Es wäre schlimm, wenn ich Naomi zum einundzwanzigsten Geburtstag eine erfrorene Pflanze schenken würde", murmelte Caleb vor sich hin.

Das Pferd wieherte, als wollte es antworten, und der Schlitten glitt so leicht über die schneebedeckte Straße wie eine Ente über das Wasser.

„Das wird der beste Neujahrstag meines Lebens", rief Caleb in den Wind. Er hatte die Erlaubnis bekommen, eine Freundschaft mit der Tochter des Gemischtwarenhändlers zu beginnen, und nichts war schöner als das. Nur eine Heirat mit ihr konnte noch schöner werden, und er hoffte, dass dies im kommenden Herbst geschehen würde.

Kurz darauf bog Caleb in den Hof der Fishers ein, sprang vom Schlitten und band sein Pferd an dem Gitter in der Nähe des Stalles fest. Er nahm den Karton mit dem Veilchen darin und wagte vorsichtig einen Blick hinein. Es sah gut aus und er atmete erleichtert auf.

Caleb rannte die Verandastufen hoch, die zur Hintertür führten. Es war noch sehr früh und vermutlich war Naomi in der Küche und spülte das Frühstücksgeschirr.

Beim zweiten Klopfen wurde die Tür geöffnet, doch nicht von Naomi, sondern es war Abraham, der Caleb begrüßte. „*Hallich Neijaahr*", wünschte er mit einem Kopfnicken.

„Auch für Sie ein glückliches neues Jahr", erwiderte Caleb. „Ist ... äh ... Naomi zu Hause? Ich wollte ihr zum Geburtstag gratulieren und ihr das hier geben." Er hielt ihm den Karton hin und auf einmal war er schrecklich nervös.

Abraham nickte, trat zur Seite und hielt ihm die Tür auf. „Naomi, da möchte dich jemand sprechen."

Caleb konnte noch immer nicht fassen, welche Veränderung in den vergangenen Monaten in Abraham vor sich gegangen war. Seine Mutter hatte auch schon mehrmals bemerkt, dass er viel umgänglicher sei, seit Fannie Miller ihm im Laden aushelfe. Und nun, da Naomi wieder zu Hause war, begegnete ihr *Daed* ihm sogar ausgesprochen freundlich. Caleb konnte kaum glauben, dass der Mann ihm tatsächlich die Erlaubnis gegeben hatte, um seine älteste Tochter zu werben. Das alles war fast zu schön, um wahr zu sein.

Er trat von einem Fuß auf den anderen, drückte das Geschenk fest an sich.

„Nun, kommst du jetzt rein oder nicht, Junge?"

„Ich ... äh ... sicher." *Ich schätze, manches hat sich eben doch nicht geändert. Für Abraham bin ich immer noch ein Junge, kein Mann.* Caleb betrat die warme Küche, und der Anblick von Naomi, die am Spülbecken das Geschirr abwusch, ließ sein Herz schneller schlagen. Ihre Wangen waren gerötet und eine Strähne ihres goldbraunen Haares hatte sich aus ihrem Haarknoten gelöst. Er starrte Naomi an und stellte sich vor, wie es wohl wäre, mit ihr verheiratet zu sein, in ihr eigenes Haus zu kommen und zu wissen, dass sie ihm ganz allein gehörte.

„Herzlichen Glückwunsch zum Geburtstag", sagte er und hielt ihr einen kleinen Karton hin.

Lächelnd wischte sie sich die Hände am Geschirrtuch ab.

Nancy, die abgetrocknet hatte, ergriff das Wort. „Heute bekommst du aber wirklich eine Menge Geschenke, Naomi."

„Ich habe bestimmt nicht erwartet, dass du mir ein Geschenk bringst", meinte sie atemlos zu Caleb. „Was ist es denn?"

Er lachte. „Mach den Karton auf, dann siehst du es."

Sie hob den Deckel und schnappte nach Luft. Er fragte sich, ob sie die Pflanze wohl genauso hübsch fand wie er. „Sie ist wunderschön, Caleb. *Danki.*"

„Dieses Geschenk kannst du aber nicht in deine Aussteuerkiste stecken", meinte Nancy.

Naomi wurde knallrot. Sie warf ihrer Schwester einen warnenden Blick zu.

Caleb kam ihr zu Hilfe, indem er sagte: „Wenn du keine anderen Pläne hast, dann würde ich gern eine Schlittenfahrt mit dir unternehmen."

Naomi blickte ihren Vater an. „Wärst du damit einverstanden?"

Er nickte. „Ja sicher, wenn du zum Mittagessen wieder da bist. Fannie kommt gleich vorbei. Sie wollte für uns einen großen Topf Sauerkraut mit Eisbein kochen. Wir wollten gegen ein Uhr essen."

„Ich werde sie früh genug zurückbringen", versicherte Caleb ihm.

„Aber sollte ich nicht lieber hier bleiben und beim Kochen helfen?", fragte Naomi. Sie wirkte etwas verstört, und Caleb fragte sich, ob sie vielleicht nicht mit ihm ausfahren wollte.

Abraham schüttelte den Kopf. „Fannie kann Nancy rufen, wenn sie Hilfe braucht."

Naomi zuckte mit den Achseln. Caleb hatte ihren unentschlossenen Gesichtsausdruck bemerkt; sie schien nicht allzu glücklich mit dieser Entscheidung zu sein. Wollte sie nicht vielleicht doch lieber hier bleiben und beim Kochen helfen, anstatt mit ihm in seinem Schlitten auszufahren? Vielleicht war sie gar nicht so sehr darauf erpicht, dass er sich um sie bemühte.

„Wenn du lieber hier bleiben möchtest, dann fahre ich wieder nach Hause." Mit angehaltenem Atem wartete Caleb auf ihre Antwort.

Sie schüttelte den Kopf und lächelte ihn an. „Eine Schlittenfahrt klingt gut. Ich hole eben meinen Schal und die Handschuhe." Sie verließ den Raum und Caleb schlurfte zur Hintertür, um auf sie zu warten.

Kurz darauf kehrte Naomi in die Küche zurück, mit einem langen schwarzen Schal um den Hals gewickelt. Sie trug ihre dunkle Haube und dicke Handschuhe. „Wir können jetzt los."

Caleb öffnete ihr die Tür und folgte ihr nach draußen. Vielleicht hatte ihr anfängliches Zögern eher etwas mit Fannie Miller zu tun als mit ihm. Er drehte sich noch einmal um und rief: „Wir sind bald wieder da."

Als Fannie in den Hof der Fishers fuhr, entdeckte sie den Schlitten Caleb Hoffmeirs. Naomi saß neben ihm und als sich ihre Fuhrwerke in der Auffahrt begegneten, winkte Fannie und rief: „*Hallich Neijaahr!*"

„Auch für Sie ein glückliches neues Jahr!", erwiderte Caleb.

Fannie grinste. Die Sache mit ihr und Abraham lief wirklich gut. Der Frühling würde bald da sein und nach ihrer Hochzeit würde sie zu ihm ziehen. *Ich hoffe wirklich, dass auch Naomi mit dem Buggybauer glücklich wird. Nach allem, was diese Familie durchgemacht hat, wäre eine Zeit des Friedens und des Glücks nicht schlecht.*

Fannie fuhr mit dem Buggy neben den Stall und stieg ab. Sie wollte gerade das Pferd ausspannen, aber da kam Matthew schon aus dem Stall und nahm ihr diese Arbeit ab. „Ich bringe dein Pferd in den Stall. Dann kannst du ganz schnell ins Warme gehen."

„*Danki.* Das ist sehr nett von dir", bedankte sie sich lächelnd. „Die Frau, die dich eines Tages zum Mann bekommt, kann sich glücklich schätzen."

Matthew wurde rot. Wohl eher aus Verlegenheit und nicht wegen der Kälte, fand Fannie. Sie hatte den Eindruck, dass er Frauen gegenüber recht schüchtern war. Abraham hatte ihr erzählt, dass Matthew bisher keine Anstalten gemacht hatte, sich um ein Mädchen zu bemühen.

„Ich bin Naomi und Caleb begegnet, sie wollen mit dem Schlitten ausfahren", erzählte Fannie. „Sieht so aus, als wäre das der Beginn ihrer Freundschaft."

„Scheint so."

„Nach allem, was Naomi durchgemacht hat, freue ich mich, dass sie jetzt glücklich ist."

„Sie hat wirklich viel durchgemacht, das ist wahr."

Matthew kraulte das Pferd hinter dem Ohr. „Äh ... Fannie, ich wollte dir noch sagen, ich freue mich sehr, dass du und Papa im kommenden Frühling heiraten wollt."

„Danke, dass du mir das sagst", erwiderte sie. Tiefe Freude durchströmte sie. „Ich hoffe, deinen *Daed* glücklich und zufrieden zu machen. Er hat in den vergangenen Jahren zu viele Schicksalsschläge nacheinander erlebt."

Matthew nickte. „Ja, das stimmt." Er berührte Fannies Arm, und in diesem Augenblick wusste sie, dass sie einen Freund gewonnen hatte. „Seit er dich kennt, hat Papa sich sehr verändert. Darüber freuen wir alle uns sehr."

Tränen traten Fannie in die Augen. „Es ist Gott, dem aller Dank gebührt, Matthew. Er hat in Abrahams Leben gewirkt, aber nur, weil er zugelassen hat, dass Gottes Wort in seinem Herzen Wurzeln schlägt."

„So weit ich weiß, hat auch Jacob Weaver ihm einige passende Stellen aus der Bibel gegeben", berichtete Matthew. „Diese Verse und die Freundschaft mit Jacob sind gut für *Daed* gewesen, aber seine Liebe zu dir hat die Freude in sein Leben zurückgebracht."

„Ich liebe Abraham sehr und er hat auch mich wieder sehr glücklich gemacht."

„Das ist schön, Fannie."

Fannie wandte sich in Richtung des Hauses. „Bis später, Matthew. Und vergiss nicht ... Sauerkraut und Eisbein um Punkt ein Uhr!"

Kapitel 29

Der Rest des Winters verging wie im Flug und der Frühling begann mit Frühjahrsstürmen und Regenschauern. Naomi war vor kurzem getauft und in die Gemeinde aufgenommen worden. Ein tiefer Friede erfüllte sie und sie genoss jeden Augenblick ihres Lebens, ob sie nun im Laden arbeitete, zu Hause die Hausarbeit erledigte oder mit Caleb zusammen war. Sie waren zusammen zum Eislaufen gegangen, hatten mehrere Ausfahrten unternommen, hatten bei ihr zu Hause Schach gespielt und geplaudert und auch an einigen Singabenden teilgenommen. Morgen Abend sollte wieder ein Singabend stattfinden, aber dieses Mal bei den Fishers. Caleb bräuchte Naomi nicht abholen und wieder nach Hause bringen, und Matthew, der normalerweise jungen Frauen seines Alters gegenüber sehr schüchtern war, würde daran teilnehmen – Papa hatte darauf bestanden.

Naomi fand es unglaublich, dass ihr Vater erlaubt hatte, den Singabend in ihrer Scheune zu veranstalten. So etwas hatte er noch nie erlaubt. Aber in letzter Zeit schien es bei Naomis *Daed* eine Menge solcher „ersten Male" zu geben. Sie war ziemlich sicher, dass Fannie Miller der Grund dafür war, dass er so umgänglich geworden war.

Als Naomi von ihrem Schlafzimmerfenster zurücktrat, fiel ihr Blick auf den Brief, den sie am Morgen von Ginny Meyers bekommen hatte. Seit sie vor drei Monaten nach Lancaster County zurückgekehrt war, hatte Naomi nichts mehr von Ginny Meyers gehört. Dies war das erste Lebenszeichen von ihr.

Sie nahm den Brief von der Kommode und las ihn sich laut vor.

Liebe Naomi,
du fragst dich vermutlich, warum ich mich bisher nicht gemeldet habe. Um ehrlich zu sein: Ich war ziemlich böse auf dich, weil du einfach so verschwunden bist. Und dann hast du meinen Eltern auch noch Carlas Telefonnummer gegeben. Aber das habe ich jetzt überwunden. Vergangene Woche habe ich mit Mom und Dad gesprochen und sie akzeptieren jetzt

meine Entscheidung, hier zu leben und selbst für mich zu sorgen.

Lächelnd las Naomi diesen Teil noch einmal. Sie war froh, dass Ginny sich mit ihren Eltern ausgesöhnt hatte. Zumindest standen sie jetzt miteinander im Kontakt.

Sie konzentrierte sich wieder auf den Brief und las weiter.

Seit du Portland verlassen hast, bin ich mit Chad Nelson befreundet, dem Leiter des Fitnesscenters, in dem ich arbeite. Er spricht bereits von Heirat. Sein Traum ist es, eines Tages ein eigenes Fitnesscenter zu eröffnen. Das wäre so toll. Wie du weißt, ist das schon lange auch mein Wunsch gewesen.
Du sollst wissen, dass ich dir gegenüber keinen Groll mehr empfinde. Ich hatte gehofft, du würdest in der englischen Welt zurechtkommen, aber offensichtlich bist du dafür nicht geschaffen.
Die besten Wünsche,
Ginny

Seufzend ließ sich Naomi auf ihr Bett sinken. Es war schon spät, und eigentlich sollte sie mittlerweile schlafen, aber sie war nicht müde. So viele Gedanken gingen ihr durch den Kopf. Die Sache mit Ginny schien geregelt zu sein, aber etwas anderes quälte sie noch.

„Wenn nur Mama da wäre", flüsterte sie. „Sie war so klug und hätte bestimmt eine Antwort auf meine Fragen."

Naomi drehte sich um und ihr Blick fiel auf die schwarze Bibel, die immer auf dem Nachttisch neben ihrem Bett lag. „Mamas *Biewel*. Vielleicht finde ich darin die Antworten, die ich suche."

Sie griff nach dem abgegriffenen Ledereinband, hatte aber keine Ahnung, an welchen Stellen sie nach den Antworten auf ihre Fragen suchen sollte. „Ich brauche etwas, das mir hilft, mich mit Papas Wiederheirat abzufinden", murmelte Naomi. „Ja, das ist, was ich im Augenblick am dringendsten brauche."

Naomis Mutter hatte mehrere Lesezeichen in die Bibel gelegt. Sie schlug die Bibel beim ersten Lesezeichen auf. „Erstes Buch Mose, Kapitel 2, Vers 20", las sie laut. „‚Und der Mensch gab einem jeden Vieh und Vogel unter dem Himmel und Tier auf dem Feld seinen Namen, aber für den Menschen ward keine Gehilfin gefunden, die um ihn wäre.'"

Tränen tropften aus Naomis Augen und rollten ihr über die Wangen. Schniefend wischte sie sie mit dem Handrücken fort. *Oh Papa, seit Mamas Tod bist du wie Adam gewesen. Du hattest viel zu tun, aber du bist einsam gewesen und hast eine Gehilfin gebraucht.*

Naomi war davon überzeugt, dass Fannie Papa eine gute Frau sein würde. Das hatte sie bereits bewiesen, als sie eingesprungen war, sowohl im Laden wie auch im Haus. Sie hatte Nancy das Quilten beigebracht, Mary Ann und Samuel die Liebe und Aufmerksamkeit geschenkt, die sie brauchten, war den älteren Jungen eine Freundin geworden und vor allem liebte sie Papa und machte ihn glücklich. Naomi hatte auch Fannies sanften, positiven Geist bemerkt, der ihrer tiefen Liebe zu Gott entsprang. Fannie war viel geselliger als Mama, aber sonst war sie ihr in vielem auch sehr ähnlich.

Naomi legte die Bibel beiseite und schloss die Augen. *Himmlischer Vater, hilf mir, Fannie zu lieben, wie die anderen aus meiner Familie sie lieben. Ich weiß nicht, wie meine Zukunft hier im Laden aussehen wird, aber hilf mir zu lernen, zufrieden zu sein mit dem, was du für mich bereit hältst.* Sie hielt inne und wollte ihr Gebet schon beenden, als ihr Zach deutlich vor Augen stand. In ein paar Wochen würde er zwei Jahre alt werden. Vermutlich würde er seinen Geburtstag bei seiner neuen Familie feiern – wer immer sie sein mochte. Es sah so aus, als würde Naomi ihren kleinen Bruder nicht wiedersehen, aber solange sie lebte, würde sie ihn nie vergessen.

Und Herr, fuhr sie fort, *bitte beschütze Zach und lass ihn wissen, wie sehr er geliebt wird, wenn auch jetzt von anderen Leuten. Schenke ihm einen fröhlichen Geburtstag und sorge dafür, dass er viel Liebe bekommt. Amen.*

Während Naomi sich in ihren Quilt kuschelte, legte sich wie eine weiche Decke ein tiefer Friede über sie. Alles würde gut werden, davon war sie ganz fest überzeugt.

„Wie schön, dass du wieder zu Hause bist. Ich habe dich so vermisst, Mama."

Fannie lächelte Abby an und nahm sie noch einmal fest in den Arm. „Ich freue mich auch, wieder hier zu sein. Aber leider kann ich nicht lange bleiben. Ich fahre bald nach Pennsylvania zurück, um meine Hochzeit mit Abraham vorzubereiten."

Abby nickte. „Ich weiß, aber ich werde die Zeit unseres Zusammenseins genießen."

Fannie sah sich in ihrem Laden um. Er hatte ihr gefehlt, und auch die Hektik – wenn die Kunden hereinkamen und sich Quilts, Kissen, Topflappen und Wandbehänge anschauten. Nicht nur das. An einem Tag der Woche trafen sich mehrere Amische aus ihrer Gemeinschaft bei ihr zum Quilten. Sie und Abby hatten das Zusammensein mit den Frauen sehr genossen. Beim gemeinsamen Nähen wurde über das Wetter und die Ereignisse im Leben der Einzelnen geplaudert.

„Ich wünschte, du würdest in Erwägung ziehen, mit mir zusammen nach Lancaster County zu ziehen", sagte Fannie. „Du würdest Abrahams Familie mögen, und du könntest mir in der Quiltabteilung helfen, um die Abraham seinen Laden erweitern möchte."

Abby schüttelte den Kopf. Sie errötete leicht. „Ich habe einen Freund, Mamm. Wenn ich jetzt fortginge, wie sollten Lester und ich uns dann näherkommen?"

„In Lancaster County gibt es auch viele nette junge Männer."

Abby ließ sich vor einem Stapel mit Quilts auf einen Stuhl sinken. „Oh nein, Mamm. Ich kann mir nicht vorstellen, mit einem anderen befreundet zu sein. Lester ist etwas Besonderes und ich –"

„Er kommt doch hoffentlich nicht ins Haus, wenn du allein bist", sagte Fannie besorgt.

„Natürlich nicht. Harold und Lena wohnen doch nebenan und ich achte immer darauf, dass er mich nur bei ihnen besucht. Ich esse ja auch mit ihnen zusammen, seit du fort bist."

„Das ist gut. Ich möchte nicht, dass jemand schlecht von meiner Tochter denkt."

„Du solltest doch wissen, dass ich nie etwas tun würde, das dich in Verlegenheit bringen würde." Abbys dunkle Augen schimmerten feucht.

„Das weiß ich doch, mein Schatz." Fannie tätschelte ihrer Tochter die Hand. „Trotzdem denke ich, es wäre für alle Beteiligten besser, wenn du zu Harold und Lena ziehen würdest. Sie könnten mein Haus entweder vermieten oder es bis zu deiner Hochzeit leer stehen lassen."

Abby runzelte die Stirn. „Ich würde das alte Haus vermissen, wenn ich ausziehen müsste."

„Es wäre doch nur vorübergehend."

„Ja, ist gut. Wenn Harold und Lena nichts einzuwenden haben, dann ziehe ich bei ihnen ein." Abby sprang auf. „Und jetzt lass uns über deine Hochzeitspläne reden, ja?"

Fannie grinste. „Wir haben den neunzehnten Mai ins Auge gefasst. Ich hoffe, dass du, Harold und Lena dabei sein könnt."

Abby beugte sich vor und gab ihrer Mutter einen Kuss auf die Wange. „Um nichts in der Welt würde ich das verpassen wollen, und ich bin sicher, mein großer Bruder und seine Frau denken genauso."

„Du wirst Abraham mögen", sagte Fannie und schob ihren Stuhl zurück.

Abby lächelte. „Ich habe ihn ja kurz kennengelernt, als er herkam, um sich nach dem englischen Paar mit dem kleinen Jungen zu erkundigen, von dem er dachte, dass es vielleicht sein Sohn sei. Er schien sehr nett zu sein."

„Abraham und seine Familie haben in den vergangenen Jahren viele Schicksalsschläge hinnehmen müssen." Fannies Kehle schnürte sich zusammen und sie hielt inne, um ihre Emotionen unter Kontrolle zu bekommen. Allein der Gedanke an den Schmerz, den Abraham erlebt hatte, reichte aus, um die Tränen in ihr aufsteigen zu lassen.

„Nach dem, was du in deinen Briefen geschrieben hast, hat er den Verlust seines Sohnes jetzt akzeptiert. Stimmt das?"

Fannie fuhr mit den Fingern über einen Quilt. „Ich glaube nicht, dass er den Verlust von Zach jemals überwinden wird, aber in letzter Zeit kommt er ganz gut damit zurecht."

Abby berührte den Arm ihrer Mutter. „Ich könnte mir vorstellen, dass du daran nicht so ganz unschuldig bist, Mutter."

„Abrahams Veränderung verdankt er Gott", sagte Fannie.

Abby holte einen großen Karton unter der Theke hervor.

„Ich schätze, wir haben jetzt lange genug geplaudert. Wenn du dir einige Quilts für deinen neuen Laden mitnehmen willst, dann sollten wir uns jetzt besser an die Arbeit machen, nicht?"

Fannie lächelte. „Ich merke schon, wer in letzter Zeit in diesem Laden das Sagen hat."

Abby wurde rot. „Tut mir leid, Mama. Ich wollte dir nichts vorschreiben."

„Das ist schon in Ordnung. Du bist jetzt daran gewöhnt, selbstständig zu sein und das ist vollkommen verständlich." Fannie suchte einen Quilt aus dem Stapel und legte ihn in den Karton. „Ich denke, den werde ich Naomi schenken, wenn sie und Caleb im kommenden Herbst heiraten."

Abby zog die Augenbrauen in die Höhe. „Es gibt noch eine Hochzeit bei den Fishers?"

„Sieht ganz so aus." Abby zuckte die Achseln. „Aber es wird sich zeigen, was die Zukunft bringen wird."

Caleb freute sich auf den Singabend. Da alle jungen Leute zu den Fishers eingeladen waren, würde er Naomi am Abend nicht nach Hause bringen können, aber er hatte sich fest vorgenommen, sich auch einmal mit ihr von der Menge wegzustehlen. Er hoffte sogar, die Gelegenheit zu finden, mit ihr über ihre Zukunft zu sprechen.

Er schnalzte mit der Zunge, um sein Pferd anzutreiben. Auf keinen Fall wollte er zu spät kommen.

„Ich hoffe nur, sie hat die gleichen Gefühle für mich", sagte Caleb zu der Stute. „Ich habe so lange darauf gewartet, Naomi Fisher meine Liebe zeigen zu können und jetzt möchte ich keinen einzigen Augenblick vergeuden."

Als Caleb den Hof der Fishers erreichte, standen bereits einige Buggys neben der Scheune. Er sprang von seinem offenen Wagen herunter und band das Pferd fest.

„Hey, Caleb, wie geht's?", rief Norman, der gerade um die Ecke bog.

„Prima. Und dir?"

„Mir geht's gut und es wird mir noch besser gehen, wenn die Mädchen erst mal hier sind."

Caleb lachte. „Hast du ein bestimmtes im Auge?"

Norman schüttelte den Kopf. „Eigentlich nicht. Ich bin noch auf der Suche nach der Richtigen."

„Aha. Ich würde nicht zu lange warten, wenn ich du wäre. Du wirst auch nicht jünger."

Norman prustete los. „Und das sagst ausgerechnet du! Wenn ich mich nicht irre, sind wir altersmäßig gar nicht so weit auseinander. Und du bist auch noch nicht verheiratet."

Caleb brüstete sich. „Aber ich hoffe, das bald zu ändern."

„Pah! Ich wette, ich weiß, wen du fragen willst."

„Glaub ich nicht", erwiderte Caleb. Er blickte sich um. „Wo steckt sie?"

„Wer?"

„Spiel nicht den Begriffsstutzigen. Ich spreche von Naomi. Ist sie in der Scheune oder noch im Haus?"

Norman zuckte die Achseln. „Woher soll ich das wissen? Bin ich meiner Schwester Hüter?"

Caleb schlug Norman auf die Schultern. „Sehr lustig." Er wollte weggehen, aber Norman verstellte ihm den Weg.

„Sie ist in der Scheune, wenn du es genau wissen willst. Ich glaube, sie hat einen Krug Limonade nach draußen gebracht."

„Auf dem Weg hierher habe ich ganz schön Durst bekommen", meinte Caleb augenzwinkernd. „Ich denke, ich gehe hinein und lasse mir ein Glas geben."

„Tu das, Caleb." Norman lehnte sich an die Scheune. „Ich werde hier draußen bleiben und beobachten, wer alles kommt. Auf diese Weise kann ich die Konkurrenz ausloten."

Lachend schlenderte Caleb davon.

Im Scheunentor stieß er mit Matthew zusammen, der gerade einen Strohballen schleppte. „Brauchst du Hilfe?", fragte Caleb.

„Nein, ich komme allein zurecht. Ich wollte den nur nach hinten bringen, damit wir hier vorn mehr Bewegungsfreiheit haben." Matthews Gesicht war leicht gerötet, und Caleb hatte den Eindruck, dass er ziemlich nervös wirkte. So weit er sich erinnern konnte, hatte er Matthew noch nie bei einem Singabend angetroffen. Nach dem, was er von Naomis ältestem Bruder wusste, bezweifelte Caleb, dass er hier war, um sich eine Freundin auszusuchen. Vermutlich hatte Naomis *Daed* Matthew gebeten, an dem Abend teilzunehmen, um ein Auge auf die jungen Leute zu haben, die ein paar Jahre jünger waren als er. Bestimmt sollte er den Aufpasser spielen.

Caleb entdeckte Naomi auf der anderen Seite der Scheune. Sie hielt ein Glas in der Hand und unterhielt sich mit ein paar Mädchen ihres Alters. Er unterbrach sie nur ungern, aber wenn er nicht sofort aussprach, was ihm auf der Seele lag, dann würde er vielleicht den Mut verlieren.

„Caleb, wie schön, dass du kommen konntest", sagte Naomi, als er auf sie zukam. „Sind deine Brüder auch da?"

Er nickte und fuhr sich mit der Hand durchs Gesicht, um den Schweiß abzuwischen, der ihm über die Wangen lief. „Marvin und Andy wollten kommen, aber ich habe ihre Buggys noch nicht gesehen, als ich gekommen bin. Vermutlich war ich schneller als sie."

„Dir muss ziemlich warm sein, so wie du schwitzt", sagte Naomi. „Möchtest du ein Glas kalte Limonade?"

„Das wäre schön", erwiderte er und nahm das Glas. „*Danki.*"

Clara und Mabel, die neben Naomi standen, begannen zu kichern. Naomi drehte sich zu ihnen um und schnitt eine Grimasse.

„Wollen wir einen Spaziergang machen, bevor es losgeht?", fragte er, nachdem er allen Mut zusammengenommen hatte. „Ich würde gern mit dir reden, wenn es dir recht ist."

„Ja, gern." Naomi stellte ihr Glas auf den Holztisch, verabschiedete sich von den beiden jungen Frauen und ging zur Tür.

Caleb trank schnell einen Schluck Limonade, stellte ebenfalls das Glas ab und folgte ihr in aller Eile. Nachdem sie die Scheune verlassen hatten, schlug er vor, zum Bach hinunterzulaufen.

Schweigend liefen sie nebeneinander her. Beim Bach angekommen, ergriff Caleb Naomis Hand. Nervös leckte er seine Lippen. Das war doch schwieriger, als er gedacht hatte. In der Vorstellung schien alles immer viel einfacher zu sein …

„Es ist wirklich ein schöner Abend", sagte Naomi. „Sieht so aus, als würden wir einen heißen Sommer bekommen."

„Ja."

„Ich hoffe, es wird eine gute Veranstaltung heute Abend."
„Ja."
„Ich bin froh, dass Matthew bereit war mitzuhelfen. Es tut ihm gut, unter jungen Leuten zu sein, die nicht zu seiner Familie gehören."
„Genau."
Naomi seufzte. „Caleb, du wolltest einen Spaziergang mit mir machen, damit wir miteinander reden können. Das Problem ist nur, dass ich die ganze Zeit rede."
Er ließ ihre Hand los und hob einen flachen Stein auf, um ihn ins Wasser zu werfen. „Ich schätze, ich bin ein wenig nervös."
„Wieso das? Das ist doch schließlich nicht unsere erste Verabredung."
„Ich weiß, aber es ist das erste Mal, dass ich einer Frau einen Heiratsantrag mache."
Naomi starrte ihn verblüfft an. Ihre Augen wurden weit. „Du meinst, du willst mir einen Heiratsantrag machen?"
Er nickte. „Wenn du mich haben willst, würde ich mich freuen, dich im kommenden November zu meiner Frau zu machen."
„Wirklich?"
„Glaubst du mir nicht?"
Sie lachte. „Natürlich. Es kommt nur so plötzlich. Wir sind doch erst ein paar Monate befreundet."
Caleb ergriff ihre beiden Hände. „Du weißt doch schon seit einer Weile, was ich für dich empfinde, nicht?"
„Ja."
„Ich liebe dich, seit wir *Kinner* waren, aber bis zu dem Montag nach Weihnachten, als dein *Daed* gesagt hat, ich dürfte um dich werben, hätte ich nie geglaubt, dass ich die Gelegenheit bekommen würde, dich zu fragen, ob du meine Frau werden willst."
Naomis Augen füllten sich mit Tränen. „Und um ehrlich zu sein, ich hätte nie gedacht, dass ich jemals einen Heiratsantrag bekommen würde."
Er traute seinen Ohren kaum. Naomi war doch nun wirklich eine Frau, wie sie sich ein Mann nur wünschen konnte. Sie war wunderschön, klug, konnte hart arbeiten und war immer freundlich. „Nun, ich frage dich jetzt. Wenn du denkst, du könntest mich auch nur ein bisschen lieben, dann

würdest du mich zum glücklichsten Mann in Lancaster County machen, wenn du mich heiraten würdest."

Naomi lächelte, und er glaubte, in der Freude, die er auf ihrem Gesicht bemerkte, fast zu ertrinken. „Caleb Hoffmeir, ich liebe dich, und nicht nur ein bisschen. Gern will ich deine Frau werden."

Kapitel 30

„Ich verstehe nicht, warum du so viel Aufhebens um Jimmys Geburtstag machst. Du hast so viele Luftballons und Luftschlangen gekauft, dass du bald das ganze Haus damit schmücken kannst." Jims Blick fiel auf das Dekorationsmaterial auf dem Küchentisch. „Er wird doch erst zwei und kann sich später an diesen Tag bestimmt gar nicht erinnern."

Sie runzelte die Stirn. „Wir werden viele Fotos machen. Er wird sie sich anschauen und wissen, dass er seiner Mama und seinem Papa so wichtig war, dass sie eine Party für ihn veranstaltet haben."

„Und wen willst du dazu einladen?", fragte er.

„Nur meine Eltern – und vielleicht meine Schwester und ihren Mann."

„Und keine Kinder?"

Sie schüttelte den Kopf. „Er kennt doch keine anderen Kinder."

Jim stöhnte. „Aber nur, weil du ihn zu sehr abschirmst, Linda. Der Junge sollte unter Kindern seines Alters sein."

Linda zog einen Stuhl heran und setzte sich an den Tisch. „Er ist noch zu klein für die Vorschule und seine Cousins leben zu weit entfernt. Wie soll er also andere Kinder zum Spielen finden?"

Er zuckte die Achseln. „Du könntest doch einen der Kurse im neuen Fitnesscenter am anderen Ende der Stadt belegen. Wie ich höre, gibt es dort eine hervorragende Kinderbetreuung." Linda machte den Mund auf, doch bevor sie eine Antwort geben konnte, fügte er noch hinzu: „Es wäre für euch beide gut, für dich und für Jimmy."

Sie warf ihm einen finsteren Blick zu. „Willst du etwa sagen, ich sei zu dick und brauche Bewegung, um abzunehmen?"

Wie kommt sie jetzt darauf? Jim fuhr sich über die Stirn. Er war froh, dass Jimmy gerade seinen Mittagsschlaf hielt und den Streit, der sich anbahnte, nicht mitbekam.

„Ist es das, was du sagen willst, Jim?", fragte sie mit einem scharfen Unterton.

Jim setzte sich Linda gegenüber. Er ergriff ein Päckchen mit blauen Ballons. „Du bist nicht dick, und ich habe auch nicht andeuten wollen, dass du abnehmen sollst."

„Was dann?"

„Ich denke nur, dass du dich viel zu sehr in diesem Haus einigelst. Du und Jimmy, ihr müsst mehr nach draußen gehen."

„Ich gehe doch immer mit ihm im Park spazieren, und wir gehen einkaufen, wenn ich denke, dass ich mit dem Bus fahren kann."

„Ich spreche nicht von einem Spaziergang im Park oder vom Einkaufen. Du musst mehr unter Leute."

„Das würde ich auch, wenn wir noch in Boise wohnen würden. Alle meine Freunde und meine Familie leben dort."

Daran brauchte Jim nicht erinnert zu werden. Sie hatte ihm oft genug vorgehalten, dass es ihr in Washington nicht gefiel und dass sie wünschte, sie würden noch in der Stadt leben, in der sie beide aufgewachsen waren.

„Wir sind wegen meines Jobs hierher gezogen", erinnerte er sie. „Du warst damals damit einverstanden, dass ich mich hier als Maler niederlasse."

Sie seufzte. „Ich weiß, aber ich dachte damals, wir würden mittlerweile ein paar Kinder haben, und ich wäre dann mit ihrer Erziehung so beschäftigt, dass ich meine Familie zu Hause nicht vermissen würde."

„Das hier ist jetzt dein Zuhause, Linda, und du hast Jimmy, den du großziehen musst."

„Aber er ist allein. Ich hätte gern noch mehr Kinder. Du nicht?"

„Wir können kein Kind bekommen, das weißt du doch."

„Natürlich, aber wir haben doch Jimmy adoptiert, wir könnten doch auch noch weitere Kinder adoptieren." Sie schob ihren Stuhl zurück und erhob sich. „Ich könnte doch unseren Rechtsanwalt anrufen und ihn bitten, alles in die Wege zu leiten."

Jim sprang auf. Sein Stuhl kippte beinahe um, doch er fing ihn gerade noch auf, bevor er zu Boden polterte. „Das ist keine gute Idee!"

Sie guckte böse. „Warum nicht?"

„Wir haben Jimmy doch erst seit ein paar Monaten. Er braucht mehr Zeit als Einzelkind."

„Warum? Brauchst du etwa die Zeit?"

Er blinzelte und spürte, wie der Ärger in ihm hochwallte. Versuchte sie einen Streit mit ihm vom Zaun zu brechen? „Das habe ich nicht gemeint, Linda, und das weißt du genau."

„Tatsächlich?"

„Ja. Ich denke, wir müssen uns und Jimmy den Luxus gönnen, die Zeit zu dritt noch eine Weile zu genießen." Er deutete auf den Hochstuhl des Kindes. „Als wir erfuhren, dass wir keine Kinder bekommen können, hast du gesagt, du würdest dich auch mit nur einem Kind zufrieden geben ... das würde dir reichen, wenn ich mit einer Adoption einverstanden wäre. Nun, ich habe dir ein Kind beschafft, warum freust du dich nicht darüber und lässt mich vom Haken?"

Linda runzelte die Stirn und legte fragend den Kopf in den Nacken. „Das klingt ja fast so, als hättest du dir ein Kind von der Straße geschnappt und es mir als eine Art Opfer präsentiert."

Jim schluckte. Linda hatte den Nagel beinahe auf den Kopf getroffen. Er hatte ihren Sohn entführt. Es gab keine legale Adoption. Die Adoptionspapiere in seinem Safe waren gefälscht. Er wusste nicht einmal das genaue Geburtsdatum des Kindes. Das amische Mädchen, dass das Root Beer verkaufte, hatte gesagt, ihr Bruder sei im April ein Jahr alt geworden. Daraufhin hatte er in der Geburtsurkunde den fünfzehnten April als Geburtsdatum eingetragen. Er hatte das alles aus Liebe zu Linda getan.

Jim stand auf und nahm seine Frau in die Arme. „Wir wollen nicht streiten, okay?"

„Ich habe nicht damit angefangen", erinnerte sie ihn.

„Es ist doch egal, wer angefangen hat. Wir müssen unsere Differenzen überwinden und nach vorn schauen." In letzter Zeit hatte Jim ein paar Mal ein Machtwort gesprochen – was die Erziehung Jimmys betraf –, aber Jim hatte sich entschlossen, Linda bei der Vorbereitung der Geburtstagsfeier ihren Willen zu lassen.

Er küsste sie auf den Scheitel. Diese goldenen Locken, die ihn schon fasziniert hatten, als sie noch Teenager waren, glänzten immer noch. Wenn er ihr sagte, wie sehr er sie liebte, würde sich Linda vielleicht beruhigen. „Du kannst eine Party für Jimmy vorbereiten, ganz nach deinen Vorstellungen", räumte er ein, „aber wie wäre es, wenn ich ein paar meiner Angestellten mit ihren kleinen Kindern dazu einlade? Dann hätte Jimmy andere Kinder, mit denen er spielen kann."

„Willst du damit etwa sagen, meine Familie sei für Jimmy nicht gut genug?"

Jim stöhnte entnervt auf. „Ich mag deine Familie, und ich weiß, dass deine Eltern gute Großeltern sind, aber ich wünschte, du würdest aufhören, mir immer Worte in den Mund zu legen, die ich gar nicht gesagt habe."

Linda lehnte sich an ihn. „Es tut mir leid, Jim. Im Augenblick bin ich ziemlich angespannt."

„Ja, ich weiß." Jim liebte den kleinen Jungen sehr, der oben in seinem Bettchen lag und schlief, aber es gab Augenblicke, in denen er sich wünschte, er wäre vor fast einem Jahr an jener Amischfarm vorbeigefahren. Und dies war gerade einer dieser Augenblicke.

※

Abraham lehnte die Mistgabel gegen die Wand im Stall und atmete die Gerüche ein, die er liebte, seit er ein kleiner Junge war. Er hatte sich immer gewünscht, einmal Farmer zu werden wie sein *Daed*. Das war er auch eine Zeit lang gewesen – bis er Sarah geheiratet und nach dem Tod ihrer Eltern ihren Gemischtwarenladen übernommen hatte. Natürlich war es undenkbar gewesen, dass seine Frau den Laden ganz allein führte. Da waren zu viele schwere Kisten zu heben, die recht umfangreiche Buchhaltung mit den endlosen Zahlenkolonnen, und häufig waren mehr Kunden im Laden, als eine Person allein bedienen konnte. Und als dann noch die *Kinner* kamen, wurde auch die Arbeit im Haushalt mehr, was bedeutete, dass sie manchmal gar nicht in den Laden gehen konnte. Abraham hatte seine Mistgabel gegen einen Besen eingetauscht, und anstatt auf dem alten, von Pferden gezogenen Heuwagen zu fahren, war er zum Mitbesitzer des Geschäftes seiner Frau geworden. Damals hatte er auch den Namen „Rabers Gemischtwarenladen" in „Fishers Gemischtwarenladen" umgeändert.

„Es hat keinen Zweck, über die Vergangenheit nachzudenken oder sich Dinge zu wünschen, die man niemals bekommen wird", murmelte Abraham, während er sich auf einem Strohballen niederließ. Am Ende eines langen Tages freute er sich immer darauf, in den Stall zu gehen und die Pferdeboxen auszumisten oder die Tiere mit Heu zu füttern. Es war zwar nicht dasselbe, wie draußen mit den Jungen auf den Feldern zu arbeiten, aber wenigstens konnte er sich am Wiehern der Pferde freuen, den Duft der Heuballen einatmen, die an der Wand gestapelt waren, und sich vorstellen, er wäre wieder ein Farmer.

Pünktchen, Naomis Katze, sprang auf seinen Schoß und begann zu schnurren.

„Matthew, Norman und Jake sind Farmer – sie setzen die Fisher-Tradition fort, die vor so vielen Jahren begonnen hat, als meine Vorfahren sich in Lancaster County niedergelassen haben", murmelte Abraham, während er gedankenverloren das Fell der Katze streichelte.

Pünktchen dankte es ihm mit genüsslichem Schnurren und leckte ein paar Mal Abrahams Hand mit der nassen, rauen Zunge.

„Ich frage mich, ob Samuel wohl in die Fußstapfen seiner Brüder treten und auch den Pflug wählen wird", fuhr er fort, als würde die Katze ihn verstehen. „Der Junge hilft bereits auf den Feldern, wenn er nicht in der Schule ist. Es scheint ihm Spaß zu machen und vielleicht wird er auch Farmer."

Die einzige Reaktion der Katze war ein leises *Miau*.

„Und was ist mit Zach? Wenn er noch hier leben würde, hätte auch er eine Liebe zur Landwirtschaft entwickelt? Oder würde mein jüngster Sohn andere Interessen haben wie es bei so vielen jungen Leuten in unserem Bezirk der Fall ist?" Abraham schloss die Augen, während er Pünktchen am Ohr kraulte. „Ich werde es nie erfahren, weil Zach nicht auf dieser Farm aufwachsen wird. Morgen hat er Geburtstag. Er wird zwei Jahre alt. Aber er wird diesen Tag nicht mit seiner Familie feiern, wenn überhaupt."

Abraham fuhr zusammen. Wussten die Leute, die Zach mitgenommen hatten, überhaupt, wie alt er war? Hatten sie willkürlich ein Geburtsdatum festgesetzt und feierten diesen Tag mit dem Jungen?

Ein Stich fuhr durch Abrahams Herz, so spitz wie eine Mistgabel, die sich in einen Heuballen bohrt. In nur wenigen

Wochen würde er Fannie Miller heiraten. Sie hatte ihn glücklicher gemacht, als er je für möglich gehalten hätte. Trotzdem würde eine Leere in ihm zurückbleiben. Als Zach entführt wurde, war ein Loch in sein Herz gerissen worden.

※

Fannie schlüpfte in das dunkelblaue Kleid, das sie sich genäht hatte. Sie konnte es kaum glauben, dass der heutige Tag endlich gekommen war. In wenigen Stunden würde sie Abraham Fisher heiraten, und sie war so nervös wie bei ihrer Hochzeit mit Ezra vor dreiundzwanzig Jahren.

Edna hatte die Hochzeit ausrichten wollen, aber ihr Haus war viel zu klein, obwohl nur die Familie und ein paar enge Freunde eingeladen worden waren. Darum hatte Abraham beschlossen, die Hochzeit auf seiner Farm zu feiern, wo viel mehr Platz war.

„Mama, du zitterst ja", bemerkte Abby, als sie ihrer Mutter beim Ankleiden half. „Du hast doch nicht etwa Zweifel an deiner Hochzeit mit Abraham bekommen?"

Fannie wandte sich zu Abby um. „Natürlich nicht. Ich liebe ihn sehr und kann es kaum erwarten, seine Frau zu werden."

„Und warum bist du dann so nervös?"

Fannie schob ihre Hände ineinander. „Ich schätze, das ist die Nervosität, wie viele Bräute sie kurz vor dem großen Moment erleben." Ihr Blick verschleierte sich. Tränen brannten in ihren Augen. „Ich hoffe, ich kann ihn glücklich machen – und seine Familie auch."

Abby umarmte ihre Mutter. „Du bist mir und Harold eine wundervolle Mamm gewesen und ich weiß, dass du auch gut mit Abrahams *Kinnern* auskommen wirst. Und ob du ihn glücklich machen wirst … Ich habe den Ausdruck auf seinem Gesicht gesehen, wann immer ich euch beide zusammen erlebt habe. Ich würde sagen, er liebt meine Mamm von ganzem Herzen."

Fannie tupfte sich die Tränen aus den Augen. „Ich bin so froh, dass du hier bist und meinen ganz besonderen Tag miterleben kannst. Dass du, Harold und Lena bei mir seid, wird meine Hochzeit noch schöner machen."

Abby schniefte und wischte sich die Tränen fort, die ihr

über die Wangen liefen. „Ich liebe dich so sehr, Mamm, und es macht mich froh, dich so glücklich zu sehen."

„Du denkst doch nicht, dass ich deinem *Daed* untreu bin, weil ich wieder heirate?"

„Aber natürlich nicht. Ich weiß doch, dass du ihn immer lieben wirst, aber ich denke, in deinem Herzen ist mehr als genug Raum auch für Abraham."

Fannie nickte. „Woher hast du nur diese Klugheit?"

Abby grinste. Sie ergriff die Hand ihrer Mutter. „Ich schätze, das liegt in der Familie, denn du bist einer der klügsten Menschen, die ich kenne."

Fannie schnalzte mit der Zunge. „Jetzt übertreibst du aber."

„Nein, ich meine das ernst, Mama. Du bist diejenige, die mir beigebracht hat, wie man Quilts näht und den Laden gewinnbringend führt, und außerdem hast du Harold und mir von klein auf die Liebe zu Gott ins Herz gelegt. Ich würde sagen, das ist wirklich sehr klug."

„Eines Tages wirst du heiraten und das auch an deine Kinder weitergeben", meinte Fannie, während sie ihre Kopfbedeckung feststeckte.

Abby wurde rot und ihre Augen glitzerten. „Ich hoffe, ich werde Lester heiraten, denn ich mag ihn sehr."

Dieses Mal war es Fannie, die ihre Tochter in den Arm nahm. „Gott wird dir zeigen, ob Lester der Mann ist, den er für dich bestimmt hat. Bete darüber, in Ordnung?"

„Das werde ich. Da kannst du sicher sein." Abby löste sich aus der Umarmung und begutachtete ihre Mutter. „Ich würde sagen, die Braut ist bereit, ihrem Bräutigam gegenüberzutreten. Sollen wir hinuntergehen und sehen, ob die anderen auch alle fertig sind?"

Fannie nickte. „So wie ich Edna kenne, hat sie vermutlich das Pferd schon vor den Buggy gespannt und wartet voller Ungeduld auf dem Rücksitz." Sie lachte. „Meine lebenslustige Cousine freut sich auf jede Art von Feier. Bestimmt hat sie sich alle möglichen Späße ausgedacht, um mich und Abraham zum Lachen zu bringen."

Abby hakte sich bei ihrer Mutter ein. „Dann lassen wir Edna besser nicht warten – und deinen Bräutigam natürlich auch nicht."

Naomi stand im Wohnzimmer und schaute in jedem Winkel nach, um sicherzugehen, dass nicht das kleinste Staubflöckchen herumflog. Sie war an diesem Morgen schon früh aufgestanden und hatte gestern bis spät in die Nacht das Haus geschrubbt, damit für Papas und Fannies großen Tag alles blitzte und glänzte.

Fannie und Abby, ihre Schwiegertochter Lena und Cousine Edna waren gestern herübergekommen, um beim Kochen und Putzen zu helfen. Die Frauen hatten Staub gewischt, Fenster geputzt, die Böden gewienert und große Töpfe Hühnersuppe mit Mais gekocht, Papas Lieblingsspeise. Bei dem festlichen Abendessen würde es zusätzlich noch Kartoffelkuchen, Gurkensalat, gefüllte Eier und den würzigen Schichtkuchen geben, den Edna zu backen versprochen hatte. Das Essen würde nicht ganz so erlesen sein wie bei der ersten Heirat, aber das bedeutete nicht, dass es deswegen weniger schmackhaft wäre.

Naomi dachte daran, wie Fannies Tochter sich sofort in die Arbeit gestürzt und den ganzen Tag über fröhlich mitgeholfen hatte. Naomi hatte Abby auf Anhieb gemocht, und auch wenn Abby zwei Jahre jünger war als sie, so spürte man doch, dass sie für ihr Alter sehr reif und verantwortungsbewusst war. Abby war noch keine neunzehn, doch sie hatte das Quiltgeschäft ihrer Mutter in Ohio übernommen. Nach dem, was Fannie erzählte, machte sie ihre Sache gut. Nun, da Fannie Naomis *Daed* heiratete, ging sie natürlich nicht mehr nach Ohio zurück. Sie würde die Quiltabteilung in Papas Laden übernehmen. Abby hatte vor, in Berlin zu bleiben und das Geschäft weiterzuführen.

Naomi schüttelte den Kopf. „So sehr ich die Arbeit im Laden auch liebe, ich bezweifle, dass ich ihn allein führen könnte."

„Sprichst du mit mir oder mit dir selbst?"

Naomi drehte sich erschrocken um. Ihr Vater stand mit einem breiten Grinsen am Bücherregal. „Papa, du hast mich zu Tode erschreckt. Ich habe gar nicht gehört, wie du ins Zimmer gekommen bist."

Er lachte. „Nein, das habe ich mir schon gedacht, sonst hättest du nicht laut mit dir geredet."

Naomi errötete. „Jetzt hast du mich erwischt."

„Wie kommst du darauf, du müsstest den Laden ganz allein weiterführen?", fragte Papa.

„Ich habe gerade an Abby gedacht und dass sie das Quiltgeschäft ihrer Mutter in Ohio übernommen hat. Ich habe darüber gestaunt, dass sie so gut damit klarkommt."

„Ja, sie scheint eine patente junge Frau zu sein. Ihrer Mutter sehr ähnlich, schätze ich."

Naomi ließ sich auf einer der Holzbänke nieder, die im Wohnzimmer aufgestellt worden waren. „Findest du alles okay, Papa? Ist es sauber genug für diesen ganz besonderen Tag?"

Er nickte und setzte sich neben sie. „Alles in Ordnung, und ich danke dir, dass du so hart gearbeitet hast, damit alles schön wird."

Sie griff nach seiner Hand. Sie war warm und stark. „Ich bin so froh, dass du und Fannie euch gefunden habt, und ich weiß, du wirst sehr glücklich mit ihr werden."

Er saß eine ganze Weile stumm da, als dächte er über etwas nach. Dann drückte er ihre Hand und sagte mit bewegter Stimme: „Ich bin froh, eine Tochter wie dich zu haben. Du hast dir große Mühe gegeben, das Versprechen zu halten, das du deiner Mama kurz vor ihrem Tod gegeben hast, aber jetzt ist dieses Versprechen erfüllt. Es ist an der Zeit, dass du mit Caleb glücklich wirst, und ich bin mir sicher, dass du, wenn ihr im Herbst heiratet, genauso glücklich werden wirst wie ich mit Fannie."

Naomi schluckte den Kloß in ihrem Hals hinunter. „Oh Papa, es ist so lieb, dass du das sagst."

Er ließ ihre Hand los und legte den Arm um sie. „Wie heißt das alte Sprichwort noch? ‚Wir werden viel zu schnell alt und viel zu spät klug.' Es tut mir leid, dass ich so lange gebraucht habe, um zur Vernunft zu kommen."

Sie schniefte und unterdrückte die Tränen, die in ihren Augen brannten. „Das gilt auch für mich."

Norman trat ins Zimmer, die Hände in die Hüften gestemmt. „Da bist du ja, Naomi. Ich dachte, du wärst draußen in der Küche und würdest Frühstück machen. Ich bin hungrig wie ein Wolf."

Papa erhob sich. „Und warum marschierst du dann nicht auf dem schnellsten Weg in die Küche und machst dir selbst etwas zu essen? Naomi ist doch hier nicht die Dienstmagd."

Norman starrte ihn verblüfft an und Naomi unterdrückte ein Kichern. In ihren einundzwanzig Jahren hatte sie nie erlebt, dass Papa so für sie eingetreten war. Sie erhob sich und ging in die Küche. „In einer halben Stunde steht das Frühstück auf dem Tisch, aber ich könnte schon etwas Hilfe brauchen, wenn du so freundlich wärst", sagte sie und lächelte ihren Bruder an.

Norman verschluckte sich beinahe, aber er folgte ihr tatsächlich in die Küche. Dieser Tag fing wirklich gut an.

※

Die Hochzeit war die schönste, die Naomi bisher miterlebt hatte. Papa sah in seinem guten schwarzen Anzug wirklich stattlich aus und Fannie strahlte richtig. Nicht ihr neues Kleid ließen sie so hübsch aussehen, sondern ihre rosigen Wangen, ihr Lächeln und ihre funkelnden haselnussbraunen Augen.

Als Papa und Fannie vor Bischof Swartley standen und ihr Ehegelübde ablegten, konnte Naomi nur mit Mühe ein lautes Schluchzen unterdrücken. Die bewegte Stimme ihres *Daed*, der mit „Ja" antwortete, nachdem der Bischof gefragt hatte: „Kannst du bekennen, Bruder, dass du diese unsere Schwester als deine Frau annehmen und dass du sie nicht verlassen wirst, bis der Tod euch scheidet?", brachte einen glatt zum Weinen. Und als Fannie auf dieselbe Frage an sie mit „Ja" antwortete, wusste Naomi, dass ihre neue Stiefmutter Papa lieben und umsorgen würde – an allen Tagen, die Gott ihnen noch schenken würde.

Als Bischof Swartley zum Schluss den Segen sprach, knieten Papa, Fannie und der Bischof nieder.

Und dann schloss der Bischof mit den Worten: „Geht hin im Namen des Herrn, unseres Gottes. Ihr seid nun Mann und Frau."

Papa und Fannie kehrten zu ihren Plätzen zurück, strahlend wie zwei Kinder. Ihr Glück schien den Raum bis unter die Decke auszufüllen.

Mehrere ordinierte Prediger ihrer Gemeinschaft hielten im Anschluss kurze Ansprachen. Naomi schaute im Zimmer umher, bis sie Caleb bemerkte. Ihre Blicke begegneten sich und er zwinkerte ihr zu. Sie errötete. In sechs Monaten würden sie es sein, die vor Bischof Swartley stehen, ihr Ehegelübde ablegen und sich versprechen würden, sich immer zu lieben. Sie konnte es kaum erwarten.

Kapitel 31

Es war ein lauer Sommerabend und Naomi saß mit dem Flickkorb auf dem Schoß im Schaukelstuhl auf der vorderen Veranda. Sie und die Mädchen waren die ganze Woche mit dem Einmachen beschäftigt gewesen und es war kaum Zeit für irgendetwas anderes geblieben. Fannie hatte auch mitgeholfen, wenn sie nicht in ihrem neuen Quiltladen zu tun hatte.

Naomis Blick wanderte zu ihrer Stiefmutter, die mit Papa auf der Schaukel saß und den Kopf an seine Schulter gelehnt hatte. Sie wirkten so glücklich und zufrieden, wie zwei Kätzchen, die sich gerade über eine Schale frischer Milch hermachten.

Matthew, Norman und Jake waren vor ein paar Minuten zu Bett gegangen. Nach dem langen Tag auf den Feldern waren sie sehr müde. Nancy, Mary Ann und Samuel tobten im Garten und warteten auf die ersten Glühwürmchen. Samuel hatte Löcher in den Deckel eines leeren Glases gestochen und wollte ein paar Glühwürmchen einfangen.

„Da ist eins!", rief Nancy. „Fang es, Samuel, bevor es davonfliegt!"

Samuel rannte über den Hof, hierhin und dorthin, jagte den glühenden Insekten nach und griff jedes Mal ins Leere, wann immer er in die Nähe eines Glühwürmchens kam.

Papa küsste Fannie auf die Wange. „Halt mir meinen Platz frei; ich bin gleich wieder da." Er stieg die Verandastufen hinunter und ging in den Hof. „Gib mir das Glas, Samuel, ich zeige dir, wie man es macht."

„Das ist nicht leicht, Papa. Die Glühwürmchen wollen nicht gefangen werden."

„Ach was! Du musst wissen – als Kind war ich ein Experte im Fangen von Glühwürmchen." Papa schnappte sich das Glas, hockte sich auf den Rasen und wartete. Ein paar Sekunden später stiegen mehrere Glühwürmchen aus dem Gras auf. Blitzschnell schoss Papas Hand vor und fing ein paar ein. Als er sie ins Glas fallen ließ, brachen die Kinder in lauten Jubel aus.

Naomi konzentrierte sich wieder auf die Socke, die sie gerade stopfte. Sie genoss diesen Augenblick des Friedens und des Glückes. Seit Papa Fannie geheiratet hatte, war er so entspannt und fröhlich. Die Ehe tat ihm offensichtlich gut. Sogar die *Kinner* wirkten neuerdings ausgeglichener. Alle in der Familie mochten Fannie, die sich mit ihrer sanften und freundlichen Art in ihre Herzen gestohlen hatte – sogar in Naomis.

Das Klappern von Pferdehufen auf dem Kies riss Naomi aus ihren Gedanken. Sie blickte auf und lächelte, als sie Caleb von seinem Buggy springen sah.

Mit einem Satz war er auf der Veranda und reichte ihr einen Laib eingepacktes Ingwerbrot. „Mama hat heute gebacken und etwas übrig. Ich dachte, du magst das vielleicht."

„*Danki*. Es war nett von dir, es vorbeizubringen."

„Ich bin nicht nur deswegen gekommen."

„Nein?"

Er schüttelte den Kopf. „Ich wollte mit dir im Buggy ausfahren."

„Jetzt noch?"

Caleb lehnte sich an das Verandageländer. „Ich weiß, es wird schon dunkel, aber ich schalte meine Scheinwerfer an und ich werde nur die Nebenstraßen nehmen, wo nicht so viel Verkehr ist."

„Darum mache ich mir keine Sorgen." Naomi starrte hinaus in den Garten, wo Papa und die Kinder weiter auf Glühwürmchenjagd waren. „Ich muss die Jüngeren bald ins Bett bringen."

„Das ist doch jetzt meine Aufgabe", widersprach Fannie. „Fahr nur mit Caleb und amüsiert euch gut."

Naomi war leicht verärgert. Früher war es immer ihre Aufgabe gewesen, ihre jüngeren Geschwister zu Bett zu bringen, aber jetzt nahm ihre Stiefmutter ihr dies häufig ab. Als sie merkte, wie töricht sie sich verhielt, verdrängte sie ihre Gedanken. *Ich sollte mich schämen. Es ist doch schön, dass Fannie mir Arbeit abnimmt. Früher hätte ich mir gewünscht, ich hätte nicht so viel zu tun. Außerdem will sie doch nur hilfsbereit sein.*

Naomi erhob sich. „Dann kann ich ja mitkommen, aber ich fürchte, ich muss das hier mitnehmen." Sie deutete auf den Flickkorb.

Caleb zog die Augenbrauen in die Höhe. „Auf unsere Ausfahrt?"

„Wenn ich es nicht tue, komme ich mit der Arbeit nicht mehr nach."

Fannie stand von der Schaukel auf und stellte sich neben Naomi. „Ich habe noch nie gehört, dass man sich Arbeit mitnimmt, wenn man sich mit seinem Verlobten trifft. Lass den Flickkorb ruhig bei mir, und wenn du nach Hause kommst, ist alles fertig."

Begeistert schlang Naomi die Arme um Fannie. „Papa ist nicht der Einzige, der froh ist, dich zu haben."

※

„Es ist wirklich ein schöner Abend", meinte Caleb, als er sein Pferd auf die Hauptstraße lenkte. „Nicht annähernd so heiß wie tagsüber." Er grinste Naomi an.

„Ja, die letzten Tage waren wirklich sehr heiß", stimmte sie zu.

„Wie könnt ihr es im Laden nur aushalten?"

„Papa hat vor kurzem einen von diesen batteriebetriebenen Ventilatoren gekauft. Der hält die Luft schön in Bewegung."

„Vielleicht sollte ich mir auch so etwas zulegen", meinte Caleb. „In meiner Werkstatt wird es manchmal echt heiß."

„Wie läuft dein Geschäft?", fragte sie. „Bist du gut beschäftigt?"

Er griff nach ihrer Hand. „Ich verdiene genug, um eine Frau und eine Familie zu ernähren; so viel weiß ich."

Lächelnd drückte sie seine Hand.

„Ich kann es kaum erwarten, bis November ist und wir heiraten."

„Ich auch nicht."

Sie schwiegen eine Weile. Caleb genoss die Gemeinschaft mit der Frau, die er liebte. Sie verstanden sich auch ohne Worte. Es war entspannend, dem gleichmäßigen Klappern der Hufe auf dem Asphalt zu lauschen und zu wissen, dass man ganz dicht beieinander saß.

Als es dunkel wurde, beschloss Caleb, umzukehren und Naomi nach Hause zu bringen. Es wäre unklug, Abraham zu verärgern, indem er zu lange mit seiner Tochter fortblieb.

Caleb hatte den Eindruck, dass er im Augenblick recht gut mit Naomis *Daed* auskam, und das sollte auch so bleiben.

Er hatte den Buggy gerade gewendet, als er ein Knacken hörte, dem ein dumpfer Aufschlag folgte. Der Buggy legte sich nach rechts und Caleb riss an den Zügeln.

„Was ist los?" Naomis Stimme klang besorgt.

„Ich glaube, eines der Hinterräder ist abgefallen. Ich schaue mir das besser mal an." Caleb sprang ab und lief um den Buggy herum, um den Schaden zu begutachten. Kurz darauf kehrte er zum Buggy zurück.

„Das sieht übel aus. Das Rad ist hin", berichtete er mit einem verärgerten Seufzen. „Ich war so damit beschäftigt, die Buggys von anderen Leuten zu reparieren, dass ich meinen eigenen vernachlässigt habe."

„Geht es zu reparieren? Hast du Werkzeug dabei?"

Caleb dachte an jenen Tag, als er Fannie auf dem Weg nach Paradise getroffen hatte und wie er ihr Buggyrad problemlos wieder angesteckt hatte. Aber das hier war etwas anderes. Das Rad war nicht nur abgefallen, sondern auch an zwei Stellen gebrochen. „Werkzeug hilft mir nicht weiter. Ich muss es durch ein neues Rad ersetzen."

Im Mondlicht bemerkte er Naomis erschrockenen Blick. „Was werden wir tun? Hier gibt es kein Telefon; wir können keine Hilfe herbeirufen."

Caleb kratzte sich unter seinem Strohhut am Kopf. „Ich hätte nie gedacht, dass ich so etwas mal aussprechen würde, aber in diesem Augenblick wünschte ich, ich besäße eines von diesen neumodischen Handys, das so viele junge Leute heute mit sich herumschleppen. Dann könnte ich jemanden anrufen, der uns abholt." Er umrundete den Buggy und stellte sich an Naomis Seite. „Denkst du, du könntest ohne Sattel reiten?"

Sie legte den Kopf zur Seite. „Wir reiten zu zweit auf deinem Pferd?"

„Wir können natürlich auch zu Fuß gehen, aber das dauert viel länger und es wäre ziemlich dumm, denn Ben kann uns ja zu eurer Farm bringen."

„Kann er uns denn beide tragen? Wird ihm das nicht zu schwer?", fragte sie.

„Er hat meinen Buggy mit uns beiden darin gezogen, oder etwa nicht?"

„Ja, aber er hat uns *gezogen*, nicht den ganzen Weg auf seinem Rücken getragen."

Caleb lachte und half Naomi aus dem Buggy. Er spannte Ben ab, half Naomi auf den Rücken des Tieres und stieg dann hinter ihr auf das Pferd. Caleb ergriff die Zügel und rief: „Und jetzt los, Junge!"

Er spürte Naomis Körper, als sie sich an seine Brust lehnte, atmete den Duft ihrer Haare ein. Sie rochen nach Erdbeeren, die in der Sonne reiften. *Ich wünschte wirklich, ich könnte Naomi die Haube abnehmen. Ich würde fast alles dafür geben, ihre Haare offen zu sehen und mit den Fingern durch die seidigen Locken zu fahren.*

„Das macht Spaß", murmelte sie.

„Findest du?"

„Ja. Ein richtiges Abenteuer."

Caleb lächelte. Zumindest war sie nicht böse auf ihn, weil diese Ausfahrt mit einem Ritt auf dem Rücken seines Pferdes endete.

Fast eine Stunde später kamen sie beim Hof der Fishers an. Abraham saß im Schaukelstuhl auf der vorderen Veranda, aber sonst war keiner zu sehen.

„Ich hoffe nur, ich bekomme keinen Ärger mit deinem *Daed*", murmelte Caleb, als er vom Pferd sprang und dann Naomi herunterhalf.

Sobald ihre Füße den Erdboden berührten, kam Naomis Dad von der Veranda. „Wo seid ihr beide so lange gewesen und was ist mit deinem Buggy passiert, Caleb?"

Hastig erklärte Caleb die Sache mit dem gebrochenen Rad und entschuldigte sich, weil er so lange mit Naomi unterwegs gewesen war.

Abraham zog seine buschigen Augenbrauen zusammen, doch dann lächelte er. „Mir scheint, ein Buggybauer sollte sein eigenes Fahrzeug besser in Schuss halten. Ein gebrochenes Rad – na ja, wer's glaubt …"

„Papa, ich bin sicher, Caleb wusste nicht, dass mit seinem Rad etwas nicht stimmte", entgegnete Naomi.

„Nur keine Sorge, ich habe doch nur Spaß gemacht." Lachend schlenderte Abraham zum Haus zurück.

Erleichterung machte sich in Caleb breit. Der übellaunige alte Gemischtwarenhändler hatte sich tatsächlich verändert. Caleb wandte sich Naomi zu. „Ich habe gehört, dass meine

Mama morgen bei uns ein Nähkränzchen veranstaltet. Kommst du auch?"

Sie nickte. „Fannie und ich haben eine Einladung bekommen, und Papa hat vor, Mary Ann und Nancy in den Laden mitzunehmen, damit wir hingehen können."

Caleb lächelte. „Vielleicht kannst du dich mal fortschleichen und in die Werkstatt kommen."

„Ich werde es versuchen."

Naomi rutschte nervös auf ihrem Stuhl herum. Sie ließ ihren Blick über die Frauen schweifen, die an Millie Hoffmeirs Esstisch saßen. Im Gegensatz zu den anderen zwölf Frauen war sie es nicht gewöhnt, stundenlang ohne Unterbrechung zu nähen. Seit neun Uhr morgens saßen sie nun schon zusammen. Wenn sie ehrlich war, würde sie viel lieber im Laden arbeiten, als mit den schnatternden Frauen in einem stickigen Zimmer zu hocken. Das einzige Gute an diesem Tag war, dass sie vielleicht ein paar Minuten mit Caleb allein sein könnte. Wenn ihr nur ein Grund einfiele, in seine Werkstatt zu gehen.

Fannie war schon den ganzen Morgen in bester Stimmung, aber beim Quilten war sie natürlich auch in ihrem Element. Mit einem strahlenden Lächeln auf dem Gesicht eilte sie herum, reichte hier einer Frau eine Schere, dort Faden und Stecknadeln, je nachdem, wer gerade etwas brauchte.

„Jetzt dauert es nicht mehr lange bis zu deiner Hochzeit", sagte Jacob Weavers Frau Lydia. Sie stieß Naomi sanft in die Rippen und grinste.

Naomi nickte, zeigte sich aber unbeeindruckt und konzentrierte sich weiter auf das Stück Stoff, an dem sie gerade nähte.

„Ich hoffe, Naomi und Caleb werden uns mit vielen *Kinnern* segnen", warf Millie ein.

Naomi wurde rot. Sie wünschte, jemand würde das Thema wechseln. Es war ihr unangenehm, dass die Frauen darüber spekulierten, wie viele Kinder sie eines Tages haben würde.

„Naomi hat viel Erfahrung in der Erziehung der Kleinen",

erklärte Fannie. „Ich bin sicher, sie wird einmal eine richtig gute Mama."

„In der Zeit, in der Naomi und Caleb darauf warten, dass ihr Haus gebaut wird, werden sie hier bei uns wohnen. Ich freue mich schon auf ihre Gesellschaft." Millie blickte Naomi an und seufzte. „Lettie und Irma, meine beiden jüngsten Mädchen, können manchmal recht anstrengend sein und ich werde auch nicht jünger. Vielleicht kannst du mir helfen, sie im Zaum zu halten."

„Ich tue, was ich kann." Naomi schaute zum Fenster hinaus und entdeckte Caleb und Andy, die einen beschädigten Buggy in die Werkstatt schoben. Sie fragte sich, ob die Hoffmeir-Männer zum Mittagessen hereinkommen würden oder ob Millie vorhatte, ihnen etwas in die Werkstatt zu bringen. Falls das so wäre, würde sie sich bereit erklären, das Essen hinauszutragen. Das wäre dann der Vorwand, um Caleb zu sehen. *Wenn es Zeit für das Mittagessen ist, werde ich Millie fragen.*

Caleb betrachtete die Wolken, die von Westen aufzogen. Es war heute ziemlich heiß und ein Regenschauer würde dem ausgedörrten Boden gut tun. Er stemmte sich mit aller Kraft gegen die beschädigte Kutsche von Mose Kauffmann. Andy war vorn, zog und lenkte den Wagen in die Werkstatt. Zu schade, dass Marvin vor einer Weile gegangen war, weil er woanders gebraucht wurde. Pop war gekommen und hatte gesagt, dass er Hilfe beim Heustapeln in der Scheune brauchte. Marvin hatte sich freiwillig gemeldet.

Noch ein paar Schritte, dann rollte der Buggy durch die Doppeltür der Werkstatt. Caleb atmete tief durch und trat zurück, um den Buggy zu begutachten. „Sieht übel aus!", sagte er kopfschüttelnd.

„Allerdings", stimmte Andy zu. „Der alte Mose kann sich glücklich schätzen, dass er diesen Unfall mit nur ein paar Kratzern und Prellungen überstanden hat."

Caleb nickte. In den meisten Fällen hatte der Fahrer eines Buggys, der derart zugerichtet war, leider nicht so viel

Glück. Erst vor kurzem war ein Amischer ums Leben gekommen, als ein Lastwagen auf der Route 20 auf seinen Buggy aufgefahren war.

„Das wird mächtig viel Arbeit werden", murmelte Caleb. „Ich glaube, Mose sollte uns lieber einen neuen Buggy für ihn bauen lassen."

„Du weißt doch, wie starrsinnig dieser Mann sein kann", erinnerte Andy ihn.

„Ja, genau wie Abraham Fisher früher."

„Da wir gerade von dem Gemischtwarenhändler sprechen … wollte Naomi heute nicht auch kommen? Mutter sagte, sie hätte sie und Fannie zu ihrem Nähkränzchen eingeladen."

Caleb nahm einen Schraubenschlüssel vom Werkzeugbrett. „Ja, das habe ich auch gehört."

Andy schnaubte. „Ich bin erstaunt, dass dir noch kein Vorwand eingefallen ist, ins Haus zu gehen, um deine Freundin zu sehen."

Caleb zuckte die Achseln. „Aber ich habe darüber nachgedacht."

„Das kann ich mir vorstellen."

„Vielleicht gehe ich mittags hinüber, aber im Moment haben wir viel zu tun. Also, lass uns anfangen."

Andy verzog die Lippen. „Wie du meinst, Boss."

Naomi schaute erneut zum Fenster hinaus. Caleb und Andy waren in der Werkstatt verschwunden, zusammen mit dem beschädigten Buggy, den sie gerade hineingeschoben hatten. *Ich wünschte, ich könnte nach draußen gehen und frische Luft schnappen.*

„Naomi, würdest du mir in der Küche helfen?" Millies Frage riss Naomi aus ihren Träumereien.

„Sicher. Das mache ich gern." Naomi folgte Calebs Mutter in die Küche. „Kommen die Männer heute Mittag eigentlich zum Essen rein?"

Millie öffnete die Kühlschranktür und nahm eine Platte mit geschnittenem Schinken heraus. „Ich glaube nicht, dass sie sich in der Gegenwart von so vielen Frauen wohl fühlen werden. Ich dachte, ich bringe Caleb und Andy etwas in die

Werkstatt und einer von ihnen kann das Essen zu den anderen Männern in die Scheune tragen."

Naomi befeuchtete mit der Zungenspitze ihre Lippen. „Ich bringe ihnen gern etwas hinaus, wenn du das möchtest."

„Dafür wäre ich dir sehr dankbar." Millie lächelte. „Ich bin sicher, Caleb wird sich freuen, dich zu sehen."

Fünfzehn Minuten später stand Naomi mit zwei Körben voller Essen vor der Werkstatt. Sie stellte einen Korb ab und klopfte an die Tür. Als keiner aufmachte, dachte sie, dass die Männer vermutlich beschäftigt waren oder ihr Klopfen nicht gehört hatten, darum betrat sie die Werkstatt, ohne dass man sie dazu aufgefordert hatte.

Der Platz, an dem Caleb immer seine Büroarbeit erledigte, war leer, aber sie hörte Stimmen aus dem hinteren Teil der Werkstatt.

„Reich mir doch bitte mal den Schraubenzieher, Andy." Sie erkannte Calebs Stimme und ihr Herzschlag beschleunigte sich. Sie stellte die Körbe auf den Stuhl.

Auf einmal ertönte ein lauter Schlag, auf den ein gedämpfter Schrei folgte.

„Oh nein! Caleb!", rief Andy.

Mit schnell klopfendem Herzen eilte Naomi nach hinten. Sie war kaum durch die Tür getreten, als sie gegen Calebs jüngeren Bruder prallte. Sein Gesicht war weiß wie eine Wand, und Naomi wusste sofort, dass etwas Entsetzliches geschehen war.

„Was ist los, Andy?"

„Wir wollten gerade das Rad von Moses Buggy abnehmen, als das ganze Ding zusammengebrochen ist." Andys Kinn zitterte. „Ich muss schnell Hilfe holen. Caleb ist darunter eingeklemmt."

Kapitel 32

Naomi stand auf der vorderen Veranda von Hoffmeirs Haus und hielt das Buch in der Hand, das sie für Caleb mitgebracht hatte. Seit er aus dem Krankenhaus entlassen worden war, hatte er sich geweigert, sie zu sehen. Mose Kauffmans beschädigter Buggy hätte Caleb beinahe das Leben gekostet, aber er war noch einmal mit einer Gehirnerschütterung, mehreren gebrochenen Rippen und einer Handverletzung davongekommen. Der schwere Buggy hatte Calebs Hand allerdings übel zugerichtet. Die Ärzte hatten zwar operiert, doch Millie Hoffmeir hatte Naomi mitgeteilt, dass Caleb seine linke Hand nie mehr zum Bau von Buggys gebrauchen könnte. Er hätte nicht genügend Kraft in dieser Hand und zwei Finger seien stark in Mitleidenschaft gezogen. Es sah so aus, als müsste Caleb die Buggywerkstatt aufgeben und ein neues Handwerk erlernen, wenn er sich nicht darauf beschränken wollte, seine Brüder zu beaufsichtigen, die vielleicht bereit wären, sein Geschäft zu übernehmen.

Naomi atmete tief durch und klopfte an die Tür. Sie hoffte, Caleb an diesem Tag sehen zu können. Es war nicht gut, dass er sich in seinem Zimmer einschloss und sich weigerte, sie zu sehen oder über den schrecklichen Unfall zu reden.

Das Leben steckte voller Enttäuschungen. Naomi hatte das am eigenen Leib erfahren. Aber man durfte nicht aufgeben oder seine Lieben ausschließen, wenn man sie am dringendsten brauchte.

Calebs neunjährige Schwester Irma öffnete die Tür. „Hallo, Naomi. Wie geht es dir?"

„Gut. Ich wollte Caleb besuchen."

Irma schüttelte den Kopf. Ihre blauen Augen blickten sie ernst an. „Er will niemanden sehen. Nur *Mamm* und *Daed* dürfen in sein Zimmer."

Tränen brannten in Naomis Augen und sie blinzelte ein paar Mal. „Geht es ihm etwas besser?"

Irma zuckte die Achseln. „Weiß ich nicht."

Naomi reichte ihr das Buch. „Das ist für Caleb. Würdest

du dafür sorgen, dass er es bekommt? Es ist ein Roman aus dem alten Westen. Ich dachte, das gefällt ihm vielleicht."

Irma nahm das Buch und Naomi wandte sich zum Gehen.

„Warte doch kurz, ja?"

Naomi erkannte die Stimme von Calebs Mutter und drehte sich um. „Wie geht es Caleb? Fühlt er sich schon besser?"

Dunkle Ringe lagen unter Millies hellblauen Augen und ihr aschblondes Haar schien noch mehr graue Strähnen bekommen zu haben, als Naomi in Erinnerung hatte. „Calebs Gehirnerschütterung ist abgeklungen und seine Rippen werden heilen, aber seine Hand wird nicht mehr richtig gesund werden." Millie seufzte. „Ich fürchte, das Herz meines Jungen ist genauso schlimm zerquetscht wie die verletzten Finger, die kein Werkzeug mehr halten können."

Naomi starrte auf die Holzbretter unter ihren Füßen und war unfähig, ihre Gefühle in Worte zu fassen. Wenn sie nur mit Caleb sprechen könnte. Vielleicht könnte sie ihm irgendwie neue Hoffnung geben. Seine Hand mochte verkrüppelt bleiben und vermutlich müsste er sein Handwerk aufgeben, aber eines hatte sich nicht geändert: Naomi liebte Caleb immer noch und freute sich auf ihre Hochzeit in wenigen Monaten.

„Möchtest du nicht hereinkommen?", fragte Millie. „Ich habe gerade einen Kirschkuchen aus dem Ofen geholt, ich könnte uns eine Tasse Tee kochen."

Naomi dachte über die Einladung nach. Kirschkuchen war ihr Lieblingskuchen und es wäre schön, ein wenig mit Calebs Mutter zu plaudern. Vielleicht erfuhr sie mehr über seinen Zustand und warum er sich weigerte, sie zu sehen, wann immer sie vorbeikam. Sie nickte und zwang sich zu einem Lächeln. „Ja, das klingt gut."

„Setz dich doch, ich hole in der Zeit den Teetopf", forderte Millie sie auf, als sie die Küche betraten. „Möchtest du Sahne oder Zucker?"

„Ich trinke meinen pur, *danki*."

Millie eilte in der Küche umher und mit Irmas Hilfe hatte bald jeder von ihnen eine Tasse heißen Tee und einen Teller Kuchen vor sich stehen. Irma wollte sich gerade auf dem Stuhl neben Naomi niederlassen, als ihre Mutter abwinkte.

„Wie wäre es, wenn du ein Stück Kuchen für deine Schwester abschneiden und es ihr bringen würdest?"

Irma zog die Stirn in Falten. „Lettie ist draußen beim Spielen. Vielleicht will sie gar keinen Kuchen."

Millie drohte ihr mit dem Finger. „Verärgere mich nicht. Nimm dir Kuchen für euch beide und dann geh nach draußen."

Irma tat, was ihr gesagt worden war, aber Naomi merkte an ihrem Gesichtsausdruck, dass sie nicht allzu glücklich darüber war, aus der Küche gescheucht zu werden. Ihre Schwester Nancy würde das Gespräch der Frauen am Küchentisch interessanter finden als mit ihrer jüngeren Schwester zu spielen. Vermutlich ging es Irma ähnlich.

Sobald Irma die Küche verlassen hatte, beugte sich Millie vor und blickte Naomi eindringlich an. „Ich mache mir Sorgen um Caleb und ich denke, es ist wichtig, dass ihr beide miteinander redet."

Naomi nickte. „Das denke ich auch, aber wie soll ich mit ihm reden, wenn er sich weigert, mich zu sehen?"

Millie schob ihren Stuhl zurück und erhob sich. „Ich werde jetzt nach oben gehen und ihm sagen, er solle in die Küche kommen, um ein Stück Kuchen zu essen. Er braucht nicht zu wissen, dass Besuch auf ihn wartet."

„Es wird ihm nicht gefallen, mich hier zu sehen."

Millie zuckte die Achseln. „Vielleicht, vielleicht auch nicht. Der Punkt ist der, dass er das Gespräch mit dir jetzt lange genug hinausgezögert hat."

Als Calebs Mutter die Küche verließ, trank Naomi einen großen Schluck aus ihrer Tasse. Sie hoffte, der Kräutertee würde sie ein wenig beruhigen.

Caleb saß auf der Bettkante und starrte auf seine bandagierte Hand. Er biss die Zähne aufeinander. Am liebsten hätte er seinem Zorn darüber, dass ihm so etwas zugestoßen war, Luft gemacht. Es war nicht fair. Warum hatte Gott ihn so wundervolle Zukunftspläne schmieden lassen, um sie ihm dann zunichte zu machen?

Er dachte an einen Bibelvers aus Jesaja 49, den der Bischof im vergangenen Gottesdienst zitiert hatte. Es war der Vers 4: „Ich aber dachte, ich arbeitete vergeblich und verzehrte meine Kraft umsonst und unnütz, wiewohl mein Recht bei dem Herrn und mein Lohn bei meinem Gott ist."

Caleb stöhnte. *Viele Jahre habe ich umsonst gearbeitet und versucht, meine Werkstatt aufzubauen, damit ich heiraten und eine Familie gründen kann. Ich habe meine ganze Kraft dafür aufgewendet und es war alles umsonst. Ein kleiner Fehler bei Moses Buggy hat mir alles genommen, was ich so sehr geliebt habe.* Eine Träne tropfte aus Calebs rechtem Auge und lief ihm über die Wange. Er wischte sie mit seiner gesunden Hand fort. Er ärgerte sich über sich selbst, weil er seinem Kummer nachgegeben hatte. Über Jahre hatte er sich gewünscht, mit Naomi befreundet sein zu dürfen. Sie standen kurz vor der Hochzeit. Und jetzt das!

Ein Klopfen an seiner Schlafzimmertür riss Caleb aus seinen Gedanken. „Wer ist da?"

„Deine Mamm."

„Komm rein."

Seine Mutter öffnete die Tür und spähte hinein. „Ich habe Kirschkuchen gebacken. Komm doch runter in die Küche und iss ein Stück mit mir."

Er schüttelte den Kopf. „Nein, danke, ich habe keinen Hunger."

„Tu es für mich", bat sie. „Ich bin sicher, du wirst nicht enttäuscht sein."

Caleb atmete tief aus und erhob sich. Er zuckte zusammen, als der Schmerz durch seine Seite fuhr, aber er versuchte, sich nichts anmerken zu lassen.

„Alles in Ordnung?", fragte Mama besorgt. „Du bist ziemlich blass."

Er schüttelte den Kopf. „Mir geht es gut. Lass uns in die Küche gehen."

Ganz vorsichtig folgte Caleb seiner Mutter die Treppe hinunter. Mit seiner gesunden Hand stützte er sich am Treppengeländer ab. Als er die Küche erreichte, blieb er in der Tür stehen. *Naomi. Was macht sie hier?*

Sie lächelte und sein Herz zog sich zusammen. „Hallo, Caleb. Wie schön, dich zu sehen."

Calebs Blick wanderte zu seiner Mutter, die mit verschränkten Armen seitlich an der Wand stand. „Nun, ich denke, ich gehe mal nach draußen und sehe nach den Mädchen. Ihr zwei braucht mich ja jetzt nicht unbedingt."

Die Hintertür fiel hinter Mama ins Schloss und Caleb kämpfte gegen den Drang an, in sein Zimmer zu fliehen. Er tat es nicht. Stattdessen durchquerte er die Küche und setzte sich an den Tisch. *Am besten bringe ich es hinter mich, denn sonst kommt Naomi vermutlich immer wieder vorbei.*

„Das mit deinem Unfall tut mir leid", begann sie. „Ich wollte dir das schon früher sagen, aber an dem Unglückstag ging alles so schnell und später wurde mir immer gesagt, du wolltest niemanden sehen."

Caleb saß stumm da und starrte den Kirschkuchen auf dem Tisch an.

„Wie geht es dir?", fragte Naomi. „Hast du große Schmerzen?"

Er zwang sich, sie anzuschauen. Er bemerkte ihren fragenden Gesichtsausdruck, das Mitgefühl in ihren Augen. Aber er wollte Naomis Mitleid nicht und er wollte auch ihre Fragen nicht beantworten. Er wollte einfach nur in Ruhe gelassen werden, um sich seinem Kummer zu ergeben.

Sie legte den Kopf zur Seite. „Caleb? Warum sagst du nichts?"

Er zuckte die Achseln. „Da gibt es nicht viel zu sagen."

„Ich habe dich gefragt, ob du Schmerzen hast."

Er hob seine bandagierte Hand. „Ich werde sie nie wieder richtig gebrauchen können, wusstest du das?"

Sie nickte und Tränen stiegen ihr in die Augen.

„Ich kann keine Buggys mehr bauen oder reparieren."

Er räusperte sich. „Du weißt, was das bedeutet, nicht?"

„Ich ... ich schätze, es bedeutet, dass du ein neues Handwerk lernen musst."

„Es gibt kein Handwerk für einen Krüppel, Naomi." Caleb schüttelte langsam den Kopf. „Und da ich die Arbeit, die ich geliebt habe, nicht mehr tun kann, werde ich auch keine Familie ernähren können."

„Oh Caleb, das kannst du doch nicht ernst meinen. Bestimmt wird einer deiner Brüder die Buggywerkstatt übernehmen. Vielleicht könntest du leichtere Arbeiten verrichten und dich um die Buchhaltung kümmern."

„Buggys bauen und reparieren war mein größter Wunsch von klein auf." Er brummte. „Denkst du wirklich, ich könnte herumsitzen und faulenzen, während meine beiden Brüder die Werkstatt übernehmen, die ich so mühsam aufgebaut habe?"

Sie öffnete den Mund, um etwas zu sagen, aber er ließ sie

nicht zu Wort kommen. „Ich glaube nicht, dass wir heiraten können, Naomi."

„Bitte sag doch so etwas nicht. Ich liebe dich, Caleb, und ich bin sicher, wir werden einen Weg finden." Naomi wollte seine unverletzte Hand berühren, aber er entzog sie ihr und erhob sich.

„Wenn ich eine Frau nicht mit ehrlicher Arbeit ernähren kann, dann möchte ich keine Frau haben. Scheinbar ist es nicht Gottes Wille, dass wir zusammenkommen, denn sonst hätte er diesen Unfall nicht zugelassen." Er wandte sich zur Tür.

„Caleb, warte! Können wir denn nicht darüber sprechen?"

„Es gibt nichts mehr zu sagen. Du suchst dir besser einen anderen."

„Ich will aber keinen anderen", sagte Naomi trotzig und Tränen traten ihr in die Augen.

Ihre Tränen brachen Caleb beinahe das Herz, aber er konnte jetzt nicht mehr zurück. „Es wird keine Hochzeit zwischen uns geben." Seine Worte kamen gepresst; er brachte sie kaum über die Lippen. Egal, wie sehr sich Caleb danach sehnte, Naomi zur Frau zu nehmen, er konnte diese Verantwortung nicht übernehmen, wenn er sie nicht auch angemessen versorgen konnte. Als er aus dem Raum taumelte, erinnerte Caleb das Geräusch der ins Schloss fallenden Tür daran, dass dieses Kapitel seines Lebens für immer abgeschlossen zu sein schien.

※

Fannie stand am Küchenherd und rührte in einem Topf Bohnensuppe. An diesem Tag hatte im Laden mehr Betrieb geherrscht als sonst und sie war erschöpft. Da Naomi zu den Hoffmeirs gefahren war und Mary Ann, Nancy und Samuel wieder zur Schule gingen, hatten sie und Abraham den ganzen Nachmittag für sich gehabt.

Sie gab noch eine Prise Salz an die Suppe. *Ich hoffe nur, dass Naomi mit Caleb wieder ins Reine kommt. Ich bete, dass er bereit ist, sie dieses Mal zu sehen.* Fannie seufzte. *Dieses Mädchen hat genug durchgemacht und sie sollte nicht schon wieder Kummer haben.*

Als die Hintertür geöffnet wurde, drehte sich Fannie um.

Mit strahlenden Gesichtern stürmten Mary Ann und Nancy in die Küche.

„Rate, was passiert ist, Mama Fannie", keuchte Mary Ann.

Fannie lächelte. Sie freute sich darüber, wie problemlos Abrahams jüngste Kinder sie akzeptiert hatten. „Worüber seid ihr beide denn so aufgeregt?"

„In der Scheune ist ein neuer Wurf Kätzchen", verkündete Nancy, bevor Mary Ann den Mund aufmachen konnte.

„Wie viele sind es denn?", fragte Fannie.

Mary Ann hob ihre linke Hand und spreizte die Finger.

„Fünf. Dieses Mal sind alle weiß. Kein einziges dunkles", berichtete Nancy.

„Tatsächlich?" Fannie ließ sich von dem Überschwang der Mädchen anstecken. Sie hatte Tiere schon immer geliebt, und sie konnte sich noch daran erinnern, wie sehr sie sich früher immer gefreut hatte, wenn auf der Farm Tiere geboren wurden.

„Wenn Papa vom Füttern der Pferde hereinkommt, werde ich ihn fragen, ob ich eines dieser süßen kleinen *Busslin* behalten kann", erklärte Nancy. „Naomi hat ja auch eine eigene Katze. Dann ist es nur fair, wenn ich auch eine haben kann."

Fannie nickte. „Wir werden abwarten, was dein *Daed* dazu zu sagen hat. In der Zwischenzeit solltet ihr Mädchen hochlaufen und euch eure schmutzigen Hände waschen. Ich brauche eure Hilfe beim Abendessen."

„Was gibt es denn?", fragte Mary Ann.

„*Buhnesupp* – eine der Lieblingsgerichte eures *Daeds*."

Mary Ann rümpfte die Nase. „Bohnensuppe? Ich mag lieber Hühnersuppe mit Nudeln."

Nancy ergriff die Hand ihrer jüngeren Schwester. „Komm, hör auf zu mäkeln und geh mit."

Die Mädchen rannten die Treppe hoch und Fannie kümmerte sich wieder um ihre Suppe. Ein Buggy rollte auf den Hof und sie blickte zum Fenster hinaus. Es war Naomi. Sie stieg vom Wagen ab. Abraham kam aus der Scheune, spannte das Pferd aus und führte es in den Stall. Naomi kam mit hängendem Kopf ins Haus.

Fannie stöhnte. *Das sieht nicht so aus, als wäre der Nachmittag für meine Stieftochter gut gelaufen.*

Kurz darauf betrat Naomi die Küche. Sie hängte ihre

schwarze Haube an einen Haken an der Wand. Wortlos ging sie zum Spülbecken und wusch sich die Hände.

„Alles in Ordnung?", fragte Fannie.

Naomi schüttelte den Kopf, gab aber keine Antwort.

„Hast du Caleb dieses Mal sprechen können?"

Naomi nickte.

Fannie schaltete die Gasflamme herunter und eilte zu ihrer Stieftochter hinüber. „Was ist los? Was hat dich so erregt?"

Als Naomi nach einem Handtuch griff, bemerkte Fannie die geröteten Augen des Mädchens. Sie hatte geweint – vermutlich auf dem ganzen Weg hierher. „Caleb hat die Hochzeit abgesagt", erklärte sie mit gepresster Stimme. „Er möchte mich nicht mehr heiraten."

„Komm an den Tisch und setz dich", forderte Fannie sie auf. „Dann kannst du mir erzählen, was passiert ist, wenn du möchtest."

Naomi schlurfte wie betäubt durch die Küche und ließ sich auf einen Stuhl sinken. Fannie setzte sich neben sie und legte eine Hand auf Naomis Schultern.

„Die Ärzte haben Caleb gesagt, dass seine linke Hand nie wieder ganz in Ordnung kommen wird. Und das bedeutet, dass er keine Buggys mehr bauen kann." Naomi schniefte und blinzelte ein paar Mal. „Er sagte, wenn er keine Buggys mehr bauen kann, dann könnte er auch keine Frau ernähren, also wird es keine Hochzeit für uns geben."

Fannie empfand tiefes Mitgefühl für Naomi. Sie wirkte so niedergeschlagen und entmutigt. Wenn Fannie nur irgendetwas sagen oder tun könnte, um ihr zu helfen.

Himmlischer Vater, gib mir die richtigen Worte, betete Fannie. *Zeige mir, wie ich Naomi in dieser Situation helfen kann.* Sanft drückte sie Naomis Schultern. „Ich weiß, im Augenblick sieht alles hoffnungslos aus, aber Gott hat einen Plan für dein Leben, und du musst warten und sehen, was er mit dir vorhat."

Ein unterdrücktes Schluchzen stieg aus Naomis Kehle. „Ich glaube, dass Gott mich vielleicht bestraft, weil ich Zach im vergangenen Sommer auf dem Gartentisch habe sitzen lassen."

„Nein, nein, das darfst du nicht denken", beteuerte Fannie. „Du hast das doch nicht absichtlich getan. Gott weiß das, Naomi."

Tränen rollten über Naomis Wangen. „Ich ... ich glaube, ich kann nicht mehr viel ertragen."

Fannie wischte ihr die Tränen fort. „Liebes Mädchen, in der Bibel steht, dass Gott uns nicht mehr auferlegen wird, als wir tragen können. Und in Jesaja 26, Vers 4 heißt es: ‚Verlasst euch auf den Herrn immerdar; denn Gott der Herr ist ein Fels ewiglich.'"

Naomi schob ihren Stuhl zurück und erhob sich. „Ich gehe nach oben, ist das in Ordnung?"

„Ja, sicher. Nimm dir so viel Zeit, wie du brauchst. Nancy und Mary Ann können mir helfen, das Abendessen auf den Tisch zu bringen."

Hilflos sah Fannie zu, wie Naomi mit hängenden Schultern die Küche verließ. *Warum, Herr? Warum jetzt auch das noch?* Sie schluckte die Tränen hinunter, die ihr in den Augen brannten. Ihr erschien es nicht gerecht zu sein, dass sie so glücklich mit Abraham verheiratet war und seine älteste Tochter so sehr litt.

Fannie hatte gerade mit dem Keksteig begonnen, als Abraham in die Küche trat. Gleichzeitig stürmten Mary Ann und Nancy herein.

„Würdet ihr beiden Mädchen noch eine Weile hochgehen?", fragte Fannie. „Ich muss kurz mit eurem *Daed* sprechen."

Die Kinder brauchten nicht zweimal gebeten zu werden. Kichernd rannten sie die Treppe hoch.

Abraham gab Fannie einen Kuss auf die Wange. „Für eine frisch verheiratete Ehefrau siehst du aber sehr ernst aus."

Fannie gab ihm einen Klaps auf den Arm. „Weg mit dir. Wir sind doch schon drei Monate verheiratet und ein altes Ehepaar."

Er lachte und legte ihr die Hand unter das Kinn. „Für mich wird unsere Liebe immer frisch sein, Fanny."

Sie stellte ihre Rührschüssel beiseite und umarmte ihn fest. „Gott hat es ganz bestimmt gut mit mir gemeint, an jenem Tag, an dem du in mein Leben getreten bist."

„Das kann ich auch für mich so sagen", murmelte er.

„Ich wünschte nur, Naomi würde es besser gehen."

„Was ist denn los? Sie hat doch Caleb heute besucht?"

Fannie nickte. „Sie hat dir nicht erzählt, was passiert ist, als ihr euch draußen getroffen habt?"

Er schüttelte den Kopf.

„Dann erzähle ich es dir besser."

Abraham lehnte sich mit verschränkten Armen an den Schrank. „Ja, bitte."

In aller Kürze berichtete Fannie, was Naomi ihr erzählt hatte. Sie wünschte, sie könnte irgendwie helfen, dass zwischen Caleb und Naomi alles wieder gut würde.

Ihr Mann zog seine buschigen Augenbrauen zusammen. „Ich werde mal hinüberfahren und mit dem Jungen reden."

„Jetzt?"

Er nickte. „So etwas sollte man besser nicht aufschieben."

„Aber was ist mit dem Abendessen? Ich habe eines deiner Lieblingsessen gekocht, *Buhnesupp*."

Er gab ihr einen Kuss auf die Nasenspitze. „Halte sie für mich warm, ja?"

„Ja, und ich werde beten, während du fort bist."

Naomi zog die nächste Bücherkiste zu dem Regal hinüber, das sie gerade einräumte. In der vergangenen Nacht hatte sie schlecht geschlafen, und darum war sie froh, dass sie keine Kunden bedienen musste. Bestimmt würde sie sich beim Wechselgeld nur verrechnen, so durcheinander war sie. Und auf keinen Fall würde sie freundlich mit den Kunden plaudern können, sondern sie im Gegenteil mit ihrer düsteren Stimmung eher vertreiben.

Sie legte den Kopf zur Seite und lauschte. Ihr Vater pfiff fröhlich vor sich hin. *Papa benimmt sich heute wirklich eigenartig*, dachte sie. *Immerzu pfeift er und schmust mit Fannie, wenn kein Kunde im Laden ist.*

Naomi gönnte ihrem Vater und Fannie ihr Glück, aber natürlich erinnerte es sie schmerzhaft an ihren eigenen Kummer. Wenn sich eine Sache geklärt hatte, dann ging irgendetwas anderes schief, so kam es ihr beinahe vor. Sie hatte keine Hoffnung mehr, dass alles einmal wieder in Ordnung kommen würde.

Nachdem Naomi die erste Kiste ausgeräumt hatte, zog sie sich eine andere heran. *Ich weiß, ich sollte nicht im Selbstmitleid versinken. Wenigstens kann ich weiter im Laden arbeiten und brauche nicht die Arbeit aufzugeben, die ich liebe. Der arme Caleb hat verloren, was er so sehr geliebt hat, und jetzt gibt es nichts mehr, auf das er sich freuen kann.* Sie schloss die Augen, um die Tränen zurückzuhalten. Sie durfte sich jetzt nicht ihrem Kummer hingeben, das hatte keinen Zweck.

„Alles in Ordnung?", fragte Papa, als er neben sie trat. „Wirst du den Tag überstehen, Naomi?"

Sie nickte. Das Mitgefühl und die Fürsorge ihres Vaters taten ihr gut. „Es hat eine Weile gedauert, aber irgendwann habe ich den Verlust von Mama und dann auch von Zach verwunden. Mit Gottes Hilfe werde ich versuchen zu akzeptieren, dass Caleb und ich nie zusammen sein werden."

Papa tätschelte Naomis Arm. „Was Gott tut, das ist wohl getan."

Sie schluckte. „Glaubst du das wirklich?"

Er nickte.

„Du denkst, ich sei ohne Caleb besser dran? Willst du das sagen, Papa?"

Ihr Vater öffnete den Mund, aber die Ladenglocke schlug an und er deutete zur Theke. „Erkundige dich doch bitte, was der Kunde möchte, ja, Naomi?"

Sie wies mit der Hand auf die Bücherkisten. „Aber ich muss hier noch ausräumen."

„Das werde ich übernehmen."

„Aber Papa, ich –"

„Bitte, ich möchte heute Morgen keine Kunden mehr bedienen."

Sie seufzte, nickte aber. „Na gut."

Naomi ging nach vorne und blieb abrupt stehen, als sie Caleb an der Tür entdeckte. *Was will er hier? Ich will ihn jetzt nicht sehen. Das könnte ich nicht verkraften.* Sie wollte sich umdrehen, doch Papas tiefe Stimme hielt sie auf.

Naomi blickte ihn an und war erstaunt, als sie den ernsten Gesichtsausdruck ihres Vaters bemerkte. Kurz zuvor hatte er noch gepfiffen. „Caleb ist gekommen, um ein paar wichtige Papiere zu unterschreiben", erklärte Papa.

Sie blickte Caleb an und er nickte. „Hast du sie fertig, Abraham?"

Papa trat hinter die Theke und holte einen dicken Umschlag hervor.

Naomi machte einen vorsichtigen Schritt, fand aber keine

Worte. Was für wichtige Papiere musste Caleb hier im Laden unterschreiben? Das machte für sie alles keinen Sinn.

Papa legte die Papiere auf die Theke und reichte Caleb einen Stift. „Du musst hier auf dieser Linie unterschreiben."

Caleb ergriff den Stift mit seiner gesunden Hand und schrieb seinen Namen. Lächelnd wandte er sich zu Naomi um. „Naomi Fisher, willst du mich heiraten?"

Wie erstarrt stand sie da. Sie konnte nicht mehr klar denken.

Papa räusperte sich laut. „Ich glaube, der junge Mann hat dir eine Frage gestellt, Naomi."

Sie wollte etwas sagen, aber ihre Kehle war wie zugeschnürt.

Caleb legte den Stift aus der Hand und ergriff Naomis Hand. „Dein *Daed* ist gestern Abend zu uns gekommen und hat mir seinen Laden zum Kauf angeboten. Ich habe beschlossen, das Angebot anzunehmen."

Naomi starrte ihn an. „Was?" Sie blickte Papa an. „Warum solltest du diesen Laden verkaufen, wo du doch schon so viele Jahre hier arbeitest?"

Papa drehte den Kopf zum Nebenraum, wo Fannie mit der Arbeit an einem Quilt beschäftigt war. „Die Arbeit im Laden hat mir nie richtig Spaß gemacht", erklärte er. „Ich habe ihn übernommen, als die Eltern deiner Mamm gestorben sind und ihr den Laden hinterlassen haben." Er zupfte sich am Bart. „Sarah hat dieses Geschäft geliebt, und ich glaube, sie hat diese Liebe an dich weitergegeben, Naomi. Aber ich habe hier nur gearbeitet, um Sarah zu entlasten. Eine Person allein kommt damit nicht zurecht." Er lächelte und ein sehnsüchtiger Blick lag in seinen Augen. „Um ehrlich zu sein, ich würde viel lieber zusammen mit den Jungen mein Land bestellen."

Naomi traute ihren Ohren kaum. In all den Jahren, die sie nun schon den Laden besaßen, hatte sie nie von Papa auch nur ein Wort darüber gehört, dass er viel lieber auf der Farm gearbeitet hätte.

„Und da Caleb einen Job braucht, den er auch gut mit einer Hand tun kann, dachte ich, ich könnte ihm den Laden zum Kauf anbieten", fuhr Papa fort.

Naomi bemerkte die Tränen in Calebs Augen. „Und du – du willst das wirklich?", stammelte sie.

Er nickte. „Mehr als alles andere möchte ich dich zur Frau nehmen. Wenn das bedeutet, dass ich meine Werkstatt verkaufen muss und diesen Laden übernehme, dann ist das eben so." Er machte eine ausschweifende Bewegung mit seiner verbundenen Hand. „Ich weiß, wie sehr du diesen Laden liebst, und wenn dein *Daed* ihn mehr als zwanzig Jahre lang führen konnte, weil er deine Mamm liebte, dann werde ich auch Freude daran finden, es für dich und unsere künftigen *Kinner* zu tun." Er lächelte und drückte Naomis Hand. „Und wie lautet deine Antwort? Wirst du mich im kommenden November heiraten?"

Tränen liefen Naomi über die Wangen, als sie nickte. „Ja, Caleb. Ich werde dich heiraten."

Papa räusperte sich erneut. „Was Gott tut, das ist wohl getan."

Naomi lächelte. Sie wusste nicht, wie die Zukunft für ihren vermissten Bruder aussehen würde, und sie hatte auch keine Ahnung, was auf sie und Caleb alles zukommen würde, aber eines wusste sie genau: Was Gott getan hatte, hatte er wohl getan.

⇢ Eine spannende Reise ins Gestern.

Penelope J. Stokes:
Eine Flaschenpost voller Träume.
Roman.

Taschenbuch, 394 Seiten
Bestell-Nr. 816 093

Am 25. Dezember 1929 schreiben die vier Freundinnen Letitia, Mary Love, Eleanor und Adora an ihrem Geheimtreffpunkt auf dem Dachboden ihre Lebensträume auf und stecken die Zettel in eine blaue Flasche, die sie sorgfältig verstecken.

65 Jahre später findet die Journalistin Brenda diese ungewöhnliche „Flaschenpost" und ist fasziniert. Was ist wohl aus diesen vier Mädchen geworden? Leben sie noch, um ihre Geschichte zu erzählen? Und haben sich die Träume und Wünsche der vier unterschiedlichen Frauen erfüllt?

Eine spannende Reise in die Vergangenheit beginnt, bei der Brenda viel über ihre eigenen Träume und Prioritäten lernen wird ...

⇢ Südstaatenroman mit Flair.

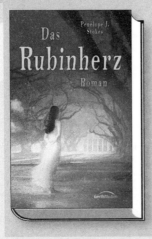

Penelope J. Stokes:
Das Rubinherz
Roman.

Gebunden, 416 Seiten
Bestell-Nr. 815 923

Miss Ruby Noble besitzt zwei Dinge, die ihr am Herzen liegen: die antike Rubinbrosche an ihrem Hals und Noble House, ihre wunderschöne Südstaatenvilla. Diese Villa, die einst von ihrem Urgroßvater errichtet wurde, ist für sie ein Symbol für Freiheit und Glauben. Und für eine Familiengeschichte, die eng mit der des ganzen Landes verbunden ist. Denn seit fast 150 Jahren ist Noble House für viele Menschen ein Ort der Zuflucht, der Hoffnung und der Heilung.

Als sie entdecken muss, dass ihr missratener Sohn Noble House verkaufen will, wird die 93-jährige Dame aktiv. Kurzerhand nimmt sie ihre Urenkelin, Little Ruby, als Geisel und verschanzt sich in ihrem Haus. Damit haben die beiden viel Zeit, um über die bewegte Vergangenheit der Familie Noble zu sprechen. Und Little Ruby lernt den wahren Schatz des Hauses kennen ...